NO SONRÍAS
QUE ME ENAMORO

Blue Jeans

NO SONRÍAS
QUE ME ENAMORO

🌐 Planeta

Obra editada en colaboración con Editorial Planeta – España

Ilustraciones de interior: © Anastasiya Zalevska / Shutterstock

Primera edición impresa en España: febrero de 2013
ISBN 978-84-08-03550-3

Primera edición impresa en México: enero de 2014
Octava reimpresión: febrero de 2017
ISBN: 978-607-07-1963-9

Impreso en los talleres de Irema, S.A. de C.V.
Oculistas núm. 43, colonia Sifón, Ciudad de México
Impreso en México – *Printed in Mexico*

PRÓLOGO

De pie frente a su computadora, no le quita el ojo a la pantalla. Intenta seguir el ritmo de la música y fijarse en todo lo que hacen las hermanas Cimorelli. No se le da del todo mal esa coreografía. Siempre le ha gustado bailar. Y cantar. Lo adora. Cierra los ojos, se deja llevar y grita el estribillo de *Million Bucks* que ya se sabe de memoria.

—*You and me is more than enough... 'Cause you make me feel like a million bucks!*

Y pone las manos en la cintura para continuar con un hábil desplazamiento de izquierda a derecha que concluye delante de un gran espejo. Marina se detiene y se mira en él. Juguetea un poco con su larga melena rubia. Pone trompita y sacude la cabeza a uno y otro lado.

—Espejito, espejito... ¿quién es la chica más fea del mundo?

La muchacha se da la vuelta y observa, bajo el umbral de la puerta de su habitación, a un chico algo más joven que ella y peinado con una cresta. Daniel se burla haciendo una mueca y un gesto obsceno con el dedo medio. Sonríe con ironía, rozando lo desagradable.

—No sé quién te ha dado permiso para entrar en mi cuarto.

—Nadie. No necesito permiso.

5

—¡Sí lo necesitas!

—Vivo aquí, hago lo que me da la gana.

—No en mi dormitorio.

—La casa no es tuya.

—Pero es mi habitación.

—Eso es mentira.

Marina, muy enfadada, se dirige hacia el descarado joven. Intenta cerrar la puerta, pero él lo evita con el pie.

—¡Idiota! ¡Que te vayas de mi habitación!

—¡No es tu casa!

—Es tan mía como tuya.

—Sabes que eso no es verdad.

—¡Claro que lo es!

—Venga, estúpida. ¡Búscate otra casa y otros padres! ¡Adoptada!

Aquel comentario enfurece todavía más a la chica. Marina resopla, se impulsa y empuja la puerta con todas sus fuerzas. El chico aparta el pie, pero no la mano, que queda atrapada en medio. El alarido de dolor es ensordecedor. Asustada, la muchacha abre rápidamente.

—¿Qué pasa con ustedes?

Una mujer alta y morena acude, sacudiéndose las manos en un delantal de florecillas, alarmada por el alboroto y los gritos. Carmen percibe en seguida la hinchazón en la mano izquierda de Daniel, que, muy dolorido, la sostiene como puede. Le tiemblan los dedos.

—Lo... siento. Estaba... molestándome.

—¡Me duele!

—Pero ¿ustedes quieren acabar conmigo? —pregunta la mujer al tiempo que agarra con cuidado la mano del chico—. ¿Qué ha pasado? ¿Cómo te has hecho esto?

—¡Me ha dado con la puerta!

—¿Qué?

6

—Ha... sido sin querer —señala Marina, que se ha puesto blanca.

—¡Mentira! ¡Lo has hecho a propósito!

—De verdad... ya no puedo con ustedes.

—¡Yo no he hecho nada! ¡Ha sido la adoptada!

—¡No llames así a tu hermana!

—¿Por qué? ¡Si lo es!

Carmen mueve la cabeza negativamente. La tensión entre sus hijos va creciendo conforme se hacen mayores. Aunque nunca habría podido imaginar que la situación llegaría hasta ese punto. No se soportan. O, para ser exactos, Daniel no soporta a Marina. Y desde hace un tiempo, Marina tampoco aguanta ni a Daniel ni sus constantes faltas de respeto.

—Tenemos que ir al médico a que te miren esto.

—No pienso ir al médico.

—¡Claro que vas a ir! ¡Se te está poniendo muy feo!

—¡Dios! ¡Todo por culpa de la estúpida esta!

—¡Daniel! ¡Basta ya! ¡No insultes a tu hermana!

—¡No tendrías que haber nacido!

—¡Daniel!

A Marina aquello le duele en lo más profundo del corazón. Sin embargo, no es capaz de reaccionar. Se sienta en la cama con los ojos rojos, llorosos, pero no dice nada. Cruza los brazos y mira hacia abajo. No puede más.

Los insultos de su hermano continúan, y también los gritos de su madre para que se calle. ¿Qué culpa tiene ella de que sus verdaderos padres no la quisieran? Nadie la quiere. Se siente una total incomprendida.

Ha hecho todo lo posible por sobrevivir. Por estar bien. Todo lo posible. Todo. Pero...

—¡Estúpida adoptada! ¡Mira cómo tengo la mano por tu culpa!

—¡O dejas de hablarle así a tu hermana o...!

Sin poder soportarlo más, Marina se levanta de la cama y se dirige corriendo hacia el balcón de su habitación. Está cerrado. Pero en esos instantes no le importa. Se lanza contra él y hace añicos el fino cristal que la separa del abismo. La escena parece sacada de una película, sin embargo está ocurriendo de verdad. Su cuerpo vuela hasta aterrizar en la acera de la calle en donde vive, bajo la mirada aterrada de la mujer que un día aceptó que aquella pequeña rubia de ojos verdes fuera su hija.

JUEVES

CAPÍTULO 1

—¿Me das un beso?

—¿Dónde?

—Sorpréndeme.

Raúl sonríe, le aparta el pelo y se inclina sobre Valeria para acercar los labios a su cuello. Suavemente, los posa sobre su piel y le regala el deseado beso.

—¿Qué tal? —pregunta tras echarse hacia atrás y mirándola a los ojos.

—Bueno. No ha estado mal. Pero...

—Pero ¿qué?

—Los he recibido mejores.

—¿Ah, sí?

—Sí.

—¿Mucho mejores?

—Mmm. Sí... definitivamente, sí.

El joven frunce el ceño y se pone serio. Un reto. Le gustan los retos. Vuelve a aproximarse a su novia y en esta ocasión elige su boca. Sin rodeos. Mezcla lo dulce y lo intenso. Valeria apenas respira, cierra los ojos y se deja llevar. Durante varios segundos, más de un minuto. Hasta que, exhausta, se despega de su chico y resopla.

—¿Y ahora? ¿Mejor?

—Guau.

—Eso significa que te ha gustado, ¿no?

—Has acertado.

—¿*Top ten*?

—Mmm. *Top ten.*

—¿Sí?

—Creo que sí.

—Vaya, tiene que haber sido muy bueno para que lo reconozcas.

—¿Por qué dices eso?

—Por nada. Pero es que te cuesta admitir que yo tengo razón.

—¡No es verdad!

—Sí que lo es.

—¿Me estás llamando testaruda?

—Todos lo somos, ¿no?

Valeria chasquea la lengua pero termina sonriendo. Después, le da un pequeño beso en los labios.

—Te mereces un premio por ese beso *top ten* —afirma divertida.

Y con el dedo le golpea suavemente la nariz. Se levanta del sofá en el que están sentados y camina hacia la cocina. Raúl la observa con curiosidad. ¿Qué se propone?

La quiere. Cada vez más. A pesar de... Sí, la quiere mucho.

Durante los cuatro meses y pico que llevan juntos han pasado momentos de todo tipo. Altibajos, euforias, crisis... Incluso han estado a punto de dejarla un par de veces. En cambio, la relación sigue adelante y cada día supone un pasito más. Una experiencia nueva. Sin embargo, no todo es lo que parece.

—¿Qué haces con el delantal puesto? —le pregunta extrañado cuando Valeria aparece de nuevo—. ¿Y con esa vasija?

—Te voy a preparar un pastel.

—Pero si tú no sabes hacer pasteles.

—¿Cómo que no? Ja. Qué poquita confianza tienes en mí.

—No es que no tenga confianza. Es que...

Pero Valeria ya no quiere continuar escuchando. Se vuelve simulando que se ha enfadado y regresa a la cocina a toda velocidad, pisando con fuerza para hacerse oír.

¿Cuántas veces la ha visto hacer lo mismo? Le divierten esos arranques unas veces más reales y otras más fingidos. Se le enrojecen las mejillas, que le recuerdan a aquella joven tímida que conoció hace un tiempo, aquella pequeña de catorce años que era incapaz de dirigirle la palabra, que se retorcía incómoda cuando la buscaba con la mirada. Cómo han cambiado las cosas. Ahora es la chica que lo hace sentir, la persona con quien comparte sus risas y sus miedos. La que lo saca de quicio, pero por quien lo daría todo. Es la única con quien ha tenido sexo y la que lo hace suspirar de día y de noche. La musa que tanto añoraba y que hasta aquel momento no había aparecido.

Raúl se levanta del sofá y se dirige también a la cocina. Valeria sostiene un libro de recetas entre las manos.

—¿Te apetece que sea de chocolate? —le pregunta cuando lo ve—. Mi madre tiene aquí el que utiliza para hacer pasteles en la cafetería.

—Va. Bien.

—No, dime, dime. ¿De qué la quieres? Puedo hacértela de más cosas.

—De chocolate es perfecto.

—Genial —dice muy decidida—. A ver... ¿Por dónde empiezo?

Raúl se acerca a ella y le pone su BlackBerry en la mano.

—¿Y si llamas a la confitería?

—¡Tonto! —exclama, y le devuelve el smartphone—.

Voy a hacer un pastel de chocolate casero. Yo sola. Y será... ¡el mejor pastel de chocolate que hayas probado jamás!

El joven se encoge de hombros y se sienta sobre la pequeña cubierta de la cocina. Contempla a Valeria verter en la vasija leche, azúcar, chocolate y mantequilla y mezclarlo con una cuchara de madera. Luego, lo pone todo en una cazuela a fuego lento y comienza a removerlo.

—No lo haces nada mal.

—Claro que no. ¡Qué te pensabas!

—Bueno, solo es el principio. No te confíes. Aún te queda mucho para que eso parezca un pastel.

—Paso a paso. Aquí dice que se tarda una hora en prepararla.

—Una hora... Uff.

—Sí. Tú puedes irte a hacer otra cosa mientras yo me ocupo de esto. ¿Hoy no hay rodaje?

—Sí, pero a las siete.

—Puedes dar una vuelta y, cuando vuelvas, tendrás preparado un riquísimo pastel de chocolate.

—¿No quieres que te ayude?

—No —responde Valeria muy seria—. Ya te he dicho que esto es cosa mía. Vas a chuparte los dedos cuando esté hecha.

—Ya lo veremos.

Y sonríe. Se baja de la encimera de un saltito. La envuelve entre sus brazos mientras la chica trata de controlar con la cuchara la masa que se está formando. La besa dulcemente en los labios, pero Valeria no tarda en zafarse.

—¡Vete ya! ¡Si se estropea será por tu culpa!

—Ya me voy, ya me voy.

El olor a chocolate empieza a impregnar toda la cocina. Es una fragancia deliciosa y penetrante que invade la pequeña habitación. Raúl la aspira y, tras acariciar el pelo de la chica, regresa al salón. Se pone la sudadera y sale de la casa después de avisar con un grito que se marcha.

Es un día nublado, hace un poco de viento y las hojas se amontonan en las esquinas de las calles. Sus pasos son tranquilos. Camina lentamente. Una hora...

Pensativo, saca de uno de los bolsillos de la sudadera su BlackBerry y entra en el WhatsApp. Repasa lo último que se ha dicho en el grupo del corto que está dirigiendo. Parece que hoy el protagonista no puede ir. Siempre pasa algo. Cuando se animó a hacerlo ya sabía que no sería sencillo. ¡Pero es que todos los días hay algún problema!

No importa. Es su primera experiencia. Ningún comienzo es fácil. Lo que cuenta es que esto le servirá para el futuro. El futuro que tanto desea: convertirse en un gran director de cine. Aunque el corto también le ha servido para otras cosas.

Suena un pitido. Tiene un WhatsApp. Lo abre y lee con una sonrisa:

> Siento ser tan testaruda. Aunque el beso que me has dado, pensándolo bien, no es un *top ten*.

Y en seguida otro mensaje.

> Claramente, es un *top five*.

Es un encanto.

Se piensa la respuesta. Continúa andando con la Black-Berry en la mano, mientras siente el aire en la cara. Se sabe el camino de memoria. Aunque ella solo lo ha acompañado una vez a lo largo de los últimos meses.

> Seguro que tu pastel también entra en el *top five* de las mejores que he comido.

Responde al fin. Se detiene en un semáforo y sigue escribiendo.

Y si no, tienes muchos años para seducirme y complacerme a base de azúcar y chocolate. Te quiamo.

Te quiamo. Una vez, escribiendo en el chat de Tuenti, el joven se equivocó y mezcló un «te quiero» con un «te amo». Desde entonces, sus despedidas por escrito se han convertido en «te quiamos» llenos de sentimientos.

Cruza la calle cuando el muñequito se pone verde. Un nuevo WhatsApp de Valeria le dice que ella también lo quiere. Jamás dudará de eso. Se le nota. Y le demuestra a cada instante que realmente lo ama.

En cambio, a pesar de que siempre comenta que la auténtica verdad no está en quien la dice sino en quien la cree, le duele engañarla una y otra vez.

Pero, de momento, a Raúl no le queda más remedio.

CAPÍTULO 2

Sus labios lo hipnotizan. Al hablar con ella no puede despegar los ojos de su boca. A veces ni siquiera se entera de lo que le dice. Es tan preciosa.

—¡Bruno! ¿Me has oído?

—Claro.

—¿Sí? ¿Qué te he preguntado?

—Que si la solución es tres.

—¿Y lo es?

—No. Es menos tres.

Ester resopla y se deja caer de espaldas sobre la cama. El chico se acerca a ella y se sienta a su lado.

—No voy a ser capaz de aprobar Mate —señala con la mirada clavada en el techo de la habitación de su amigo.

—Ya verás como sí. No la llevas mal.

—¿Que no? ¡La llevo peor!

—No exageres. Solo te has equivocado en que la solución era en negativo, no en positivo. Pero has hecho bien el ejercicio.

—Demasiadas fallas.

—Errores normales. Seguro que en el examen todo te sale perfecto.

—Si tú lo dices...

Claro que lo dice. ¡Y lo asegura! Pone la mano en el fuego por ella. Está convencido de que su amiga no tendrá problemas para pasar el examen final de matemáticas del segundo trimestre. Para eso está él, para ayudarla en lo que le haga falta. ¿Qué importan las horas que deban pasar juntos para que Ester lo comprenda todo a la perfección? ¿Los amigos no deben darlo todo los unos por los otros?

Aunque a Bruno le encantaría que hubiera algo más que amistad entre ellos.

Desde que sucedió lo de Rodrigo, se han unido más, si cabe. Ester lo pasó muy mal durante unas cuantas semanas tras lo que le hizo su entrenador. Y Bruno puso a su disposición su hombro para que llorase y su imaginación para hacerla reír. La escuchó, comprendió, consoló y atendió en cada momento de bajón; siempre que necesitaba hablar.

Han pasado algo más de cuatro meses y la joven no ha vuelto a salir con nadie ni a quedar con ningún chico. Cero ligues, ni de su edad ni mayores. Y eso le ha permitido a Bruno mantener viva la remota esperanza de que él podría ser el elegido. Sin embargo, los días pasan y se van, pero solo avanza el tiempo. Lo peor es que su amor sigue ahí, en su sufrido corazón, incluso más intenso y fuerte que nunca.

—¿Quieres que volvamos a hacer el ejercicio? —le pregunta sonriendo.

—No, déjalo. No quiero darle vueltas a lo mismo otra vez. Además, tengo que irme, todavía debo terminar el trabajo de Lengua y estudiar Francés. Y si Mate me preocupa, el Francés ni te cuento.

—¿No te puede ayudar Raúl con eso?

—No. Está muy complicado con el tema del corto.

—A mí no es que se me dé demasiado bien, pero podemos verlo si quieres.

—No te preocupes. He buscado un profesor para que me dé clases.

—¿Qué? ¿Un profesor de Francés?

—Sí. Es el novio de mi prima —contesta tras recostarse sobre el costado derecho—. A las siete va a mi casa.

—¿Lo conoces?

—No, no lo he visto nunca. Hacía mucho que no hablaba con mi prima, hasta ayer. Ella no es demasiado de redes sociales ni de WhatsApp. Pero el otro día mis padres se encontraron con su madre y le contaron lo de su novio. Es francés, aunque habla español perfectamente.

—Y la llamaste para chismear.

—¡No! —grita, riendo culpable—. La llamé para explicarle mi problema con la asignatura. Bueno, vale... y de paso chismear un poco.

—¡Lo sabía!

—Jo.

—Entonces el novio de tu prima va a darte clases particulares...

—Sí. Una hora de lunes a viernes hasta que termine el curso. Y gratis...

Aquello no le gusta nada a Bruno. Ester no se va con el primero que pasa, y menos si tiene pareja y esta es su prima, pero nunca se sabe. Además, no le hace gracia que pase tiempo a solas con un chico que no sea él. Aunque entre ellos solo haya amistad y en ocasiones lo pase mal por no poder lograr algo más, su compañía es lo mejor que tiene en el mundo.

—Espero que te ayude a aprobar.

—¡Más me vale! —exclama, y a continuación se sienta en la cama frente a Bruno.

Los dos se miran y sonríen, pero son sonrisas diferentes. Bruno sonríe resignado, el gesto de Ester es de agradecimiento. Se siente bien a su lado. Ha sido muy importante durante los últimos meses. Sin él no habría superado lo de Rodrigo.

¿Qué es lo que realmente siente por su amigo? ¿Es posible que le guste?

Ese silencio acompañado de sus miradas no es el habitual entre ellos. Su complicidad va por otro lado. Aquel instante es diferente.

—¡Chicos! ¿Queréis algo para merendar?

La madre de Bruno aparece de repente, como siempre, y abre la puerta de su habitación sin llamar antes.

—No, gracias —se anticipa a decir Ester, al tiempo que se pone de pie y se alisa la camiseta—. Yo ya me iba.

—¿Ya te marchas? ¿No quieres un trozo de un pay de manzana riquísimo que acabo de preparar? —pregunta la mujer, afligida.

—Si me guarda un poquito, mañana lo pruebo.

—Un día tienes que quedarte a cenar —insiste la madre de Bruno.

—Mamá, déjala ya. Qué pesada eres. No la agobies.

—No te preocupes —interviene Ester con una sonrisa—. Me late. Algún día prometo quedarme a cenar.

—¿Ves? Aprende de ella, que es toda amabilidad. Y tú, qué bárbaro eres a veces, hijo mío.

La mujer sonríe a la chica, de la que se despide, y hace un gesto de desagrado cuando mira al joven, que cabecea molesto.

—No te sientas obligada a nada de lo que te diga mi madre. Ya sabes cómo es.

—No pasa nada. Me cae genial.

—Porque a ti te cae bien todo el mundo.

La joven esboza una sonrisa y, tras alcanzar su carpeta, sale de la habitación. Bruno camina detrás hasta que llegan a la puerta principal del piso.

—Luego te envío un WhatsApp para contarte qué tal me ha ido con el profe de Francés.

—Bien.

«Espero que sea feo, desagradable y todavía más bajito que yo».

Pero no lo cree. Con la suerte que tiene, seguramente, será un galán francés: alto, guapo y con los ojos claros; le susurrará bonitas palabras al oído en el idioma más sensual y romántico que existe.

—Hasta mañana, Bruno.

—Hasta... mañana.

Ester se inclina sobre el chico y lo besa en la mejilla. Un solo beso. Quizá demasiado cerca de la comisura de los labios, pero lo suficientemente lejos como para evitar cualquier confusión. Un beso de amiga. De una buena amiga.

A Bruno le gusta sentir el contacto de su boca en la cara, ahora más caliente. Esos besos le dan la vida, pero al mismo tiempo le provocan un intenso dolor. En cuanto la chica desaparece por la escalera, se pone a pensar en cuánto le gusta, en cuánto la quiere. A veces es insufrible. Y a pesar de que no quiere regresar a aquel pasado en el cual le costaba hasta respirar cuando pensaba en ella, es inevitable que se le encoja el corazón.

¿Por qué no pueden tener algo más? ¿Por qué no es posible una historia juntos? Sabe la respuesta. Está grabada a fuego en su interior, como si se tratara de un tatuaje. Es la realidad. La cruda y triste realidad.

Suspira y regresa a su habitación seguro de que a lo único a lo cual puede aspirar con ella es a esa gran amistad. Sin embargo, lo que Bruno no sabe es que los sentimientos son impredecibles y los labios de Ester han estado a punto de posarse sobre los suyos hace solo unos segundos.

—¿Cuándo vas a pasarme una foto tuya?

La pregunta no le sorprende. Ya son varias veces las que se la ha pedido. Pero es que María no termina de fiarse.

—No tengo ninguna. Ya te lo he dicho.

—¡Venga ya! ¡No te creo!

—De verdad. No tengo ninguna foto en la computadora.

Miente. A pesar de que odia las cámaras, guarda alguna que otra fotografía en una carpeta de su laptop.

—Yo ya te pasé una mía. Creo que es justo que tú también me envíes una tuya, ¿no?

—Paloma, no tengo fotos en esta computadora.

—No te creo.

—De verdad. Créeme.

—Mentira. Adiós.

El usuario PalomaLavigne ha abandonado la conversación.

Meri resopla y también sale de la página. Qué enérgica es. Menudo carácter tiene esa chica, si es que de verdad resulta ser una chica. Ya no sabe qué pensar. Son los riesgos de ese *chat* en el que «chicas buscan chicas».

Un *chat* de lesbianas... ¿Cómo ha llegado a ese punto?

Hace un par de semanas que frecuenta esa web. Al principio lo hizo por curiosidad. Luego se convirtió en una especie de obsesión. Siente cierta necesidad de hablar con otras chicas que sientan lo mismo que ella, de manera anónima y sin arriesgar absolutamente nada. No obstante, hasta el momento la mayoría han resultado ser tipos haciéndose pasar por algo que no son. Por eso toma tantas precauciones a la hora de dar información sobre sí misma. Ni fotos, ni *cam*, ni teléfono, ni mucho menos quedar con alguien.

Se levanta de la silla y camina por su habitación. Se siente sola. Todo ha cambiado en poco tiempo. Ni siquiera tiene a Gadea para charlar un rato de cualquier cosa. Su hermana continúa en Barcelona con su padre, en el lugar que debería haber ocupado la propia María. Si hubiera sabido que iba a seguir en Madrid, no la habría besado. Habría seguido ocultando sus sentimientos por Ester. Pero ya no hay marcha atrás. Han pasado más de cuatro meses desde aquella noche, cuatro meses extraños.

—Entonces, eres les... biana.

—Sí.

—¿Estás segura?

—Esto no es como estar indeciso sobre qué ropa te vas a poner, Bruno. Es algo que te sale de dentro. A ti te gustan las chicas, y a mí también.

—No se te notaba nada.

—Bueno...

No olvidará la cara de su amigo durante aquella conversación al día siguiente de que sucediera todo, tras la noche en la cafetería de la madre de Valeria en la que sus amigos la despedían. La noche del beso. La última noche en la que los incomprendidos se reunieron todos juntos. Aquella noche...

La sorpresa se reflejaba en el rostro del joven cada vez que contestaba a alguna de sus preguntas.

—¿Y desde cuándo sabes que te pasa? Quiero decir... ¿cuándo te diste cuenta de que te gustaban las mujeres?

—No puedo decirte el momento exacto. Pero creo que hace más de un año.

—¿Cuando apareció Ester?

—Eh... Me parece que... un poco antes.

Silencio. Les cuesta mirarse mientras hablan, pero ambos saben que cuando llegue Ester la situación será más incómoda todavía.

—¿Estás enamorada de ella?

—Tanto como tú, Bruno.

Las cartas sobre la mesa. Se terminaron los secretos entre ellos; los que jamás se contaron pese a ser uña y carne. Pero aquellos descubrimientos no mejoraron su relación, sino que la enfriaron. Estar enamorados de la misma persona tuvo sus consecuencias.

Tampoco le fue mejor con Ester. Meri le pidió disculpas y le explicó que aquel beso había sido un impulso repentino. La chica lo entendió, le quitó importancia al tema y trató de que las cosas no cambiaran entre ambas. Pero fue imposible. A María le costaba hablar con ella cuando estaban juntas, y Ester tampoco sabía cómo actuar.

Así que, aunque la amistad perduró, la distancia entre Meri y sus dos mejores amigos aumentó considerablemente. Apenas quedaban, en clase se trataban con frialdad y María se fue aislando poco a poco y perdiéndose en su propio mundo.

—Por favor, no le digan nada a nadie.

—¿Ni a Valeria ni a Raúl?

—No. Es algo que quiero guardarme para mí.

Ester y Bruno respetaron los deseos de Meri y no se lo contaron a nadie. Tampoco los padres ni la hermana de la chica estaban al tanto. Sabe que su gran secreto saldrá a la luz tarde o temprano. Pero necesita estar preparada para ello. Y ese momento todavía no ha llegado.

CAPÍTULO 3

Aún paladea el dulce regusto del pastel de chocolate que ha hecho Valeria. Su novia lo ha sorprendido una vez más. ¡Qué rico! Todavía estaba caliente, pero es que no contaba siquiera con tiempo para que se enfriase. Había quedado a las siete con los del corto para grabar una nueva escena.

Ruedan en plena Puerta del Sol. Cuando Raúl llega, se encuentra ya allí al resto del grupo: la actriz principal, uno de los actores secundarios, el camarógrafo y la chica que se dedica a preparar el maquillaje y el vestuario. Es un corto de poco presupuesto. Más bien, de ningún presupuesto.

El joven los saluda a todos, uno por uno, y habla con Alba y Aníbal, los dos actores presentes, sobre lo que pretende con esa escena. Hoy falta Sam, el protagonista, que ha avisado por WhatsApp que no puede ir, y Nira, la actriz secundaria, que no le tocaba grabar. Más tarde, Raúl dialoga con Julio, el chavo que lleva la cámara, y ajusta algún tema de vestuario con May, quien se encarga de ello.

En quince minutos lo preparan todo y...

—¿Prevenidos? Cámara... ¡Acción!

El corto se llama *Sugus*. Es la historia de una chica y un chico que se conocen en una tienda de golosinas cuando ella tropieza y deja caer al suelo una bolsa de caramelos Sugus. Él se agacha para ayudarla a recogerlos y el flechazo entre ambos es instantáneo. Sin embargo, hay terceras personas. Los dos tienen pareja y, a lo largo de la película, se debatirán entre seguir los pasos del destino o mantenerse fieles a sus anteriores amores.

La escena que toca esa tarde es un encuentro entre la protagonista y su novio. Raúl tenía planeado grabar también el momento en que el personaje principal vuelve a ver a la chica unos días despues de conocerse, pero deberán dejarlo para otro día.

—¡Por fin! —grita el joven actor, un muchacho alto, desgarbado y de ojos marrones.

—Perdona. Se me ha hecho un poco tarde.

—¿Dónde has estado? Habíamos quedado hace media hora.

—Me he entretenido.

—Tampoco has contestado el celular.

—Lo siento. No me he dado cuenta de que apenas tenía batería y, cuando ha sonado, se ha apagado.

La escena prosigue entre los reproches del uno y las excusas de la otra. La chica lo hace francamente bien. Transmite mucho con los gestos, con cada frase que dice. Solo tiene dieciséis años, pero es una gran actriz. Raúl está muy contento con ella, tuvo suerte al encontrarla. La forma en la que se conocieron fue de lo más casual. Ocurrió hace más o menos un mes en la cafetería Constanza.

—Perdona, ¿esta silla está libre?

Valeria y Raúl se vuelven al oír una dulce voz femenina. Se trata de una adolescente con el pelo corto, teñido de azul. Lleva puesto un bonito vestido blanco con un estampado de notas musicales en negro y se ha maquillado lo justo. No es ni guapa ni fea, y no destaca por nada excepto por el color de su cabello y unos llamativos ojos claros a los que, quizá, les falte alegría.

—Claro, tómala —le contesta el chico al instante.

La muchacha alcanza la silla y se despide de la pareja con una sonrisa. Curiosamente, en la mesa a la que se dirige ya hay un asiento libre. La joven lo ocupa, coloca su bolso en la otra silla y empieza a tamborilear con los dedos. Pide una Coca-Cola Light y no cesa de mirar el reloj y el teléfono celular. Así transcurre más de media hora.

—La han plantado —le comenta Valeria entristecida a Raúl.

—¿A la del pelo azul?

—Sí. Yo creo que un chico la ha dejado tirada.

—¿Cómo puedes estar tan segura?

—Son cosas que se notan a simple vista. Una chica no sale sola un viernes por la tarde con tacones y un vestido como ese así como así. Y menos siendo tan joven.

—¿Joven? Tendrá tu edad, ¿no?

—¡Es que yo soy muy joven todavía! ¡No he cumplido ni los diecisiete años!

Pasa el tiempo y los clientes de Constanza van marchándose, pero la chica del pelo azul sigue allí. Valeria y Raúl han acordado no irse hasta que lo haga ella. De vez en cuando, la observan más detenidamente y se dan cuenta de la tristeza que refleja su rostro. Ha pedido otra Coca-Cola Light y está reclinada sobre el codo, con la mejilla apoyada en la palma de la mano derecha.

—Qué pena me da —susurra Val al tiempo que se acurruca en el hombro de su novio—. Si tú me hicieras eso...

—A ver, no estamos seguros de que la haya plantado nadie.

—¿Qué más pruebas necesitas?

—No sé, pero...

—No para de mirar el reloj y el celular. Además, se le saltan las lágrimas. Está muy claro que le han desairado.

—Igual está triste porque ha discutido con alguien o tiene otro tipo de problema. Quizá no sea por un chico, sino por un familiar.

—Es por un chico. Seguro.

De repente, la joven del pelo azul toma su bolso, lo abre y busca algo en él. Suspira. Parece que no ha encontrado lo que deseaba. Vuelve a cerrarlo y se levanta. Inesperadamente, se dirige hacia Valeria y Raúl, que le ven los ojos más de cerca. Los tiene enrojecidos y húmedos.

—¿Tenéis... un pañuelo? —Se le entrecorta la voz al hablar y se sorbe la nariz.

—Sí, espera...

Valeria saca un paquete de pañuelos de papel de su bolsita y le entrega uno a la chica. Esta le sonríe con timidez y se seca las lágrimas. Luego se suena.

—Yo... pensaba que podíamos arreglarlo. Pero... se ve... que no. Fue él quien... me puso los cuernos.

En ese instante Raúl mira a su novia, que le hace un gesto de «¿Ves?, te lo dije». Para Valeria no había duda. Desde el principio había tenido claro que un chico la había dejado plantada.

—¿Quieres sentarte un rato con nosotros? —le propone Val con gran amabilidad.

—No quiero molestarlos con mis problemas.

—No te preocupes. No es ninguna molestia. Si quieres desahogarte... Es verdad que los hombres son lo peor.

—Ejem. Te recuerdo que yo soy un hombres —apunta Raúl—. Por si acaso.

—No todos son iguales, cariño. Pero la mayoría deja mucho que desear. Hay que reconocerlo.

La pequeña discusión entre la pareja hace reír a la chica del pelo azul, que toma una silla y su vaso y decide sentarse con ellos.

—No sé si todos serán iguales, pero sí sé que mi ex es un torpe. No solo se enreda con otra, sino que además no se presenta cuando se suponía que iba a darle otra oportunidad.

—¡Son lo peor! ¡Hombres!

—¡Hombres! —repite la joven con una sonrisa y los ojos otra vez llenos de lágrimas.

A Valeria le cae bien la chica de inmediato, por instinto. En cierta manera, le recuerda un poco a ella. Parece una muchacha normal, y en ocasiones se sonroja cuando habla. No tiene nada especial, incluso puede que el color de pelo estrafalario se deba a sus dudas sobre sí misma, a complejos o a ganas de llamar la atención. Pero Val percibe dulzura y bondad en ella. La tristeza de su mirada indica que es posible que no lo haya pasado bien en la vida.

—Me llamo Valeria —le dice sonriente—. Y este es mi novio, Raúl.

—Yo soy Alba. Encantada de conoceros.

Aquella fue la primera de las muchas ocasiones en las que se vieron los tres. Pronto se hicieron amigos e intercambiaron celulares y direcciones en las redes sociales... También Bruno, Ester y María conocieron a la joven del pelo azul, que les cayó genial. Y aunque los incomprendidos ya no se reunían tan a menudo y Alba nada tenía que ver con Elísabet, de alguna manera la joven ocupó el puesto de esta última, especialmente, respecto a Valeria.

Que el sueño de Alba fuera ser actriz completó el círculo perfecto. Raúl no dudó en hacerle una prueba para *Sugus* y ella la pasó con excelencia. Lo hizo tan bien que se convirtió en la protagonista del corto.

—Alba, ven un segundo.

La chica corre hasta Raúl. Se muestra contenta y en su

cara se ve constantemente que le encanta actuar y pertenecer al equipo.

—Dime, jefe.

—No me llames jefe. Soy tu director —apunta él divertido.

—Perdona, señor director. ¿He hecho algo mal?

—No, no. Todo perfecto. Pero cuando dices «¿Es que tú nunca has llegado tarde a ningún sitio?», que no sea en tono antipático. Quita agresividad.

—Bien.

—Intenta aparentar que lo lamentas de verdad, que estás arrepentida por llegar tarde, pero al mismo tiempo te sientes confusa por haber estado con otro chico que te gusta. Que se vea que tienes un pequeño lío en la cabeza.

—OK. Así lo haré.

—Gracias.

—¿Algo más?

—No. Bueno... Sí. Un pequeño detalle más —añade el joven mientras Alba regresa ya a su puesto andando de espaldas—. No le metas la lengua a Aníbal cuando le das el beso para pedirle perdón. Mejor un beso de labios, con amor, sin sexualidad.

La chica ríe y le guiña un ojo.

Todos vuelven a sus posiciones para grabar otra toma. Raúl da unas pequeñas indicaciones y la escena se repite.

Perfecto. Alba cumple con todas las sugerencias que él le ha hecho y mejora lo que ya había interpretado bien antes. La capacidad que tiene para captar todo lo que se le explica es increíble. Raúl no podría haber encontrado a nadie que lo hiciera mejor.

Pero esa jovencita de pelo azul y llamativos ojos claros pronto protagonizará escenas que no forman parte del guión.

Y es que la realidad es la mayor ficción que existe.

CAPÍTULO 4

Hace unos minutos que Ester ha llegado a casa. El reloj de su celular marca las siete menos diez. Su nuevo profesor de Francés no tardará. Es una suerte que el novio de su prima vaya a echarle una mano gratis. Tal como están las cosas, sus padres no podrían haberse permitido que recibiera clases particulares. Y debe aprobar como sea.

Sin embargo, en este momento tiene la cabeza en otro lado. ¿Por qué ha sentido el deseo de besar a Bruno en los labios? Es la primera vez que le sucede.

No ha pasado nada distinto a lo acontecido a lo largo de los últimos meses. Los dos están muy unidos y son grandes amigos. Sus sentimientos parecen claros: son de amistad, pura y transparente amistad. Y los de él... Sobre eso tiene más dudas. Hay veces que tiene la impresión de que todavía siente algo por ella, aunque trate de disimularlo. Eso hace que se sienta mal, porque lo quiere mucho, pero no de la forma que a Bruno le gustaría. Aún recuerda lo de aquella carta anónima en la que su amigo le expresaba todos sus sentimientos y su respuesta negativa.

En cambio, antes ha sido ella la que ha estado a punto de darle un beso. ¿Por qué? ¿Habrá sido solo un impulso? ¡Qué enredo!

Suena el timbre. Ester consulta de nuevo el reloj del teléfono. Las siete menos siete. El novio de su prima se ha adelantado un poco. Sus padres no están, así que es la propia Ester quien se dirige hacia la puerta y abre.

—Hola.

Durante un instante, el corazón de Ester se detiene, pero al segundo siguiente se le acelera como nunca antes. ¿Es un sueño? No, no es ningún sueño. En todo caso sería una pesadilla.

—Ho... la.

—¿Cómo estás?

—Rodrigo. ¿Qué... qué haces aquí?

—Paseaba por la zona y... —Deja de mirar a la chica un instante y suspira. Vuelve a fijar su mirada en ella y sonríe tímidamente—. La verdad es que tenía muchas ganas de verte.

Su aspecto no es muy diferente al de la última vez que lo vio hace cuatro meses, pero sí la expresión de su rostro. En eso sí ha cambiado: es menos agresiva, más amable. Hasta sonriente. Tanto como cuando disfrutaban de aquellos momentos juntos después de los entrenamientos. No obstante, también se detecta en sus gestos lo tenso de la situación.

—Bueno... Yo...

—¿Puedo pasar?

—Estoy... estoy esperando a alguien —apunta titubeante la joven. Se ha puesto muy nerviosa al tenerlo frente a frente.

—Ah. ¿A tu novio?

—No. No es mi novio. Es un profesor de clases particulares. No me va muy bien en Francés. Empiezo hoy. Es el novio de mi prima. Pero todavía no lo conozco en persona. Yo no tengo novio.

Lo dice de corridito, sin pausa. Casi sin respirar. Como

si se lo hubiera aprendido todo de memoria para soltarlo de golpe. Intenta no mirarlo a los ojos, pero le resulta imposible no fijarse en ellos de vez en cuando. Son tan bonitos... Se deja atrapar por esos ojos y se sonroja. Rodrigo está realmente guapo. Y ahora sonríe incluso más. Es como si descubrir que la visita que espera Ester no es la de un novio también lo hubiera relajado un poco.

—Entonces me voy ya. No quiero molestar.

—Bien.

—Llámame un día que no estés tan ocupada.

—No te prometo nada.

—Piénsalo.

—Bueno... Lo pensaré.

Rodrigo se da la vuelta, pero, cuando está a punto de marcharse, se vuelve otra vez. La mira directamente a los ojos y se pasa nerviosamente una mano por el pelo.

—Me han echado del equipo de voley —suelta de improviso para sorpresa mayúscula de Ester.

—¿Qué? ¿Cuándo?

—La semana pasada. Estoy destrozado.

Aquello sí que es algo totalmente inesperado para la joven. No sospechaba que fuera a confesarle algo así. De vez en cuando Ester mira la página en la que aparecen los resultados de su ex equipo y sabe que continúan segundas, a un mundo de las primeras, que han ganado todos los partidos. Ha tenido que suceder algo grueso para que lo hayan puesto en la calle.

No comprende el porqué ni intenta buscar los motivos, pero el joven que tiene delante le da ahora un poco de pena. Tanta que hace un esfuerzo y lo invita a pasar. Rodrigo acepta y acompaña a la chica hasta un pequeño salón, donde se sientan.

—¿Y por qué te han echado? Van segundos, ¿no?

—Sí. Aunque las primeras nos llevan muchos puntos de ventaja.

—Pero es un buen puesto.

—Sí. No está mal. Pero mi destitución no se ha debido a los resultados.

—¿No?

—No... Es que discutí con el presidente.

—¿Discutieron?

—Sí. Muy fuerte. Creo que incluso lo insulté. Aunque él lo hizo primero.

—Ah. Vaya.

—Le pedí más presupuesto para la temporada que viene, para ser más competitivos. Él me dijo que no podía invertir más dinero y debíamos jalar para delante con lo que teníamos. Nos gritamos y terminó por echarme.

—Lo siento.

—Gracias. Ya sabes que el voley y entrenar eran una parte muy importante de mi vida.

—Sí, lo sé.

Eran algo más que una parte importante de su vida. Eran su vida.

Los dos permanecen en silencio unos instantes. Ester trata de no mirarlo directamente a los ojos. Aún tiene malos recuerdos de todo lo que padeció durante aquellos días en los cuales él se comportó tan mal con ella. Pero, por otra parte, también tiene grabado lo que sentía por él y lo que le costó olvidarse del lado bueno de Rodrigo, del Rodrigo cariñoso, agradable y divertido. Llegó a amarlo de verdad, como jamás había querido a nadie.

—En realidad, tengo otra cosa que contarte.

—¿Qué? —pregunta, de nuevo sorprendida y confusa.

—No te merecías que te tratara así... He venido a pedirte que me perdones.

Aquello también la tome desprevenida. Su expresión y su forma de hablar ya indicaban que su actitud no era la misma que la de hace unos meses, pero escuchar una disculpa de su boca es mucho más de lo que podía imaginarse.

—Me hiciste mucho daño.

—Sé que fui un estúpido. Y necesito pedirte que me perdones por mi comportamiento. Por eso he venido realmente —confiesa al tiempo que se echa hacia delante y le coloca una mano sobre la rodilla.

Más recuerdos. Más sensaciones. Momentos olvidados que resucitan en el presente. No es más que una mano, quizá tan solo haya sido un acto reflejo. Pero a Ester se le revuelven las entrañas al sentir el contacto de esos dedos en la rodilla.

—Creo que es un poco tarde para ofrecer disculpas.

—Sí. Es tarde. Y te comprenderé si no me perdonas. Pero tenía la necesidad de verte de nuevo y decírtelo.

—Han pasado más de cuatro meses, Rodrigo.

—Ya. E imagino que habrán sido muy difíciles para ti.

—¿Difíciles?

La chica resopla con fuerza y mueve la cabeza de un lado a otro. Las ganas de llorar la desbordan, pero eso supondría volver atrás, retroceder en el dolor. Sufrir de nuevo. Y no está dispuesta a ello. No quiere... Sin embargo, el corazón le palpita muy deprisa y la angustia que experimenta es tan intensa que no logra controlar lo que le pasa por la cabeza.

Rodrigo se pone de pie y se agacha delante de ella. Ester no lo mira. No quiere hacerlo, así que se tapa la cara con las manos. Se niega a que la vea llorar por él.

—Lo has pasado muy mal por mi culpa. No tengo perdón. Pero hay algo que quiero que sepas, Ester. Fui un torpe. Un verdadero estúpido. Mi mal carácter pudo conmigo... con nosotros... pero de verdad que... te quería. Te juro que te quería.

Y ella también lo quería. Muchísimo. Hasta un punto que rozaba la obsesión. Soportaba su mal humor cuando hacía algo que no le gustaba. Lo aguantaba todo: sus gritos, sus enfados, sus subidas de tono... ¡Todo! Hasta que la culpase de las derrotas del equipo cuando fallaba. El final de su relación fue el peor día de su vida. Por las formas y por lo que significaba.

—No es suficiente, Rodrigo. Pero te perdono —dice tras armarse de valor—. Te perdono.

—Gracias. Me quedo más tranquilo, aunque no me olvido del daño que te he hecho.

—Eso ya es irreparable... Y ahora... Si no te importa... mi profesor de Francés debe estar por llegar.

—Claro.

La chica se levanta de su asiento y él también se incorpora. Ambos caminan hasta la puerta en completo silencio. Es Ester la que la abre.

—Gracias de nuevo —comenta Rodrigo mientras sale al pasillo—. Espero que las clases te sirvan para aprobar Francés.

—Yo también lo espero.

Un nuevo silencio, este más breve.

—Adiós, Ester.

—Adiós.

Y sin alargar más la agonía, la chica cierra la puerta.

Uff. Le cuesta respirar.

Se le amontonan muchos sentimientos en un instante. Tiene una extraña sensación de miedo, odio y añoranza. No es justo que el tipo que más daño le ha hecho en su vida se plante en su propia casa y le suelte todo eso de buenas a primeras.

¿Ha tenido que esperar a que lo echaran del equipo para ofrecerle disculpas?

¡No es justo!

Pero no hay tiempo para más lamentaciones. El timbre de la puerta vuelve a sonar cuando ni siquiera ha tenido tiempo de volver a su habitación. Solo espera que no sea él otra vez.

Ester regresa a la entrada y abre. No, no es Rodrigo.

Ante ella aparece un chico no demasiado alto, muy guapo, con los ojos claros y el pelo recogido en una coleta. Su acento es de lo más sensual.

—Hola. ¿Eres Ester?

—Sí. Soy yo...

—Encantado. Me llamo Alan Renoir. Soy el novio de tu prima Cristina y tu nuevo profesor de Francés.

CAPÍTULO 5

—Muy bien. Buen trabajo, chicos. Hemos terminado por hoy. Acuérdense de que mañana grabamos por la noche. Ya les enviaré un mensaje para decirles la hora exacta y dónde quedaremos.

Son casi las nueve. Hace más viento que cuando comenzaron a rodar y en el ambiente se respira la posibilidad de que no tarde demasiado en empezar a llover.

May, la chica de maquillaje y vestuario, recoge sus cosas rápidamente y se marcha acompañada de Julio, el camarógrafo. Son los primeros en despedirse. Poco después, es Aníbal, el actor secundario que hace de novio de la protagonista, quien se va. Raúl y Alba se quedan a solas. Últimamente son los últimos en marcharse. Él se queda porque siempre repasa en un cuaderno de notas lo que han hecho y lo que les ha quedado pendiente. Y ella porque le gusta que la acompañe hasta su casa.

—¿Nos vamos? —le pregunta Alba tras cargarse a la espalda la mochila que había llevado.

—Sí. Vamos.

Mientras caminan, la joven se quita el maquillaje de la cara con una toallita desmaquilladora que le ha dado May.

—No me gusta que me pinten tanto —dice refunfuñando.

—Has quedado con tu novio. Es normal que vayas un poco maquillada.

—Pero, según me ha dicho Valeria, a ti no te gustan las chicas maquilladas, ¿no es verdad?

Raúl contempla a su amiga con una sonrisa en el rostro. ¿Le ha contado eso? ¿Y qué más? Las dos han hecho muy buenas migas desde que se conocieron aquel viernes del mes pasado en la cafetería Constanza.

—No me gusta que se maquillen mucho. Pero un poquito no está mal.

—Pues mi personaje lleva demasiado maquillaje.

—Exigencias del guión.

Alba suelta una carcajada y continúa limpiándose las mejillas. Los dos siguen andando por la calle Mayor.

—¿Vamos a grabar mañana la escena del botellón?

—Sí. Esa es mi intención.

—¿Y si llueve?

—Si llueve ya veremos qué hacemos.

—Es una parte importante del corto. Tiene que salir todo perfecto.

—No tiene por qué salir mal.

—Claro que no... ¿Y ya tienes a los extras?

El joven sonríe para sí y luego mira a la chica.

—Sí... Bueno, no. Pero sí.

—Qué bien te explicas.

—A ver... Tengo pensado quiénes serán los extras. Pero aún no les he dicho nada. Espero que los chicos no me fallen.

—¿Qué? ¡No me lo puedo creer! ¿Se lo vas a decir a...?

—Sí. A los incomprendidos.

La nueva carcajada de Alba es todavía mayor que la anterior, aunque cesa de inmediato. No pretendía burlarse de ellos, pero no se imagina a Meri o a Bruno interpretando un papel en el corto, y menos en un botellón, aunque solo sea como simples extras.

—Será divertido que ellos también salgan y formen parte de *Sugus* —señala alegre—. Pero no estoy segura de que vayan a decirte que sí.

—¿Por qué? Somos amigos. No tendrán ni que hablar. Solo sujetar un vaso en la mano y fingir que beben.

—Tal vez deberías haberles avisado antes. Con más tiempo.

—¿Y que se lo piensen demasiado y se arrepientan luego? —comenta el chico con la mirada clavada en el cielo. Le ha caído una gota—. Es mejor tomarlos desprevenidos y convencerlos sobre la marcha. Solo será un rato.

—No sé yo...

—¿No lo ves?

—¿Sinceramente? No.

—Yo tampoco. ¿Y si les pago?

La joven del pelo azul mira a Raúl con los ojos muy abiertos. Pero en seguida descubre que no está hablando en serio.

—Si les pagas a ellos, espero que nos hagas un contrato a quienes intervenimos como actores y soportamos tus exigencias de guion.

—No tengo dinero para contratos.

—Pues invítanos a comer, al menos. O mejor, una cenita.

—Cuando terminemos el corto nos vamos a comer todos juntos.

—¿Pagas tú?

—Lo mío sí.

—¡Bah! ¡Qué jefe más tacaño!

Entre sonrisas llegan frente al mercado de San Miguel. A Raúl le cae una gota en la cara y, al instante, otra en la cabeza. Y otra más fuerte. El chico se cubre con la capucha de la sudadera mientras empieza a llover con más intensidad. Sin embargo, Alba no lleva nada con que taparse.

—Vas a empaparte. Deberías haber traído paraguas.

—No pasa nada. No uso de eso.

La chica agacha la cabeza y acelera el paso. Raúl, a su lado, hace lo mismo. Están a diez minutos del edificio donde vive la joven, pero el chaparrón no se hace esperar.

—Si no nos metemos en algún lado vas a llegar a tu casa empapada.

—Da igual.

—No da igual. Eres la estrella de la película. Te necesito sana para grabar. Así que...

—¿Qué?

—Te voy a conceder tu deseo. Te invito a cenar.

Y sin avisarle ni esperar su aprobación, la toma del brazo y la conduce al interior de un bar.

Es un local con poca luz que huele a frito y está prácticamente vacío. Aparte de la barra, en la que un par de clientes charlan animadamente sobre futbol, tan solo dispone de cuatro mesitas pegadas a la pared. Alba y Raúl se sientan a la más cercana a la puerta.

—Casi prefiero mojarme que comer aquí.

—Vamos, no seas quejosa —protesta Raúl, y alcanza una pequeña carta plastificada que hay sobre la mesa—. Seguro que todo está muy rico.

—Ya.

—Parece que es comida casera.

—Eso es lo que más miedo me da.

En ese instante, suena el *Call me maybe*, de Carly Rae Jepsen. Es la melodía del celular de Alba, que se apresura a contestar. Se pone de pie y le explica a su amigo en voz baja que es su madre. Rápidamente, se dirige al otro extremo del bar con el teléfono pegado a la oreja.

Raúl sigue echándole un vistazo a la carta mientras la chica habla con su madre. La observa de reojo. No parece una conversación muy amistosa. Alba gesticula muy seria, aunque no alza la voz. Estarán discutiendo por algún motivo. En realidad no sabe mucho acerca de la familia de Alba. A decir verdad, casi no la conoce a ella. Sabe que tiene dieciséis años, estudia primero de Bachillerato y poco más. No suele hablar sobre sí misma. El único momento en el que tal vez se abriera algo más fue la tarde en la cual la conocieron. Les contó lo de los cuernos y el plantón de su ex novio, del que nunca más tuvieron noticias. Lo mejor de todo es que se ha hecho muy amiga de Valeria y ha suplido la ausencia de Elísabet. De hecho, fue su novia quien apoyó insistentemente la idea de que Alba fuera la actriz principal del corto. Así que, aunque Alba y él regresen juntos a casa todos los días después de grabar, no hay ningún tipo de celos por parte de Val. Conociéndola, si la protagonista hubiera sido otra, seguro que habría habido problemas. Sabe que sufre cuando se le acercan otras chicas.

Por ese motivo no puede contárselo todo...

Sin embargo, la quiere. Está seguro de eso.

Estoy con Alba en un bar esperando a que deje de llover —escribe en el WhatsApp—. Cuando llegue a casa hablamos. Te quiamo.

La respuesta de Valeria no se hace esperar.

OK. Pásenla bien. Dale un beso de mi parte a Alba. Te quiamo.

Raúl sonríe y guarda la BlackBerry en uno de los bolsillos de su sudadera. Mira hacia el fondo del local. Su amiga acaba de terminar de hablar por el celular y ya se dirige hacia la mesa.

—Val te manda un beso —le dice cuando se sienta.

—Ah.

—¿Todo bien? —le pregunta. La nota algo rara.

—Sí. No te preocupes. Mi madre, que es muy pesada —comenta, y fuerza una sonrisa de oreja a oreja—. Pero no quiero hablar de ello.

—¿Estás segura?

—Sí —responde Alba con firmeza—. Bueno, vamos a ver qué tal está la suculenta comida casera que sirven aquí.

Y no estaba tan mal como imaginaban. Ambos piden un bocadillo de calamares, típico de la zona, y un agua mineral. A pesar de que tienen los dedos bañados en aceite y de que el pan exige un esfuerzo extra al morderlo, esperaban algo mucho peor.

—¿Qué tal?

—Pues tenías razón. Esto está bueno —responde la joven masticando exageradamente.

—¿Sí? ¿Te gusta?

—No está nada mal. Y que algo sepa bien aquí es sorprendente.

Ambos se sonríen.

La lluvia azota las calles de Madrid con más fuerza. No durará mucho. Apenas unos minutos más, el tiempo que la pareja tarda en comerse sus bocadillos. Al día siguiente, en cambio, saldrá el sol y no caerá ni una gota. Será un día reservado a situaciones aún más sorprendentes.

CAPÍTULO 6

Tararea un tema de Pablo Alborán que acaba de escuchar en Europa FM. Parece que ha dejado de llover. Valeria mira por la ventana del salón y lo comprueba. Así es, ya no llueve. La abre y saca la cabeza para respirar el aroma húmedo de la calle mojada. Sopla un poco de aire frío que le golpea en el rostro, pero no le importa, porque le encanta esa sensación.

Está feliz, aunque lo echa de menos. Siente la necesidad de mandarle a Raúl otro mensaje al WhatsApp, pero no quiere ser pesada. ¿Seguirá en el bar con Alba?

No debe impacientarse, debe esperar a que él la llame. No cree que tarde mucho en hacerlo.

Resopla y se tumba en el sillón boca arriba y con las manos bajo la nuca. Su pasatiempo preferido cuando no está al lado de su novio es pensar en él. Ya llevan más de cuatro meses juntos. ¿Quién se lo iba a decir a ella, con lo que le costó confesarle sus sentimientos? Si el chico no hubiera dado el primer paso, la historia habría sido muy diferente. Quién sabe cómo...

La luz de la lámpara le molesta un poco en los ojos. Los cierra y recuerda aquel primer beso. Sus dulces labios en el mes de noviembre. Fue tan bonito... Un sueño que se hizo realidad. Vuelve a abrir los ojos emocionada, con una inevitable sonrisa... que desaparece rápidamente.

Algo acaba de pasar volando por encima de su cabeza como si se tratase de un pequeño planeador multicolor. Valeria se incorpora a toda prisa.

—Pero... ¡*Wiki*! ¿Qué haces aquí?

¡Su agaporni debería estar dentro de la jaula!

El pajarillo se posa encima del televisor. La chica se acerca a él lentamente, pero se da cuenta de que la ventana sigue abierta. Si da un paso en falso, su mascota se escapará. Así que decide cambiar de objetivo. Lo primero es cerrar la ventana. Luego, con más tranquilidad, ya tratará de atraparlo.

—*Wiki*, ni te muevas. Quédate ahí.

Pero el pájaro no obedece a su dueña y vuela hasta el marco de la ventana. Pía desafiante.

—Por favor, *Wiki*... Quieto.

Midiendo cada paso, la joven se dirige hacia donde se ha posado su agaporni. No quiere asustarlo para que no vuelva a salir volando. Se le ha formado un nudo en la garganta. Si se escapa por la ventana, será muy difícil encontrarlo.

Lo tiene a apenas un par de metros. El pajarillo abre las alas y camina por el borde del marco. Da la impresión de que hasta se está divirtiendo con la situación. Valeria, por el contrario, está muy nerviosa. No tiene muy claro cómo actuar, pero sabe que en el momento en que se abalance por él deberá ser muy rápida.

—*Wiki*, no seas malo, ¿eh? Por favor, ni se te ocurra salir a la calle —le ruega susurrando—. Ven conmigo, anda.

Está a menos de un metro. El pájaro inclina la cabecita hacia un lado y la observa. Silba al oír la voz de Valeria y abandona el marco de la ventana. Lentamente, vuela hasta el hombro de la chica. Ella respira aliviada. ¡Menos mal! Todo parece controlado, pero, justo cuando la joven va a tomarlo con las manos para llevarlo de nuevo a la jaula,

Wiki despliega las alas y sale disparado por la ventana hacia la calle.

—¡Nooo!

La chica se asoma de inmediato, pero ya es imposible verlo. *Wiki* ha desaparecido en la oscuridad de la noche. Desesperada, se cubre la cara con las manos y empieza a llorar. No ha perdido solo su querido pajarito, sino también el regalo que Raúl le hizo para celebrar sus dos meses como novios.

—Pero ¿no quedamos en que no nos regalaríamos nada? ¡No tengo dinero para comprarte algo!

—Lo sé, lo sé. Y no hace falta que me regales nada. Además, lo que tengo para ti no me ha costado ni un solo euro.

—¿Qué?

—En media hora estoy en tu casa y te lo explico.

—¿Media hora?

—Sí. Tengo que ir a buscar una cosa antes.

—¡Cuánto misterio!

Tras colgarle el celular, Valeria se queda pensativa. ¿Qué será el regalo? Le fastidia que no haya cumplido su palabra de no obsequiarle nada por su segundo mes juntos. Era un pacto. ¡Ella se gastó en Santa Claus todo el dinero que tenía ahorrado! Sin embargo, la curiosidad la come por dentro.

Y cuando Raúl apareció en su casa con un pajarito de colores metido en una jaula, la sorpresa fue mayúscula.

—Es un agaporni. Aunque también se les llama inseparables.

—¿Y dónde lo has encontrado?

—En realidad ha sido él el que me ha encontrado a mí. Iba caminando por la calle y se me posó en la cabeza.

—Pero tendrá dueño.

—Imagino que sí. Y he estado más de una hora preguntando por las casas de la zona. Nadie sabía nada. Estos pájaros se escapan con gran facilidad, pero necesitan un dueño para sobrevivir.

Valeria se agacha y mira a su pequeño nuevo huésped. Este se sitúa frente a ella y pasea el pico por las barras de la jaula. Luego emite un sonidito dulce.

—Vaya. Qué mono.

—Parece que le has gustado.

La chica sonríe. También a ella le ha gustado la avecilla multicolor.

—¿Tiene nombre?

—No. El que tú quieras ponerle.

—¿Es macho o hembra?

—No tengo ni idea.

—Habrá que ver en Internet cómo averiguarlo.

—Si quieres, luego echo un vistazo en la Wikipedia.

—Wikipedia. Mmm. *Wiki*... Me gusta. —Valeria vuelve a mirar al pajarito. Sin quererlo, Raúl acaba de ayudarla a ponerle nombre—. Sí, tienes cara de llamarte *Wiki*.

Con lágrimas en los ojos, decide que no es momento para lamentaciones. Debe encontrar a ese pequeñín antes de que sea demasiado tarde. No puede perderlo para siempre. Rápidamente, sale de casa. Baja por la escalera para no perder más tiempo. A toda velocidad, salta los escalones de dos en dos.

Una vez en la calle siente el frío intenso de la noche. No ha tomado nada para abrigarse. Mira a su alrededor y se frota los ojos, todavía húmedos a causa del llanto. Y entonces se da cuenta de lo complicado del asunto. Será como encontrar una aguja en un pajar. Pero va a intentarlo. Tiene que hacerlo. Acaba de fugarse y no es un halcón ni un águila, no ha podido ir muy lejos.

¿Izquierda o derecha? Se percata de que el aire sopla desde su izquierda, así que opta por seguir esa misma dirección. ¿No son los agapornis los pájaros más listos que existen? *Wiki* no va a volar en contra del viento. No es tan tonto.

Camina por la acera examinando los árboles y las cornisas de los balcones más bajos. Pero está demasiado oscuro, aunque se topara con él por el camino sería casi imposible verlo. Valeria siente una gran impotencia y empieza a llorar de nuevo. Las lágrimas le llegan hasta la boca mientras silba y llama a su pequeña mascota.

Lleva cinco minutos buscando cuando, a unos cuantos metros de distancia, observa que alguien se echa una mano al hombro para alcanzar algo que se ha posado sobre él. No puede ser cierto. ¡Es un milagro!

El joven forma una especie de cuenco con los dedos y de él sobresale la cabecilla coloreada de un agaporni que no deja de piar. Valeria corre hacia el desconocido con el corazón latiéndole a mil por hora. Cuando se para delante del muchacho, intenta disimular sus lágrimas y se pone colorada.

—¿Es tuyo este pequeño?

Su voz tiene un timbre muy agradable. Valeria no cree que llegue a los veinticinco años, tal vez tenga algunos menos. Va perfectamente vestido, con camisa y una chaqueta elegante pero informal. Aunque no es un tipo deslumbrante, no está mal. Es de esos de los que se dice que tienen algo.

—Sí. Se me ha escapado.

—Estos pájaros son tan listos como traviesos.

—Dímelo a mí. No sé cómo habrá salido él solo de su jaula.

El joven sonríe y muestra unos dientes blancos, bonitos y alineados. Valeria se fija en ellos y recuerda su etapa de aparato dental. Juraría que él también lo llevó de más joven.

—Toma. Estará mejor contigo.

Wiki regresa a las manos de su dueña, que lo regaña en voz baja cuando lo tiene bien agarrado.

—Muchas gracias. De verdad. No sé cómo puedo pagarte que...

—Un día me invitas a un café, ¿ok? Un segundo.

Es una frase hecha, pero él se la ha tomado en serio. El joven se saca una cartera de piel del pantalón y extrae de ella una tarjeta. Está a punto de entregársela a Valeria cuando se da cuenta de que esta tiene las manos ocupadas. Así que les echa un vistazo a los jeans de la muchacha y, con descaro, le introduce la tarjeta en el bolsillo trasero del pantalón. La chica se pone roja como un tomate.

—Pero...

—Me llamo Marcos. Y mi Twitter, mi teléfono y a lo que me dedico aparecen en la tarjeta.

—Yo... soy Valeria. Y no tengo tarjeta.

—No te preocupes —repone con una sonrisa; a continuación le da dos besos inesperados—. Es mejor que regreses a casa, no vaya a ser que tu agaporni vuelva a irse de juerga.

—Sí... es,... lo mejor.

—Encantado de conocerte.

—Igualmente.

—Y espero pronto ese café.

El joven le regala otros dos besos y se da la vuelta. Cruza la calle y se aleja en dirección opuesta al edificio en el que vive Valeria. La chica permanece inmóvil durante unos segundos, pero una corriente de aire frío la devuelve a la realidad.

Mientras se dirige hacia su casa con el pajarito entre las manos, sacude la cabeza y sonríe.

No tiene ni idea de quién podría ser aquel tipo, ni de a qué se dedica, ni de si el destino ha guiado a *Wiki* hasta él. Solo está segura de una cosa: está empezando a especializarse en escenas romanticonas de películas de Hugh Grant.

CAPÍTULO 7

Tiene que hacer un trabajo de Lengua y estudiar Matemáticas, pero no le apetece nada. María deambula triste por su habitación. Se siente sola. Le gustaría llamar a Bruno o a Ester y charlar un rato con ellos. Escucharlos y que la escuchen. Pero las cosas han cambiado y ese tipo de conversaciones de hablar por hablar se terminaron en el momento en que reveló su secreto. No es que sus amigos estén haciendo algo contra ella, es que ella misma ha ido aislándose poco a poco. Y no se siente cómoda cuando los mira a los ojos.

Quizá sea demasiado tarde para reconducir la situación y todo vaya a peor conforme transcurra el tiempo. En estos momentos mantienen una amistad tibia, una amistad de recreo y de grupo, no de confesiones y confianza como antes. Son amigos, pero no los mejores amigos.

Cómo le gustaría retroceder y volver a aquel momento en el que besó a Ester. Fue el día más feliz de su vida, pero también el que después lo condicionó todo. Si tuviera que decidir en este instante, sabiendo lo que les depararía el futuro, no la besaría. Se aguantaría las ganas, se sacrificaría y su secreto seguiría a salvo. Y los tres continuarían siendo tan amigos como siempre.

El silencio que reina en su casa tampoco ayuda.

Alimenta todavía un poco más la soledad que siente. Y Gadea en Barcelona con su padre...

Fuera ya no llueve. La chica se sienta y se coloca frente a su laptop. La abre y la enciende sin mucho entusiasmo. Quizá si escribe y se desahoga se sienta un poco mejor, porque lo necesita. Necesita sentirse mejor.

Abre su página, el blog cuyas palabras expresan sus verdaderos sentimientos. «Tengo un secreto». Pone música —*Euphoria*, de Loreen— y comienza a teclear.

PRUEBA NO SUPERADA

Aquí estoy bailando sola una canción para dos. ¿Me lo merezco? Posiblemente sí. Tal vez hiciera lo que no debía hacer. O me equivoque con el momento en que lo hice. Y a pesar de que fueron los segundos más bonitos de mi vida, también han sido los que han marcado mi existencia. Esta absurda existencia.

Los que no solemos arriesgar tenemos que pensar en los resultados si damos un paso de más, adelante o atrás. Debemos sumar y restar las consecuencias de los acontecimientos. Somos presos de nuestro comportamiento, porque, si no sale bien, nos derrumbamos y sufrimos como nadie.

Llevo cinco meses lamentando un beso. Un simple beso. ¿Cuántos millones de besos por minuto se dan en el mundo? Y yo pago conmigo y con los demás el dar libertad a mis labios por primera y única vez en mi vida. Es el riesgo tomado sin medir las consecuencias.

Te mentiría si dijera que ya no siento nada. Pero intento olvidarme de este imposible en el que me mantengo consciente a duras penas.

Echo de menos vivir como cuando no tenía miedo de querer. Como cuando no tenía miedo de esconderme. Como cuando no tenía esta sensación de estar oculta tras las sombras de mi propio reflejo.

Ahora siento, no solo río o lloro. Amo, no solo quiero. Beso en los labios, no solo en la mejilla. Y nada sale bien. Y lo peor de todo es que por el camino he dejado sentimientos heridos. Heridos de verdad. Con enormes cicatrices de las que, a lo mejor, nunca terminan de sanar.

La canción se acaba y yo sigo bailando sola.

Prueba no superada.

Meri relee lo que acaba de escribir en apenas quince minutos. Le molestan los ojos. Se quita los anteojos y los seca con la manga de la camiseta. Se ha desahogado, pero sigue sin estar bien. Por lo visto en esta ocasión no basta con las palabras.

Podría irse a dormir y esperar sin más a que amanezca otro día. Quizá entonces las cosas sean distintas. Puede que pase algo que cambie la dirección del viento de una vez por todas y la saque de la desidia. Pero es temprano y no tiene sueño.

¿Y si ella está conectada?

No terminaron bien la última conversación, pero Paloma es la única que le ha sacado una sonrisa en los últimos días.

Entra en la web de contactos y se dirige al *chat* en el que chicas hablan con otras chicas. Supuestamente. Teclea su *nick* habitual, «Pelirrojita», y le da al *enter*. La sala tiene cuarenta usuarios conectados, y varios de ellos la invitan en seguida a conversar a solas en ventanas individuales. María sabe que la mayoría son tipos que juegan a ser lesbianas o robots que se dedican a hacer *spam*. No responde a nadie y busca en la columna de la derecha el seudónimo que utiliza Paloma.

«PalomaLavigne.» Allí está. ¿Querrá hablar? ¿Seguirá

enfadada con ella por no enviarle la foto que le pidió? Pero es que, aunque esté enganchada a ese sitio, no confía en nadie. Esa chica bien podría ser un maníaco sexual, un depravado o un tipo desesperado, por mucho que le haya insistido en que es una joven madrileña de dieciocho años y hasta le haya enviado una fotografía suya. ¿Será ella de verdad?

En la imagen aparece una muchacha rubia con el pelo largo y liso. Tiene los ojos verdes y la nariz respingada. Es muy mona de cara. Pasa del 1,70 de estatura y seguro que su talla de sujetador es mucho mayor que la de ella. Si Paloma es de verdad esa...

Pero seguramente no lo es. La única manera de comprobarlo es viéndose por *cam* o en persona. Y María no está dispuesta a correr ese riesgo. Sería la primera, tras Ester y Bruno, en ponerle cara a su homosexualidad. Además, si María se mostrara y fuese verdad que aquella rubia es Paloma, esta la rechazaría a las primeras de cambio por su físico. No cree que una chica así quiera tener contacto con alguien como ella. Y, por si fuera poco, le ha mentido en la edad. Le ha ocultado sus dieciséis años y le ha dicho que también tiene dieciocho, la edad mínima para poder darse de alta en la página.

Resopla. Demasiadas dudas y demasiadas mentiras. Lo mejor es apagar la computadora e irse a la cama. Con un poco de suerte se quedará dormida pronto y soñará con algo bonito.

Sin embargo, antes de que salga de la web, en la parte inferior de la página se abre una pequeña ventana. La que la invita a establecer una conversación es «PalomaLavigne». Sorprendida, acepta.

—¿Qué pasa? ¿Es que ni siquiera vas a saludarme?

Paloma es la primera en escribir. Y, aunque no es un saludo amistoso, a Meri se le dibuja una sonrisa en el rostro. Se alegra mucho de que le haya hablado. No entiende muy bien por qué, pero ese simple mensaje la hace sentirse mejor.

—Es que me iba ya.

—¡Pero si acabas de entrar!

—Sí, acabo de entrar, pero solo para echar un vistazo.

—Es de mala educación no saludar a las amigas. Aunque solo hayas entrado para echar un vistazo.

¿Amigas? ¿Desde cuándo son amigas?

No imaginaba que pudiera tomárselo así. De hecho, creía que estaba enfadada con ella. La conoce poco, ya que no llevan hablando ni una semana. Cinco días, para ser más exactos. Pero de algo está segura: Paloma es una chica, o un chico, con mucho carácter.

—Lo siento —escribe Meri todavía extrañada. No quiere más polémicas con ella—. Tienes razón. Debí saludar.

—No pasa nada. ¿Te ibas a dormir ya?

—Sí. Necesito descansar. No he tenido un buen día.

—Yo tampoco. Ha sido un día de mierda.

—¿Qué te ha pasado?

No conoce prácticamente nada de la vida personal de Paloma y no sabe si ha sido demasiado atrevida al preguntarle. Lo más probable es que le suelte un «A ti qué te importa» o alguna grosería por el estilo.

—Que estoy harta de todo.

Bienvenida al club. No es la única. Eso es justo lo que piensa María: la vida se ha convertido en un absurdo sinsentido del que empieza a estar harta.

—¿Quieres hablar de ello?

—No creo que te interesen mis problemas. Ya tendrás tú bastante con los tuyos.

—Sí que los tengo. Pero eso no significa que no me interesen los de los demás.

—Pues seguro que los míos no te importan mucho.

—¿Por qué dices eso?

—No quieres ni enseñarme cómo eres, no confías en mí, ¿por qué ibas a preocuparte por lo que me pasa?

Ya está otra vez con ese tema. Uff. ¿Cómo va a confiar en alguien a quien no conoce? ¡Claro que no se fía! Pero eso no significa que no le preocupe. ¡Qué tipa tan terca!

—No sé por qué tienes tanto interés en saber cómo soy.

—Porque sí. Yo te envié una foto mía.

—¿Y cómo sé que esa eres tú y no me mientes?

—¿Qué? ¿No me crees?

—Aquí todo el mundo miente. Todos dicen que son lo que no son, ¿no?

—¿Tú no eres una pelirroja de Madrid de dieciocho años?

Está empezando a ponerla nerviosa. Paloma le ha dado la vuelta a la tortilla de tal forma que al final han terminado hablando de si es ella la que no dice la verdad. Aunque, pensándolo bien, es un buen momento para aclarar el tema de su edad. A ver si así se siente menos culpable.

—Soy pelirroja y vivo en Madrid, pero no tengo dieciocho años. Tengo solamente dieciséis.

En cuanto pulsa el *enter* de su computadora, se arrepiente de haberse sincerado con ella en el tema de la edad. Tal vez se haya precipitado. Esa confesión puede conllevar que ya no vuelva a dirigirle la palabra. Es una mentira pequeñita, pero suficiente para generar desconfianza. La otra chica no escribe. Cada segundo que pasa es una penitencia que cumple por haber mentido, en primer lugar, y por haber vuelto a arriesgarse diciendo la verdad, en segundo. El caso es que siempre mete la pata.

—Yo tampoco tengo dieciocho años. Tengo quince. Aunque cumplo dieciséis en menos de un mes. Siento haberte mentido. Pero es que yo tampoco me fío.

Y tras la confesión de Paloma, una petición para activar una conversación por *cam*.

María se ha quedado helada. Fría. No sabe qué decir. ¿Cómo se supone que debe reaccionar? Tampoco ella ha dicho la verdad.

—Entonces, ¿no eres la de la foto? —termina escribiendo cuando ya ha transcurrido más de un minuto desde las últimas palabras de la chica—. La de la foto es bastante mayor.

—No. No estoy tan buena. Pero si le das al botón y aceptas la cámara, sabrás exactamente cómo soy.

—¿Me has mentido y ahora quieres verme así, como si nada? No puedo confiar en ti.

—Tú también me has mentido. Aquí todo el mundo miente. Tú misma lo has dicho.

—¿Y cómo sé que esto no es una broma? ¿Que no quieres verme solo para reírte de mí?

—Porque no quiero reírme de ti. Te lo prometo. Quiero verte y ser tu amiga. No tengo muchos amigos.

María tampoco. Y los que tenía se están alejando poco a poco. Pero le da miedo llevar el cursor del ratón hasta el botoncito que activa la *cam*. Está confusa. Esa chica la está haciendo dudar. Pero ¿por qué? ¿Por qué se siente atraída por la idea de verla? ¡No se conocen de nada! ¡Es una locura! Y ella no está dispuesta a dejarse llevar por ninguna locura más.

—No me fío, lo siento —escribe muy seria—. Eres un chico, ¿verdad?

—Soy una chica. Te lo prometo. Acepta la conversación por *cam* y lo comprobarás. Vamos.

—¿Eres lesbiana?

—Sí. Me gustan las chicas.

—¿De verdad?

—Te lo juro, Pelirrojita. Y además, creo que me gustas. No sé si estoy enamorada de ti.

Aquello termina de confundir a Meri. Es la primera vez en su vida que alguien le dice algo así. Nunca le había gustado a nadie. Pero no se cree que la persona que está al otro lado de la pantalla sienta algo por ella. Es imposible.

Y de repente los recuerdos que le inundan la cabeza hacen que se sienta mal. Su primer beso fue por imposición de aquellos tipos que obligaron al pobre Raúl a hacerlo, y la primera vez que alguien le dice que le gusta es de aquella manera.

Definitivamente, ella no ha nacido para el amor.

Se levanta de la silla, niega con la cabeza y, sin tan siquiera cerrar adecuadamente la página, apaga la computadora con brusquedad.

Todo sigue igual, aunque mañana amanecerá y será otro día diferente. Pero, de momento, su única ilusión, sin ninguna otra esperanza, es soñar con algo bonito.

CAPÍTULO 8

Qué tipo más curioso y qué manera tan peculiar de conocer a alguien. Aunque empieza a acostumbrarse a esa clase de encuentros casuales y por sorpresa. Ya tiene suficientes historias como para escribir una novela.

Valeria camina hacia su casa sonriente, pero todavía con el susto en el cuerpo tras la huida de *Wiki*. Pero eso ya pasó. Ahora está impaciente por leer la tarjeta que Marcos le ha metido en el bolsillo trasero de los jeans. ¿A qué se dedicará?

Por su aspecto diría que podría tratarse de algo relacionado con... ¿las finanzas? Iba muy bien vestido, perfectamente afeitado y sus modales parecían sacados de un manual de buen comportamiento. Además, derrochaba confianza en sí mismo. ¿Un joven agente de bolsa? O, tal vez, un empresario de esos que poseen pubs y locales nocturnos. Sí, eso le quedaría bastante. Y seguramente iba camino de uno de ellos, situado en el centro de la capital.

Ansiosa por descubrir si acierta en sus predicciones, llega a su edificio. Entonces se da cuenta de que tiene un gran problema con el que no había contado hasta el momento. ¡No puede sacar la llave que guarda en el bolsillo de los pantalones! ¡Tiene las manos ocupadas! ¿Y ahora qué hace?

Espera un par de minutos en la puerta por si aparece algún vecino. Nada. Y *Wiki* empieza a ponerse realmente nervioso en el cuenco que forman las manos de Valeria. Aletea y hasta le ha dado algún que otro picotazo. Seguramente la odie por tenerlo prisionero tanto tiempo. Podría intentar sujetarlo solo con una mano y así dejar libre la otra, pero le da miedo que vuelva a escaparse.

Respira hondo. No le queda más remedio que pedirle ayuda a alguien que pase por allí. Aunque no puede ser a un cualquiera. No se fía. En ese momento, todo el mundo le parece peligroso. ¡Menuda situación!

Hasta que por fin... alguien fiable. Una señora alta y con anteojos, con pinta de bibliotecaria, le transmite cierta confianza. Sonrojada, la llama. La mujer se detiene extrañada y parece aún más extrañada cuando Valeria le explica el problema. Aquello no puede darle más vergüenza.

Al final, la señora con pinta de bibliotecaria comprende el asunto y se presta primero a abrirle la puerta del edificio y después a acompañarla hasta su piso.

—Estos pajarillos tienen una especial habilidad para escaparse —le dice cuando mete la llave en la puerta del segundo B y abre.

¡Qué le van a contar a ella que no sepa ya!

La mujer se despide sonriente y Valeria entra en su casa tras darle las gracias una y otra vez. Las luces están encendidas. Su madre aparece en seguida con el rostro totalmente desencajado.

—¡Menos mal! ¡Lo has encontrado! —exclama Mara aliviada al observar que su hija lleva el pequeño pájaro entre las manos.

Después de todo lo que ha tenido que pasar para entrar, resulta que su madre estaba en casa. No sabe si reír o llorar. Opta por lo primero.

—Sí, he tenido suerte. Este enano había decidido fugarse.

—Cuando he llegado y he visto la ventana del salón abierta y que *Wiki* no estaba en su jaula, me lo he imaginado. Te he llamado al celular, pero no te lo habías llevado.

—Ni lo he pensado. He salido por él rápidamente.

Las dos se dirigen a la habitación de Valeria, donde está la jaula del agaporni. La chica lo introduce en ella y se asegura de que la puertecita queda bien cerrada.

—¿Cómo se te ha escapado? —le pregunta su madre mientras contempla a *Wiki* subirse a una anilla de madera. Feliz por ser liberado de las manos de su dueña, pía con fuerza y se balancea.

—No lo sé. Estaba tumbada en el sofá del salón y ha pasado volando por encima de mi cabeza. No sé si habría dejado la puerta de la jaula abierta o si él ha aprendido a abrirla.

—Habrá que tener cuidado.

—Sí. Este bicho es demasiado listo.

Madre e hija sonríen cuando el pajarillo abre las alas y empieza a mover la cabecita de un lado a otro. Es como si comprendiera lo que están diciendo y supiera que hablan de él.

—¿Cómo has conseguido atraparlo?

—No he sido yo —contesta al tiempo que se saca la tarjeta del bolsillo trasero del pantalón. Lee con curiosidad—: Ha sido gracias a... Marcos del Río Gómez.

—¿Y ese quién es?

—Pues según dice la tarjeta que me ha dado... un fotógrafo.

—¿Te ha dado su tarjeta?

—Sí. Y, además de fotógrafo, pone que es locutor de radio.

—No entiendo nada.

—A ver... Te cuento.

Valeria le explica lo que le ha pasado hace unos minutos: que *Wiki* ha ido a parar al hombro del joven fotógrafo-locutor de radio y que él le ha metido su tarjeta personal en el bolsillo trasero del pantalón. Luego le cuenta lo de la mujer con cara de bibliotecaria. Las dos sueltan una carcajada cuando termina la historia.

—Qué cosas te pasan, hija mía.

—Ya ves. Como si fuera una película.

—Eso mismo estaba pensando yo —comenta Mara ya más seria—. Y lo más importante es que ha sido una película con final feliz.

—Pues sí, eso es lo importante.

—Y ese chico, ese Marcos... ¿era guapo?

—¿Guapo? Pues no sé... Normal.

—Normal.

—Sí, una persona normal.

—¿Normal tirando a guapo?

—Qué más da, mamá. Era un chico normal y corriente.

Miente muy mal. Se le nota porque se sonroja a toda velocidad. La verdad es que el chico, cuando menos, era interesante. Luego lo buscará en Twitter para investigar un poco más. Pero no le dirá nada a su madre para que no piense cosas raras. Ella tiene novio. Y está muy enamorada de él. No hay más.

—¡Ah! Hablando de chicos guapos... Creo que te ha llamado Raúl mientras no estabas en casa. Justo un minuto después de llamarte yo, ha sonado tu celular.

—¿Y por qué no lo has tomado?

—Porque es tu celular y, si lo hubiera tomado, te habrías enfadado.

—¡En ese caso no!

—Eso lo dices ahora.

—Ay.

Valeria se apresura a buscar su teléfono. Lo ha dejado

en el salón, donde estaba cuando *Wiki* ha desaparecido. Lo ve encima de la mesa. Sí, tiene dos llamadas perdidas de Raúl y también un WhatsApp suyo.

> Ya estoy en casa. ¿Dónde te metes tú? ¿Estás dormida? Cuando quieras y puedas, llámame y hablamos.

Demasiado seco. Seguro que no le ha gustado demasiado que no le tomara el teléfono. ¿Lo llama o busca primero a Marcos en Internet? Aunque puede hacer las dos cosas a la vez: hablar con Raúl e investigar en la red. Se tumba en la cama con la laptop delante y marca el número de su chico.

—¿Sí?

—Hola, guapo. ¿Me echabas de menos? —pregunta mientras enciende la computadora.

—¿Quieres que te sea sincero?

—Claro.

—No mucho.

—Tonto. Pues te cuelgo...

—No, no —dice Raúl riendo—. Claro que te echaba de menos. Muchísimo. Era una pequeña broma. Perdóname.

—No sé... Bueno, te perdono.

Le encantan esos momentos. Disfruta con cada palabra, cada gesto que tiene para con ella. Incluso cuando intenta picarla para que se enfade. No cambiaría esos detalles por nada en el mundo.

—¿Dónde estabas? Te he llamado dos veces. Y has tardado en leer el WhatsApp.

—Ya.

—No me digas que ya te habías quedado dormida.

—No estaba dormida.

—Últimamente eres como un lirón.

—Es que... —Duda entonces si contarle la verdad.

Si le dice lo que ha pasado con *Wiki*, se meterá con ella. Han sido varias las veces que le ha advertido que no debería sacar tanto de la jaula al pájaro porque algún día se le escaparía. Y acertaba, aunque los acontecimientos hayan surgido de otra forma. Además, y sobre todo, luego tendría que darle explicaciones acerca de Marcos. ¿Y cómo se tomaría que un desconocido le haya tocado el culo y haya flirteado con ella? Porque seguro que su novio lo vería de esa forma, por mucho que le explicase que el joven simplemente ha sido amable y le ha dado su tarjeta.

—Vamos, no mientas —insiste Raúl—. Si te has quedado dormida no pasa nada.

—¡Que no es eso! —protesta. Aunque, pensándolo bien...—: Solo he dado una cabeceadita de nada.

—¿Ves? ¡Lo sabía!

—Cómo me conoces —admite esbozando una sonrisilla pícara—. Bueno, cuéntame. ¿Qué tal ha ido hoy el rodaje?

Raúl le relata todo lo que han hecho por la tarde. Describe durante varios minutos la escena que quería grabar y cómo se han comportado los actores. Mientras, Valeria aprovecha para buscar a Marcos del Río Gómez en Twitter. @MdelRíoGm tiene más de diez mil *followers*. Eso significa que es bastante conocido. Por lo visto presenta un programa de radio en Dreams FM que se llama «Música entre palabras». Nunca había oído hablar de él. Entra en Google y trata de encontrar más información.

Interesante. Es un espacio nocturno al que los oyentes llaman para contar un problema relacionado con el tema del día y, antes de finalizar su participación, dedican una canción a alguna persona especial. Es de lunes a viernes a la una de la madrugada.

—Por cierto, mañana grabaremos la escena del botellón.

—¿La escena del botellón? —pregunta la chica, que sigue leyendo cosas sobre el programa de radio que conduce Marcos.

—Sí. En la que los necesito a ti y a los demás chicos como extras.

—¿A mí? ¡Ya te dije que no pensaba salir en el corto!

—Vamos, Val. No irás a dejarme tirado... —ruega Raúl—. Si tú no vienes, no creo que los demás quieran participar tampoco.

—Normal. No somos actores.

—Si solo es figurar. ¡Nada más!

La joven resopla. Regresa al Twitter de Marcos y cliquea en el *link* que aparece en su perfil. Es la dirección de un blog.

—Todavía no has hablado con los chicos, ¿no?

—No, no saben nada.

La página está llena de fotografías de exposición. Hay de todo: paisajes, imágenes en blanco y negro, fotos de animales, de personas... Ella no entiende mucho del tema, pero son realmente preciosas.

—Van a decirte que no.

—Si tú participas, con la vergüenza que te dan estas cosas, hay más posibilidades de que digan que sí.

—Ay.

—Por favor. Te lo recompensaré.

—Mmm. ¿Cómo?

—Ya lo verás.

La chica sonríe para sí. Aunque no le hace ninguna gracia lo del corto, es su novio. Y haría lo que fuera por él. Incluso el ridículo.

—Me debes una.

—¿Eso significa que aceptas ser extra en la escena del botellón?

—Qué remedio.

—¡Gracias! —exclama el joven satisfecho—. Pero solo habrá agua, ¿eh? Lo siento.

—¡No pensaba emborracharme!

Raúl ríe al otro lado de la línea. Valeria también sonríe y sigue admirando las fotografías tomadas por Marcos. Las va pasando una a una mientras habla y bromea con su novio. Son increíbles. Incluso ella, que no entiende nada de la materia, está fascinada por su obra.

Es un joven realmente interesante: fotógrafo de día y locutor de radio por la noche. ¿Y si...?

Le echa un vistazo al reloj de su laptop. Aún quedan más de dos horas para que comience «Música entre palabras». Y Raúl ya habla de marcharse a la cama. Ella debería hacer lo mismo. Al día siguiente hay clase y toca madrugar. Sin embargo, hace otros planes. Esa noche se irá más tarde a dormir porque tiene una cita con Marcos del Río y su agradable y melodiosa voz de locutor de radio.

CAPÍTULO 9

Lo prevé. Esa noche le va a costar mucho dormir. Ester está muy nerviosa desde el instante en el que Rodrigo apareció por sorpresa en su casa.

No tenía derecho a volver a su vida. Ninguno. Después del daño que le causó y lo que le ha costado olvidarse de él... Las disculpas llegan demasiado tarde. Infinitamente tarde. No obstante, no puede dejar de pensar en el tiempo que estuvieron juntos. Es imposible e inevitable.

Camina inquieta por su habitación. Apenas ha probado la cena y se ha pasado más de media hora bajo la ducha dejando caer el agua caliente sobre su cuerpo. No se lo quita de la cabeza. Ni siquiera las clases de Francés le han servido para desconectarse. Y eso que su nuevo profesor no ha podido mostrarse más divertido y agradable con ella. Comprende a la perfección por qué su prima se ha enamorado locamente de él.

—Alan, ¿te importa que dejemos la clase por hoy? —le propone apenas media hora después de haber empezado.

—¿Ya quieres terminar?

—Sí, por favor. No me encuentro demasiado bien.

—OK. Sin problema. Tú mandas.

—Muchas gracias.

El joven le guiña un ojo y sonríe. Es realmente guapo. Tiene unos ojos muy llamativos y le encanta su pelo. No es muy alto, pero tampoco lo es su prima. Seguro que hacen una buena pareja.

—¿Quieres hablar sobre lo que te ocurre? —pregunta sin abandonar su sonrisa.

—¿Cómo?

—Está claro que te pasa algo —insiste Alan—. Sé que el Francés no se te da demasiado bien, pero es que no has acertado ni una.

La chica lo observa y agacha la cabeza, se siente culpable por no haber estado atenta en su primer día de clases particulares. Después, levanta la mirada de nuevo y sonríe con timidez. El joven le inspira confianza a pesar de que solo lo conoce desde hace treinta minutos. De una manera u otra, son prácticamente familia.

—Tienes razón. Hoy no ha sido mi mejor día —reconoce. Cruza los brazos y se echa hacia atrás—. Mi ex ha venido a verme.

—Uhhhh. Eso es doloroso.

—Sí. Duele mucho. Me dejó hace cuatro meses y no había querido volver a saber nada de mí en todo este tiempo.

—Y tú ya lo habías olvidado.

—Exacto.

Alan observa a su nueva alumna. Es una muchacha bonita y dulce a quien se le nota que no tiene demasiada experiencia con los chicos.

—Cuando lo has visto, ¿has sentido algo?

—Me he quedado helada.

—Lo imagino. Pero... ¿te han revoloteado mariposas en el estómago?

Es difícil de explicar. En realidad no está segura de lo

que ha sentido cuando ha visto de nuevo a Rodrigo. Más bien se le han acumulado sensaciones, tanto de odio como de nostalgia.

—Da igual lo que haya sentido. No se portó bien conmigo. Solo ha venido a ofrecerme disculpas.

—¿Y lo has perdonado?

—Sí. No soy rencorosa. Aunque he estado muy mal durante unos meses por su culpa.

Alan se pasa una mano por la barbilla. Parece que aquello le trae también recuerdos a él. En su momento tampoco se portó bien con una chica a la que le hizo bastante daño. Ella también lo perdonó y hoy sale con una de sus mejores amigas.

—Eso te honra —termina diciendo—. Si lo has perdonado, no tengas miedo de sentir otra vez. Pero si crees que esos sentimientos van a perjudicarte intenta no rebuscar en lo que tenían en el pasado.

—No quiero nada con él. Pero...

—Pero no te lo quitas de la cabeza.

—Sí. No consigo quitármelo de la cabeza.

Y le fastidia. Le molesta muchísimo pensar en Rodrigo y en los buenos momentos que pasaron juntos, porque los malos acabaron por imponerse. No puede ni debe justificar lo que le hizo. Ni siquiera teniendo en cuenta la presión que soportaba cuando entrenaba al equipo. Aquello no le vale como excusa.

Se sienta en la cama y se quita las zapatillas. Alcanza su celular y se da cuenta de que tiene un WhatsApp de Bruno. Vaya, se había olvidado de él totalmente.

¿Qué tal ha ido la clase de Francés?

El mensaje es de hace media hora. Le dijo a su amigo

que le escribiría cuando terminara la clase y se le ha pasado por completo. Es curioso, pero parece que han pasado siglos desde que esa tarde estuviera a punto de besarlo en los labios. ¿Qué demonios le pasaría por la cabeza? Demasiadas emociones, y todas tan confusas que son difíciles de interpretar.

Ester se tumba en la cama mirando hacia el techo con el móvil entre las manos. Escribe tecleando despacio.

> Ha ido bien. Alan es muy simpático. Mi prima tiene buen gusto.

A decir verdad, su nuevo profesor de Francés ha sido lo mejor del día. El resto, para olvidar.

> Ten cuidado, no te vayas a enamorar de él. ¡Que es el novio de tu prima!

Es lo único que le faltaba. Enamorarse de Alan y así no solo tener conflictos consigo misma, sino también con la familia. Aunque no estaría nada mal tener un novio como él. La idea le provoca una sonrisa.

> Pues es un chico muy guapo. Y muy simpático e inteligente. Me pregunto si tendrá un hermano gemelo.

¿Por qué le ha escrito eso? ¿Lo ha hecho para ponerlo celoso? Es su amigo y sabe que puede que siga sintiendo algo. Ella no es así. ¿Qué le pasa?

> ¿Y no tendrá una hermana gemela para mí?

Ester ríe y, en voz baja, insulta cariñosamente a Bruno cuando recibe el WhatsApp. Pero también siente una pequeña punzada en el pecho. Seguro que no lo ha dicho en serio.

Mañana cuando venga se lo pregunto. Mira, así podríamos salir los cuatro en pareja. Yo con Alan y tú con su hermana gemela.

Y cuando regresara a su casa, morirían asesinados a manos de Cristina. Tanto el francés como ella. Relee los últimos mensajes y mueve la cabeza de un lado a otro, aunque con una sonrisilla. ¿Está tonteando con su amigo?

¡No! ¡No puede estar tonteando con Bruno!

¿Y con tu prima qué hacemos? ¿Le presentamos a Meri?

Eso es lo que escribe Bruno. Pero no envía el WhatsApp inmediatamente. No sabe si ese comentario de broma podría molestar a su amiga. No cree. Ester no se enfada de verdad por casi nada. Ni siquiera por sus eternos piques futbolísticos Madrid-Barça, en los que la sangre siempre está a punto de llegar al río.

Finalmente, lo envía y espera una respuesta.

Sentado sobre la cama con las piernas estiradas y la espalda apoyada en la pared, escucha música en su habitación: *Aproximación*, de Pereza. Es una canción que escucha repetidamente y que le recuerda a ella.

¡No seas malo! ¡A mi prima solo le gustan los chicos!

Sonríe. No está bien hacer chistes sobre la homosexualidad de Meri, pero no ha podido contenerse. En realidad, echa de menos las conversaciones de antes con su amiga pelirroja. Desde el día de la confesión, nada ha vuelto a ser lo mismo entre ellos. Ni siquiera está seguro de que el que se haya quedado en Madrid, en vez de marcharse a Barcelona con su padre como estaba previsto, haya sido lo mejor. Ninguno de los tres ha asimilado la nueva situación. Y aunque Ester y él han hablado del tema, no consiguen comportarse de manera natural cuando están con Meri.

Y ya han pasado más de cuatro meses...

Tienes razón. Pues si tu francesito no tiene hermana gemela, quizá puedas presentarme a Cristina, ¿no?

¿A qué viene ese WhatsApp? ¿Intenta ponerla celosa? Bruno se golpea la nuca varias veces contra la pared de su cuarto. ¡Qué tonto! Es imposible poner celosa a una persona que no siente nada por ti. Ya le gustaría a él que Ester lo pasase mal si él mirara, hablara o le prestara atención a otra chica. Pero eso es imposible. Ni en sueños lo conseguiría.

Bruno, seamos realistas: ni Alan querría algo conmigo, ni mi prima algo contigo. Creo que son muy felices juntos. Así que...

«Así que pasemos de ellos dos y empecemos a salir juntos tú y yo. Como una pareja de novios. Como dos enamorados», escribe el chico. La tentación de enviarlo es enorme. Solo es pulsar una tecla. Una simple tecla. El comentario de Ester y los puntos suspensivos finales le dan pie para completar la frase. Pero...

No es lo suficientemente valiente. No se atreve a mandarle esas palabras. Ya se declaró una vez y fracasó. Otro rechazo lo hundiría. Y, en parte, ya ha perdido a Meri; no quiere perder también la amistad que tiene con ella.

Así que resignación.

Resignación. Esa es la palabra exacta. No hay nada que pueda definir mejor su estado de ánimo. Además, no le queda otra. La necesita a su lado, y siendo amigos es la única forma en que se asegura de conseguirlo.

Bruno, estoy cansada. Me voy a dormir. Ya hablamos mañana. Buenas noches, que descanses.

Se terminó el capítulo por hoy. Las mismas sensaciones, los mismos sentimientos, el mismo resultado de cada día. Se despide con un sencillo «Buenas noches» y apaga la computadora. Con el cierre de sesión termina también la música. En su interior resuena la frase que tantas veces ha escuchado tumbado sobre la cama. Aquello solo es una aproximación... y, por lo que sospecha, nunca llegará a ser algo más.

¿Se equivocará?

CAPÍTULO 10

Se le cierran los ojos, pero quiere aguantar despierta hasta la una para escuchar el programa de radio que dirige Marcos. ¡Solo quedan quince minutos para que comience «Música entre palabras»! Hasta ha empezado a leer un libro, *Canciones para Paula*, a fin de hacer tiempo. Sin embargo, eso le ha dado más sueño y ha tenido que dejarlo.

—¿Qué haces levantada a estas horas?

La voz es la de su madre, que ha entrado en su habitación sin llamar. Parece muy sorprendida, tanto o más que Valeria. Como si la hubieran cachado haciendo alguna travesura.

—¿Y tú en mi habitación?

—Yo he preguntado primero.

—No podía dormir.

—Yo tampoco.

Las dos saben que mienten. La excusa del sueño no queda para ninguna de las dos partes. Valeria contraataca.

—Pero que no puedas dormir no es motivo para que entres en mi cuarto sin llamar.

—He visto la luz encendida.

—¿Por debajo de la puerta?

—Sí. Es la única que había en toda la casa —afirma Mara tratando de mostrarse convincente—. Que estés despierta no tiene nada que ver con tu amigo Marcos, ¿verdad?

73

—¿A qué viene eso?

—¿Tiene que ver o no?

—No tiene absolutamente nada que ver. Estoy despierta por falta de sueño.

Se sonroja y a continuación bosteza tapándose la boca con la mano. Su madre sonríe. Está claro que no le está diciendo la verdad, pero opta por dejarlo pasar. De momento.

—Si tú lo dices... Por cierto, ¿me permites la computadora?

—¿La computadora? ¿Para qué la necesitas?

—Pues... para... leer las noticias. A ver si así me entra sueño.

—¿Leer las noticias? —pregunta extrañada. Su madre jamás ha leído un periódico ni mucho menos una web informativa—. ¿No te habrás conseguido un ligue por Internet?

—¿Estás loca?

—Sí, sí, loca. Estás muy rara.

—Con la cantidad de mentirosos y delincuentes que hay en la red... ¡Jamás buscaría novio por Internet!

—Eres una exagerada, mamá.

—Bueno... ¿puedes permitírmela o no?

Las dos comparten la laptop, aunque la computadora es de Valeria. Fue un regalo de sus abuelos paternos. Su madre apenas la usa. Al menos, que la chica sepa.

—Es que... no puedo permitírtela.

—¿Por qué?

¿Cómo le explica que solo dispone de la laptop para escuchar el programa de Marcos? Seguro que empieza a pensar cosas raras. Y lo peor: tendría que darle la razón a su madre. Pero tiene mucho sueño. Su cabeza no está para debates. Terminaría confesando tarde o temprano.

—Quiero oír la radio —reconoce con frustración.

—¡Acerté! —grita Mara eufórica—. ¡Vas a escuchar el

programa de tu amigo Marcos!

—No es mi amigo. Solo lo he visto un minuto.

—Te ha tocado el culo.

—¡Vamos, mamá! —exclama Val desesperada—. ¡No seas como Raúl!

—¿Él lo sabe?

—¿Qué tiene que saber?

—Que un atractivo joven te ha tocado el culo y te ha dado su tarjeta personal para que lo invites un día a tomar un café.

Valeria empieza a enfurecerse. Pero no quiere discutir. No le apetece nada de nada. Resopla y busca en la computadora la página web de Dreams FM.

—Dejemos el tema, anda.

—Entonces ¿no me vas a prestar la computadora?

—¡Cuánto interés! ¿Seguro que no has ligado con nadie en algún *chat* de cuarentones?

Mara fulmina con la mirada a su hija, que sonríe divertida.

—Seguro. Te lo prometo.

—Pues te vendría bien quedar con alguien. Aunque solo fuera un rollo cibernético.

—¡Valeria! ¿Qué dices? ¡Estás completamente loca! Cada vez te pareces más a tu padre.

Aquello sobrepasa los límites. Sin embargo, las dos sueltan una carcajada casi al unísono y se sientan juntas en la cama.

—Te doy la computadora cuando escuche el principio del programa de Marcos. ¿Te parece bien?

—Perfecto.

—Y aunque te suene raro y creas que le estoy ocultando algo a Raúl... No le digas nada de esto, por favor. Ya sabes cómo es.

La mujer sonríe. Comprende a su hija. En una relación no hace falta contarlo todo. Las cosas importantes sí. Las historias que puedan generar alguna confusión no. Y si se trata de un chico guapo e interesante que tal vez provoque celos del otro es mejor callar.

—Tranquila. No le diré nada a Raúl, eso es cosa tuya —señala al tiempo que se pone de nuevo en pie y se dirige hacia la puerta.

—¿Te vas?

—Sí, voy a preparar café para las dos.

—¿No vas a escuchar a Marcos?

—¿Bromeas? ¡No pienso perdérmelo!

Y sale de la habitación tarareando.

Demasiado feliz. Su madre suele llegar del trabajo cansada y con pocas ganas de risas y bromas. Dedica muchas horas a la cafetería Constanza y eso suele pasarle factura por la noche. Sin embargo, últimamente ha cambiado algo. Está más risueña. Y eso de pedirle la computadora a esas horas es, cuando menos, sospechoso. Quizá no haya ligado por Internet, pero sí que habla con alguien a través de las redes sociales o Skype. ¿Será algún cliente?

La mujer regresa a la habitación. Contempla a su hija con detenimiento y sonríe.

—¿Qué?

—Nada.

—Mamá, ¿qué pasa? ¿Por qué me miras de esa manera? —Se toca la nariz nerviosa—. ¿No me habrá salido un grano?

—No, tranquila.

—¿Entonces?

—Es que te has hecho mayor.

—Oye, no te pases. Solo tengo diecisiete años.

—Lo sé. Y eres muy joven todavía. Pero mírate: estás

preciosa, tienes un novio que te quiere con locura, una melena espectacular, estudias Bachillerato y sacas buenas notas, conoces a personas interesantes por la calle...

—¿Otra vez con eso?

Las dos ríen otra vez. Quizá sea el mejor momento que ambas atraviesan desde el divorcio.

—Ese chico, Marcos, ¿has dicho que también es fotógrafo?

—Sí. Además, tiene un blog precioso.

—Ya imaginaba que lo habrías investigado.

—No he investigado nada —protesta Valeria—. ¡Ni que fuera la inspectora Beckett!

—Prefiero a Castle.

—Y yo... Pero solo he entrado en su Twitter, mamá —explica suspirando—. En su perfil tiene puesto un *link* que lleva directamente a una página que utiliza como una especie de *book* fotográfico.

Valeria entra en Twitter y busca a @MdelRíoGm. Gira la laptop hacia su madre y le enseña la pantalla en la que aparece el enlace. Cliquea en él. Las dos empiezan a ver las imágenes que decoran la web.

—Es muy bueno.

—Tiene talento. O eso creo.

—Y trabaja cualquier campo.

—Sí. Lo mismo fotografía un paisaje, que un animal, una persona...

—Menuda joya. ¿Tiene novia?

—Creo que es algo mayor para ti —comenta la chica con una sonrisa.

—Pero para ti es perfecto.

—Mamá, tengo novio. Y lo conoces bien. Se llama Raúl, ¿recuerdas?

—Y lo quiero mucho. Es un yerno perfecto. Sin embargo, hija mía, en la vida nunca se sabe...

—Estás bromeando otra vez, ¿verdad? —pregunta Valeria muy seria.

—Mmm. Sí —contesta su madre tras darle una palmadita en la cabeza—. Pero se me ha ocurrido una cosa que sí podrías pedirle a Marcos.

—Mamá, no conozco de nada a ese chico.

—Ha salvado a tu pájaro, tienes su celular, su Twitter y... te ha dado su tarjeta. Eso es que le interesas.

—Simplemente ha sido amable conmigo. No pensará que voy a llamarlo o que voy a invitarlo a un café...

El silbido de la cafetera interrumpe la conversación. Mara vuelve a salir de la habitación y se dirige hacia la cocina. Es casi la una. Valeria pulsa el *play* del reproductor que contiene la página de Dreams FM y, después de unos segundos de silencio, se oye la emisión. Suena una canción de Paula Rojo.

—Sigo pensando que deberías hacerte amiga de ese chico —insiste Mara, que regresa con una bandeja en la cual porta dos tazas de café con leche.

Se sienta en la cama junto a su hija y le entrega una de las tazas.

—¿Por interés? No, gracias.

—No es por interés... Aunque... bueno... se me ha ocurrido que... podría hacerte un *book* fotográfico.

—¿Qué? ¿Otra broma más?

Mara le da un sorbo a su café caliente y niega con la cabeza.

—No, no, esto no es una broma. Va en serio.

—¿Para qué quiero yo un *book* fotográfico?

—¿Y por qué no? Eres muy guapa y quedarías genial. Además... en mayo cumples medio año con Raúl, ¿no?

—Sí.

—Pues ¿qué mejor regalo que ese?

78

—No va a tomarme las fotos gratis.

—Si eres su amiga, a lo mejor sí. Y de paso que haga una copia para mí. Quiero presumir a mi hija.

Valeria se tapa la cara con la almohada y grita contra ella. ¡Su madre ha perdido la cabeza por completo!

Las señales horarias indican que ya es la una de la madrugada. Y tres segundos más tarde comienza «Música entre palabras». La entrada del programa es una versión de *My way* interpretada por una voz femenina. Poco a poco, la sintonía se diluye...

—Qué nervios, ¿no? —comenta Mara, que se calienta las manos con la taza de café.

—Shhh.

—OK, ok.

Silencio, música instrumental de fondo y la melódica voz del locutor:

Decía un amigo mío que las casualidades no existen. Que todo está escrito entre las nubes y las estrellas con tinta invisible. Que las personas van mezclándose en las páginas de las historias de otras personas para compartir y protagonizar un guión ya establecido. Mi amigo decía que todos somos actores principales y también actores secundarios, según la parte de la película en la que nos encontremos.

Es una bonita manera de hablar del destino. ¿No creen?

Ese será nuestro tema de hoy. Quiero que me cuenten situaciones, casualidades, amores que hayan vivido porque el destino los llevó hasta ellos. Y ya saben que para hablar con nosotros, porque ustedes son quienes hacen el programa y sin ustedes no seríamos nada, nuestro número habitual es...

—Tiene una voz preciosa. ¡Y cómo le susurra al micro! ¿Seguro que no te has enamorado ya de él?

—¡No! ¡Calla!

Hoy me voy a tomar una licencia. Me van a permitir que en este día sea yo quien dedique la primera canción de la noche. Porque creo en el destino y porque me encantan los agapornis. *When you know*, de Shawn Colvin, banda sonora de la película *Serendipity*... Va por ti, Valeria. Buenas noches, soy Marcos del Río y esto es «Música entre Palabras». Comenzamos.

Sin pestañear, con el sabor amargo del café en los labios, la aludida mira a su madre, que sonríe y se encoge de hombros.

—Pues creo que él ya se ha enamorado de ti.

VIERNES

CAPÍTULO 11

Luce el sol en Madrid. El suelo todavía está mojado por la lluvia del día anterior y sopla un poco de viento frío. La primavera está a punto de llegar pero aún quedan rescoldos del invierno.

Son las ocho y veinte de la mañana y toca Lengua. La clase empieza dentro de diez minutos y hay que entregar un trabajo que algunos no tienen hecho. No es el caso de Meri, que se ha dado un buen madrugón para terminarlo. Anoche no le apeteció ponerse a hacerlo y ha tenido que despertarse muy temprano para no sumar un punto negativo a sus notas. Después de apagar la computadora y terminar la conversación con Paloma, se fue a dormir. Le costó bastante conciliar el sueño y hoy no ha parado de bostezar desde que se ha levantado de la cama. Pero lo peor es la pesadilla que tuvo durante la noche. Una persona —mitad hombre, mitad mujer— con una bolsa de papel en la cabeza le confesaba que estaba enamorada de ella. María la rechazaba, pero esta continuó insistiendo hasta que le explotó la cabeza.

Está muy claro cuál es el origen de la pesadilla. ¿Por qué le diría aquella chica que está enamorada de ella? Eso no puede ser.

—Hola, buenos días.

La que la saluda es Ester. Como siempre, está encantadora con su flequillo en forma de cortinilla y su preciosa sonrisa que hace que arrugue la nariz. Disimula muy bien que ayer tuvo un mal día, lleno de preguntas sin respuestas.

—Buenos días —responde Meri en voz baja.

—¿Has hecho el trabajo?

—Sí. ¿Y tú?

—Más o menos. Me falta un poco, pero bueno.

Las dos se quedan en silencio y comienzan a simular que revisan los trabajos de Lengua que deben entregar al cabo de pocos minutos. Se sientan juntas en la misma clase, hablan e incluso se sonríen, pero todo es forzado. Ambas lo saben. Pero ninguna le ha dicho nunca nada a la otra.

—Hola, chicas.

Bruno saluda a María y a Ester y se sienta a su mesa habitual. Las dos agradecen la presencia del chico, al que también dan la bienvenida. Los tres dialogan acerca del trabajo de Lengua hasta que llegan Raúl y Valeria, que se acercan de la mano. La pareja se da un beso y cada uno ocupa su asiento.

—Chicos, tengo que pedirles un favor —empieza el joven antes de que el profesor entre en la clase—. Necesito vuestra ayuda para el corto.

—¿Qué hay que hacer? —pregunta Bruno, que lo ve venir.

Raúl les explica que quiere que colaboren en *Sugus* como extras. La escena es la de un botellón en el que coinciden los cuatro protagonistas. Hace falta gente que haga de relleno. Grabarán esa noche a las ocho en un parque que hay por La Vaguada. Algunos han quedado a las siete y cuarto en el metro de Sol para ir juntos.

—Yo no puedo —comenta rápidamente Ester—. Tengo clases de Francés a las siete.

—¿Clases de Francés? ¿Desde cuándo? —interviene Valeria.

—Desde ayer. Viene un profesor a mi casa. Ya saben que se me va fatal. No quiero suspender este trimestre.

—¿Está bien?

—Sí, es mono. Y muy simpático. Pero está ocupado. Es el novio de mi prima.

María la observa sorprendida. No le ha comentado nada sobre eso. Está segura de que Bruno sí estaba al tanto de esas clases. Se siente triste y un poco fuera de lugar. Ella fue la que introdujo a Ester en el grupo y ambas eran más que amigas. Le da pena que ya no se cuenten ese tipo de cosas.

A Bruno, por su parte, no le han hecho mucha gracia los calificativos de «mono» y «simpático», pero esa no es su guerra. El novio de su prima, a pesar de que pasará mucho tiempo con ella, no es un rival.

—¿Y no puedes venir después de la clase? Aunque hemos quedado a las ocho, no empezaremos a rodar hasta un rato más tarde.

—No lo sé. No me hace gracia tomar el metro sola y de noche. Y tampoco sé si mis padres me dejarán.

—Conmigo no cuentes —interrumpe Bruno con los brazos cruzados—. Paso.

Raúl resopla. Mira a Valeria implorándole ayuda desesperadamente. Ella cabecea y toma la palabra.

—Vamos, chicos. Solo es posar delante de la cámara con un vaso en la mano. Nada más. Lo pasaremos bien y haremos algo juntos. ¿Cuánto hace que los incomprendidos no hacemos algo unidos?

—Desde que se eliminaron las reuniones obligatorias y, además, ustedes empezaron a salir en parejita. No es culpa del resto que se hayan aislado en su mundo.

—Eso no es verdad, Bruno. No nos hemos aislado. Pero entiéndelo, es normal que Raúl y yo pasemos tiempo juntos. Somos novios.

—Lo que tú digas, Val, lo que tú digas.

A la chica no le gusta el tono de voz en que le habla su amigo, pero prefiere no discutir más con él. Cuando se pone en ese plan, no hay quien le discuta. Antes aquellos conflictos se producían con Elísabet, pero desde que ella ya no está la ha tomado con Valeria.

—Cuenta conmigo, Raúl. Yo me apunto.

Todos miran a Meri, que sonríe tímidamente bajo sus anteojos de pasta. Ninguno esperaba que la pelirroja quisiera participar en el corto. Siempre dice que odia las cámaras y las fotos y, si puede, evita salir en ellas. Incluso, en las de grupo. ¡Aquello sí que es una enorme sorpresa!

—¡Genial! ¡Muchas gracias, pelirroja! —exclama el joven, que coloca una mano sobre la de la chica y se la acaricia—. Te debo una.

Ester y Bruno intercambian una mirada. A ella le sabe mal no ayudar a su amigo. Quizá pueda adelantar su clase de Francés e irse con ellos a las siete y cuarto en el metro.

—Tal vez Alan pueda empezar la clase a las seis. Así me da tiempo a irme con ustedes.

—Eso sería perfecto —indica Raúl sonriente—. Espero que puedas echarme una mano. Avísame en cuanto lo sepas con seguridad.

—En el recreo le enviaré un WhatsApp a Alan para preguntárselo.

—¡Gracias, Ester!

Se produce entonces un revuelo en el aula. El ruido de sillas y mesas que se arrastran acompaña a los firmes pasos de un hombre bajito con chaqueta y corbata. El profesor de Lengua entra en la clase en ese instante y pide silencio inmediato. Al señor Madariaga es mejor no enfadarlo, por lo que pueda pasar. Los cinco chicos ocupan sus lugares correspondientes y colocan sobre la mesa el trabajo que tienen que entregar.

El profesor escribe en el pizarrón con letras mayúsculas la palabra SUBORDINADAS y se dirige a la clase:

—Antes de comenzar, entréguenme lo que tienen para mí. Los iré llamando por orden alfabético.

Alumno por alumno, van levantándose y dejando sobre la mesa del profesor el trabajo que tenían pendiente para ese día.

—¡Corradini! —exclama.

Bruno se pone de pie, pero antes de caminar hacia el frente de la clase deja caer un papelito sobre la mesa de Raúl. Este lo despliega, curioso, y lee lo que hay escrito:

Sí que haré lo del corto. Cuenta conmigo.

El joven sonríe. Al final todos sus amigos han aceptado formar parte de la escena. Eso le trae recuerdos del pasado, grandes recuerdos de cuando formaban el Club de los Incomprendidos y todos se ayudaban unos a otros. Hay veces que se arrepiente de lo que sucedió. Fueron egoístas. Si no hubieran hecho aquella votación...

Aunque ya no están completos. No están todos los incomprendidos, y la verdad es que cualquier situación queda en un segundo plano cuando piensa en lo de Eli. Aquel día de noviembre era Meri la que iba a irse a Barcelona, y en cambio la que se marchó para siempre del grupo fue Elísabet. A Raúl todavía se le pone la piel de gallina cuando lo piensa.

Valeria y él tuvieron parte de culpa. Pero algo así tenía que pasar tarde o temprano.

Hace algo más de cuatro meses. Aquella noche de noviembre...

—Así que lo que le pasa a Eli... ¡es que está loca!

—¡Yo no he dicho eso! —exclama Valeria, que acaba de contarle a Raúl toda la historia de Alicia—. Tiene ciertos problemillas con... las alucinaciones.

—Como una cabra, vamos.

—¡No digas eso, hombre! Los médicos no saben exactamente lo que le pasa. Podría tratarse de una enfermedad parecida a la esquizofrenia. Pero se la detectaron cuando era muy pequeña, y la esquizofrenia infantil no existe. O esa es la teoría.

El chico no puede creerse lo que está oyendo. Su amiga ve personas que no son reales. ¡Como en la película *Una mente maravillosa*!

—¿Y han guardado el secreto todos estos años?

—Ella no sabe que Alicia es una fantasía suya. La ve como yo te estoy viendo a ti. Y mantienen conversaciones como si nada.

—¿Cuánta gente lo sabe?

—Sus padres, los médicos y yo, que fui su compañera de terapia. Y quizá algún profesor. Creo que nadie más —contesta pensativa—. No es un tema como para ir contándolo por ahí.

—Ya. Qué mal rollo.

—Sí. Alicia es como su parte oscura, su lado malo —comenta Valeria con tristeza tras sentarse en un taburete—. Pero creíamos que se había recuperado y ya no la veía.

Raúl se acerca a ella y se sienta en el taburete de al lado. Hace solo unos minutos estaban pasando el mejor momento de sus vidas, dejándose llevar en la cafetería Constanza, entregados el uno al otro por primera vez. Sin embargo, la magia se esfumó en cuanto supieron que Eli había desaparecido.

—¿Adónde crees que habrá ido?

—No lo sé. Solo espero que no haya hecho ninguna tontería —responde Valeria cabizbaja.

—Como le haya pasado algo...

—Recemos por que no.

—Me siento un poco culpable, Val.

—Tú no tienes la culpa de nada.

—¿Y por qué me siento tan mal?

—Porque eres un buen chico que se preocupa por sus amigos.

Valeria se inclina sobre Raúl y le da un dulce beso en los labios. Ambos sonríen después. No obstante, el joven sigue dándole vueltas al asunto de su amiga.

—Tal vez que yo la rechazara haya sido lo que ha provocado todo esto.

—No te martirices —le dice su novia mientras le acaricia el pelo—. No sabemos el motivo por el que Alicia ha vuelto a aparecer. Nadie tiene la culpa de su enfermedad.

—Ya lo sé. Pero ¿y si estaba curándose y su cerebro ha reaccionado mal después de que me negara a ser su novio?

—¿Y qué ibas a hacer? ¿Salir con ella por pena? Además, tú no sabías nada de lo que le pasaba.

Raúl contempla a la chica que tiene junto a él. Le parece hasta más madura, menos niña que antes. La quiere. No tiene dudas de eso. Y ve en sus ojos de enamorada que ella también lo quiere a él. Aunque hubiera sabido lo de la enfermedad de Elísabet, no podría haber aceptado salir con ella. Está enamorado de Valeria.

—Tienes razón. Pero aun así...

—Aun así, nada. Si el problema de Alicia ha surgido otra vez es porque no se había resuelto. Piensa en que cuando la encuentren volverán a tratarla para que se ponga bien.

—¿Y crees que eso es posible?

—No soy psicóloga ni médico. Ni psiquiatra. Pero espero que sí y que todo vuelva a la normalidad.

La pareja intercambia una mirada cómplice. Los dos habrían deseado que el día de su primera vez la situación hubiera sido diferente. Pero las cosas han salido así y es un alivio estar juntos para poder hablar sobre ello.

—Aunque se recupere, no creo que nos perdone nunca —opina Raúl.

—Ese es otro tema... Seguro que a mí me ve como a una traidora.

—Y a mí como un...

En ese instante, suena la BlackBerry rosa de la chica. Es Susana, la madre de Eli. Temblorosa por lo que esta pueda decirle, responde hecha un manojo de nervios:

—Hola, Susana.

—Hola... Valeria. —Su voz, cargada de lágrimas, la conmueve todavía más—. Ya... han... encontrado a Elísabet. Está...

Valeria cierra los ojos y aprieta los dientes al oír el llanto de la mujer. Ahora ella también se siente culpable por lo que ha sucedido.

CAPÍTULO 12

La mañana está siendo interminable. Menos mal que es viernes y quedan pocas horas para ser libre. De todas maneras, no tiene ningún plan para el fin de semana. Últimamente, María no sale mucho de casa. Quizá haberse apuntado al corto de Raúl le sirva para entretenerse y apartarse unas horas de esa desidia que la persigue desde hace tiempo. Aunque odie las cámaras, merece la pena hacer ese sacrificio para echarle una mano a su amigo. Él fue el primero que la ayudó a ella y la primera persona de la que se enamoró. O eso creía. Ya no están tan unidos como al comienzo de los incomprendidos, pero sigue teniéndole muchísimo cariño y aprecio.

Suena la campana que anuncia el cambio de clase. Toca Informática en la sala de las computadoras. Todo el curso de primero B de Bachillerato se dirige hacia allí. Meri va sola, caminando la última del grupo. Observa a Bruno y a Ester, que hablan entre ellos justo delante. Ríen y hasta bromean. Las cosas no son como eran y le da rabia sentirse excluida. Pero ella misma se lo ha buscado con su actitud.

¿Tiene celos de Bruno?

No, está segura de eso. Se nota mucho que él sigue enamorado de Ester por cómo la mira y le sonríe. Y a la propia Meri todavía le sigue gustando su amiga, pero el amor ha ido apagándose poco a poco a lo largo de los últimos meses. Por lo menos, intenta convencerse de eso.

Llegan a la sala de Informática y María se sienta frente a una de las computadoras de la última fila, la que está más pegada a la esquina derecha del aula, junto a la ventana. La enciende y espera a que se inicie la sesión.

Mientras mira por la ventana y espera a que aparezca el profesor de Informática, recuerda la conversación de la noche anterior con Paloma. Le resulta difícil quitarse de la cabeza lo que le dijo. ¿Y si es verdad y resulta que no miente respecto a que es una chica de quince años y se ha enamorado de ella?

Mentira. Seguro que es mentira. Una persona no puede enamorarse de otra solo por unas conversaciones en un *chat*. ¡Si ni siquiera se han visto! Debe de tratarse de un tío aburrido que se dedica a molestar a las chicas de la web.

—¡Señores, señoritas! Atiéndanme un momento, por favor. Solo les robaré unos segundos de su preciado tiempo. —Meri y todos los demás se vuelven hacia la puerta de la sala, donde se encuentra el profesor de Matemáticas—. El profesor de Informática no va a venir hoy. Ha tenido que llevar al médico a su pobre madre enferma. Así que disponen ustedes de una hora libre. Pueden volver a su clase, ir a la cafetería o quedarse aquí, pero les ruego que no entren en páginas pornográficas ni en webs relacionadas con las apuestas. En cualquier caso, no hagan ningún tipo de escándalo, como viene siendo habitual cada vez que uno de mis colegas desatiende sus obligaciones. Gracias.

Y sin una palabra más, el profesor desaparece y cierra la puerta.

Los alumnos de primero B festejan la ausencia del profesor de Informática con vítores y gritos de entusiasmo. Algunos abandonan la clase rápidamente y se dirigen a la cafetería del instituto. Otros se lo toman con más calma y tardan más en salir de la sala.

Meri permanece sentada delante de la PC. Se quita los anteojos y los limpia con la manga de la camiseta.

—¿Te vienes a la cafetería? Luego iremos a nuestro rincón —le pregunta Raúl después de acercarse hasta su mesa.

—No. Me quedo aquí un rato.

—Vamos, pelirroja. Vente con nosotros. Hace muy buen día para tomar el sol —insiste Valeria. Bruno y Ester también están con ellos, pero no dicen nada.

—Vayan ustedes. Tengo que ver unas cosas en Internet.

—Bueno. Pero vente después, ¿ok? Vamos a hablar del corto.

—Bien. Más tarde iré.

—Te esperamos.

Los cuatro se despiden de la chica, que se queda sola en el aula de las computadoras. Podría haber ido con ellos, pero en esos momentos no le apetece estar con Ester y Bruno. No sabe por qué, pero es lo que siente.

Revisa su cuenta de Twitter y su Tuenti. No hay interacciones ni comentarios nuevos. Normal. Casi no tiene *followers* ni amigos en las redes sociales. Tampoco le importa demasiado, porque, realmente, donde le apetece entrar es en la web a la que lleva un par de semanas enganchada. En esa donde se miente más que se dice la verdad. Y por algún extraño motivo que no quiere ni imaginarse, le gustaría que «PalomaLavigne» estuviese conectada.

Teclea la dirección de la página, pero duda a la hora de pulsar el *enter*. ¿Y si en el instituto registran las direcciones de las webs a las que acceden los alumnos?

Eso le da un poco de miedo. Por otra parte, nadie va a averiguar que es ella la que ha entrado allí. Eso sí, tendrá que renunciar a su *nick*, «Pelirrojita». Demasiado obvio si la cachan.

¿Se atreve?

La curiosidad se impone a la sensatez y finalmente se mete en la página. Mira hacia la izquierda y hacia delante para comprobar que no la están vigilando. Nadie a la vista. Vía libre para continuar. Tiene que escribir un *nick*. Piensa un instante y da con algo ocurrente: «Profesoracuriosa». Seudónimo listo. Siguiente paso. Con el ratón selecciona el *chat* en el que las chicas hablan con chicas. Como a lo largo de las dos últimas semanas. Lo que comenzó siendo un juego se ha transformado en adicción.

La página tarda en cargarse. En esos segundos María se lamenta de lo que está haciendo, pero es incapaz de echarse atrás. Por una parte, desea que Paloma esté conectada. Pero por otra no. Si aparece en el listado de personas conectadas a ese *chat* significará que no está en el instituto, como correspondería a una chica de quince años. Y que le ha mentido.

Entonces se promete una cosa a sí misma: si encuentra a Paloma en el *chat*, será la última vez que entre en esa página. Debe ser así, no puede estar pendiente de alguien que no dice la verdad. No puede consentir más mentiras. Necesita huir de aquel mundo cuanto antes.

Por fin el relojito desaparece de la pantalla y...

Apenas hay veinte usuarios conectados. Entre ellos «PalomaLavigne».

—Mierda —dice en voz baja, más afectada de lo que imaginaba. Se quita los anteojos para frotarse los ojos.

Lo intuía. Sabía que estaría allí, entre el resto de nombres. Y le duele. Le duele de verdad. ¿Le habla para despedirse para siempre? ¿O para decirle todo lo que piensa de sus mentiras? Ni siquiera lo merece, pero necesita desahogarse. Vuelve a ponerse los anteojos y respira hondo. Cliquea en el *nick* de Paloma y se abre una ventana de conversación privada.

Con tristeza, escribe:

Hola, Paloma, si es que de verdad te llamas así, soy Peli-rrojita. Estoy en clase de Informática, por eso me he conecta-do con este *nick*. Por un momento me hiciste dudar. Aunque es imposible creerse que una persona pueda enamorarse de otra sin ni siquiera haberla visto. Pero las chicas de quince años suelen estar en el instituto a estas horas. Tú, por el contrario, estás conectada. Estoy cansada de mentiras. No lo he pasado bien últimamente y con esto solo me hago más daño. Así que me despido para siempre del *chat* y de ti. Un placer y, por favor, no le fastidies la vida a nadie.

Cuando termina de escribir el párrafo, siente algo difícil de explicar. No es una buena sensación. Al contrario. Se ase-meja más a un vacío, como cuando alguien te decepciona.

—¡Pelirrojita! ¡Espera! ¡No te vayas! ¡Por favor!

La respuesta llega cuando Meri está a punto de cerrar la página. No va a contestar. Ya ha dicho que se va, y eso va a hacer. Pero inmediatamente le llega otro comentario.

—Dame dos minutos para escribirte la verdad, por fa-vor. Y luego, si quieres, te vas.

¿Dos minutos? ¿Para qué? ¿Más mentiras?

Pero siente curiosidad por lo que Paloma quiere expli-carle. No va a creérselo. Ya ha cumplido con la cuota de mentiras.

—OK. Pero rápido, que yo sí estoy en clase.

—Va. Me doy prisa. No te vayas, por favor.

—No me voy. Escribe deprisa lo que tengas que decirme.

Durante esos segundos, a María le da tiempo para re-flexionar y pensar muchas cosas. Todas van en la misma di-rección: intenta adelantarse a la excusa que Paloma le ten-ga preparada. No está segura de si va a revelarle que es un chico, aunque se lo imagina. Lo que no está dispuesta a creerse es el rollo ese de que le gusta. Esa es la única verdad de la que está completamente segura.

Pasan los dos minutos. Y entonces, en la ventana privada en la que conversan Meri y Paloma, aparece un enorme párrafo.

La chica se ajusta los anteojos y lee con atención, palabra por palabra, el mensaje. Cuando termina, resopla y mira hacia el techo de la sala. Jamás se habría esperado algo así. Es difícil de asimilar.

Un problema se suma a otro porque, ¿qué se supone que debe hacer ahora?

CAPÍTULO 13

—Muchas gracias a los dos por querer ayudarme en lo del corto. Son los mejores, chicos.

—Es una monserga. Pero bueno, se hará lo que se pueda.

—Lo sé, por eso les estoy tan agradecido. Sabía que podía contar con ustedes.

Bruno protesta en voz baja una vez más. Sigue sin estar convencido de formar parte de aquello. Si no hubiera sido porque Ester se prestó voluntaria para salir como extra en el corto, no habría aceptado. A él no le gusta nada eso de las cámaras. Se siente ridículo.

—Di la verdad, cariño —interviene Valeria con una sonrisa—. Sé sincero con ellos, anda. Se imaginaba que le dirían que no.

—Qué soplona eres —responde el joven. Abraza a su novia y después le da un beso en la frente—. Es cierto. Hasta pensé en pagarles si se negaban. Pero el corto es de bajo presupuesto.

Ester chasquea los dedos y ríe. Le ilusiona que los cinco vayan a reunirse de nuevo para realizar una actividad común que no tenga nada que ver con el instituto. Incluso ha adelantado la hora de su clase de Francés para colaborar en ella. Alan irá a su casa a las seis y no a las siete, así ella podrá irse en el metro con los demás. Cuando Ester entró en el club, predominaban el buen rollo y la amistad. Sin embargo, poco a poco los incomprendidos fueron dividiéndose en dos grupos de tres. Después de lo que ocurrió con Eli, de la revelación de Meri y de que Valeria y Raúl empezaran a salir, todo se volvió aún más confuso. Y, además, hace unas semanas apareció Alba. La chica del pelo azul no se considera miembro del club, pero ha coincidido con ellos varias veces en Constanza, invitada por Val. Ambas se han hecho muy amigas. Al resto les cae bien por su agradable manera de ser y no les importa que los acompañe en algunas reuniones aunque ni siquiera vaya al mismo instituto que ellos. Así que los incomprendidos, ya no tan incomprendidos como al comienzo, son ahora una especie de cinco más una, como le gusta decir a la joven.

—No habría estado mal que nos pagaras. Pero te ayudamos gratis encantados. ¿Verdad, Bruno?

—Sí... Claro. Encantados.

Ester le da un golpecito con la cadera a su amigo y se echa a reír. Estar con ellos hace que no piense tanto en Rodrigo, y eso es un alivio. Su ex no se le ha ido de la cabeza desde que se presentara el día anterior en la puerta de su casa. A la joven no le resulta nada fácil centrarse en otras cosas. Lo que habló con Alan le sirvió para comprender que aún hay sentimientos que no están olvidados del todo y heridas abiertas.

—Después de grabar, podríamos irnos todos a cenar. ¿Qué les parece? —sugiere Raúl.

—Por mí genial —responde Ester inmediatamente, ilusionada con la idea—. Siempre que no sea en un sitio muy caro.

—¿En un McDonald's o en un Burger?

—Por mí bien. Los dos me laten —contesta Valeria.

—Por mí también. Y tú, Bruno, ¿qué dices?

El chico contempla a su amiga, que arruga la nariz al sonreír. Con ella iría al fin del mundo. Y a pesar de que no le apetece nada participar en el corto y luego cenar con el resto, accede.

—Muy bien. Pues este es el plan: quedamos todos en el metro de Sol para irnos a las siete y cuarto, grabamos la escena del botellón y luego nos vamos a cenar a alguna hamburguesería que veamos por allí. ¿OK?

Todos aceptan lo que Raúl propone, aunque cada uno lo hace por motivos diferentes.

—Seguro que Alba se apunta a cenar con nosotros —añade Valeria—. Voy a mandarle un WhatsApp para preguntárselo.

—Perfecto. Solo faltaría hablar con la pelirroja. A ver si ella también se apunta.

Bruno y Ester se miran. ¿Querrá ir? No están nada seguros de ello. Aunque haya querido participar en el corto, últimamente Meri no sale de su casa salvo para ir a clase y a alguna reunión en la cafetería Constanza por temas de trabajos o apuntes. Ambos conocen el motivo. Y son los únicos que están al corriente de lo que su amiga esconde.

—Ustedes que están más con ella, ¿saben qué le pasa? —pregunta Valeria con la cabeza apoyada en el hombro de Raúl—. Lleva un tiempo muy rara.

—Es verdad. ¿Tiene algún problema que no haya querido contarnos?

De nuevo, las miradas de los otros dos amigos se cruzan. ¿Y ahora qué dicen? En realidad, ellos tampoco pasan mucho tiempo con María, aunque sí saben lo que le sucede.

Es Ester, tras unos segundos de duda, quien habla:

—No. Que yo sepa no le pasa nada especial —miente tratando de disimular lo máximo posible—. Ya saben cómo es. Vive en su mundo y le gusta pasar tiempo sola. Con sus cosas.

—Pues yo diría que está más extraña de lo normal —insiste Raúl.

—Puede ser. Pero yo no he notado nada.

—Yo tampoco —añade Bruno muy serio.

Los dos están mintiendo por su amiga, pero no saben hasta cuándo podrán aguantar ocultando el secreto. No se sienten cómodos haciéndolo, pero de momento no les queda más remedio.

—Creo que a Meri lo que le hace falta es un novio —suelta el mayor de los incomprendidos—. Nunca ha salido con nadie y le iría bien un chico que se preocupara por ella y le prestase atención.

—¡Opino lo mismo! Podríamos buscarle a alguien —sugiere Val, a quien le parece estupenda la idea—. ¿A ti no te gusta, Bruno?

—¿A mí? ¡No!... A ver... Meri es mi amiga, pero... solo eso. Somos amigos, nada más. Y tampoco creo que yo le guste a ella.

—Pues es una pena. Porque harían buena pareja. Se conocen muy bien —insiste Valeria.

—Yo siempre he pensado que terminarían juntos —afirma Raúl sonriendo.

—Esto... Pues te equivocas.

—Seguro que se complementarían genial. Yo lo veo.

—Yo también lo veo.

—¡Que no me gusta Meri! ¿Cómo tengo que decirlo?

Ester no sabe si reír o llorar ante el acoso al que la pareja está sometiendo a su amigo. Así que al final decide defenderlo.

—Vamos, déjenlo ya. Pobrecillo —interviene. En seguida le pasa un brazo por encima de los hombros al chico—.

Eso es cosa de ellos. Si no han salido ya después de tanto tiempo como amigos, será por algo.

A Bruno se le acelera el corazón cuando siente la mano de su amiga rozándole el cuello. Ese contacto mínimo con Ester hace que pierda el hilo de la conversación durante unos segundos. Ni siquiera oye a Raúl cuando repite que María y él harían buena pareja. Ni tampoco a Valeria recalcar que los dos serían muy felices juntos.

—Bueno, si Bruno no quiere, entre todos podríamos buscarle a un chico que sí la quiera a ella.

—No me parece buena idea, Raúl —comenta Ester, que tiene que morderse la lengua para no hablar más de la cuenta—. Debe decidir por sí misma.

—Sí, estoy de acuerdo. Pero si nosotros le echamos una mano presentándole a algún tipo...

—Meri es muy particular. No se irá con cualquiera.

—No será un cualquiera, sino un buen chico con quien pueda pasar más tiempo —añade Raúl, que está convencido de que su idea es buena—. Podría presentarle a Julio.

—¿Julio? ¿Quién es?

—El camarógrafo del corto. Es un tipo un poco raro, pero muy buen chaval.

Ester se levanta del suelo y se queda de pie apoyada en la pared. Bruno lamenta que su amiga le quite el brazo de los hombros. Se sentía especial al notar el roce de sus dedos en la piel. El mero hecho de estar cerca de ella le sirve para ser un poquito más feliz. Pero Ester se está poniendo nerviosa ante la insistencia de Raúl.

¿No sería más sencillo explicarles que Meri es lesbiana y no quiere a ningún chico como pareja? ¡Le gustan las chicas! Ellos siguen formando parte del grupo y tendrían que saber un secreto de ese tipo. No obstante, tanto Bruno como ella le prometieron a la pelirroja que no se lo contarían a nadie.

—¿Desde cuándo hacemos los incomprendidos la función de celestina?

—No es eso, Ester. Simplemente ayudamos a nuestra amiga.

—¡Pero ella no ha pedido ayuda!

—Si por Meri fuera, seguiría soltera y virgen hasta los noventa.

—Pues es cosa suya. Nosotros no podemos meternos en su vida de esa forma. Si quiere una pareja, ya la buscará.

—Solo voy a presentarle a Julio, Ester. Nada más.

—¡No me parece bien! ¡Julio es un... desconocido!

Esas rabietas no son habituales en ella. Normalmente es una persona muy tranquila y rara vez se altera. Por eso Valeria y Raúl se sorprenden tanto de su reacción. Bruno, por su parte, la comprende. ¡Cómo no va a entenderla!

—No es un desconocido. Es un amigo de Aníbal, uno de los actores, que va a nuestro instituto. Va a segundo de Bachillerato.

—Sé quién es —repone la chica resoplando.

—¿Entonces?

—Nada.

Los cuatro se quedan en silencio. Ni siquiera la propia Ester comprende por qué motivo se ha puesto así. Raúl solo quería ayudar a Meri, y él no está al tanto de los sentimientos y gustos de la pelirroja. Pero, por alguna razón, le irrita que su amigo quiera prepararle una especie de cita con un tipo. Ella sabe que no es eso lo que Meri necesita. Y que si a su amiga le ocurre algo y se ha aislado un poco más del mundo, es en parte por su culpa. Desde que en noviembre ocurrió lo del beso, nada ha vuelto a ser igual entre ellas. Ester no ha sabido afrontar la situación y se ha distanciado de la que era su mejor amiga.

—Entiendo que quieras protegerla —interviene ahora

Valeria—. Es tu amiga y no quieres que le hagan daño. Pero solamente se trata de presentarle a un chico. Si no le gusta, no pasa nada.

—Es que seguro que ese chico no es su tipo —dice Bruno adelantándose a Ester, que iba a hablar de nuevo.

—¿Cómo lo sabes, si no lo conoces?

—Porque lo sé.

—Vamos, Bruno, ¿por qué estás tan seguro?

—Conozco sus gustos.

—Nosotros también.

—No tan bien como yo. Ese chico no le gustará. Te lo aseguro.

—Eso es hablar por hablar —protesta Raúl algo enfadado por la actitud de Bruno—. Julio es un tío estupendo. No es muy guapo, pero tiene cosas que...

—Meri es lesbiana.

Los tres amigos miran hacia la pared contra la que Ester está apoyada. La joven se pasa la mano por el pelo y tiene la respiración agitada. Le tiemblan las manos. Acaba de traicionar a su mejor amiga y de revelar su gran secreto. Pero no podía más. Sabe que aquello no es más que otra gotita en el vaso a punto de rebosar que se ha ido llenando desde aquel día de noviembre, desde aquella noche en la cual descubrió que María estaba enamorada de ella y toda su confianza y su amistad saltaron por los aires.

CAPÍTULO 14

Meri lee otra vez en silencio lo que Paloma le ha escrito en el *chat*:

Estoy en casa porque hace una semana y media que no voy al instituto. Una chica me puso la zancadilla mientras corríamos en Educación Física y me caí de bruces. Me di un golpe muy fuerte en la nariz y en el ojo derecho y todavía los tengo algo morados; además, se me partió el labio. Ella se excusó diciendo que había sido sin querer. Pero no es así. Desde que ha empezado el curso, un grupo de chicas la tiene tomada conmigo. Se enteraron de que soy lesbiana y comenzaron a hacerme *bullying*. Me da miedo volver. No quiero hablar con los profesores, y les miento a mis padres porque no quiero que descubran que me gustan las chicas. Son muy tradicionales.

No te mentiría con algo tan serio. Y si no te he contado nada de esto antes es porque es un tema muy personal y todavía no me fiaba de ti. Te pido perdón por haberte mentido respecto a mi edad y por haberte mandado una foto de una chica que no soy yo. Si quieres me hago una foto con el ojo morado y te la enseño. O ponemos la *cam* y me ves, si te apetece. Pero, por favor, no me dejes. Estos días he pensado mucho en ti. Has sido la única que me ha sacado una sonrisa en muchas semanas. Me encantaría seguir en contacto contigo. Por favor, Pelirrojita, dame una segunda oportunidad. Te lo ruego.

Parece desesperada.

¿Será verdad todo eso que dice? Si no lo es, definitivamente la gente no tiene vergüenza. Pero si lo es... Pobre chica. A ella nunca le ha pasado nada parecido, pero todavía recuerda el día en el que aquellos indeseables la obligaron a besarse con Raúl. Fue un mal trago, sobre todo para su amigo, a pesar de que se conocieron gracias a aquel momento.

No sabe qué escribir. Iba a despedirse para siempre, pero ya no lo tiene tan claro. El mensaje ha condicionado todo lo que pensaba de Paloma. Seguro que se siente tan sola como ella.

—¿Sigues ahí? ¿Pelirrojita?

—Sí, sigo aquí. Todavía no me he ido. Estaba releyendo lo que me has escrito.

—Créeme. Te he dicho la verdad.

—Es difícil creerle a alguien que te ha mentido antes.

—Lo sé, y te comprendo. Pero debes confiar en lo que te he dicho. ¿Quieres que pongamos la *cam*?

—No. Estoy en la sala de Informática del instituto, no en casa. Aquí no es plan. Además, sigo sin fiarme mucho de todo esto.

—Siento que no confíes en mí. Pero esta vez no he mentido. Te lo juro.

Parece sincera. Pero también le dio esa sensación cuando le pasó la fotografía y le dijo que aquella chica despampanante era ella.

—Necesito más.

—¿Más? ¿En qué sentido?

—No lo sé, Paloma. No lo sé.

—Puedes preguntarme lo que quieras. No voy a mentirte más, de verdad.

A Meri se le empañan los anteojos de nuevo. Se los quita, los limpia y vuelve a ajustárselos. Siente curiosidad por aquella joven y por su historia. No quiere martirizarla, pero si investiga un poco podrá obtener la pista definitiva de si le está mintiendo o no.

—¿No has denunciado a la chica que te puso la zancadilla y a su grupo?

—No. No es tan fácil.

—¿Por qué?

—Porque sus amigas y ella saben que soy lesbiana y me tienen amenazada con contárselo a todo el mundo.

—¿Y cómo se enteraron? ¿Se lo dijiste tú?

—Sí. Más o menos.

—No comprendo nada. ¿Puedes explicármelo?

—No quiero aburrirte con mi historia.

—Cuéntamelo. No me aburriré.

—¿No decías que te quedaba poco tiempo?

—Después de esta clase tengo recreo. No te preocupes. Te leo.

Transcurren unos segundos y Paloma no escribe. María se impacienta. Quizá la esté presionando demasiado, pero es necesario para que pueda resolver definitivamente todas las dudas que tiene en relación con ella. Si le cuenta algo coherente, le creerá. Sería difícil que se inventara una historia sobre la marcha. O dice la verdad o no tendrá salida.

—Está bien, Pelirrojita. Voy a contarte lo que pasó. Espero que así me creas de una vez. Esta es mi historia:

Hace unos meses...

—¡Bien! ¡Final de la clase! ¡Tenéis quince minutos para cambiaros y daros una ducha!

Los gritos del profesor de Educación Física retumban en los oídos de todos los alumnos de cuarto A. Acaban de hacer el Test de Cooper y están agotados. Algunos, como Paloma, todavía jadean exhaustos. No llevan ni dos meses de clase y ese hombre ya les está dando verdaderas palizas. En junio estarán como locos o habrán muerto de malestares.

La chica camina sola hacia el vestuario con las manos en las caderas. Se sienta en una de las bancas de madera y descansa apoyada contra la pared mientras sus compañeras van entrando.

—¿En cuánto lo has hecho?

—En doce minutos y un segundo. ¿Y tú?

—Once cuarenta y seis.

—¡Muy bien! Eso es un siete.

Las que hablan justo delante de ella son Natalia y su amiga Elsa, dos de las chicas más guapas de la clase, especialmente la primera, que tiene locos a todos los chicos de su curso e incluso a los de Bachillerato. Paloma intenta no mirar a la muchacha cuando se quita la camiseta y, a continuación, el pantalón deportivo, pero no puede evitarlo y la observa de reojo. Le encanta su cuerpo, que está en perfecta sintonía con su precioso rostro. Gracias a esa esbelta joven morena de ojos verdes, ella descubrió que en realidad le gustan las chicas. Pero jamás se lo ha confesado a nadie. Al principio pensó que se trataba de una confusión: imaginaciones suyas o un capricho hormonal. ¿Cómo iba a ser lesbiana? No obstante, con el tiempo se dio cuenta de que realmente la atraían las personas de su mismo sexo. Ya no había ninguna duda.

Natalia toma una toalla y se envuelve en ella. Mientras sigue conversando con Elsa, se deshace del sostén y de las panties, los dobla con mimo y los coloca a un lado. Paloma se sonroja y agacha la cabeza. No quiere que se le note la excitación. Siempre que hay Educación Física le pasa lo mismo. Rápidamente, se desnuda y corre hacia una de las duchas que están libres. El agua caliente resbala por su pequeño cuerpo e intenta contener la emoción que siempre le provocan esos instantes. Respira agitada y cierra los ojos mientras se enjabona.

—¿Sabes que un tipo de la universidad me habló ayer por Twitter? ¡Y además me sigue! Me preguntó que si quería ir con él a una fiesta en su colegio mayor el sábado.

La voz que proviene de la ducha de al lado es la de ella. Natalia está completamente desnuda a solo un par de metros de distancia, únicamente las separa la fina cortinilla que diferencia una ducha de otra. Abre los ojos y suspira. El plástico mojado se transparenta y le permite contemplar su silueta. La sensual imagen es irresistible para Paloma. Se imagina el chorro de agua cayendo con fuerza sobre los pechos y el abdomen plano y húmedo de Natalia. ¿Existe algo más excitante? Sí. Verla a escondidas. ¿Por qué imaginárselo cuando puede visualizarlo? Solo tiene que desplazar la cortina unos centímetros y la fantasía se hará realidad.

Con mucha cautela, agarra la cortina por uno de los bordes. Un pequeño hueco le servirá de mirilla. Sin embargo, cuando está a punto de apartar el plástico unos centímetros para contemplar a su deseada musa, se arrepiente. Aquello no está bien, se está aprovechando de la situación para espiar a Natalia. Y eso es algo muy feo. Si fuese un tipo, seguro que no dudaría ni un instante. Pero ella es una chica, lesbiana, pero una chica, no uno de esos babosos adolescentes que no dejan de hablar de sexo a todas horas. Tiene dignidad y principios. ¡Y moralidad!

Suelta la cortina sin hacer ruido y termina de quitarse el jabón del cuerpo. Cierra la llave y sale de la ducha. En seguida se envuelve en una toalla y, con otra más pequeña, se seca el pelo frente a uno de los espejos del vestidor. Trata de alejar de su mente lo que ha pasado hace unos minutos y de no darle importancia a la idea que le ha pasado por la cabeza. Aunque le resulta imposible olvidar que sigue compartiendo espacio con la chica que le gusta y ésta sigue estando desnuda bajo la ducha.

—¿Y está bueno?

—Muchísimo. Tiene un cuerpazo... Estudia INEF.

Las dos chicas, envueltas en sus respectivas toallas, se colocan frente al espejo de al lado y dialogan entre ellas. Natalia continúa hablando del universitario que le ha tirado los perros en Twitter y Elsa no deja de hacer preguntas sobre él. Se les une una tercera estudiante de cuarto A. Magda también es de su grupo y tampoco está nada mal.

—Chicas, ¿de qué hablan? —pregunta la recién llegada.

—De un universitario que quiere ligarse a Nati.

—¿Sí? Cuenta, cuenta.

Paloma escucha la conversación mientras se peina y observa de reojo a las tres chicas a través del espejo. Lo hace disimuladamente. No quiere que se den cuenta de que está pendiente de ellas. Hasta que de repente... a Magda se le cae la toalla y se queda desnuda por completo. Instintivamente, Paloma se vuelve hacia ella y clava la mirada en sus pechos. Un segundo más tarde, la baja y se fija durante unos instantes en la zona del cuerpo que Magdalena se tapa antes con la toalla recogida del suelo.

—Pero ¿tú qué miras así? ¡Serás guarra!

Paloma no sabe dónde meterse. No puede soportar el calor que siente en las mejillas. Agacha la cabeza avergonzada y entonces se dirige a toda prisa hacia la banca donde ha dejado la ropa. Sin embargo, esa vez no va sola. Natalia y sus amigas la siguen. Son las únicas que quedan en el vestidor.

—¿Qué pasa contigo? —le pregunta Magda de nuevo, muy enfadada—. ¿Qué estabas mirando?

—Nada.

El susurro de su voz es casi inaudible. Se muere de vergüenza, y también tiene miedo de lo que puedan pensar esas chicas. Desde que está en ese instituto no ha hecho amigos y se siente sola. Pasa desapercibida. Pero en ningún caso le gustaría tener enemigos.

—Yo creo que sí que mirabas algo.

—No, no...

—Al final va a resultar que tenías razón, Nati.

—¿Ven? Se los dije.

¿A qué se refieren? Paloma desea desaparecer de allí de inmediato, pero ni siquiera puede levantarse e irse porque solo lleva puesta una toalla. Está atrapada sin salida en aquel vestidor.

—Oye, tú. Mírame —le ordena Natalia de malos modos y golpeándole con una toalla pequeña en la cabeza—. Tú, ¡que me mires!

—¡Que la mires, carajo! —grita Elsa.

La joven obedece y mira a los preciosos ojos verdes de la chica de la cual se ha enamorado, la que hizo que por fin comprendiese sus confusos sentimientos, la que logró que entendiera su verdadera sexualidad.

—¿Qué...?

—Eres una tortillera de mierda, ¿verdad?

Nunca en su vida se había sentido tan mal como en ese instante. Los ojos de los que se había prendado menospreciaban su condición sexual, que había quedado al descubierto.

—Reconócelo.

—Hace tiempo que me he dado cuenta de cómo me miras. Te gusto, ¿no?

—No...

Aunque intenta mentir, su rostro la delata. Es imposible ocultarle algo así a la persona a la que quieres.

—Entonces, si no te gusto, ¿por qué me miras tanto? En clase, en gimnasia... y aquí, en las duchas. Te gusto, ¿verdad que sí?

—Yo...

—¿Estás enamorada de mí?

—No.

—Yo creo que sí. Confiesa —insiste Natalia tras acercar su cara a la de Paloma—. Aunque, por lo visto, no te gusto solo yo. Porque bien que le mirabas las tetas y el... a mi amiga.

—Ha... sido... sin querer.

Paloma quiere morir. Si le diera un infarto en ese instante, lo agradecería. Pero su sufrimiento no ha acabado.

—¿Sin querer? ¡Mentirosa! —grita Magda aún más furiosa que antes.

—Vamos, reconoce que eres tortillera... Y te perdonaremos.

—Sí, reconócelo de una vez —insiste Elsa.

—Vamos, güerita. Si nos dices la verdad, dejaremos que te vayas tranquila y no se lo diremos a nadie.

¿Está hablando en serio? ¿Si reconoce su homosexualidad la perdonarán y dejarán marchar? No está segura. Pero la presión a la que la están sometiendo esas tres es tan grande que prefiere confesar a seguir soportando el mal trago. La está pasando fatal.

—Tienen razón. Soy... lesbiana.

Lo admite con un débil hilo de voz y sin mirar a su amor soñado a los ojos. Ya no es un secreto. Ellas lo saben. Y le duele. Terriblemente, en el fondo del corazón. Le duele más que la bofetada que Natalia le propina en la cara.

—Quedas advertida: no vuelvas a mirarme de esa manera en tu vida. ¿Entiendes, tortillera? A mí me gustan los tipos. Y me da asco lo que tu mente enferma pueda imaginar.

El dolor de aquellas palabras todavía resuena a veces en su interior. Durante los siguientes meses, aunque iban a la misma clase intentó cruzarse lo menos posible con Natalia y sus amigas por el instituto. Pero sobre todo trató de olvidar lo que sentía por ella. Le costó, pero menos de lo que imaginaba. En cambio, las tres chicas no se olvidaron de Paloma, a la que desde aquel día comenzaron a hacerle la vida imposible bajo la amenaza de contarles a todos lo que sabían si en alguna ocasión se iba de la lengua:

—Y ésa es la historia de mi vida. ¿Me crees ahora, pelirrojita?

CAPÍTULO 15

Cuarta hora: Historia.

Los cinco incomprendidos están sentados a sus mesas, pensativos, fingiendo que escuchan a la profesora hablar sobre la Guerra Fría. Sin embargo, desde que terminó el recreo y comenzó la penúltima clase de la semana, están como ausentes. Ninguno ha dejado de darle vueltas a la cabeza por diversos motivos. En otro momento, estarían esperando ansiosos a que sonara la campana que anuncia el fin de semana. Pero han dicho y oído demasiado hace tan solo unos minutos.

—¿Que Meri es lesbiana? —pregunta Raúl atónito.

Ester se frota los ojos y mira hacia otro lado. Ha revelado el secreto de su amiga y ahora se siente fatal. Bruno se da cuenta y toma la palabra.

—Sí. Le gustan las chicas.

—Pero ¿están seguros? —interviene Valeria también sorprendida.

—Completamente.

—Pues menuda noticia inesperada. Y nosotros que queríamos buscarle un novio.

Los cuatro se quedan en silencio un momento, hasta

que Raúl vuelve a preguntar. Da la impresión de que no está muy contento.

—¿Cómo se enteraron? ¿Lo saben desde hace mucho tiempo?

—Pues...

Bruno mira a Ester para que responda ella. Tampoco quiere contar más de lo que debe. Una cosa es descubrir el secreto de su amiga y otra interpretar lo de aquel beso de noviembre y desvelar los sentimientos de la pelirroja.

—Ella nos lo contó —termina diciendo la joven—. Al día siguiente del que se suponía que debía irse a Barcelona nos confesó que era lesbiana.

—¡Ya hace cuatro meses de aquello!

—Sí. Algo más de cuatro meses.

—Han guardado esto en secreto durante demasiado tiempo.

—¿Y qué querías que hiciéramos? Ella nos lo pidió.

—¿Y por qué no nos lo ha dicho también a nosotros?

—No lo sé, Raúl. Imagino que porque con Bruno y conmigo tiene más confianza. Ustedes se alejaron bastante de nosotros tres el año pasado. Pasó lo de Eli y ustedes dos se hicieron novios...

—Pero todos pertenecemos al mismo grupo —insiste el chico. Se le nota bastante molesto—. Aunque tengamos diferentes formas de ser y de pensar y Valeria y yo salgamos juntos, todos somos amigos.

—Ester y yo solamente cumplimos lo que Meri nos pidió por favor: que no le dijéramos nada a nadie. Entiendan que no es un tema fácil de tratar para ella.

—¿Por qué no es fácil? Me da lo mismo que le gusten los chicos o las chicas. Voy a seguir queriéndola y respetándola igual —protesta Raúl subiendo el tono de voz—. Pero me habría gustado enterarme al mismo tiempo que ustedes

114

de una cosa así. Y que me lo hubiera contado ella misma, no alguien de rebote.

Ni Ester ni Bruno añaden nada más. Se encogen de hombros y de vez en cuando intercambian una mirada. Valeria, por su parte, abraza a su novio y lo besa dulcemente en los labios. Luego le sonríe.

—Sé que la pelirroja es importante para ti, cariño, pero hay que respetar sus decisiones.

—Ya no confía en nosotros.

—Sí confía, lo que pasa es que es un tema difícil de hablar. Quizá ellos tengan razón y nos hayamos distanciado un poco de todo.

—Es que es normal que hagamos vidas diferentes. ¡Estamos saliendo, carajo! Pero creo que somos tan amigos de Meri como ellos, aunque pasemos menos tiempo con la pelirroja.

—No le des tanta importancia. Ya nos lo contará cuando esté preparada para hacerlo.

—Espera... ¿vamos a mantener en secreto que lo sabemos?

—Creo que es lo mejor —responde Valeria mirando a Ester—. Tampoco es onda que Meri se enfade con ella por decírnoslo.

Raúl no está de acuerdo con la idea. Le gustaría hablar con María sobre el tema y saber por qué no confía en él. Pero tampoco quiere perjudicar a Ester.

—Está bien. No diré nada.

—No te enfades. Al menos ahora sabemos que no tenemos que presentarle a Julio para que salga con él —comenta Val con una bonita sonrisa—. ¿Crees que podría gustarle alguna de las chicas que participan en el corto?

El joven mueve la cabeza negativamente y se echa a reír. Despacio, agarra a Valeria por la cintura y la besa en la boca intensamente. Bruno los contempla con cierto fastidio y Ester con mucha envidia. Le encantaría vivir una relación como la de sus amigos.

—Entonces ¿eso es lo que le pasa? —vuelve a preguntar el chico después de rodear a su novia por la cintura con un brazo.

—No sé si le pasa algo o no —contesta Ester, consciente de que les está ocultando la verdad—. Como te he dicho, Meri vive en su propio mundo.

—Seguro tiene que ver con alguna chica. Por eso está tan rara. Le gusta alguien y no le corresponde. O a lo mejor no le ha dicho nada por miedo a que la rechace. Debe de ser complicado para ella identificar quién siente o no lo mismo que ella.

Las palabras de Raúl alertan a Bruno y a Ester. ¿Cómo ha llegado tan rápido a esa conclusión? Por suerte para ellos, la campana suena y anuncia que la siguiente clase comienza al cabo de pocos minutos.

Mientras caminan hacia el aula, Raúl recibe un mensaje de WhatsApp. Lo revisa antes de entrar en clase y responde rápidamente, sobre la marcha. Segundos más tarde, es la BlackBerry de Valeria la que suena:

—«Será estupendo cenar con ustedes esta noche. Cuenten conmigo. Un beso para todos. Alba» —lee en voz alta la joven.

—¡Bien! Me gusta esa chica —dice Ester alegremente—. Ahora solo falta saber si Meri se apunta.

—¿Apuntarme a qué?

Por el pasillo, procedente de la sala de Informática aparece María, que ha oído las últimas palabras de su amiga.

—A cenar después de grabar el corto —responde Raúl, que la mira a los ojos muy serio.

—Ah. Eso. Vaya... Pues... —La joven pelirroja titubea

nerviosa—. Al final no voy a poder ir. Me ha surgido algo. Lo siento.

Y sin decir nada más, entra en el aula y se dirige al fondo de la clase, donde está su pupitre. El resto la observa sin comprender a qué viene ese cambio de decisión. Se acercan a ella para intentar convencerla, pero no les da tiempo para hablar mucho porque la profesora de Historia entra en seguida.

Nadie sabe lo que ha pasado para que Meri no pueda ir al rodaje del corto de Raúl. En realidad, ni siquiera ella misma está segura.

—Pelirrojita, ¿sigues ahí?

—Sí. Sigo aquí.

—¿Y en qué piensas? ¿Me crees ya?

La historia que Paloma le ha contado parece cierta. Es muy difícil que alguien se invente algo así en tan poco tiempo. Aunque puede que ya lo tuviera pensado y simplemente lo haya escrito cuando ha llegado el momento. En Internet hay gente capaz de todo.

—No lo sé.

—Jo. ¿Qué más pruebas necesitas? Me he abierto a ti completamente. Ya no sé qué contarte para que me creas.

—Perdóname. Soy muy escéptica.

—¡Y muy terca!

El comentario le saca una media sonrisa a María. En eso tiene razón. Es muy terca.

—¿Sigues enamorada de Natalia?

—No, ya no.

—¿Estás segura?

—Sí. Sus amigas y ella son las que me están haciendo la vida imposible en el instituto.

—Y tú no las denuncias porque no quieres que revelen tu homosexualidad.

—Eso es.

¿Por qué les cuesta tanto reconocer lo que son? El que les atraigan las chicas no debería ser un problema. Ella también lo mantiene en secreto, pero no tendría que ser así. ¿Qué más da que a una persona le gusten los hombres o las mujeres? ¡Son personas y no pueden controlar hacia dónde va su corazón! Pero ni una ni otra se atreven a admitirlo sin reparo, sin miedo al qué dirán.

—Debes de estar pasándolo muy mal.

—Ni te lo imaginas. No tengo amigos, y en el instituto me limito a sobrevivir. Este *chat* es lo único que me saca un poco de mi realidad.

—¿Y tu familia? ¿Tienes hermanos?

—Sí, dos hermanos. Pero son mayores, ya no viven en casa. Aquí solo vivimos mi padre, mi madre y yo. Y ellos no entenderían nada de esto. Son muy tradicionales. Se llevarán un susto enorme el día que se enteren de que soy lesbiana, así que cuanto más tarde, mejor.

También es su caso. Cuanto más tarde mejor. Y eso que no cree que sus padres y su hermana se lo tomaran tan mal. Pero sería extraño contárselo.

La conversación entre ambas se prolonga durante el resto de la hora de Informática y también del recreo. Meri se siente cada vez más a gusto con Paloma y ya no le pasa por la cabeza desaparecer para siempre. Empieza a confiar en ella de verdad. La joven le cae bien. Y se siente identificada con muchas de las cosas que dice. Tanto como para...

—No estoy segura de lo que voy a pedirte. Ni siquiera sé si voy a arrepentirme cuando lo haya escrito, pero... ¿quieres que charlemos por videoconferencia?

Así resolverá sus dudas de una vez por todas. Esa chica no puede llevar tanto tiempo mintiendo.

—¿Cuándo? ¿Ahora?

—No. El recreo está a punto de terminar. Esta tarde.

—¿De verdad?

—Sí.

Paloma no escribe durante unos segundos. Meri empieza a echarse para atrás. ¿Por qué demonios le ha propuesto una cosa así? Está loca. Seguro que es un tipo que... Quizá ella debería continuar esperando para mostrarse. Tal vez...

—¡Es muy emocionante! ¿A las 19:00 te parece bien? Antes no puedo.

—OK. A las 19:00.

—¡Genial! Tenemos una cita...

—¡No es una cita!

—Una cita cibernética. ¡Gracias!

Esa jovencita le agrada. Vuelve a sonreír y resopla. Espera no haberse equivocado. Se juró a sí misma que nunca más se arriesgaría y, a las primeras de cambio, está incumpliendo su promesa. ¿Tan necesitada de amigos y nuevas sensaciones está? Sabe la respuesta.

Suena la campana que anuncia el final del recreo. Es el fin de aquella larguísima charla que comenzó de una manera y termina de otra totalmente distinta e inesperada.

—Paloma, tengo que marcharme. Tengo clase.

—Bien. Nos vemos a las 19.00. No te eches para atrás, por favor. Me sentiría muy mal.

—No me echaré para atrás. No te preocupes.

—Bien, estoy emocionada. ¡Nos vemos!

—Nos vemos.

Y cierra la ventanita de la conversación. Luego sale del *chat* y apaga la computadora.

María mira hacia arriba, se quita los anteojos y mueve la cabeza al tiempo que se ríe nerviosa. ¿En qué estaría pensando? Ni idea, pero ya no hay vuelta atrás. A las siete dará el siguiente paso.

CAPÍTULO 16

—¿Adónde vas?

—A casa.

—¿Ya? ¿Y la última hora?

—No voy a ir. Quiero preparar bien lo de esta noche.

Raúl termina de recoger sus cosas rápidamente. Se cuelga la mochila a la espalda y le da un beso a su novia. Va a volarse Inglés. No le importa demasiado, la asignatura se le da bien y no tendrá problemas para sacar buena calificación.

—¡Me voy contigo! —exclama Valeria, que comienza a guardar sus libros a toda velocidad.

—¡No! ¡Quédate! Que el examen es dentro de poco y...

—Tú me echas una mano.

—¡Ya sabes que no tengo tiempo! Quédate.

—Que no, que no. Que me voy contigo. Estoy cansada.

El chico suspira, pero termina por aceptar. No le queda otra. La pareja se despide del resto y sale del aula procurando no encontrarse con el profesor de Inglés.

Ahora se les presenta un problema complicado: no permiten que ningún alumno salga del centro hasta que se acaban las clases, así que deben saltar la verja sin que nadie se dé cuenta.

Los dos recorren el perímetro del instituto y se dirigen hacia una zona por la que no suele pasar mucha gente, alejada de las miradas de vigilantes, conserjes y profesores. No es la primera vez que Raúl hace aquello, pero sí Valeria, que no las tiene todas consigo.

—¿Qué? ¿Te atreves o no?

—Mmm.

—Si quieres me voy yo solo. Estás a tiempo de entrar en Inglés.

—¡No! ¡Me voy contigo!

—Pues a saltar la valla. Vamos.

—¿No podemos salir por la puerta principal?

—Ya sabes que no. No nos dejarían.

—¿Ni pidiéndolo por favor?

—No.

—¿Y si digo que estoy muy, muy, muy enferma?

—No.

—¡Qué negativo estás, guapo!

—Es que, si no es saltando, no podremos salir del instituto.

No es una valla demasiado alta, pero Valeria no destaca precisamente por su flexibilidad o su habilidad en ese tipo de cosas. La chica suspira y contempla la verja como si se tratase de su mayor enemigo. En realidad, en esos momentos lo es.

—¿Me ayudas?

—Claro. Pero primero hay que pasar las mochilas al otro lado. Así será más sencillo, ¿no crees?

La chica le saca la lengua a su novio y lanza sus cosas por encima de la valla. A continuación él hace lo mismo.

—¿Puedes ayudarme ya, listo?

—Vamos a intentarlo. Aunque no sé yo si podré contigo...

—Eres de lo peor.

—Pero me quieres.

—De momento. Pero no te fíes demasiado.

Raúl sonríe y se agacha un poco. Junta las manos para que la chica apoye el pie en ellas y le pide que se dé prisa.

—Vamos... ¡Ahí voy!

Valeria pone el pie izquierdo sobre las manos de Raúl. Después, se impulsa y se agarra de la parte superior de la valla.

—Ahora tienes que pasar primero una pierna y luego la otra.

—Lo sé, lo sé. No soy tonta. Pero... ¿no me ayudas a hacerlo?

—Mejor me quedo debajo de ti por si te caes.

—¡No voy a caerme!

—Ya veremos...

Aquello hiere su orgullo. ¡Es una torpe, pero va a conseguirlo! ¡Va a conseguirlo! Eleva la pierna izquierda y la apoya en la parte de arriba de la valla.

—¿Ves, tonto? Lo estoy haciendo bien —afirma con la respiración agitada—. No... era... tan complicado.

—Lo veo, lo veo. Pero aún te falta bastante. Date prisa.

—Tú siempre... dándome ánimos.

—Para eso estamos.

La chica protesta, pero tiene que acabar cuanto antes. Pasa la pierna izquierda al otro lado lentamente y con dificultad. Valeria está orgullosa de su hazaña. Pero le queda lo más complicado: impulsarse con la otra pierna y no caerse en el intento. Allá va. Se siente como una gimnasta en los Juegos Olímpicos. Cuenta en voz baja: «Una, dos y...» ¡Tres! ¡Da un saltito y logra lo que pretende! Ya tiene la pierna izquierda en el otro lado y la derecha y el cuerpo apoyados sobre el borde superior de la verja. Sin embargo, algo no sale bien. Su propio peso la empuja hacia abajo y se desequilibra.

—¡Me caigo! —grita asustada.

Pero no sucede así. Raúl se agarra a la valla rápidamente y sujeta a su novia antes de que dé con los huesos en el suelo al otro lado de la verja del instituto.

—Menos mal que estaba yo aquí.

—Gracias. Aunque lo tenía todo controlado.

—Ya, ya. Anda, vamos, démonos prisa, que al final van a terminar cachándonos.

Raúl ayuda a Valeria a terminar de saltar la verja y luego, con mucha destreza, lo hace él. La joven respira al ver que lo ha conseguido sin hacerse daño. Los dos toman sus respectivas mochilas y se alejan del centro.

—Pues no era tan difícil.

—¿Que no era difícil? Si no llego a sujetarte ahora estaríamos camino del dentista. O del traumatólogo.

—Qué exagerado eres.

—Cariño, eres muy buena para muchas cosas, la mejor. Pero hábil, lo que se dice hábil... no eres. No te engañes.

Valeria lo obsequia con una patada, aunque no logra impactar en el cuerpo del chico, y sigue caminando junto a su novio. Su seriedad va transformándose en una sonrisa. En el fondo tiene razón. Es muy torpe. Y si no llega a ser por él se habría dado un buen golpe contra la acera.

—OK, lo reconozco. Me has salvado.

—Tampoco es para tanto.

—Te cambio un beso por un te quiero —le dice de repente tras tomarlo de la mano.

El joven se detiene antes de cruzar la calle y la mira a los ojos. Le brillan las pupilas. Es uno de esos momentos en los que detendría el reloj y luego jugaría con sus manecillas para echarlas atrás una y otra vez. De esa manera viviría y sentiría ese instante repetidamente, como en *Atrapado en el tiempo*.

—Te quiero.

Ella lo contempla más enamorada que nunca y, de puntitas, le regala un beso. Intercambio realizado. Están parados frente a un semáforo en rojo, sin prestar atención a la gente que pasa y los observa. Solo ellos dos.

El beso acaba y continúan su camino.

—Te acompaño a casa —anuncia Raúl, que abraza a su chica mientras cruzan el paso de cebra.

—Voy a Constanza. Comeré allí con mi madre y ayudaré por la tarde en la cafetería.

—Bien. Pues vamos a Constanza.

La pareja camina tranquilamente por el centro de Madrid. El suave sol de marzo baña sus rostros. Están bien juntos, muy bien. Se quieren y se entienden. Como amigos eran buenos, como pareja son mejores.

—¿Qué quieres que te regale para nuestro aniversario? —pregunta Valeria.

—¿Qué aniversario?

—¡El de los seis meses, tonto!

—Pero falta mucho para eso.

—Soy muy previsora.

—Primero cumplamos los cinco meses. Uf, cinco meses juntos... ¿cómo lo hemos conseguido?

—¡Yo lo he tenido más difícil! —exclama la joven que, sin embargo, no deja de sonreír.

—¿Por qué?

—Porque las tipas te tiran los perros constantemente. Estar casi seis meses con uno de los tipos más buenos del instituto tiene mucho mérito.

Raúl no puede evitar soltar una carcajada al escuchar a su chica. Valeria, en cambio, se pone muy roja. Pero lo que ha dicho es verdad. Ha sentido celos de todas las que tonteaban o intentaban algo con su novio. Y eso que él se ha limitado a ser agradable con ellas, nada más. Por otro lado, no cree que sea de esos que son infieles solo porque una noche se dejan llevar por una cara o un cuerpo bonito.

¡Pero es que su novio está tan bueno!

—¿Me perdonarías una infidelidad?

—¿Qué? ¿Por qué me preguntas eso?

—No sé. Es algo que las parejas se preguntan entre sí, ¿no?

No lo sabe. Ella no ha tenido más parejas. Raúl ha sido el primero de una lista que espera que jamás contenga más nombres.

—Pues... Es difícil saberlo —responde dubitativa—. Imagino que dependería de cómo se produjera esa infidelidad.

—¿Y con quién? ¿A eso le darías importancia?

La que se detiene en seco en ese instante es Valeria. No comprende a qué viene aquello. ¿Son simples preguntas o está pasando algo?

—¿Me estás poniendo los cuernos?

Raúl se para frente a ella y la mira muy serio. Pero sonríe inmediatamente. Se inclina y le da un beso en la mejilla.

—Por supuesto que no —le susurra al oído. Y echa a andar de nuevo, con la esperanza de que ella lo siga.

Así es. Valeria corre hasta él y vuelve a darle la mano. La aprieta muy fuerte. No soportaría que nadie se lo arrebatara, es lo mejor que ha tenido nunca. Y perderlo... significaría perder al amor de su vida, porque aunque sean muy jóvenes siente que él es la persona con quien quiere estar para siempre.

Entre besos, risas, bromas y pequeños enfados fingidos, llegan hasta Constanza.

—¿Quieres entrar?

—No, se ha hecho bastante tarde. —Raúl comprueba su reloj—. Ya nos vemos luego.

—A las siete y cuarto en Sol, ¿no?

—Sí. No te retrases.

—No lo haré.

Con un beso en los labios, se despiden. Valeria entra en la cafetería y el chico sigue caminando. Sin embargo, no se dirige hacia su casa.

Después de tantos abrazos, después de tantas palabras, después de tantos besos... no es capaz de ser sincero con ella.

Y es que Raúl no está seguro de si Valeria podría perdonarlo algún día si se enterara de aquello.

CAPÍTULO 17

¡Su novio es el mejor del mundo! Es como si viviera continuamente en una canción de Disney. El contacto con sus labios es inigualable. Besar con amor resulta increíble, incluso mejor de lo que había imaginado. Valeria está muy feliz. Él la hace feliz. Con una sonrisa de oreja a oreja, entra en Constanza.

En la cafetería hay bastante actividad. Su madre corre de un lado para otro detrás de la barra, pero cuando ve a su hija se dirige hacia ella.

—¿Ya estás aquí?

—Sí, he salido antes. No ha venido el de Inglés.

Esa expresión en el rostro de su madre... la conoce muy bien. Algo pasa.

—¿Lo has visto?

—¿Ver? ¿A quién?

—A...

Y, con un gesto de la cabeza, le indica a su hija que mire hacia una de las mesas que están pegadas a la pared. Un chico muy bien vestido examina la carta. ¡Así que se trataba de eso!

—No puede ser —dice tapándose los ojos con la mano. Luego contempla a su madre muy seria—. ¿Qué hace Marcos aquí?

—No es culpa mía. Se ha autoinvitado.

—¿Cómo que se ha autoinvitado?

—Verás... Anoche cuando me dejaste la computadora le escribí en Twitter.

—¿Que le escribiste en Twitter? ¡Mamá, estás loca!

—Bueno, solo quería darle las gracias por haber salvado a *Wiki* —se disculpa la mujer—. Debió de leer el *link* de Constanza que tengo en mi cuenta y se ha presentado aquí hace unos minutos.

—¡Y por qué no me lo has dicho antes!

—Si te lo he dicho, Valeria. Te he escrito un WhatsApp hace un rato.

La chica cabecea malhumorada. No lo ha oído. Se lleva la mano al bolsillo del pantalón para coger su BlackBerry pero descubre que no está. Qué extraño. Juraría que la llevaba allí. Inquieta, abre la mochila... tampoco. ¿Dónde está su smartphone?

Entonces recuerda las hazañas que ha tenido que realizar para salir del instituto. Se le ha debido caer al saltar la verja.

—Maldita sea...

—¿Qué te pasa?

—He perdido la BlackBerry —reconoce con un suspiro—. Tengo que volver al instituto por ella.

No le va a decir nada a su madre sobre su escapada de Inglés ni acerca de cómo ha salido del centro.

—¿La has dejado en clase?

—Eso espero —miente.

—¿Y qué le digo a Marcos? —pregunta Mara en voz baja—. Ha venido a verte a ti.

—Pues que se vaya a su...

Tarde. El joven se ha levantado de la mesa y camina hacia donde madre e hija dialogan. Está muy elegante y sonriente.

—Hola, Valeria.

—Hola...

—¿Cómo estás? —le pregunta, y de inmediato le da dos besos.

—Bueno, no demasiado bien... —contesta ella algo desubicada—. He perdido la BlackBerry.

—Vaya. Ayer el pajarillo, hoy el teléfono... ¿No tendrás un león en casa?

En menos de tres segundos, las mejillas de Valeria se convierten en dos tomates maduros.

—No...

—Era una broma —comenta Marcos al tiempo que golpea suavemente el codo de Valeria con el suyo—. Algo así puede pasarle a cualquiera.

—Ya... el caso... es que... No puedo quedarme. Tengo que ir por ella.

—¿Sabes dónde está?

—Creo que en el instituto.

—Te acompaño. Aún no he pedido.

—No, no... te preocupes. De verdad.

—Insisto. Quizá sea tu amuleto para encontrar lo que pierdes. Recuerda: hay un destino escrito en alguna parte.

¿Un amuleto? ¿Destino? No se cree nada de aquello, pero tampoco va a resistirse a que la acompañe. Parece muy decidido y, posiblemente, discutirían sin que él se diera por vencido. Cuanto más tiempo pase, menos probabilidades tiene de encontrar la BlackBerry.

—Gracias. No está muy lejos.

La chica se despide de su madre, que le guiña un ojo, y sale de Constanza acompañada del locutor de radio. Si hay algo que no le apetece para nada es volver al instituto. Los dos caminan en dirección opuesta a la que hace unos minutos Valeria llevaba con Raúl.

—¿Escuchaste anoche el programa?

—¿El programa?

—Sí. «Música entre palabras.» El programa que dirijo.

Ya sabía de qué le hablaba, pero ¿qué le dice? Si contesta que sí, pensará que está interesada en él. Y si le dice que no, mentirá. Y puede que su madre ya lo haya puesto al tanto de todo. ¡En qué líos se mete!

—Sí... aunque estaba medio dormida —termina respondiendo. Ha encontrado una solución a medias.

—¿Oíste la introducción?

—Sí... Sí. Algo.

Está quedando fatal. ¿Por qué le cuesta tanto admitir que escuchó el programa por curiosidad y que se sorprendió mucho cuando le dedicó el comienzo? No es nada malo ni nada particular. Simplemente escuchó la radio.

—¿Y qué te pareció? ¿Te gustó lo que dije?

—Claro... Mu... chas gracias. No me lo esperaba.

—Es que yo le doy mucha importancia a las «serendipias», como yo las llamo. Y creo que la de ayer fue una de las más bonitas que me han pasado en la vida.

—¿Que un pájaro se te posara en el hombro te parece bonito?

—Que fuera tu pájaro. Y que tú aparecieras justo en ese momento.

Marcos recalca el «tu» de la primera frase y el «tú» de la segunda cuando los pronuncia. Su tono es parecido al que utiliza en la radio, aunque menos susurrado. En cualquier caso, sigue siendo una voz muy agradable de escuchar.

—¿Y qué tiene eso de especial?

—De momento... No lo sé —contesta con una gran sonrisa—. Pero tú me pareces una persona muy especial.

—¡Si no me conoces de nada!

—Te conozco más de lo que piensas.

Ese tipo está loco. Será muy mono, vestirá muy bien y tendrá un sexto sentido que atrae a los pájaros. Además, su voz es preciosa. Atrapa, cautiva, embelesa. Pero, definitivamente, no tiene dos dedos de frente. ¿Cómo va a conocerla si solo se vieron ayer durante un minuto?

—Marcos, es imposible que sepas algo de mí.

—¿Quieres comprobarlo? —pregunta decidido.

—No sé qué es lo que puedes...

—Te llamas Valeria y tienes diecisiete años. Los cumpliste en febrero, el 13 para ser más concretos. Estudias primero de Bachillerato y sueles aprobarlo todo con más o menos buenas calificaciones. Tus padres están separados, vives con tu madre y con tu agaporni, *Wiki*. Tienes novio; va a tu clase y se llama Raúl. Eres tímida, un poco testaruda, risueña, educada, sentimental y te encanta Pablo Alborán. ¡Ah! ¡Y llevaste *brackets* hace menos de un año!

¡Impresionante! ¡Ha acertado en todo! Pero ¿cómo es posible? La ha dejado boquiabierta.

—¿Has hablado con mi madre?

—No —responde él muy serio—. Bueno, sí, lo típico: «Hola, ¿qué tal? Encantado de conocerte. ¿Cómo estás?», y esas cosas típicas. Pero no hemos hablado de ti.

—¿Entonces?

—¿Te gusta la fotografía?

—¿A mí?... Pues, no sé... no entiendo mucho.

—Pues cuando eres fotógrafo aprendes a fijarte en todos los pequeños detalles. En una imagen puede descubrirse todo un mundo. Y debes estar atento a cualquier cosa que suceda a tu alrededor.

¿Qué quiere decir? ¿Que ha sabido todo aquello porque se dedica a la fotografía? ¿O que ha visto alguna fotografía suya y ha sacado conclusiones? Una fotografía...

Entonces Valeria cae en algo y lo entiende de inmediato. Ya está. ¡Qué tipo!

—Has entrado en mi Twitter, ¿me equivoco?

—No. Tienes razón. Acertaste.

—Eso es trampa.

—¿Por qué? Tu madre escribió en mi cuenta y me dijo quién era. Yo entré en la suya y la única Valeria que había entre sus contactos eras tú. Es completamente legal.

Que ese joven elegante de voz encandiladora haya investigado en su cuenta es, cuando menos, un halago. Aunque todavía no comprende sus intenciones.

—Demasiado fácil. Pero ¿cómo sabías lo de los dientes?

—Yo también llevé *brackets* de pequeño. Y durante unos meses seguí pasándome la lengua por las paletas como haces tú.

Valeria hace el gesto al que Marcos se refiere y se sonroja.

—¿Seguro que no eres también detective privado?

—No lo soy. Aunque hice un curso de criminología por correspondencia.

—¿En serio?

—En serio... Pero lo dejé. Creía que con el primer envío me regalarían ya la lupa y las esposas, no solo una carpeta repleta de apuntes.

El comentario la hace reír. Es simpático y ocurrente. Se nota que tiene tablas en la radio y le gusta hablar con los oyentes que llaman. ¿Cuántos años tendrá? Eso todavía no lo sabe. Y el dato no está ni en su Twitter ni en su blog.

La divertida charla con Marcos hace que Valeria incluso se olvide de que ha perdido la BlackBerry. Hasta que llegan a la calle del instituto.

—Ven por aquí —le indica al joven señalando la parte de la verja por la que ha saltado antes.

La chica examina la zona con detenimiento ante la extrañeza de Marcos.

—¿No es mejor que primero compruebes si la has dejado en clase?

—No creo que esté allí. Me he ido antes de tiempo y he saltado la verja para que no me vieran. Seguro que se me ha caído en ese momento.

—Entonces ya lo comprendo todo.

—¿Qué es lo que comprendes?

—Lo que te ha pasado. Es el karma, que te lo ha devuelto. Te has largado antes de tiempo y por eso has perdido la BlackBerry. Una por otra.

—No creo en nada de eso. No es el karma.

—Sí, sí lo es —insiste Marcos convencido—. Pero aquí estoy yo para combatirlo.

Se quita el saco, se lo entrega a Valeria y, con un gran brinco, salta la verja.

—¿Qué haces? ¡No puedes hacer eso! ¡Estás muy lo...!

—Es una BlackBerry rosa, ¿verdad?

—¡Sí! ¿Está ahí?

Marcos vuelve a saltar la valla con agilidad, sin apenas dificultades. En la mano derecha lleva el teléfono de Valeria que, sorprendida e impresionada, lo mira de arriba abajo. ¿De dónde ha salido ese tipo?

—Toma. Esto es tuyo —comenta él con una sonrisa, e intercambia con la joven el smartphone por su saco—. Ahora ya me debes dos cafés.

En ese mismo instante, en otro lugar de Madrid, Raúl camina bajo la capucha negra de su sudadera. Recibe otro mensaje de WhatsApp que lee para sí. Le preguntan si va a tardar mucho o no. Resopla y escribe:

Ya estoy llegando. Solo un par de minutos.

Y acelera el paso. Piensa en Valeria. En lo mal que se siente cada vez que hace aquello. Pero es lo que le pide el corazón y no le queda más remedio que mentirle.

Cruza la calle y avanza hasta el número 37. Respira hondo. Toca el timbre. Al otro lado se oyen unas pisadas que se acercan rápidamente a la puerta. Una chica morena y con los ojos claros abre.

—¡Hola! ¡Cuánto has tardado!

Y de un salto, le rodea el cuello con los brazos y la cintura con las piernas para propinarle después un gran beso en los labios. Las lágrimas le brotan de los ojos a borbotones, pero instantes como ese son los que ilusionan el corazón de Elísabet.

CAPÍTULO 18

Hace cuatro meses. Un día de noviembre.

—¿Has dormido algo?

—No, no he pegado ojo en toda la noche. ¿Y tú?

—Yo tampoco.

—El solo hecho de enfrentarme con ella... Hasta se me ha aparecido en sueños.

—Te comprendo. No será fácil volver a verla. Pero hay que intentar ser lo más amables y cariñosos posible. Tú eres su mejor amiga.

—Lo era.

—Hasta que se demuestre lo contrario... sigues siéndolo.

Raúl y Valeria conversan mientras caminan cogidos de la mano. Los dos se dirigen juntos hasta el número 37 de una calle por la que en ese instante no pasa demasiada gente. Es un día desagradable, gris y frío. Ahora no llueve, pero el cielo y el viento que les da en el cara presagian que no tardará mucho en empezar a hacerlo.

—¿Cómo crees que nos recibirá Eli? —pregunta ella temblorosa.

—No tengo ni idea. No sé en qué condiciones estará después de haber pasado una semana en el hospital.

—¿Está bien que vayamos a verla? ¿No es muy pronto?

—No lo sé. Pero si su madre dice que es bueno que se rodee de gente conocida para que la ayude a recuperarse...

La chica escucha con atención lo que Raúl comenta, pero no las tiene todas consigo. Es cierto que ha sido la propia Susana quien le ha pedido que vaya a su casa para estar con su hija. Pero después de todo lo que sucedió es improbable que Elísabet se alegre de verlos.

—Me dan escalofríos.

—Es que hace un día horrible.

—No es por eso... Es que me da pánico volver a mirarla a los ojos.

—No te preocupes —dice Raúl sonriendo—. Afrontaremos esto juntos, ¿ok?

—OK. Pero sigo teniendo escalofríos.

—¿Quieres que te abrace?

Valeria sonríe y se pega más a él. El joven la aprieta contra sí para darle calor. Hacía mucho tiempo que deseaba sentirse de esa manera. Y, aunque no deja de culparse de lo que ha ocurrido con Eli, está seguro de que ha acertado en su decisión de empezar a salir con la jovencita de mejillas sonrosadas que camina a su lado.

La pareja llega hasta la casa donde vive su amiga. Frente a la puerta, se miran y se dan un beso.

—Vamos allá.

—Tranquila, Val. No te pongas nerviosa.

—Lo intentaré.

—Es nuestra amiga y venimos para ayudarla. Sé tú misma y actúa con naturalidad.

—No sé si podré.

—Claro que sí. Vamos.

Una última mirada cómplice y otro beso en los labios. Se sueltan las manos y Raúl toca el timbre. Rápidamente, alguien se acerca a la puerta y abre. Se trata de Susana, la madre de Elísabet. Su aspecto refleja el sufrimiento que está pasando: tiene los ojos hinchados y unas ojeras kilométricas; está despeinada y desaliñada y su voz es apenas audible para los muchachos.

—Hola, chicos, gracias por venir. Pasen.

Valeria y Raúl entran en la casa. Ella siente otro escalofrío. Tiene un mal presentimiento. Camina muy cerquita de su novio para intentar encontrar mayor seguridad, pero en esos instantes aquel lugar le parece la casa del terror.

—¿Cómo está Eli?

—Parece que bien. Desde que ha regresado a casa está más tranquila.

—¿Qué han dicho los médicos? —insiste Raúl.

—Que de momento necesita descansar. Vamos a ver cómo pasa los próximos días y cómo evoluciona. Mañana iremos a ver a un psiquiatra que nos han recomendado, un gran especialista en este tipo de casos.

Los tres entran en un saloncito donde la mujer les pide que se sienten. Los chicos obedecen y se acomodan en el mismo sofá. Susana, en cambio, permanece de pie.

—¿Sigue viendo a... Alicia? —pregunta Valeria titubeando.

—No estamos muy seguros. Cuando la encontraron aquel día estaba hablando sola, pero ni en el hospital ni aquí ha vuelto a decir nada de ella.

A Susana se le hace un nudo en la garganta y se le ponen los ojos llorosos cuando habla sobre el tema. Por eso los chicos no le hacen más preguntas.

La madre de Elísabet es una persona muy fuerte, pero está pasándola muy mal. Se le nota en cada rasgo de la cara. A Val no se le borra de la cabeza la angustia de sus palabras cuando aquella noche la llamó por teléfono para informarla de que habían dado con su amiga. Ella seguía en Constanza: «Hola... Valeria. Ya... han... encontrado a Elísabet. Ahora... está... en el hospital. Está... herida y dicen que hablaba... sola».

Hace nueve días de aquello. Nueve días desde aquella noche tan llena de extremos para Valeria y Raúl. La Policía encontró a Eli sentada en el margen de una carretera a las afueras de Madrid, llena de rasguños y bastante desorientada. La llevaron a un hospital y allí la ingresaron en el área de psiquiatría, donde la han estado tratando durante una semana. Se recuperó bien; al cabo de unos días incluso daba la impresión de que no hubiera pasado nada. Los médicos no encontraron motivos para retenerla allí más tiempo y decidieron darle el alta. En su casa sería donde mejor podría recuperar la normalidad.

—Voy a su habitación a ver si está despierta.

—Si está durmiendo no la despierte. Ya volveremos otro día.

—No, no se preocupen. Seguro estará encantada de verlos —indica la mujer sonriendo—. Son los primeros que vienen a visitarla.

Susana sale del salón y sube por la escalera al primer piso, donde está la habitación de su hija.

—Estoy muy nerviosa.

—Tranquila, todo irá bien.

—No lo sé. Su madre nos ha invitado a venir porque no sabe lo nuestro y lo que de verdad pasó aquella noche. Quizá al vernos se acuerde y se ponga mal otra vez.

—No pasará nada.

—Uff. Yo no estoy tan segura, cariño.

—Eli tendrá que asumir antes o después que tú y yo estamos juntos.

—Sí, pero quizá sea un poco pronto para estar aquí —repone Valeria preocupada.

—Susana nos ha dicho que está bien y que no hay ni rastro de Alicia desde que la encontraron. Relájate y sonríe cuando la veas. Recuerda que es tu amiga y que has hecho muchas cosas por ella.

Raúl intenta serenar a su novia y transmitirle calma, aunque, por dentro, él está igual de tenso. Sabe que en buena parte es responsable de que las cosas hayan sucedido así. No consigue librarse de esa sensación de responsabilidad a pesar de que trate de aparentar otra cosa.

—Es difícil, pero lo intentaré.

—Muy bien. Sé valiente —le dice, y a continuación le da un beso en la frente.

Unen las manos un instante y esperan a que se desarrollen los acontecimientos.

Unos minutos más tarde, Susana baja la escalera sola y entra de nuevo en el salón.

—Ahora viene. Estaba medio dormida.

—No tendría que haberla despertado.

—Es bueno para ella no estar encerrada en su cuarto todo el día. Seguro que cuando los vea se lleva una gran alegría.

Raúl y Valeria no están tan seguros de que vaya a ser así, sobre todo ella, que mueve las piernas y taconea muy nerviosa.

Unas pisadas anuncian que alguien baja la escalera. Los chicos se miran expectantes y se ponen de pie para recibir a Eli. La tensión crece y llega a su punto máximo cuando una joven delgada, morena y de ojos claros que va vestida con un camisón blanco inmaculado aparece en el salón. A Valeria se le eriza el vello al contemplar a su amiga. En seguida, sus miradas se encuentran.

—Hola, Eli —se anticipa a decir Raúl, que se acerca hasta ella y le da dos besos.

La joven no reacciona y se limita a dejarse besar en la cara. Permanece en pie junto a la puerta con la mirada clavada en la otra chica. Valeria no sabe qué hacer. ¿Se aproxima? Está totalmente amedrentada. Si fuera por ella, saldría corriendo de inmediato de aquella casa.

—Elísabet, cariño. ¿No le dices nada a Val? Ha venido a verte.

Es como si se tratase de una persona diferente por completo a la que conoce. No tiene nada que ver con la niña llena de granos de hace un tiempo ni con el exuberante bombón que hace unos días enloquecía a todos los tipos. Es otra Elísabet.

Al fin, Eli sonríe y camina hacia su amiga.

—Hola, nena. ¿Cómo estás? —le pregunta dándole cierta musicalidad al tono de su voz.

—Muy... preocupada por ti.

Las dos chicas se besan. Eli se separa un poco y mira hacia su derecha. Es como si hubiese alguien más con ellas.

—Estoy bien. Solo fue un mal día —comenta tras una pequeña pausa.

—Me alegro mucho.

Valeria continúa muy nerviosa. La mirada de su amiga es fría y su sonrisa no es la de cuando pasaban los días juntas, se contaban secretos, compartían momentos, se cambiaban la ropa... Todo aquello terminó. Y ellas ya no son las mismas.

—¿Se sientan aquí tranquilos y les traigo algo de comer y beber? —pregunta Susana—. Tendrán mucho de que hablar.

—No hay nada de que hablar.

Las palabras de Eli le hielan la sangre a Valeria, que continúa siendo el blanco de su penetrante mirada. La frialdad hacia ella sigue reflejándose en todos sus gestos.

—¿Cómo? ¿Por qué dices eso, hija?

—Porque no tengo nada que hablar con esta. Es solo una puta —murmura entre dientes. A continuación, suelta un grito desgarrador—. ¡Que se coge a mi novio!

Y con todo el odio que lleva dentro, Elísabet se abalanza sobre Valeria y la agarra del cuello. Susana y Raúl se echan sobre ella en seguida e intentan apartarle las manos de la otra chica, que, aterrada, apenas puede respirar.

—¡Suéltala! —exclama su madre llorando.

—¡Es una puta! ¡Me lo robó! ¡Me quitó lo que más quería!

Raúl es quien por fin logra separar a Eli de su novia. El joven la retiene mientras le pide a su chica que salga de la casa. Valeria tiene el rostro completamente desencajado. Todavía siente el calor de sus dedos en el cuello.

—Vete, Valeria, por favor —insiste la madre de Elísabet.

La chica obedece y sale del salón a toda prisa. Abre la puerta principal y abandona la casa. Está lloviendo débilmente, pero ella ni lo nota. Camina deprisa, sin atreverse a mirar atrás. Le duele la garganta, pero más el corazón. Sin embargo, ni siquiera puede llorar.

—¡Val! ¡Espera!

El que grita es Raúl, que llega corriendo hasta ella. La abraza cariñosamente bajo el aguacero.

—Me odia —susurra Valeria.

—No es culpa tuya que esté así.

—Pero... me odia.

—Está enferma —le recuerda el chico sin apartarse de ella ni un milímetro. Siente el corazón de la joven pegado a su pecho, latiendo muy deprisa—. No sabe lo que hace ni lo que dice.

—Sí que lo sabe. Lo sabe perfectamente.

—Seguro que Alicia tiene algo que ver.

Valeria se separa de los brazos de Raúl y lo mira muy seria, triste. Continúa sintiendo los dedos calientes de Elísabet alrededor del cuello, que aún le arde.

—No sé si Alicia le habrá dicho algo o si desaparecerá con el tiempo, como ya ocurrió una vez. Pero no quiero volver a ver a Eli nunca más en mi vida.

Más de cuatro meses después, sigue cumpliendo con lo que anunció aquel día de noviembre bajo la lluvia de Madrid.

CAPÍTULO 19

El Inglés no se le da tan mal como el Francés, pero tampoco es lo suyo. Ester está deseando que acabe la clase e irse a su casa. La última hora se le está haciendo insufrible. De reojo, observa a Bruno. Él parece más atento a lo que el profesor explica, no sé qué historia de los verbos introductorios del estilo indirecto. Ya lo verá cuando tenga el examen. Ahora no está para nada de eso. Solo piensa en que ha traicionado a Meri. Su amiga le pidió por favor que no le revelara lo de su homosexualidad a nadie y ella no ha sabido mantenerlo en secreto.

Aunque todos la consideren una buena persona y, a veces, hasta la califiquen de santa, Ester sabe que no es así. Son muchas metidas de pata las que lleva a cuestas. Aquella solo ha sido una más de la lista.

¡Por fin la última campana de la semana! La gran mayoría de sus compañeros tardan menos de un minuto en salir como locos del aula. También María se marcha antes que de costumbre. Se ha despedido rápidamente de sus dos amigos y ha desaparecido sin dar más explicaciones.

—¿Sigues martirizándote? —le pregunta Bruno, que se acerca hasta ella y se sienta sobre la mesa mientras Ester termina de guardar sus cosas.

—Soy una bocona.

—Pues sí, sigues haciéndolo.

—Es que no tendría que haberles dicho nada. Debería de haberme estado calladita.

La chica se levanta y se cuelga la mochila a la espalda. Bruno da un pequeño brinco y baja de la mesa. Los dos caminan juntos por el aula hacia la puerta.

—Pero ya está hecho. Así que no le des más vueltas.

—Si las cosas ya estaban raras entre nosotras, ahora nuestra relación será casi insostenible. No podré dirigirle la palabra.

—Bueno, no creo que ni Val ni Raúl le digan nada.

—Aunque no lo hagan, Bruno. Es más bien un tema entre ella y yo —comenta Ester al salir del aula—. Se trata de cómo me sentiré cuando hablemos sabiendo que he contado algo que debería haber mantenido en secreto.

—Si no se lo hubieras dicho tú se lo habría dicho yo. O habrían terminado enterándose tarde o temprano de cualquier manera. Vamos, déjalo ya. Olvídate del tema.

—Uff. Es que...

—Olvídalo. No hay marcha atrás.

—Lo sé.

La joven suspira y continúa caminando junto a su amigo por el pasillo del instituto. Pese a que tiene razones para sentirse culpable, lo que dice Bruno también es verdad: ya no puede hacer nada.

Los dos llegan a la puerta de salida, al punto en el que habitualmente cada uno toma un camino distinto. En cambio, aquella tarde es diferente.

—Hoy te acompaño un rato. No tengo que ir a recoger a mis hermanos al colegio —anuncia el chico, feliz por poder pasar un poco más de tiempo con ella.

—¿Y eso?

—Tienen huelga de profesores.

—Ah. ¡Qué suerte! —dice Ester con una sonrisa—. Para ellos, que no tienen clase; para ti, por no tener que ir a recogerlos, y para mí, porque hoy que no vienen Meri, Valeria y Raúl no me iré sola a casa.

Y de repente tiene unas ganas enormes de echarse a reír. ¿Es por pasar más tiempo con su amigo? Todo es muy raro. Bruno y ella comparten muchas horas y, sin embargo, nunca había experimentado ese cosquilleo tan particular entre el pecho y el estómago por algo así. Al menos, hasta ayer. Cuando se despidieron, casi lo besa en los labios. La sensación se repite de nuevo. ¿Qué le sucede?

—Todos contentos, entonces.

—Sí. Todos contentos.

El soleado día de marzo invita a las parejas a pasear, a ir de la mano y a mirarse a los ojos en cada parada. Ellos solo son amigos, aunque unos amigos muy especiales. Y, por una cuestión o por otra, ambos se sienten muy bien cuando van acompañados por el otro. Por primera vez desde que se conocen, hacen solos aquel camino. Hasta que...

—¡Eh, chicos! ¡Bruno! ¡Ester! ¡Esperen!

La pareja se vuelve al oír sus nombres. A lo lejos, una chica no muy alta y con el pelo teñido de azul corre hacia ellos. Adiós al paseo a solas.

—Hola, Alba. ¿Qué haces tú por aquí? —le pregunta la otra joven tras darle dos besos. A continuación, es Bruno quien la saluda de la misma forma.

—He salido un poco antes y he pensado, ¿por qué no voy a ver a mis amigos los incomprendidos?

—Pues solo estamos nosotros dos.

—¿Y eso? ¿No está Raúl?

—No. Se ha saltado Inglés y se ha ido con Valeria —responde Ester, a la que le llama la atención que únicamente pregunte por él.

—Este jefe mío está hecho un malote.

—Creo que se ha ido antes porque quería preparar bien lo de esta noche.

—Ah. ¡La escena del botellón! —exclama Alba—. Ya me ha dicho Val por WhatsApp que al final van a participar como extras.

—Sí. Aunque no me haga ninguna gracia... —señala Bruno malhumorado.

La chica del pelo azul lo mira y sonríe.

—Vamos, hombre. No te pongas así. Si lo vas a pasar genial. Ya lo verás.

—Para mí es un suplicio. Solo lo hago por... hacerle un favor a Raúl.

Casi se le escapa que el único motivo por el que va a ponerse en ridículo delante de una cámara es porque también va Ester. Pero está acostumbrado a ocultar sus sentimientos y lo que piensa, así que evita contar la verdadera razón por la que participa en el corto.

—Qué buen amigo eres. Anoche Raúl dudaba de que quisieras colaborar. Me dijo que a lo mejor hasta les pagaba y todo.

—Ya nos lo ha contado. Pero, como el presupuesto del corto es bajo, resulta imposible.

—¡Exacto! Y además no estaría bien que los extras cobraran y los actores principales no. ¿No les parece?

Ester ríe y le da la razón. Le cae bien Alba. Es una chica muy curiosa. Aunque hace tiempo que tiene una intuición sobre ella. Nunca se lo ha dicho a nadie, pero tiene la impresión de que le gusta Raúl. No se basa en nada en concreto. Sin embargo, cuando los ha visto juntos, ha notado cierta complicidad entre ellos. Puede que solo sea una buena amistad. Sí, seguramente, no será nada más que eso. No cree que aquella joven vaya a tirarle los perros al novio de su amiga.

Los tres siguen caminando por las calles de Madrid. Las dos chicas son las que dialogan alegremente, sobre todo entre ellas. Incluso bromean acerca de lo poco que a Bruno le apetece salir en *Sugus*. Al chico, en cambio, la presencia de Alba, que le ha cortado el rollo con Ester, le molesta. Le hacía ilusión compartir el camino de vuelta a casa por primera vez a solas con su gran amiga.

—Bueno, chicos, yo me despido aquí —dice Ester al tiempo que se peina el flequillo en forma de cortinilla con las manos—. Los veo esta tarde.

—A las siete y cuarto en Sol.

—Allí estaré.

—Pues allí nos veremos.

La joven le da dos besos a Alba y luego otros dos a Bruno, con quien intercambia una última mirada. Ambos se sonrojan y retroceden unos pasos.

—¡Hasta luego! —grita Ester mientras se aleja.

Un último gesto con la mano para despedirse de ella, y los dos prosiguen su camino. Durante unos segundos no dicen nada. Jamás se habían quedado solos. Y, aunque se llevan bien, no tienen mucha confianza. Es Alba la que rompe el hielo, y lo hace con una taladradora:

—Te gusta mucho, ¿verdad?

—¿Qué? —Bruno no cree haberla oído bien. ¿Le ha preguntado eso?

—Estás enamorado de ella, ¿no es así? Se te nota un montón.

A pesar de que sus palabras resultan inoportunas y están fuera de lugar, el tono con que Alba las dice es totalmente conciliador, como la hermana mayor que le pregunta al pequeño sobre su amor platónico, ese que lleva guardando en secreto toda la vida, pero del cual todo el mundo está al tanto.

—Ester es solo mi amiga.

—Pero porque ella solo quiere ser tu amiga. ¿Me equivoco?

—No sé lo que quiere —responde Bruno a la defensiva—. Sé lo que somos: amigos, nada más. Y eso es lo único que hay entre nosotros, una buena amistad.

Alba sonríe. Luego se acerca un poco más a él y le da una palmadita en el hombro. El chico no comprende el gesto. ¿Está compadeciéndose de él?

—Yo también sé lo que es querer a alguien y no poder revelar mis sentimientos.

—Bueno. Ese es tu caso —apunta Bruno muy serio. Sorprendentemente, no está enfadado con ella a pesar de que se está metiendo donde no la llaman—. No es el mío.

—El amor aparece donde y cuando menos te lo esperas, ¿verdad?

¿Debe responder a aquella pregunta? Da la impresión de que está reflexionando en voz alta. Seguro que le gusta alguien y no es correspondida.

—Puede ser.

—Pero hay cosas más fuertes, como la amistad —concluye Alba, que resopla—. Sí, no hay nada más fuerte y sagrado que la amistad.

CAPÍTULO 20

El joven se zafa de Elísabet, que se ha subido literalmente encima de él. La aparta de forma delicada, con mucho cuidado de no hacerle daño, y entra en la casa.

—Te he dicho varias veces que no hagas eso —protesta Raúl incómodo. Aquel recibimiento está convirtiéndose en algo demasiado habitual—. Ya sabes que...

—Sí, lo sé, lo sé. Que tu novia es Valeria, a la que quieres mucho y de quien estás muy enamorado. Lo sé, cariñito. Lo sé.

El tono de voz de Eli está a medio camino entre la ironía y la diversión. Desde que el chico comenzó a visitarla frecuentemente, no deja de repetirle una y otra vez lo mismo. Pero ella se salta las normas a su antojo. También tiene derecho a saborear esos labios tan carnosos y apetecibles.

—¿No están tus padres? —le pregunta tras entrar en el salón y sentarse en el sofá. Eli se acomoda a su lado.

—No. Los dos tienen trabajo por la tarde y no les da tiempo de volver a casa para comer. Por eso te he invitado a comer conmigo. No me gusta hacerlo sola.

—¿No tienes psicólogo hoy?

—Sí, luego, a las siete —responde resoplando—. Qué lata. ¡Si estoy bien! No quiero ir.

—Tienes que ir, Eli. Es por tu bien.

—Bah. Ese tipo les está sacando a mis padres un dineral para nada. Es innecesario. Como los tres meses que he pasado encerrada en el hospital.

Después de que la chica agrediera a Valeria aquella mañana de noviembre, la ingresaron de nuevo en la zona de psiquiatría del hospital en el que ya había estado antes. Sin embargo, en aquella ocasión, debido a la agresividad que Elísabet mostraba, los médicos decidieron comenzar un tratamiento diferente con revisiones diarias en el mismo centro. Así que la joven no salió de aquel lugar durante tres meses y solo recibió las visitas de sus padres... y de Raúl.

—Ellos son los expertos.

—Y yo la paciente, así que sabré si estoy bien o no.

—Vamos, Eli. Veías a una chica a la que llamabas Alicia y hablabas con ella aunque no existía. Eso no es estar bien.

—Alicia ya pasó a la historia. Sé que era producto de mi imaginación. Lo tengo asumido y olvidado. Estoy un poco loca... pero por ti, no por ninguna estúpida enfermedad.

Cada día que Raúl va a su casa, Elísabet le repite de una u otra forma que continúa enamorada de él. Aunque, salvo en algunos momentos como el del beso en la puerta, en los que se muestra demasiado invasiva, el resto del tiempo al muchacho su compañía le resulta muy agradable. Ha cambiado muchísimo y está bastante tranquila. Por eso sigue visitándola a espaldas de Valeria y del resto de los chicos del grupo. No parece que Eli esté enferma, y la presencia del joven la ayuda a seguir mejorando. Eso es lo que piensan los padres de ella que, tras sufrir durante meses, empiezan a ver un poco de luz al final del túnel. Por eso están encantados de que él siga pasándo por allí para ver a su hija.

—¿Qué vamos a comer?

—Mi madre me ha dejado preparado un guiso que solo

hay que calentar. Pero no me apetece. ¿Quieres que pidamos comida china?

—No tengo suficiente dinero aquí. Apenas llevo cinco euros.

—Invito yo.

Raúl se niega, pero Eli es persistente y el joven termina por aceptar. No es la primera vez que lo invitan a comer o a cenar. Ella o sus padres. A lo largo del último mes, que es el tiempo que ha pasado desde que la chica dejara el hospital, la situación se ha repetido en al menos una decena de ocasiones.

—Es la última vez que me invitas. Quiero que lo sepas.

—Ya veremos —repone Elísabet sonriente y desafiante—. ¿Prefieres tallarines fritos con ternera o tres delicias?

Entre los dos deciden lo que van a pedir. Discuten sobre si es mejor el cerdo agridulce o el pollo con almendras. También está la alternativa de las gambas. Y no pueden faltar los clásicos rollitos primavera. Ríen y se pican por el postre. ¿Manzana frita o plátano frito? Ella escoge la manzana. Parece la escena de una pareja de recién casados el día que se mudan a vivir juntos y todavía no disponen de refrigerador en su nuevo hogar. Así lo ve, desea y sueña Elísabet. El problema es que Raúl no tiene la misma fantasía. Juegan a ser novios, pero ella es la única participante. Además, está atada de pies y manos porque hizo una promesa.

—Si quieres que venga a verte de vez en cuando tienes que prometerme una cosa.

—¿Qué quieres que te prometa?

—Que nunca le dirás a Valeria que he estado aquí. Jamás. Si ella se entera algún día de que vengo a verte, no volveré a pisar esta casa.

—¿No quieres que sepa que vienes?

—Eso es.

—¿Por qué?

—Después de lo que le hiciste, no quiere saber nada de ti. Y no la culpo, la verdad. Se sentiría traicionada y muy dolida si se enterase de que vengo a verte. Ni siquiera le he dicho que fui al hospital a visitarte varias veces.

—¿Te avergüenzas de mí?

—No, me avergüenzo de mí mismo por mentirle a mi novia —comenta muy serio—, así que, por favor, prométeme que no vas a llamarla, no vas a ir a su casa y no vas a pisar el instituto para hablar con ella sobre este asunto.

—No lo entiendo... No tenía intención de ponerme en contacto con ella, pero si significa tanto para ti...

—Por cierto, la promesa incluye también al resto de incomprendidos.

—¿También?

—Sí. Ellos tampoco pueden saber nada, porque podrían contárselo a Val.

—Me pides demasiado, ¿no crees?

—Si quieres que siga viniendo, necesito que prometas que esto quedará entre nosotros dos.

—Bueno, lo prometo. No le diré a ninguno de los incomprendidos ni a Valeria que has estado visitándome cuando estaba ingresada en el hospital y que ahora vienes a mi casa a verme.

—Gracias.

Raúl suspira aliviado. Solo espera que Eli nunca incumpla lo que ha prometido. Se siente mal por no decirle la verdad a Valeria, pero no puede hacer nada al respecto. Durante los últimos meses se las ha arreglado para que su novia no se dé cuenta de lo que hace. De hecho, el corto surgió como una coartada perfecta: podía ir a visitar a Eli antes o después de grabar y ella no se enteraría de nada. Aquello estaba mal. Muy mal. Pero su novia no lo comprendería. Nunca entendería que vaya a ver a Eli ni lo culpable que se siente por lo que le sucedió a la chica. Los médicos les contaron a sus padres que Alicia había regresado a consecuencia de algún *shock* que su hija habría experimentado recientemente, algún rechazo, algún problema grave, algún contratiempo importante. Y aunque él no se arrepiente y volvería a repetir, minuto a minuto, paso por paso, todo lo que había hecho hasta entonces, la culpabilidad lo invade por dentro hasta el punto de que sintió la necesidad moral de visitar a su amiga enferma a escondidas. A eso se unió que tanto Susana como su marido le rogaron una y otra vez que siguiera pasándose todas las semanas para ver a Eli, primero por la habitación del hospital y luego por su casa. Él era el único que la hacía reír.

—Después de comer tengo que irme. Debo preparar las cosas para esta noche.

—¿Sí? ¿También graban hoy?

—Sí. Rodaremos la escena del botellón. Aquella que te conté.

—Ah. Vaya.

—Es una parte importante del corto. Esperemos que todo salga bien.

—Seguro que sí.

La joven parece decepcionada, pero no tarda en sonreír de nuevo. Raúl la observa y también esboza una sonrisa. Está preciosa cuando se muestra alegre y así de risueña. Como antes de que sucediera todo. Sus increíbles ojos verdes y sus dientes, tan blancos y bien alineados, resaltan. Continúa siendo un bombón. Ojalá algún día se recupere del todo y pueda compartir su vida con un chico que la haga feliz.

—Voy a pedir al restaurante chino. Espérame aquí, que subo a mi habitación por la BlackBerry —señala al tiempo que abre la puerta del salón y echa a correr hacia su cuarto.

Raúl no dice nada. Permanece quieto en el sofá; se echa hacia atrás y apoya la cabeza contra el respaldo. Piensa en Valeria, en su salto de hace un rato para fugarse del instituto con él. Ha estado a punto de darse un buen golpe. Sonríe. Qué torpe. Pero le encanta. Ella es lo que más quiere en el mundo. ¿Por qué le miente? ¿No había otra manera de solucionar las cosas? No lo sabe. Posiblemente, no. Pero si existía otra forma de actuar, ya es demasiado tarde. Su novia nunca le perdonaría que le haya estado mintiendo durante cuatro meses.

Y, de pronto, le entran unas ganas enormes de decirle lo que siente. Saca su smartphone y escribe.

¿Sabes que estoy pensando en ti? No olvides nunca lo mucho que te quiero.

El mensaje no lo hace sentir mejor, pero necesitaba escribirlo. Se encuentra en una encrucijada en la que, haga lo que haga, meterá la pata. Y se sentirá culpable. No hay un solo camino, sino dos completamente opuestos.

—¡Ya he pedido! —grita Eli desde la escalera—. ¡Al final he elegido los tallarines fritos!

El joven sonríe sin dejar de mirar su BlackBerry negra. Elísabet entra otra vez en el salón y observa a su amigo en silencio. Sabe que está pensando en ella. La ira que experimenta es infinita. Odia a Valeria. ¡La odia a muerte! Jamás le perdonará que le robara lo que era suyo. No obstante, se contiene. Ha aprendido a hacerlo por su propio bien. Aunque quizá algún día el odio visceral pueda con ella y no consiga reprimirse.

CAPÍTULO 21

Valeria recibe el mensaje de Raúl en el WhatsApp y suspira. Contesta que ella también lo quiere muchísimo y que piensa en él. Aunque, en realidad, está pendiente de otra persona que no es Raúl.

—Sí que tiene buen apetito nuestro amigo.

—Ya ves. No va a dejar ni las migas.

La joven y su madre observan desde la barra cómo Marcos da buena cuenta de un sándwich triple con huevo. Antes se ha comido un plato de macarrones con carne y tomate.

—El café te lo tomas con él, ¿no?

—Sí. No me queda otra.

—¿Que no te queda otra? Te quejarás...

La expresión de Mara es muy reveladora. Pero a su hija no le agrada lo que insinúa. ¿Porque un chico sea mono ya tiene que gustarle?

—Mamá, ¿cuántas veces debo decirte que tengo novio?

—Sí, hija. Y es guapísimo. Has acertado de pleno con Raúl. Pero Marcos parece, cuando menos, muy agradable. Y está bastante bien. ¿No?

—¿Y qué importa eso?

—Todo tiene importancia en esta vida.

—Solamente es un café, querida madre. Un simple café con leche.

—No todos los días se toma una un café con un locutor de radio tan interesante.

Valeria mueve la cabeza en un gesto de negación y pasa al otro lado de la barra. Ella misma preparará el café. Disimuladamente, mira hacia la mesa en la que Marcos continúa devorando el enorme sándwich de tres pisos. Qué voracidad. Parece que no ha comido en años. ¿Dónde lo meterá? Porque está en forma, como ha podido comprobar antes cuando ha saltado la valla. Qué rabia le da esa gente que, por mucho que coma, no engorda ni un gramo.

Pone el agua en la cafetera y vuelve a echar otro vistazo. Tiene la comisura de los labios llena de tomate. Sin querer, sonríe. Es gracioso ver a un chico tan elegante como aquel con la boca manchada. Y entonces, Marcos se da cuenta de que lo está mirando. La saluda con la mano y también sonríe. La chica aparta la mirada rápidamente y se pone roja.

—Te ha cachado.

—¿Cómo?

—El chico ha descubierto que lo estabas mirando —asegura Mara divertida—. Me he dado cuenta hasta yo... Te has puesto muy colorada.

—¡Mamá, no seas chismosa!

—Es que no sabes ocultar nada, hija. Se te nota demasiado cuando tratas de esconder algo.

—No pretendo esconder nada.

La mujer sonríe y alcanza dos tazas con sus respectivos platitos. Luego echa leche en un recipiente y la calienta.

—Anda, ve a sentarte con él. Yo les llevo el café cuando esté listo.

—No hace falta que...

—Ve. Es una orden.

Pero una orden que va acompañada de una sonrisa de complicidad. Val no quiere discutir con su madre y obedece. Se dirige hacia la mesa donde Marcos continúa comiéndose el sándwich y ocupa la silla que está libre.

—Aquí se come realmente bien —comenta Marcos tras darle un sorbo a su Coca-Cola Light.

—Sí, no está mal.

El rastro del tomate de los macarrones continúa junto a sus labios. ¿Le dice algo? Tampoco tiene tanta confianza con él. Pero es que lo mira y... le hace gracia y al mismo tiempo le resulta un poco incómodo.

—Tu madre es una mujer muy simpática.

—Es que le has caído bien.

—Y es muy guapa.

—Se conserva bien para la edad que tiene.

—¿Crees que tengo alguna oportunidad con ella?

La chica se queda a cuadros al oír aquello, aunque en seguida se da cuenta de que Marcos lo ha dicho en broma. ¡Es que lo ha preguntado tan serio!

—Yo en la vida personal de mi madre no me meto, pero creo que igual eres un poco joven para ella, ¿no?

—En el amor la edad no importa —apunta él mientras corta un trozo de sándwich con el cuchillo—. Si el destino lo determina, así será.

—Otra vez con eso.

—Es que todo está escrito.

—Ya. Y si haces algo malo, el karma te lo devuelve.

—Exacto. Vas aprendiendo.

—Gracias.

Valeria sonríe con ironía. No es que no crea que hay cosas que suceden por algún motivo, pero Marcos exagera. Si existiera eso del karma, él habría hecho algo mal, porque continúa con la boca manchada de tomate haciendo un poquito el ridículo.

¿Se lo dice ya?

—¿Qué haces esta noche? ¿Tienes planes? —le pregunta el joven al tiempo que pincha una patata con el tenedor.

—¿Esta noche?

—Sí. ¿Estás libre?

¡No! ¡Por supuesto que no está libre! Y si lo estuviera... ¿Qué más le da a él? Ese tipo se toma demasiadas libertades. Es mono, interesante, simpático, está en buena forma... pero no por eso tiene derecho a tirarle los perros. ¿Va a invitarla a salir? ¡Si sabe que tiene novio!

Valeria se sonroja y contesta muy seria, como si estuviera enfadada. La verdad es que no sabe si lo está.

—He quedado.

—¿Con Raúl?

—Sí. Con él y con mis amigos. Vamos a... cenar por ahí.

—¿Y luego?

—¿Luego? Será tarde y me iré a dormir.

—Mañana es sábado. No madrugas.

—Bueno. Quiero... levantarme temprano... para estudiar.

Miente. Aunque se acercan los exámenes del segundo trimestre, no piensa despertarse antes de las diez y media u once de la mañana.

—¿Te doy miedo?

—¿Qué? ¡Claro que no!

—Me da la impresión de que te doy un poco de miedo. ¿O te lo da el destino?

—¿De qué me hablas?

¿Qué demonios está diciendo? El joven es muy atractivo, pero está fatal de la cabeza. No le dan miedo ni él ni el destino. ¿Por qué siente tanto calor en la cara?

—Tu agaporni voló hasta mi hombro. ¿No te parece eso una señal?

—No, para nada.

—A mí me parece una prueba más que significativa de que estábamos predestinados a conocernos.

—*Wiki* se escapó porque dejé la jaula y la ventana abiertas. No hay ningún tipo de señal, ni karma, ni destino ni nada por el estilo en nuestro encuentro —comenta Valeria algo desesperada.

—¿Y si te digo que... en enero se me escapó el mío?

—¿Qué? ¿Tu agaporni?

—Sí, era exactamente igual que el tuyo. Se llamaba *Yuni*.

¿Será verdad? No, no puede ser. Se lo está inventando. Es imposible que sea el mismo pajarillo. Es imposible que *Wiki* sea *Yuni*. Pero la fecha coincide. Raúl se lo regaló cuando cumplieron dos meses en enero.

Valeria no sabe qué decir ante aquello. Si le está mintiendo, ¿qué motivo hay para ello? Es todo muy raro.

—Siento lo de tu pájaro, pero no se trata del mismo agaporni. Sería demasiada casualidad.

—Ya te he dicho que todo está escrito —insiste Marcos—. Si no te crees lo de *Yuni*, puedes venir a mi casa a ver el álbum de fotos que tengo de él. Te darás cuenta de que es idéntico al tuyo.

—Marcos, no voy a ir a tu casa.

—¿Miedo?

—No.

—Yo creo que sí —comenta el joven sin dejar de masticar y sin apartar la mirada de ella.

—No tengo miedo de nada. Pero no estaría bien que fuera a tu casa.

—¿Por qué no?

Se está poniendo muy pesado. Aunque, inexplicablemente, siente una gran curiosidad por saber si dice la verdad o le está mintiendo. ¿Haría mal de verdad en ir a su casa? No. Solo se trataría de una visita inocente. Sin más. Pero Raúl lo tomaría fatal. Y no piensa engañarlo más. Anoche ya le ocultó que había conocido a Marcos y *Wiki* se le había escapado. No más mentiras.

—Porque no.

—Bien. Es una buena razón. Muy meditada.

Valeria resopla. La tentación es muy grande. Pero la decisión está tomada.

—A ver... No te conozco de nada. Y tengo novio. No está bien que me quede a solas con un chico en su propia casa.

—No vamos a hacer nada... Solo quiero que compruebes que te digo la verdad y que el destino, por algún motivo, nos ha unido a través de *Yuni-Wiki*.

¡Qué locura! Ese tipo de cosas solo le pasan a ella. ¿Estará formando parte de alguna película o siendo protagonista de una novela? Con el talón del pie derecho se golpea el tobillo del pie izquierdo. ¡Ay! No, es real. Todo lo que está sucediendo pertenece a la vida real. ¡Y no es la primera vez que se ve metida en un asunto así! Hace unos meses apareció César, del que no ha vuelto a saber nada desde aquel encuentro de noviembre en el metro. También hablaba mucho del destino. Resopla. En cierta manera, Marcos le recuerda a él.

—Lo siento. Si voy a tu casa no se lo diría a mi novio. Y no quiero engañarlo.

—Bien. Eres honesta. Me gusta —dice Marcos después de beber de nuevo de su refresco—. Pero podemos hacer otra cosa.

—¿Qué?

—En realidad, quería proponerte que vinieras al estudio de radio y vieses el programa en la emisora. Todos los viernes llevamos a un cantante para que interprete las canciones en directo. El de hoy es impresionante... Podría llevarte allí el álbum en el que tengo las fotos de *Yuni*. No iríamos a mi casa y no te quedarías a solas conmigo. Estarían el músico, la chica que contesta el teléfono y el chavo que maneja la mesa.

Técnicamente, tiene razón. Aunque tampoco cree que aquello le guste a Raúl. Además, tendría que confesarle lo de ayer por la noche. Aunque, por otro lado, le encantaría ir al estudio de radio y escuchar el programa allí. Al mismo tiempo, vería aquel álbum y descubriría si el agaporni de Marcos es el mismo que el de ella. Sin embargo...

—No, no es una buena idea. Cenaré con mis amigos y luego me iré a casa. Eso es lo que haré.

—OK. Si es tu última palabra, no insisto más.

—Es mi última palabra.

—Bien. De todas maneras, tienes la tarjeta con mi número por si cambias de opinión.

Y se introduce en la boca el último trozo de sándwich que le quedaba en el plato. Todavía tiene la comisura de los labios manchada de tomate. A pesar de que permanecen unos segundos en silencio, el joven no deja de sonreír y de mirarla a los ojos. No solo su voz es agradable. También su mirada es muy dulce.

—Bueno, ¿qué tal todo? —pregunta Mara, que se acerca a ellos y coloca dos tazas de café con leche sobre la mesa—. ¿De qué hablan?

—Su hija no cree en el destino —comenta Marcos alegremente—. Pero yo le voy a demostrar que las cosas no pasan por casualidad y que, en algún lugar que desconocemos, todo está escrito.

CAPÍTULO 22

Sube el volumen del reproductor de música y se pone los audífonos. *Cuando no estás,* de Nada Que Decir, suena en sus auriculares.

¿De verdad que se le nota tanto lo que siente por Ester?

Si se ha dado cuenta Alba, que es la última que ha llegado al grupo, cualquiera puede haberlo descubierto antes. Quizá todos lo sepan pero ninguno se atreva a decir nada. ¿Y si ella también está al tanto de sus sentimientos?

Bruno suspira tumbado en la cama. Los pies no le llegan hasta el borde, por mucho que intente estirarse. Es muy bajito. Ha aprendido a vivir con ese complejo, aunque en ocasiones siga afectándole cuando se mira al espejo. Sobre todo cuando se pone al lado de Ester. No harían buena pareja. Jamás, aunque creciera y llegara al metro noventa. Ella es preciosa y él... él sólo es un *friki*.

Se incorpora y alcanza su BlackBerry. Con las yemas de los dedos, selecciona la carpeta Multimedia. Imágenes. El relojito de la BB gira y parpadea, piensa... Listo. Elige ver las fotografías que ha tomado con su cámara. Casi se las sabe de memoria. En un gran porcentaje de ellas, es su amiga la del flequillo recto la que aparece. Sonriendo, sacando la lengua, haciendo muecas, poniendo trompita...

En esa salen los dos juntos, ambos serios, posando. Recuerda el momento exacto en el que la hizo. Fue en enero, después de Reyes, hace más de dos meses. Ester lleva puesto un gorrito de lana rosa que sus padres le habían regalado. Qué guapa. Amplía la foto, la parte en la que sale ella, y le acaricia la boca con los dedos.

—¡Bruno! ¿Estás dormido?

Los gritos son de su madre, que en esa ocasión no ha entrado sin llamar. Rápidamente, el joven guarda la Black-Berry bajo la almohada. Se quita los audífonos y responde:

—¡No! ¡Entra!

La mujer abre la puerta y pasa. Observa a su hijo, que está echado en la cama. La expresión de Bruno no es demasiado alegre. Por lo general, no suele serlo. Y eso la preocupa, aunque nunca ha sido un chico demasiado risueño. Las pocas veces que lo oye reír es cuando esa chica está en casa.

—Esta tarde tus hermanos y yo vamos a ir a dar una vuelta. ¿Vienes?

—No, gracias.

—¿No necesitas ropa?

—Sí. Pero no me dan ganas de ir. Además, he quedado a las siete.

—¿Con Ester?

—Con todos. Raúl está rodando un corto y quiere que hagamos de extras.

—Ah. Muy bien. Así sales de casa y te olvidas un poco de la videoconsola.

El joven resopla malhumorado. Su madre siempre utiliza el tema de los videojuegos como excusa y motivo para todo.

—Cenaré fuera.

—¿Con Ester?

—¡Qué pesada estás con eso! —responde molesto—. Con todos. Cenaremos todos juntos.

—OK. Llámame si se te hace muy tarde.

—Está bien. Pero solo es cenar. No voy a ir por ahí de fiesta.

La mujer se da la vuelta, pero antes de marcharse se le ocurre una cosa:

—¿Por qué no invitas mañana a Ester a cenar a casa?

—¿Para qué?

—Porque ella dijo que algún día se quedaría —le recuerda—. Mañana es una ocasión perfecta.

—No creo que pueda. Está muy ocupada estudiando para los exámenes.

—Pues que venga a estudiar aquí y luego cenamos juntos.

—Ya veremos.

—Tú pregúntaselo.

—Qué pesada eres, ¿eh?

—Y tú qué desagradable —replica su madre—. Si no se lo preguntas tú, lo haré yo. Tengo su número de teléfono.

—¡No serás capaz!

—¿Que no? Parece que no me conoces, hijo mío. Hazme caso por una vez en tu vida y... ¡pregúntaselo!

Y, tras esas palabras de advertencia, sale de la habitación y cierra la puerta a su espalda.

Bruno siente ganas de gritar. Qué poco pinta en su casa. Su madre está más obsesionada con Ester que él mismo.

Se tumba otra vez en la cama y vuelve a colocarse los auriculares en los oídos. Lo que suena ahora es *¿No podíamos ser agua?*, de Maldita Nerea.

...Aunque me canse y vengan miles de días grises o mis palabras quieran rendirse ante la lluvia en el cristal. Me suena grande, los imposibles también existen...

Los imposibles también existen...

Se quita los auriculares y los lanza contra el suelo. Apoya la cabeza en la almohada y cierra los ojos. A pesar de que le entusiasma ese tema, los imposibles solo existen en los sueños.

—Pasa, Alan.

—*Merci*.

Ester recibe muy sonriente a su profesor de Francés. El chico entra en la casa y deja que ella lo guíe hasta el salón, donde tendrán la clase.

—Siento haber cambiado la hora. Pero es que luego debo ir a un sitio y, si no la adelantaba, no llegaba a tiempo.

—No te preocupes. No es molestia —comenta el francés, que gesticula con las manos—. Tú eres la que manda.

—Qué buena onda eres.

—Eso es lo que me dice tu prima.

—Cristina siempre ha sido una persona muy sensata y con buen gusto.

—¡Uh! No se lo digas a ella o se lo creerá demasiado.

—Tranquilo, no le diré nada. ¡Ya lo sabe!

Entre risas, entran en la habitación. Los dos se sientan a una mesa preparada para la ocasión. El libro, el cuaderno de ejercicios y el diccionario de Francés están ya encima. Y también hay un montón de lápices de colores y bolígrafos.

—¿Y cómo te encuentras hoy? —pregunta Alan, que elige un bolígrafo azul de entre todos.

—Bueno, más o menos bien. Aunque sigo confundida.

—Es normal que estés confusa. El amor es como un *rompecocos*, ¿se dice así?

—Comecocos.

—Eso. Comecocos.

Pues sí. Esa es una buena comparación. Ester recuerda el juego de Pac-Man y el muñequito redondo que va comiéndose bolitas mientras lo persiguen unos fantasmas. También ella vive en un laberinto. Pero en su mente no solo está Rodrigo. Hay otra persona que le preocupa respecto a sus sentimientos: Bruno.

—¿Tú cómo supiste que querías a mi prima?

—Pues... si te soy sincero, no fue amor a primera vista.

—¿Ah, no?

—No. Aunque desde el momento en el que la conocí me pareció una chica muy guapa e interesante.

—¿Fueron amigos antes que pareja?

—Sí. Yo estaba enamorado de una de sus amigas —reconoce Alan mientras se echa hacia atrás en la silla—. Pero aquella chica pasó de mí.

—¿No me digas que Cristina fue el segundo plato?

—Cris no puede ser el segundo plato de nadie. Es fantástica. Las circunstancias se dieron así. Además, sin Paula, la amiga de tu prima, no la habría conocido.

Eso demuestra que primero se puede ser amiga de una persona y después sentir algo más hacia ella. Tal vez en algunas relaciones sea necesario tener primero una amistad para luego poder dar un paso en otra dirección.

¿Está pasándole eso con Bruno?

—Te brillan los ojos cuando hablas de ella.

—¿Sí? Es que Cris y yo tenemos algo especial. Éramos dos casos extremos y hemos ido acercándonos el uno al otro con el paso de los meses. Ahora estamos muy unidos.

—Me gustaría tener las cosas tan claras como las tienen ustedes.

—Solo hay que dejarse llevar por lo que sientes.

—¿Y si luego no funciona?

—Muchas relaciones no funcionan. Y no sé si lo que hay entre nosotros será para siempre. Pero intentaré que el tiempo que estemos juntos sea inmejorable.

Le encanta cómo habla Alan. Transmite pasión en cada una de sus palabras. Se ve muy pequeña a su lado. Y eso que no se llevan tantos años. Pero para ella es como si un hombre le estuviese hablando a una pequeña de guardería.

—Seguro que van a ser muy felices juntos.

—Lo intentaremos.

—Y yo iré a su boda.

—¡Eh! ¡No te pases! —grita alarmado—. Poco a poco. ¡Soy muy joven para casarme!

Ester ríe y abre el libro de Francés en la lección en la que se quedaron el día anterior. ¡Aquel joven francés es único!

—Bueno, no te doy más la lata con mis problemas, que al final vas a hacerla más de psicólogo que de profesor.

—No es ninguna molestia. Para cualquier cosa que necesites, ya sabes que puedes hablar conmigo. O con tu prima.

—¿Le has contado a ella algo de lo que te dije ayer?

—No. Nada. Pero quizá Cristina pueda ayudarte mejor que yo en este asunto. Son mujeres, se entienden entre ustedes y, además, son familia.

La chica piensa un instante mientras juguetea con la tapa del bolígrafo que sostiene en la mano. Su historia es complicada. Por un lado está Rodrigo, al que le cuesta quitarse de la cabeza, y por otro, Bruno, por el que no está segura de si solamente siente una amistad. Su prima es mayor que ella y tiene más experiencia en esa clase de temas. ¿Por qué no? Con Meri y con el propio Bruno no puede hablarlo, y necesita desahogarse con alguien que la conozca bien.

—Es una buena idea —responde Ester finalmente—. Podríamos quedar los tres y así le cuento lo que me pasa.

—Perfecto. ¿Mañana para comer?

—Muy bien.

—Se pondrá muy feliz cuando te vea. Te aprecia mucho.

—Y yo a ella. Tengo ganas de darle un achuchón.

—Genial, entonces. Mañana las llevaré a un buen sitio para comer y hablaremos de los amores de la pequeña Ester —dice sonriendo y con ese acento francés que tanto le gusta a la chica—. Y ahora... ¿empezamos la clase?

CAPÍTULO 23

Las siete menos veinte minutos de la tarde. Hace más de una hora que tiene la computadora encendida, aunque todavía no ha entrado en la página. Meri está muy nerviosa. Desde que ha hablado con Paloma su estómago parece una centrifugadora. Aún no puede creerse que vaya a hacer algo así. ¡Va a dejar que alguien la vea por la *cam*! ¡Una persona a quien ha conocido en un *chat* para lesbianas!

Resopla una vez tras otra. Todavía está a tiempo de echarse para atrás y olvidarse de aquello para siempre. No tiene ninguna necesidad de conectarse y pasar un mal rato.

Pero no, no puede hacerlo. Ha dado su palabra y debe superar el miedo, el miedo a arriesgar, a descubrirse.

Ya que van a verla, al menos debería ponerse guapa para dar una buena impresión. Dentro de sus límites, porque, aunque quiera, jamás podrá estar guapa.

Se sienta delante del tocador y se quita los anteojos. Usará los pupilentes verdes. Despacio, se los coloca y se mira en el espejo. Sonríe, se pone seria. Sonríe. Saca la lengua. Se pone seria de nuevo. Sigue siendo ella, solo que con los ojos más claritos. El pelo rojo le cae lacio sobre los hombros. Le gusta tenerlo tan largo. Qué lejos quedan aquellos tiempos en los que se lo cortaba como un chico. Pero en el resto no ha cambiado tanto: su rostro blanco continúa teniendo un aire aniñado, y no es esa la única parte de su cuerpo que parece la de una niña.

—¿Y ustedes cuándo van a crecer? —pregunta en voz alta mientras contempla su camiseta en el espejo.

Tal vez nunca, puede que se quede así de plana para siempre. ¿Tendrán las chicas el mismo gusto que los chicos respecto a esa parte del cuerpo? Imagina que sí. Suspira y se pone de pie otra vez. Camina hasta donde está la laptop y comprueba que aún quedan varios minutos para las siete. ¿Estará ya conectada? No quiere parecer ansiosa, así que no se mete en la web aunque se muere de ganas de hacerlo.

Se sienta en la cama y taconea nerviosa. Desde allí se ve en el espejo. Esa camiseta gris no le queda nada bien, está demasiado holgada. Con ella parece una mesa de planchar. Se levanta y corre hacia el clóset. Lo revuelve todo y empieza a sacar una camiseta tras otra. Se prueba varias, pero no está conforme con ninguna.

Mierda. La culpa debe de ser del sostén. ¿Desde cuándo le preocupa eso? Desde siempre, solo que no va contándolo por ahí como otras chicas de su edad, esas que hablan de operarse con una noventa o una noventa y cinco. ¡Esas! Se quita el sostén que lleva puesto y revisa el cajón de la ropa interior. Su hermana le regaló uno rosa que se supone que debe realzarle el pecho. No se lo ha puesto nunca porque no le gusta nada el color. Sin embargo, esa ocasión es especial. Se lo pone y regresa al espejo. No está mal. Tampoco es nada del otro mundo, pero...

Justo en ese momento suena el interfón del departamento, que le da un gran susto. ¡Qué oportuno! Su madre no está, así que le toca a ella abrir. Se pone a toda velocidad una de las camisetas que ha sacado del clóset, una azul completamente lisa, y sale de la habitación.

—¿Sí? —dice tras descolgar el auricular.

—¿María?

—Sí, soy yo. ¿Quién es? —pregunta extrañada.

—¿No reconoces mi voz? ¡Soy tu padre!

¡Aquello sí que es una sorpresa! No lo ve desde Navidad, cuando vino con Gadea desde Barcelona. Rápidamente, pulsa el botoncito que abre la puerta de la calle y espera con impaciencia en la entrada de la casa.

No sabía que venía. ¿Se le habría olvidado a su madre contárselo?

—¡Hola, pequeña! —exclama Ernesto cuando sale del elevador—. ¡Qué guapa estás con esos pupilentes!

Ambos se abrazan y se dan dos besos antes de entrar en el departamento.

—Bueno... no exageres.

—¡No exagero nada! ¡Qué preciosa está mi niña! —repite entusiasmado y mirándola fijamente a los ojos.

—¡Papá, no hagas eso! —grita Meri al notar que se sonroja—. ¿Por qué no me has dicho que venías?

—Ha sido totalmente improvisado.

—Ir a tomar un café es improvisar, un viaje Barcelona-Madrid no se organiza así como así: hay que preparar la maleta, sacar los boletos...

Padre e hija se sientan en el sofá del salón. El hombre se quita el saco que lleva puesto, lo dobla y se lo coloca en el regazo.

—He venido en coche.

—¿Qué? ¿En coche? ¡Vaya aventurero!

—No es para tanto. Siete horas conduciendo.

—¡Estás loco!

—De vez en cuando hay que hacer alguna locura para sentir que estás vivo.

—Un viaje de siete horas en coche es demasiado.

—¿Es que no te alegras de verme?

—Claro que sí. Muchísimo.

El hombre sonríe y le da un beso a su hija en la cabeza. Se le ve muy feliz. Meri tiene la impresión de que no es el mismo de hace unos meses. Sin duda, que Gadea se haya ido a vivir con él le ha sentado fenomenal.

—¿Y tu madre?

—Ha salido a comprar una plancha. Lleva días quejándose de la que tiene.

—Ah. Pues ya la veré en otra ocasión.

—¿Hasta cuándo estarás en Madrid?

—Creo que hasta el domingo por la tarde.

—¿Y dónde te quedas?

Ernesto duda un instante antes de responder.

—Todavía no lo he decidido. Ahora buscaré un hotel.

—Pero ¿ni siquiera has llamado para eso?

—No. No he llamado.

Y una sonrisa de oreja a oreja. ¡Aquel no es su padre, se lo han cambiado! Todo aquello le parece muy extraño a Meri.

—Papá, ¿no te habrás vuelto loco de verdad? —Cuando termina de decir la frase, oye las campanas de una iglesia cercana—. ¿Ya son las siete?

—Sí. En punto —comenta el hombre, que consulta su reloj. Es nuevo, María no se lo había visto nunca.

—Vaya... Papá... lo siento. Tienes que irte... Es que... he quedado.

—¿Con un chico?

Si le dice que es con una chica, no comprenderá que lo eche así de casa después de un viaje tan largo. Le toca mentir. Aunque, en realidad, todavía no está segura de que Paloma sea una chica.

—Sí. Viene a estudiar... A hacer un trabajo.

—¿Bruno?

—No... Es otro chico. Un amigo de clase.

—Ahora entiendo lo de los pupilentes.

—¿Cómo?

El hombre se levanta del sofá y besa de nuevo a su hija en la cabeza. Desdobla el saco a y vuelve a ponérselo.

—No hace falta que me digas más —comenta sonriente mientras se dirige hacia la puerta—. Te llamo mañana por si quieres quedar para tomar un café.

—Oh... ok.

—Pásalo bien con ese... chico.

—Solo vamos a estudiar.

—Pues pásenlo bien estudiando.

—Haremos lo que podamos.

Ernesto abre la puerta de la casa y se despide con otros dos besos, esta vez en las mejillas de Meri. La pelirroja observa que el hombre entra muy sonriente en el elevador y desaparece, haciendo aspavientos con las manos, cuando este se cierra.

Los últimos minutos han sido muy raros. ¡Qué cambio ha dado su padre! Ya se lo había advertido Gadea, y ella también había notado algo en las conversaciones telefónicas que han tenido durante los últimos meses. Pero ver esa transformación en persona la ha impresionado.

Se le vienen varias cosas a la cabeza: la alegría desbordante, la sonrisa permanente... Y ha oído bien: va a llamarla para tomar café. Entonces ¿con quién va a comer y a cenar el fin de semana? ¿Por qué ha hecho su padre un viaje en coche hasta Madrid si no es para estar con ella? Demasiadas incógnitas sin respuesta. Tal vez no haya comprendido bien lo que le ha dicho.

Sin embargo, no hay tiempo para más preguntas. Al menos de momento. ¡Son más de las siete! Camina deprisa hasta su habitación y se mira en el espejo. Bien. Pasable. Ese sostén hace que por lo menos no parezca una escuadra de esas con las que practica dibujo técnico. Y la camiseta azul es bonita.

Toma aire y lo expulsa resoplando exageradamente cuando se sienta frente a la laptop. Allá va. Teclea la dirección de la página web y espera a que se cargue. Son unos segundos eternos. Pero también muy intensos. Le sudan las manos. Y, cuando la página está lista, se le humedecen todavía más. Tiene la respiración agitada. Nota como cosquillas dentro del cuerpo. Con el ratón, acerca el cursor a la pestaña que inicia el *chat*. Escribe su *nick* habitual y pulsa el *enter*.

La suerte está echada. El próximo paso...

Hay cuarenta y siete usuarios conectados en aquella página en la que «chicas buscan chicas». Lo de siempre: ventanas abiertas con *spam* y *nicks* seductores que le preguntan cómo está o, directamente, si quiere pasar un buen rato. En cambio, no hay rastro de «PalomaLavigne». Ella no figura entre los presentes. Meri lee uno a uno todos los seudónimos de la columna de la izquierda. Tal vez la chica esté oculta bajo otro sobrenombre. Ninguno le suena.

—¿Dónde estás? —murmura para sí mientras examina de nuevo aquella lista de ya cuarenta y nueve usuarios.

El reloj de la computadora marca las 19:07. Meri empieza a impacientarse. Incluso pregunta en algunas de las ventanas individuales que le han abierto por si se trata de Paloma. Nada.

La tensión, los nervios, van convirtiéndose en enfado. ¿Es que no va a aparecer?

Entra y sale de la página varias veces, quizá sea un error de la web... Pero, por más que repite el proceso, no hay noticias de la joven con quien se suponía que tenía una cita.

Veinte minutos después, sabe que ya no va a presentarse. Se levanta de la silla y se dirige al tocador. Se quita los pupilentes y los guarda en su botecito. No sabe si lo que siente es decepción, indignación o, simplemente, debe resignarse. Algo así no podía salir bien. Y está claro que la palabra «riesgo» no debería formar parte de su diccionario.

La joven pelirroja toma los anteojos y se los pone. Los aprieta con fuerza, con rabia, mientras mueve la cabeza de un lado a otro.

Ha sido una estúpida. Una gran estúpida por creer en ella.

Y pensar que ha dejado de ayudar a Raúl por esa idiota...

Mira el reloj. Son más de las 19:30. Ya no le da tiempo de llegar al metro de Sol, donde han quedado todos. No obstante, todavía tiene una última oportunidad.

Toma la BlackBerry y marca un número. Dos tonos y contestan al otro lado de la línea:

—Dime, María.

—¿Estás muy lejos de casa?

—Bueno... No, estoy... más o menos cerca —contesta titubeante su padre—. ¿Por qué?

—¿Puedes llevarme en coche a un sitio? El chico del que te he hablado antes me ha dejado plantada.

CAPÍTULO 24

Ocho chicos se bajan en plaza de Castilla para tomar la línea nueve, que lleva a Barrio del Pilar, la estación en la que finaliza su trayecto. Los cuatro actores de *Sugus* repasan sus diálogos mientras caminan. Valeria, de la mano de Raúl, los sigue y escucha atenta. Lo hacen genial. ¡Qué envidia! Ester y Bruno van detrás de ellos cerrando el grupo.

—¿Por qué tenemos que ir hasta La Vaguada para rodar? —le pregunta Bruno a Raúl—. ¡Está muy lejos!

—Porque Julio y May viven por esa zona y dicen que es perfecta para grabar la escena del botellón. No sé si la poli nos habría dejado hacerlo en el centro. Allí será más difícil que nos digan algo.

—¡Pero si no vamos a beber de verdad! —exclama Ester.

—Ya. Pero nunca se sabe. Y no tengo ganas de líos. Además, hay menos gente y todo será más sencillo.

El metro llega a la estación al mismo tiempo que ellos, y los ocho suben por poquito en el último vagón. Hay mucha gente, así que permanecen de pie, apretujados. Bruno y Ester quedan justo enfrente, cara a cara, casi pegados. El muchacho incluso tiene que echar la cabeza un poco hacia atrás para no respirar demasiado cerca de ella. Alba lo observa y le sonríe. El chico aparta rápidamente la mirada de la joven del pelo azul e intenta olvidarse de todo.

Ester tampoco se siente muy cómoda. Es una situación bastante peculiar. ¡Qué agobio! Sin embargo, Raúl y Valeria aprovechan la cercanía y los apretones para darse un largo beso en los labios. Ninguno de los dos sabe que el otro le ha ocultado la verdad de lo que les ha pasado a lo largo de las últimas horas. Él desconoce la existencia de Marcos y ella no tiene ni idea de que su chico ha comido en casa de Elísabet.

—¡Eh, parejita! ¡Córtenle un poco! —exclama Sam, uno de los actores del corto. A continuación, mira a Ester muy sonriente. Ella se encuentra con su mirada y le devuelve la sonrisa.

Samuel es un chico alto y muy guapo, con los ojos verdes y el pelo a lo Harry Styles, de One Direction. A Bruno le cae mal de inmediato. Es justo lo contrario a él.

El metro llega a la parada de Ventilla y se baja gente. Ya hay más espacio en el vagón, todos van más desahogados, incluso Raúl puede explicarles lo que van a hacer cuando lleguen. Un par de minutos después el tren se detiene en Barrio del Pilar, donde los ocho chicos se bajan.

En esta ocasión Sam se anticipa a Bruno y se coloca al lado de Ester. Los dos conversan animadamente mientras se dirigen hacia la salida de la estación bajo la mirada poco amigable del otro chico.

—No te preocupes. Tiene novia —le comenta Alba, que se sitúa junto a él para tratar de animarlo.

—Me da lo mismo.

—No te da lo mismo. Y lo sabes.

—Ella es libre para hablar con quien quiera.

—¿Y por qué mirabas a Sam así?

—No me cae bien. Es muy sobrado.

Alba ríe. Está más que claro que aquello son celos. Le salen por las orejas. A ella también le pasa y no es fácil contenerse.

—La modestia no es una de sus virtudes, pero es un buen tipo. Si lo conoces te darás cuenta.

—No quiero conocerlo.

—Tal vez... Ester sí quiera.

Aquellas palabras van directas al corazón de Bruno. ¿Contra cuántos va a tener que luchar? Decenas, cientos, miles de chicos que seguro se fijarán en su preciosa amiga y querrán intentar algo con ella. Quizá aquélla no sea su pelea. No puede competir con tipos como Samuel: guapos, altos, con muchísima confianza en sí mismos...

—Entonces que lo conozca. Pero no creo que sea su tipo.

—¿De verdad piensas eso?

El chico los mira desde lejos. No desentonan en estatura. Los dos son guapos. Él es un par de años mayor que ella y ya estudia en la universidad. Y parece que se entienden bien. Pues a lo mejor sí que es su tipo. Tal vez sean perfectos el uno para el otro.

—De verdad. Incompatibles al ciento por ciento —concluye—. Además, ¿no me has dicho que tiene novia?

—¡Ay, Bruno! Te ciega el amor.

Pero el joven ya no responde y continúa andando en silencio.

El grupo sale del metro por parejas. Ya fuera, en la noche cerrada, vuelven a unirse para seguir las indicaciones de Raúl, que es el encargado de guiarlos. Juntos caminan hacia el parque de la Vaguada, donde grabarán la escena del botellón.

—¿Estás bien? —le pregunta Ester a Bruno después de dejar la compañía de Sam y acercarse a él—. Estás muy serio.

—Estoy perfectamente.

—Pareces enfadado.

—Qué va. Es que soy un chico serio.

La joven esboza una sonrisa y continúa caminando a su lado.

—Sé que esto no te gusta mucho, pero intenta divertirte.

—No encuentro la diversión por ninguna parte.

—Tómatelo como una oportunidad para conocer gente y hacer algo diferente a lo que haces normalmente...

—Nunca me han caído bien los actores.

—¿No?

—No.

—Claro. Tú prefieres a los futbolistas.

—Exacto. Menos a los del Barcelona —comenta, y se le escapa una tímida sonrisilla.

Ester se para y observa a su amigo con una mueca de fastidio en el rostro y los brazos cruzados. Está adorable así. Sonríe con ironía, arruga la nariz y suelta un pequeño quejido.

—Ya estamos. ¡Otra vez con eso! —grita, y echa de nuevo a andar junto a su amigo—. Pues bien que los apoyas cuando juegan con la selección...

—Ese es otro tema. Ahí ya no son jugadores del Barcelona, son jugadores de España.

—Siguen siendo del Barça, el mejor equipo del mundo.

—Ya, el mejor equipo del mundo que está a diez puntos del Madrid en la Liga.

—¡Pero los eliminamos en la Copa y ganaremos la Champions!

—Ya lo veremos.

—¡Claro que lo veremos!

Los dos siguen charlando, los últimos del grupo, pero Alba se deja caer por allí.

—¿De qué hablan que hacen tanto ruido?

—Bruno, que es muy pesado con su Madrid.

—Y tú con tu Barcelona —replica el chico, ya más relajado y feliz.

Alba lo mira y sonríe. Sabe que está más contento porque Ester está a su lado. Se le nota muchísimo lo que siente, a pesar de que no se abra a nadie e intente ocultarlo. Pero la expresión de su rostro ya no tiene nada que ver con la de antes. Su mirada lo refleja.

—¡Pues yo soy del Atleti! —comenta la chica del pelo azul alzando la voz.

—Te doy el pésame.

—¡Bruno! ¡No seas malo con ella! —exclama Ester al tiempo que le da un manotazo en el brazo—. ¡Aúpa Atleti!

—¡Aúpa Atleti!

—A ver si van a bajar a segunda...

—¡Eso no lo verán tus ojos! ¡Mala persona!

Y entre risas y discusiones futbolísticas, los tres chicos, junto al resto del grupo, llegan al parque de la Vaguada. Allí ya los esperan May y Julio, pero no están solos. A su lado se encuentra una joven pelirroja con anteojos que también les da la bienvenida.

CAPÍTULO 25

—¡Partamos! Dentro de quince minutos repetimos.

Es la tercera vez que ruedan la escena. Todos los chicos que actúan de extras están sentados —unos en un banco y otros en la acera, incluidos May y el propio Raúl— haciendo botellón. Los cuatro actores principales, en cambio, hablan entre ellos de pie. Alba le presenta a su novio, Aníbal, a Sam y este, a su vez, hace lo propio con su novia, Nira. Es una escena sencilla, de muchas miradas y pocas palabras. Los cuatro protagonistas conservan sus verdaderos nombres en el corto. Raúl lo ha querido así para darle más realismo a la película cuando los chicos hablaran entre ellos.

—Me alegro mucho que hayas podido venir, Meri —le dice Valeria a la pelirroja mientras le pasa la mano por la espalda para abrazarla.

—Esto no se me da muy bien.

—Ni a mí, pero así lo ayudamos un poco y le ahorramos el trabajo de buscar a gente que haga de extra.

—Por eso he venido.

Y por salir de casa e intentar olvidarse del plantón que ha sufrido hace un rato. Nunca imaginó que Paloma no se presentaría después de haber insistido tanto en que quería verla por la cámara. Ha sido muy desagradable.

—Esto es una lata. Y tengo frío —protesta Bruno. Está sentado a su lado, pero apenas han cruzado unas cuantas palabras.

También está con ellos Ester, que en ese instante llama quejándose a su amigo y se pone de pie para estirar las piernas. Da un trago al vaso que tiene en la mano y, rápidamente, se da cuenta de que aquello no es solo Coca-Cola como le habían dicho.

—¿Qué me han puesto aquí?

—¿No te gusta el ron? —le pregunta Sam, que se acerca hasta el grupito de extras.

—Bueno, sí, pero...

—Solo te he echado un poquito. Para que entres en calor. ¿Lo he conseguido?

—Sí...

—Te sentará bien. Bebe un poco más.

Ester no lo tiene muy claro, pero hace bastante frío... Da otro sorbo y sonríe a Samuel. Sin embargo, una persona que está sentada cerca de ella no sonríe en absoluto. Ni ganas. Bruno contiene su enojo, pero su rostro no lo disimula.

—Si viene la Policía y nos cacha bebiendo alcohol en medio de la calle se nos cae el pelo —señala Bruno, que también se levanta.

—No te preocupes, chavo. Aquí no vendrá la Policía a molestar. No pasa nada.

—No pasa nada hasta que pasa.

—Vamos, hombre, no seas pesado —le dice Sam sin dejar de sonreír—. Si tú no quieres beber, pues no lo hagas. Que nos detengan a mí y a esta preciosidad y luego nos encierren a los dos juntos.

Sam mira a Ester de manera seductora y le guiña un ojo. La chica se sonroja e intenta no seguirle el juego apartando la vista de él. No sabe muy bien qué decir. Aquel tipo es bastante creído, pero, no sabe por qué motivo, le cae bien. Es un tipazo simpático.

En ese momento, Raúl llama a los cuatro actores para hablar con ellos. Sam le da una palmadita en la cabeza a Ester, de forma que le revuelve el pelo y la despeina, y sale corriendo hacia donde están los otros.

—Será estu... —comenta Bruno enfurecido.

—Shhh. Tranquilo. Solo ha sido una broma sin importancia —lo calma su amiga.

—¿Una broma? ¿Qué se ha creído ese imbécil? ¡Semejantes confianzas! ¡Si te acaba de conocer!

—No me ha molestado, de verdad.

—Ese tipo me cae fatal.

—Es un poco fanfarrón, pero no parece mal chico.

—¿Que no? Es un verdadero tarado.

—Vamos, Bruno, no te enojes. Tampoco es para tanto.

Meri y Valeria observan la conversación entre sus dos amigos sentadas y sin querer meterse. A la pelirroja tampoco le gusta ese joven, pero tiene la mente puesta en otra parte: aún sigue dándole vueltas al tema de Paloma. Y Val también ha hecho algo de lo que no está muy orgullosa. No le gusta mentirle a Raúl, pero le encantaría ir al programa de radio de Marcos.

—Me fastidia esa gente que se cree más que nadie. Los he soportado durante mucho tiempo y ya estoy harto de ellos.

—Pero ese chico no tiene por qué ser así.

—¡Claro que es así! ¡Se le ve desde lejos!

—No conoces de nada a Sam, Bruno. No tienes que ponerte de esa forma por una simple broma.

—No es una simple broma. Es...

Es que está celoso de ese estúpido dizque guapo. Siente unos celos terribles. No soporta que ella le haga caso y le ría las tonterías. ¿Es que no ha escarmentado? ¿Ya no se acuerda de lo mal que lo ha pasado por culpa de Rodrigo? Lo que faltaba es que ahora se encaprichara de ese chistosito prepotente.

—Sea lo que sea, me lo ha hecho a mí —responde Ester muy seria y elevando la voz—. Si hay alguien que tiene que enfadarse o no soy yo. ¿Está claro?

Meri y Valeria se miran sorprendidas. Nunca habían visto a su amiga hablar con aquella contundencia. Tampoco Bruno esperaba una contestación tan vehemente. Ester nunca se enfada. Hasta aquel momento, todos las discusiones que habían tenido habían sido fingidas.

—Tienes razón. Perdona.

El chico vuelve a sentarse en el banco junto a sus dos amigas y, en silencio, mira hacia el lado contrario al de Ester. Esta, por su parte, resopla y bebe hasta que se termina el ron con Coca-Cola que le ha preparado Sam.

—Voy a dar una vuelta hasta que grabemos de nuevo —comenta mientras tira el vaso de plástico al suelo.

—No vayas tú sola —le pide Valeria. Pero su ruego no tiene éxito, porque la chica se aleja de donde están—. ¡Espera, te acompaño!

Val se pone de pie y echa a correr hacia Ester. Bruno y Meri se quedan en el banco solos. Durante unos segundos no hablan. Hasta que ella rompe el incómodo silencio.

—A mí tampoco me cae bien Samuel.

—Es un prepotente.

—Sí. Pero... quizá a ella le guste ese prepotente —señala María casi susurrando—. Y entonces a nosotros nos toca respetarlo.

Bruno mueve la cabeza. No está de acuerdo. No puede aceptar que a Ester le guste alguien así.

—Estos últimos meses han sido muy duros. No puedo consentirlo.

—Es su vida. Hay que respetar lo que sienta.

—Tú no has estado a su lado como yo durante este tiempo y no sabes lo mal que lo ha pasado por culpa de un tipo...

Aquello le hace daño a María, pero Bruno está en lo cierto: se ha alejado demasiado de ellos y ni siquiera sabe de lo que le habla, no tiene ni idea de quién es ese tipo. Sin embargo, tampoco cree que su amigo esté en disposición de decidir con quién sale su amiga.

—Ester es libre, aunque te duela que salga con otro.

—Ester es mi amiga, no quiero que vuelva a sufrir. Y ese tipo se lo haría pasar mal. ¡Si hasta tiene novia!

—Estás exagerando. Acaban de conocerse y él solo le ha gastado una broma tonta.

—¿No has visto cómo la mira... cómo le sonríe?

—Eso no tiene nada de extraño. Ester es un encanto, guapa, simpática... Lo lógico es que los chicos liguen con ella. Y que ella... también se deje llevar un poco.

—No con un tipo como ese.

—Eso lo decidirá ella. No es de tu propiedad, Bruno. Ni de la mía.

Y si hay algo que Meri lamenta es que sus sentimientos y aquel beso las separaran, porque su amistad ha perdido puntos por culpa de su corazón.

—Ya lo sé. Pero si tú no quieres protegerla de personajes como ese, no es problema mío. Eso sí, no me digas lo que debo hacer yo.

Está exaltado. Ya ni siquiera tiene frío. Solo con imaginar que Sam podría convertirse en la pareja de Ester le entran ganas de morirse. No está dispuesto a ser otra vez el amigo que pone el hombro, el chico bueno. No. Simplemente, no puede.

—Estás obsesionado con ella.

—No estoy obsesionado. Es... mi mejor... amiga.

Su mejor amiga... los papeles han cambiado. Por lo menos lo admite. Es una noche de confesiones, una noche en la que los dos verdaderos incomprendidos del grupo vuelven a mirarse a los ojos después de mucho tiempo.

—No es solo tu mejor amiga —apunta María con tristeza—. Continúas enamorado de Ester. Y eso va a matarte.

—Eso... es secundario.

—No lo es, Bruno. Esa obsesión por ella va a terminar contigo. Debes pasar página y olvidarla.

—Nunca podría olvidarme de una amiga.

—Te has olvidado de mí... Eso sí lo has conseguido.

El joven no quiere seguir oyendo lo que la pelirroja le dice. Está cansado de todo. Y tampoco le gustaría volver a ver a Sam y a Ester tonteando. Por lo que a él respecta, el día se ha terminado. Se incorpora y, sin despedirse de nadie, se marcha. Meri lo observa con tristeza, pero no hace nada por evitar que se vaya. Quizá si reflexiona comprenda que nunca podrá tener una relación con Ester, como tampoco puede tenerla ella. Su amiga es libre y, tarde o temprano, encontrará a la persona que la haga feliz. Y esa persona no será un incomprendido. De eso está completamente segura.

CAPÍTULO 26

—¡No vayas tan deprisa!

—¡Es que no lo comprendo! —exclama Ester, que camina demasiado rápido para los pies de Valeria. Su amiga hace lo que puede para seguirla—. ¿Por qué tiene que meterse con él? ¡No le ha hecho nada!

—Creo que no le cae demasiado bien.

—Si no le cae bien, pues que no le hable, que lo ignore completamente. Pero a mí que me deje en paz.

—Bruno se preocupa por ti porque es tu amigo.

—Y yo su amiga, pero no me meto con quién habla o deja de hablar.

Ester frena en seco y, cuando se vuelve y contempla a su amiga, se tambalea. Parece que tomarse el último sorbo de ron con Coca-Cola de golpe no le ha sentado demasiado bien.

—Uy. Me he mareado.

—Si es que...

No estar acostumbrada a beber y que Sam le haya echado más alcohol de la cuenta en el vaso han hecho el resto. Valeria se acerca a ella, la sujeta por los hombros y la ayuda a sentarse en una banca de madera. Se han alejado tanto que desde allí no ven al resto del grupo.

—Me he pasado con él, ¿verdad?

—Bueno...

—Carajo. Ahora me arrepiento de haberle hablado así.

—Tampoco ha sido para tanto. Raúl y yo tenemos discusiones mucho más fuertes y seguimos queriéndonos mucho.

—Pero ustedes son pareja, es normal que se peleen.

—Ustedes a veces también actúan como una pareja aunque solo sean amigos.

¿Parecen una pareja? Qué extraño suena. Aquello aumenta su confusión. ¿Se comporta así por lo que siente por Bruno? Pero ¿qué siente exactamente?

—No me gusta enojarme.

—Lo sé —dice Valeria sonriente—. Todos los del grupo lo sabemos. Eres una muy buena persona.

—Te equivocas. No soy tan buena como se imaginan.

—Cada uno tenemos nuestro lado bueno y nuestro lado menos bueno. Pero estoy segura de que tu lado menos bueno es mucho mejor que el bueno de la mayoría de las personas.

Ester observa a su amiga y se encoge de hombros.

—No he entendido nada.

—¿Qué? Vaya... La verdad es que quizá me he hecho bolas un poco. No soy muy buena dando discursos.

Las dos se miran y comienzan a reír bajo la luz de las farolas del parque. Una ráfaga de viento frío arrastra las hojas secas del suelo y hace temblar a las chicas.

—El caso es que no quiero estar enojada con él.

—Pues eso tiene fácil solución. ¿Regresamos?

—Sí.

Las chicas se levantan de la banca, pero mientras se dirigen hacia la zona de La Vaguada donde está el grupo del corto el celular de Ester empieza a sonar. Es un número que no conoce. Extrañada, responde.

—¿Sí?

—¿Ester?

—Sí, soy yo.

—Hola, soy Esperanza, la madre de Bruno. ¿Te capto en buen momento?

¡La madre de Bruno! Aquella llamada sí que es inesperada. Ester le dice a Valeria por gestos que continúe andando mientras ella habla.

—¡Hola! Sí, sí... no se preocupe. ¿Qué tal?

—Muy bien. Estás con mi hijo, ¿verdad?

—Sí. Estamos juntos.

No es del todo cierto, pero no es momento para explicarle a la mujer que acaban de pelearse.

—¿Y te ha dicho algo?

—Dicho algo... ¿sobre qué? —le pregunta confusa.

—¡Ay, este hijo mío! ¿Puedes decirle que tome el aparato?

¡Órale! ¿Qué le cuenta? No va a salir corriendo para darle el teléfono a Bruno.

—Pues... no estoy con él ahora mismo. Ha ido... al... baño —miente avergonzada, tapándose los ojos con la otra mano.

—¡Ah! No pasa nada.

—¿Quiere que le diga que la llame cuando vuelva?

—No, no. Prefiero decírtelo yo directamente. Ya le advertí que, si no te lo decía él, lo haría yo.

No sabe si es efecto del alcohol, de la voz chillona de Esperanza o de cualquier otra cosa, pero la cabeza le da vueltas. Ni siquiera el frío viento que sopla a rachas consigue despejarla.

—¿Qué tenía que decirme su hijo?

—Que te vinieras a cenar con nosotros mañana por la noche —contesta la mujer sin rodeos—. Y no acepto un no por respuesta.

—¿Mañana?

—Sí. Ya que pasas tanto tiempo con Bruno, qué menos

que invitarte a cenar como te propuse ayer. A toda la familia nos gusta mucho que vengas.

—Yo... no sé.

—¡Claro que sabes, jovencita! ¡Ya te he dicho que no voy a aceptar que me digas que no!

Esperanza le cae genial y sus conversaciones siempre son muy divertidas. Pero hay algo que Bruno le comenta a menudo sobre su madre: es testaruda, más incluso que su hijo, y muy insistente.

No obstante, Ester no cree que la de mañana sea la mejor noche para cenar con toda la familia, sobre todo porque en esos instantes su amigo y ella están enojados.

—Esperanza, no sé si podré porque...

—Ester, es una orden.

Parece que lo dice totalmente en serio. Qué mal. No puede explicarle que se han peleado y que, hasta que no hagan las paces, es mejor no quedar para algo de ese tipo. Tal vez, con un poco de suerte, lo arregle todo con Bruno más fácilmente si le cuenta que al día siguiente cena en su casa.

—Está bien. Iré.

—¿Sí?

—Sí.

—¡Estupendo! —grita Esperanza eufórica al otro lado del teléfono.

Le recuerda a una de esas señoras a las que les anuncian en directo por televisión que acaba de tocarles un premio.

—¿A qué hora voy?

—Vente entre las ocho y las ocho y media.

—¿No quiere que vaya antes para ayudarla?

—¡No! ¡Ni se te ocurra! Tú eres nuestra invitada. ¡No voy a dejarte mover ni un solo dedo!

La expresividad de Esperanza le provoca una sonrisa.

Qué poco tiene que ver con Bruno, que, si lo sacas del futbol y la consola, es imposible que se emocione de aquella forma por algo.

—OK. Llegaré sobre las ocho.

—Muy bien. Estarás como en tu casa. Ya me encargaré yo de eso. ¡Lo pasarás divinamente!

—Muchas gracias. Seguro que sí.

La chica sonríe. De buenas a primeras, se siente más optimista. Aquella mujer le ha contagiado su euforia. Solo falta que su hijo colabore y solucionen cuanto antes lo que ha sucedido entre ellos.

—Bueno, me voy a seguir haciendo quehaceres, que no se hacen solos. Dile a Bruno que no vuelva muy tarde.

—Se lo diré de su parte.

—Hasta mañana, Ester. ¡Qué contenta estoy!

—¡Hasta mañana! —exclama la joven aguantándose la risa. Y cuelga después de que Esperanza ya lo haya hecho.

¡Menuda inyección de positividad y energía! La madre de su amigo es inigualable. Se siente hasta más feliz. Incluso le hace ilusión cenar con ella, su marido y el resto de la familia. Los hermanos pequeños de Bruno son dos torbellinos y los dos mayores, encantadores. ¡Será divertido!

Ester regresa hasta donde los demás están ya preparados para rodar de nuevo la escena del botellón. Busca con la mirada a su amigo, pero no lo encuentra. Se aproxima a Meri, que permanece sentada en el mismo sitio que antes.

—Pelirroja, ¿y Bruno?

—Se ha ido.

—¿Que se ha ido? ¿Adónde?

—A su casa.

—¿Qué?

Toda la alegría que había acumulado se desvanece en un suspiro. Sí que se ha enojado de verdad. Y eso hace que se sienta fatal. Es culpa suya que se haya molestado, por hablarle así cuando simplemente estaba preocupándose por ella.

—¡Chicos! ¡Ocupen sus puestos, por favor! —grita Raúl—. ¡Vamos a grabar!

—Pero Bruno no está... —comenta Ester entristecida.

—Ya lo sé. Se ha ido. Cuando editemos, ya veremos cómo lo colocamos con las tomas que ya tenemos grabadas.

Cada uno se sitúa en el lugar que le corresponde. Julio pide un minuto para encender el foco que ha llevado para obtener mejor luz.

—Oye, lo siento —se disculpa Sam en voz baja tras agacharse junto a Ester—. Si tu amigo se ha ido por mi culpa...

—No te preocupes. Se ha enojado conmigo.

—De todas maneras, cuando lo veas ofrécele disculpas de mi parte, por favor. No quería que se enojara y se fuera.

La joven se fija en sus preciosos ojos verdes mientras le habla. Samuel ha abandonado su habitual pose de prepotencia y parece sincero.

—Se lo diré de tu parte.

—Bien. Gracias.

El joven se incorpora y ocupa su posición en la escena. De reojo, observa a Ester y le sonríe. Aquel gesto le honra. Por lo visto no es tan presuntuoso y vanidoso como le hizo creer la primera impresión que tuvo de él. Aunque a Ester le cayó bien desde el primer minuto. Cuando hable con Bruno le contará lo que le ha dicho. Pero para eso primero tienen que hacer las paces. No quiere escribirle por WhatsApp, prefiere llamarle luego e intentar arreglar las cosas con él. —¿Prevenidos? Cámara... ¡Acción!

CAPÍTULO 27

A la quinta fue la vencida. La escena del botellón, en la que todos los protagonistas se conocen entre sí, está grabada. Son casi las diez de la noche. Y los chicos están cansados y hambrientos.

—Todavía tenemos que grabar un diálogo entre Alba y Sam —apunta Raúl—. Pero para eso solo necesito a los dos protagonistas.

—¿No podemos irnos a cenar y hacerlo otro día? —pregunta Samuel, al que no le gusta nada continuar.

—No. Hay que hacerlo hoy.

—Buff. Eres muy cruel, jefe.

—Vamos, Sam. Es mejor terminar esto ya. ¿O prefieres venir otro día hasta aquí para rodar solo esta escena?

El joven respira hondo y accede de mala gana.

—Si quieren, mientras graban, algunos podemos acercarnos a comprar al Burger King de aquí al lado y cuando terminen comemos todos juntos en el parque —propone Valeria, que se muere por un Whopper.

—¡Es una gran idea! —exclama su novio.

Todos están conformes con lo que sugiere la chica, excepto Aníbal y Nira, quienes, terminada su participación por hoy, prefieren marcharse a casa.

Meri, Ester y Val son las encargadas de ir a por la comida. Los otros cinco chicos se quedan preparando la escena entre Alba y Sam.

—¿Se saben bien esta parte? —les pregunta Raúl a los dos actores.

—Yo sí.

—Yo también.

—Perfecto. A ver si a la primera acertamos.

Es un momento clave para el corto. Alba y Sam se separan del grupo del botellón y se encuentran a escondidas. Conversan sobre lo que les pasa y se dan cuenta de que sienten lo mismo el uno por el otro. Entonces se besan.

—Nada.

—¿Bruno sigue sin tomarte el celular? —le pregunta Valeria a Ester mientras las tres caminan hacia el Burger King.

—Sí. Ni siquiera lo tiene encendido.

—Qué testaruda es.

—Mucho.

—Tampoco era para ponerse así.

—No sé. Le he hablado mal y me arrepiento de ello. No debería haber sido tan brusca con él —se lamenta la joven al tiempo que intenta llamar de nuevo.

—Está mal acostumbrado. Le tratas como a un rey. Además, le encanta discutir.

El teléfono de Bruno continúa apagado. Ester hace una mueca de resignación torciendo la boca y se guarda el smartphone en el bolsillo de la chamarra. Siente la necesidad de hablar con su amigo para ofrecerle disculpas por su reacción, pero de momento no podrá ser.

—Pues nada. Luego volveré a intentarlo.

—Ya se le pasará. Seguro que lo arreglarán antes de irse a dormir.

—No sé yo...

—Ya verás como sí. Es un testarudo, pero te quiere mucho.

Y ella lo quiere a él. Aunque todavía no está segura de cómo.

Las tres chicas llegan a la hamburguesería y entran. María apenas ha dicho nada durante el camino. Ella sabe que tiene parte de la culpa de que su amigo se haya marchado. Pero no puede decir nada de lo que han hablado, así que prefiere mantenerse callada y limitarse a escuchar a las otras dos.

No hay mucha gente en el mostrador, de modo que no tardan en pedir. En menos de quince minutos están servidas. De regreso hacia el parque de La Vaguada, Ester llama a Bruno de nuevo, pero el resultado es el mismo que antes. ¿Es que no tiene intención de encender el celular en toda la noche?

—No. Así no, Sam. ¡No!

—¿Tampoco te ha gustado esta vez?

—Para nada —responde Raúl resoplando. Ya han repetido la escena cuatro veces—. No le pones pasión, parece que estás besando a tu madre. ¿O no, Alba?

—Mucha pasión no he sentido —comenta la chica del pelo azul sonriendo.

—¿Ves? Y ella tiene que sentir que es el mejor beso de su vida. Aunque fingido, debe parecer real, Sam. Eso es actuar.

Samuel se frota los ojos, cansado. En realidad, sabe que tienen razón. No es solo que esté agotado, sino que además Alba no le inspira nada. Es difícil besar apasionadamente a alguien que no te gusta ni siquiera un poco. Es mona y tiene unos ojos bonitos, pero no es su tipo de chica. No lo atrae sexualmente. Si tuviera que besar, por ejemplo, a Ester, las cosas serían diferentes.

—¡Perdónenme! Es que hoy no he parado en todo el día y estoy muerto —se excusa mientras se sienta en el banco.

—Hay que terminar la escena. Háganlo bien y, de ser posible, cuanto antes para que podamos irnos a casa.

—Ahora lo haré bien.

—Vamos, hombre, que tú puedes. ¡Un conquistador como tú! ¿Por qué crees que te elegí para este papel?

—Bueno, vamos a intentarlo de nuevo.

El joven se levanta del banco y se coloca junto a Alba. Esta le sonríe y le susurra algo que solo él puede oír:

—Si quieres te rozo un poco la entrepierna con la rodilla mientras nos besamos. A ver si así...

—No estaría mal. Sería un buen incentivo.

—Sí, ¿no? Déjalo, anda. Tu novia me mataría.

—Si tú no le dices nada, yo no voy a contárselo.

—Otro día.

Los dos sonríen y vuelven a prepararse. Raúl les pregunta si están listos justo cuando, a lo lejos, aparecen Valeria, Meri y Ester cargadas con las bolsas llenas de hamburguesas, patatas y refrescos. Las tres llegan a tiempo para contemplar la escena. Se sientan y observan en silencio. ¿Prevenidos? Cámara... acción.

—Ella es muy guapa —le dice Alba a Sam sonriendo tímidamente.

—Tu novio tampoco está nada mal.

—Sí. Es guapo.

Ambos esquivan la mirada del otro durante un instante. Guardan silencio, pero, inevitablemente, sus ojos vuelven a sentirse atraídos. Coinciden en un mágico segundo y sonríen.

—¿Sabes? Desde que te vi por primera vez en la tienda de dulces, no he parado de pensar en ti. Ni un solo día.

—A mí me pasa igual.

—Y sé que no está bien, porque... estoy con Nira. Es mi novia. Y toda mi atención tendría que ser para ella.

—Te entiendo. También yo debería dedicarle más tiempo a Aníbal y no pensar tanto en... ti.

Los dos se acercan sin apartar la mirada de los ojos del otro.

—¿Y qué hacemos?

—No lo sé, Sam. No lo sé.

—¿Damos un paso adelante y avanzamos o nos olvidamos de esta historia para siempre?

—Qué lío. Estoy muy confusa.

—Tal vez, si nos... besáramos, podríamos descubrir si lo que sentimos es de... verdad. Si nos necesitamos tanto como parece.

—Pero...

—Si te beso y no quiero volver a besar a nadie más en mi vida, lucharé por ti hasta donde tú me dejes luchar.

—Me da miedo que lo que siento sea verdad.

—A mí no. No hay que engañar al corazón.

—Y si descubres que... ¿Dejarías a Nira?

—Lo dejaría todo.

La pareja se da la mano. No se oye nada en todo el parque, o esa es la sensación que reina entre los presentes. Hasta Valeria, Meri y Ester están emocionadas y expectantes, pendientes de ellos. Lo hacen tan bien que parece real. ¡Van a besarse!

Es el chico quien se inclina despacio hacia ella. Cierran los ojos y...

—¡Corten! —grita Raúl en ese momento interrumpiéndolos—. ¡Corten!

—¿Qué pasa ahora? —pregunta Samuel molesto. Suelta a Alba y se coloca las manos en la cintura—. ¡Ni siquiera había empezado a besarla!

—Pero ¿tú crees que esa postura es natural para besar a la chica de la que estás enamorado?

—¿Qué le pasa a mi postura?

Raúl se coloca tal como estaba él, imitándolo.

—Tenías los pies mirando a Cuenca. Cuando tienes interés por alguien, los pies miran hacia esa persona. Los hombros caídos muestran dejadez... Y, cuando te has inclinado sobre Alba, parecía... ¡Parecía de todo menos que ibas a besarla!

—¿No eres un poco tiquismiquis, jefe? —le pregunta la otra actriz.

—¡Por supuesto que no! ¡Es mi deber que lo hagan lo mejor posible! —exclama desesperado—. A ver... Esto es lo que pretendo que hagas, Sam.

El chico avanza con paso firme hacia Alba. Valeria lo observa extrañada. ¿No irá a hacer la escena del beso con ella? ¡No se le ocurrirá! Pero Raúl parece más que decidido. Agarra a la joven con firmeza por la cintura y la mira a los ojos.

—¿Ves cómo lo hago? ¡Esta es la posición!

—¡Cada uno tenemos nuestro propio estilo para besar! —protesta Samuel.

—¡Claro! ¡Estoy de acuerdo! Pero mi postura indica interés. Determinación. Los pies mirando hacia Alba... Me inclino poco a poco pero decidido, seguro de que quiero besarla porque me gusta y...

Los labios de Raúl están a pocos centímetros de los de la chica.

¡Que la besa! ¡No puede creérselo! Valeria se pone de pie de un brinco. Incluso deja caer una de las bolsas del Burger King que sostiene y una Coca-Cola se derrama por el suelo. Está a punto de gritar cuando su novio se aparta un poco de la joven de pelo azul. Val respira aliviada, aunque el corazón continúa latiéndole a mil por hora. Sin embargo, Alba no da la explicación práctica por finalizada. Tira de Raúl suavemente hacia ella y termina uniendo su boca a la del joven ante la mirada atónita del resto del grupo. Especialmente de la de Valeria que, sin pestañear, acaba de presenciar cómo su novio besa a otra en su propia cara.

CAPÍTULO 28

Se baja en la parada de Sol y camina despacio por la estación. Con las manos metidas en los bolsillos de la sudadera, sale del metro. Continúa enojado con el mundo. Hay gente por todas partes, lo normal de un viernes de noche en el centro de Madrid. Aunque eso a Bruno le da lo mismo. Hace un rato que ha discutido con la persona que más le importa en la vida. Su primera discusión de verdad. Eso es lo único que le interesa en esos momentos.

Ester nunca le había hablado de aquella manera. Y no cree que haya sido justa con él. Su amiga es libre para hacer lo que le dé la gana, pero se equivoca siguiéndole el juego a un tipo como aquel. ¡Si hasta tiene novia!

Durante el trayecto de regreso le ha dado muchas vueltas a lo que ha pasado. Las palabras de Meri también le han afectado, pero porque la gran mayoría son ciertas. Ha puesto el dedo en la llaga y eso duele.

Sabe que sigue enamorado de ella y por dentro lo invaden los celos. Pero también se preocupa porque es su amiga. Por su salud. Por sus sentimientos. Por sus lágrimas. Por su bien. Porque le importa de verdad. No es solo su amor imposible, también es la persona a la que más aprecia y más le ha dado. Y hace poco tiempo que Ester vivió una situación difícil en la que él fue su paño de lágrimas. Rodrigo le hizo muchísimo daño, el mismo que le haría alguien como Samuel.

¿Por qué los tipos buenos no tienen las mismas oportunidades que los malos? Las chicas prefieren a tipos que las hagan sufrir, que las tengan con el alma en un puño, que no lo den todo por ellas. A tipos como Sam, tipos como Rodrigo.

Él, en cambio, la haría feliz siempre. Porque ella lo significaría todo. Toda su vida. Y jamás permitiría que sufriera.

Recuerda sus llantos. Todos y cada uno de sus llantos. Y su tristeza. Aquella tristeza de la que se ha ido alejando paso a paso cada día, pero que tantísimo la había consumido durante aquellos meses. La recuerda perfectamente...

—Anímate, Ester. Ya hace más de tres semanas que terminó todo. Ese tipo ha pasado a la historia.

—¿Y por qué me siento como si acabara de suceder?

—Porque estabas enamorada de él.

—No comprendo por qué se ha portado así conmigo. ¿Por qué lo ha hecho?

Se repite esa pregunta todos los días. Y es Bruno, a quien le duele verla así, incapaz de levantar cabeza, quien la escucha a diario. Aun así, el chico le contesta cada día de la mejor manera posible, sin una sola queja, sin un solo reproche. Como si se tratase de la primera vez que hablan de aquel tema.

—No le des más vueltas. Rodrigo es una persona completamente insensible. Tú te mereces alguien mejor.

—No lo sé. Quizá fuese culpa mía.

—¡No fue culpa tuya! ¡Por supuesto que no lo fue!

—Yo lo quería.

—Estabas cegada. No te dabas cuenta de cómo era él de verdad.

—¿Y si soy muy inmadura?

—Si eres muy inmadura es completamente normal. Solo tienes dieciséis años. Lo preocupante sería que fueras ya muy madura, ¿no?

La curiosa perspectiva de Bruno hace sonreír a su amiga. Él es siempre muy atento con ella, y de vez en cuando consigue que se olvide de su anterior relación.

—Imagino que sí.

—Además, si tú eres inmadura, ¿qué soy yo?

—Tú... eres un encanto.

Y le sujeta la cara con una mano para inclinarse sobre él y darle un beso en la mejilla. El chico se siente transportado a otro mundo cuando los labios de Ester le acarician el rostro. Aunque sabe que no es más que un beso de agradecimiento. Única y exclusivamente eso.

Hay una fotografía de aquella tarde, justo después del beso. Están los dos juntos: ella sonriente pese a su tristeza, él bastante serio pese a la alegría de tenerla al lado. Parecía enojado, aunque en realidad estaba abrumado, azorado. La imagen sigue guardada en su BlackBerry y le hace recordar el roce suave de la boca de Ester en su piel caliente. Mientras camina hacia su casa tiene la tentación de mirarla. Pero su smartphone está apagado. No es que le falte batería, es que ahora mismo no quiere ni leer sus palabras ni oír su voz.

Lo ha decidido entre estación y estación. Ha tomado una importante determinación: quiere demostrarse a sí mismo que no está obsesionado con Ester. Y, que si lo está, puede vivir sin verla, sin escucharla. Que no depende de ella las veinticuatro horas del día. Al menos tiene que intentarlo. Sobre todo si aquello va a volver a repetirse. No quiere sufrir más mientras ella sufre por otro. Meri está en lo cierto: sus sentimientos están fulminándolo lentamente.

—Hola, mamá —dice cuando Esperanza le abre la puerta de su casa.

—¿Ya estás aquí?

—Sí. ¿No me dijiste que volviera temprano?

—Ya. Pero...

—Pues te he hecho caso. He vuelto pronto —indica muy serio—. Me voy a mi cuarto. Buenas noches.

—Buenas noches.

La mujer arquea las cejas y contempla a su hijo mientras camina hacia su habitación. Ha pasado algo. Es claro que no está bien. Una madre detecta ese tipo de cosas. Tal vez le haya molestado que ella misma se haya encargado de invitar a su amiga. A veces se pasa de insistente, pero creía que a Bruno le haría ilusión que Ester fuera a cenar a su casa.

No puede dejarlo así. Andando deprisa, se dirige también hasta el dormitorio de Bruno. Va a entrar, pero recuerda lo que siempre le dice su hijo y llama a la puerta.

—¿Sí?

—¿Puedo pasar? ¿Estás visible?

—Sí. Pasa.

Su voz suena a dejadez, también a resignación. Suele emplear ese tono cuando habla con su madre.

Esperanza gira el pomo de la puerta y entra en el cuarto. Bruno está sentado en la cama y todavía no se ha cambiado de ropa.

—Oye, ¿estás bien?

—Sí. Perfecto.

—No me mientas.

—Mamá, no seas pesada.

—Es que... te veo... raro.

—Soy un bicho raro. Ya deberías estar acostumbrada.

—Pero me refiero a raro de preocupado, de triste... no de personaje de «Big Mac Factory».

—«Big Bang Theory» —la corrige resoplando—. Y no, no estoy raro de la otra forma que dices. Solo estoy cansado y quiero irme a dormir.

Pero la mujer no se da tan pronto por vencida. Está convencida de que Bruno está mintiéndole e insiste:

—¿No será porque he llamado a Ester para invitarla a cenar mañana? —pregunta Esperanza—. Como imaginaba que tú no le habrías dicho nada, me he tomado la libertad de llamarla. Te lo ha dicho, ¿no?

A Bruno la noticia lo toma desprevenido, pero trata de que la sorpresa no se le refleje en la cara. ¿Que ha hecho qué?

Si antes de discutir con Ester no le parecía una buena idea, ahora cree que es la peor idea de la historia de las ideas.

—Sí... me lo ha dicho.

—¿Te has enojado por eso? ¿Es eso lo que te pasa?

—Mamá, te lo repito: no me pasa nada —contesta tras unos segundos. Intenta reconducir la situación—: Además, Ester no va a poder venir mañana a cenar. No se acordaba de que se va a pasar el fin de semana con sus padres fuera de Madrid.

—¿Qué? ¿Es cierto eso?

—Claro.

—Qué faena.

—No es ninguna faena —la corrige—. Y, por favor, no vuelvas a llamar a ninguno de mis amigos. Si quiero invitarlos a casa, yo me encargo.

—Tú no le habrías dicho nada.

—Por algo será.

—Porque eres muy tímido con las chicas. Así nunca encontrarás novia.

Lo que le faltaba. Tema novias. No está la noche para esa conversación. Es justo lo que no necesita ahora, hablar sobre eso.

—Mamá, quiero irme a dormir.

—Es que hasta tu hermano pequeño tiene novia, una niña muy mona que se llama...

—¡Mamá! ¡Carajo! ¡Que me dejes en paz! —grita el chico interrumpiéndola—. ¡Estoy cansado y quiero acostarme!

La mujer no se esperaba una reacción así por parte de su hijo. Asiente con la cabeza y camina hasta la puerta de la habitación.

—Buenas noches, Bruno.

—Buenas noches.

Esperanza sale del cuarto y cierra la puerta.

El joven suspira. Ahora se siente mal por partida doble. No debería haberle gritado así a su madre, pero es que se pone muy pesada. No hay quien la soporte. Aunque, una vez más, se ha pasado de la raya.

Hoy no es su día.

Mientras se cambia de ropa y se pone la pijama, piensa en cómo es su vida, en lo complicado que es ser él: bajito, acomplejado, sin confianza, testarudo, gruñón... y sin posibilidades de que una chica lo ame. Y mucho menos la chica de la que está enamorado. Se quedará solo para siempre.

Es un martirio ser él.

En ocasiones le gustaría desaparecer. Aunque nadie lo echaría de menos.

Mira su BlackBerry, que continúa apagada. ¿La enciende? Seguro que Ester le ha escrito o le ha llamado. Ella es así.

Sin embargo, no lo hace. Por orgullo, porque no quiere pasarla todavía peor.

Se mete en la cama, se tapa hasta el cuello y se abraza a la almohada. Cierra los ojos y piensa que su vida es una mierda. Y lo trágico del asunto es que no hay ningún indicio de que algún día será mejor.

Él no es solo un incomprendido. Es un idiota al que nadie entiende. Ni su madre, ni sus amigos, ni Ester...

Abre los ojos. No llora, pero le encantaría hacerlo, ahogarse entre lágrimas. Sus propias lágrimas.

Cierra de nuevo los ojos e intenta no pensar en ella. Es imposible, por mucho empeño que ponga en ello. Ni siquiera lo conseguirá cuando se quede dormido. Ester es la protagonista de su vida y de la mayor parte de sus sueños.

CAPÍTULO 29

Ni una mirada. Ni un grito. Ni siquiera una queja.

Desde que Alba ha besado a Raúl, Valeria se siente traicionada y humillada. Su novio y ella caminan juntos por la calle tras salir de la estación del metro. El chico ha intentado explicarle varias veces que no ha sido culpa suya. Pero a cambio solo ha recibido monosílabos y respuestas cortas, sin tensión ni emoción.

—Te prometo que yo no quería besarla —dice el joven cuando se separan del resto del grupo y se quedan solos—. De verdad.

—OK.

La escena definitiva del beso se rodó en la siguiente toma, la que grabaron después de los consejos de Raúl. La cena posterior transcurrió en un ambiente de gran tensión a pesar de que todos intentaron restarle importancia a lo que había pasado. Incluso Alba trató de convencer a Valeria de que aquello había sido un simple ensayo y el beso no había sido nada del otro mundo, solo un pequeño malentendido.

—En serio, cariño.

—OK.

—Ha sido ella la que se ha lanzado. Yo solo quería explicarle a Samuel lo que quería que hiciera.

—Muy bien.

—Tienes que creerme, Val. ¡Cómo voy a besarla allí, delante de ti!

—Pues lo has hecho.

—Pero no porque quisiera.

—OK.

—No seas así. Vamos, al menos mírame.

Pero, por más insistente que se muestra Raúl, es incapaz de convencer a Valeria de que lo mire a la cara. Ambos están pasándolo mal. A ella no se le va la imagen de la cabeza, los dos, tres segundos durante los que los labios de Alba se juntaron con los de su novio. Es una maldita pesadilla. Y él no sabe cómo excusarse. Estaba intentando demostrarle a Sam cómo debía besar a Alba, pero no tenía intención de llegar hasta el final. ¿Por qué ha hecho eso la chica del pelo azul? ¡Si Valeria es su gran amiga!

—Perdóname, anda.

—No tengo nada que perdonar.

—Entonces ¿por qué no me miras cuando hablas?

—No puedo.

—Sí que puedes. Mírame, por favor.

Es inútil. Valeria sigue caminando con paso firme sin hacer caso a la petición de su chico. Tras varios intentos, este se da por vencido y la acompaña hasta su casa en silencio.

Son casi las doce de la noche y cada vez hace más frío en la calle. La joven se estremece tras sentir una ráfaga que los golpea de frente. En otra ocasión se habría abrazado a él y se le habría pasado rápidamente. Pero, ahora mismo, es lo último que haría.

¡Ha besado a otra! Aunque haya sido un accidente.

La pareja llega al portal de la casa de Valeria. La joven saca de su bolsito la llave de la puerta del edificio y la mete en la cerradura.

—¿No vas a darme ni un beso de despedida? —le pregunta Raúl después de varios minutos sin hablar.

Ahora Val sí que lo mira a la cara. Arruga la frente y, por dentro, siente algo que no recuerda haber experimentado jamás con tanta intensidad. Es ira, furia. Una mezcla indescriptible de dolor y enfado.

—No quiero comerme las babas de otra —suelta hiriente.

—¿Estás hablándome en serio?

—¿Tú me ves con cara de estar de broma? ¿Crees que después de lo que me has hecho estoy para chistes?

—Entiendo que estés resentida, pero ese beso no ha sido cosa mía.

—¿Ha sido cosa mía, entonces?

—No. Pero no he podido evitarlo.

—No puedes imaginarte cómo me siento, Raúl.

—Y lo lamento. De verdad. Lamento que te sientas así, pero creo que podríamos haber tratado este tema de otra manera.

—¿Tratado esto de otra manera? ¿Qué querías, que les tomara una foto mientras se comían la boca?

—¡Vamos, Val! ¡Eres injusta conmigo!

—¿Yo soy la injusta? ¿Y tú qué? ¡Has sido tú el que ha besado a otra! ¡Y delante de mí! ¡En mi cara!

—¡Pero no quería besarla! ¡Ha sido ella! ¡Ya no sé cómo decírtelo!

Los gritos de ambos llaman la atención de los que pasan junto a ellos, y eso hace que Valeria trate de calmarse e intente no alzar demasiado la voz.

—No quiero seguir discutiendo aquí en medio —comenta la joven después de unos segundos sin hablar. Se toca el cabello nerviosa.

—Ni yo.

—Bien.

—Por fin estamos de acuerdo en algo.

—Eso parece...

Un nuevo silencio. Ambos se miran a los ojos. Respiran agitados, aún sofocados por los gritos de hace unos segundos.

—Cariño, esto se nos ha ido de las manos. No me gusta estar así contigo. ¿Por qué no olvidamos lo que ha pasado?

—¿Olvidar?

—Sí. Olvidemos las últimas horas. Como si todo esto no hubiera sucedido nunca —sugiere Raúl sonriendo—. Yo te quiero.

—Y yo. Pero...

Valeria tiene los ojos brillantes, está a punto de echarse a llorar. Le cuesta hablar en esos instantes. Y es que en su cabeza solo se repite la imagen de su novio besando a Alba. Y cada vez que lo recuerda nota un pinchazo en el corazón.

—¿Pero qué, Val?

—No puedo olvidarme de lo que he visto. Al menos no de momento.

—Buff. No sé qué más decirte. Ya te he ofrecí perdón.

—No es suficiente, Raúl. ¿No lo comprendes? Has besado a una chica en mi presencia. Piensa en cómo te sentirías tú si hubiera ocurrido al revés.

—Me habría sentido fatal.

—Pues así me siento yo.

Ni siquiera cuando Elísabet se tiró sobre ella y la agarró violentamente por el cuello había experimentado un sentimiento de dolor tan grande en su interior.

—¿Y qué puedo hacer para que te sientas mejor?

—Ahora deja que me vaya. Y mañana ya veremos qué pasa.

—¿Crees que es lo mejor para ti?

—Ni idea, pero es lo que siento.

—¿No te encontrarás peor si te quedas sola?

—No lo sé —responde Valeria con la mirada perdida—. Lo único que sé es que esta noche no quiero seguir hablando contigo de este tema.

—Está bien. Si es lo que deseas... me iré.

—Gracias.

Raúl amaga con darle un beso de despedida, pero se da cuenta de que no es una buena idea. Sonríe con amargura y le dice adiós con la mano. Se gira y se aleja del edificio en el que vive Valeria. La chica siente un nudo en la garganta cuando la figura de su novio desaparece al final de la calle. Cabizbaja, entra en el portal y sube hasta su departamento. No se encuentra nada bien y tiene muchas ganas de llorar. Cuando abre la puerta, comprueba que todas las luces están apagadas. Parece que su madre no ha regresado todavía de la cafetería. Es tarde y ya debería estar allí.

Despacio, camina hasta su cuarto y enciende la lámpara para no despertar a *Wiki*. Con desgana, se quita el abrigo y se sienta en la cama. Repasa en la cabeza todo lo que ha vivido en esa noche tan extraña. Es como un mal sueño, como si aquellos acontecimientos formaran parte de una pesadilla. No deja de darle vueltas hasta que un graznidito la devuelve a la realidad.

—Pero ¿tú qué haces despierto? —le pregunta a su agaporni al tiempo que se acerca a su jaula.

El pajarillo se mueve inquieto de un lado para otro en la barra de madera. No es normal que no esté dormido a esas horas.

—¿Qué te pasa? ¿Tú tampoco estás teniendo buena noche?

La avecilla silba y luego pasa el pico de izquierda a derecha por las barras de metal de la jaula. Aquello hace sonreír a Valeria, es como si su mascota se diera cuenta de lo que ocurre y quisiera consolarla haciéndola reír. *Wiki* silba de nuevo con dulzura y repite lo que ha hecho antes con el pico. Ella, entonces, lo imita, y también pasa un dedo por las barritas de la jaula. Así hasta en cinco ocasiones.

—Gracias por animarme, pero no son horas de jugar. Vete a dormir, anda. —Y, tras silbarle una última vez, coloca un trapo sobre la jaula para que no le moleste la luz.

Valeria se sienta de nuevo en la cama y mira la hora en el reloj de la BlackBerry. Son más de las doce y media. ¿Dónde se habrá metido su madre?

Está a punto de escribirle un mensaje en el WhatsApp para preguntarle dónde está, cuando oye la puerta de la casa. Rápidamente, se dirige a la entrada y la ve.

—Hola, sí que vuelves tarde, ¿no?

—Me he entretenido un poco —comenta Mara. A continuación, se sienta en el sofá del salón y se quita los zapatos—. ¿Cómo les ha ido en la grabación?

—Pues... bueno. Bien.

La mujer observa a su hija y en seguida percibe que ha pasado algo.

—¿Qué ocurre, Valeria? Y no me digas que nada porque nos conocemos.

—Me he peleado con Raúl.

—Vaya.

—Ha sido una pelea muy fuerte.

—Bueno, no te preocupes. Son cosas normales en las parejas, que suelen...

—Ha besado a Alba.

—¿Que ha besado a Alba?

—Sí, delante de mí. Estoy hecha polvo.

La chica se sienta junto a su madre y le explica todo lo que ha sucedido en el parque de La Vaguada y la discusión tan fuerte que, más tarde, han tenido en la puerta de su casa.

—Pero, por lo que dices, el beso no ha sido cosa suya —dice Mara una vez oída toda la historia de su hija.

—Ya.

—¿Entonces?

—No puedo quitármelo de la cabeza, a él y a ella besándose... Me siento fatal.

—Pues no deberías sentirte así, Valeria. Si tuvieras que estar enojada con alguien sería con Alba. Raúl no tiene la culpa de que tu amiga se le haya echado encima.

—No puedo evitarlo. Tengo una angustia...

—¿Tan mal estás?

—Sí. Tengo muchas ganas de llorar, pero ni siquiera puedo hacerlo. No creo ni que pueda dormir.

Mara le pone una mano sobre la cabeza a su hija y le acaricia el pelo. Luego, mira el reloj y calcula mentalmente. Aún están a tiempo.

—Sé cómo puedes animarte un poco —anuncia al tiempo que toma los zapatos y se calza de nuevo—. Ponte el abrigo, que nos vamos.

—¿Qué? ¿Ahora?

—Es viernes por la noche. ¿De qué te extrañas?

—Pero ¿adónde quieres ir?

—¡Ve a por el abrigo! ¡Date prisa! Por el camino te lo cuento.

Valeria no comprende nada. No le agrada salir de casa, pero a su madre se la ve tan motivada... ¿Qué se le habrá ocurrido para animarla?

CAPÍTULO 30

Hacía tiempo que Meri no llegaba tan tarde a casa. Su madre no le ha dicho nada malo. Al contrario, con tranquilidad, le ha sonreído y le ha pedido que se siente junto a ella en el sofá. La joven la ha obedecido.

—Entonces ¿te lo has pasado bien en lo del corto? —le pregunta Paz, que está viendo la televisión.

—Sí. No ha estado mal.

Ha estado peor. ¡Un desastre! Ha discutido con Bruno, ha pasado muchísimo frío, Valeria y Raúl se han enojado, ha estado dándole vueltas todo el tiempo al plantón de Paloma... Pero no va a contarle nada de eso.

—No sabía que a tu amigo le gustaba eso de hacer películas.

—Su sueño es ser director de cine.

—¡Ah, qué vocación tan interesante! Espero que lo cumpla. Es un buen chico.

—Sí. Lo es.

—Pues me alegro de que te haya servido para divertirte con tus amigos. Deberías salir más de casa.

—Estamos en plena época de exámenes, mamá. No hay mucho tiempo para otras cosas.

—Pero es necesario pasar un rato con los amigos de vez en cuando.

—Todos están muy ocupados.

—¿Y por qué antes se veían más?

La chica no responde. A su madre no le gustaría oír la respuesta. Se levanta del sofá y va hasta la cocina por un vaso de jugo de naranja. Cuando regresa al salón, se queda de pie y cambia de tema.

—¿Has visto a papá?

—No. No se ha pasado por aquí —le dice la mujer sin despegar los ojos de la tele.

—¿No es muy raro que haya venido a Madrid sin avisar antes?

—Sí. Sorprendente. Pero así es tu padre.

—Según me ha contado, ha sido algo totalmente improvisado. Tomó el coche y se vino porque le dio por eso.

—Lo mismo me ha explicado a mí cuando me ha llamado después de dejarte en La Vaguada. Está loco. Más de siete horas en coche...

—¿No te ha dicho en qué hotel se quedaba?

—No se lo he preguntado. No es asunto mío.

Las palabras de su madre son frías, carentes de cualquier tipo de emoción. Es como si el que un día fuera su marido y sigue siendo el padre de sus hijas no le importara lo más mínimo. Y así fue durante mucho tiempo. Pero Meri tenía la impresión de que las cosas habían cambiado entre ellos desde hacía unos meses.

—Mañana lo llamaré para quedar con él. No te importa, ¿verdad?

—Mientras no te vayas a vivir con él a Barcelona... no hay problema.

—Tranquila.

—Ya que ha venido a Madrid, podría haberse traído a tu hermana para que pasara el fin de semana con nosotras. Se le echa mucho de menos.

Es cierto. Ella también extraña a Gadea. Echa de menos su música, el olor de su perfume cuando pasaba cerca de su habitación, las discusiones tontas por pequeñas cosas... Pero se alegra de que esté viviendo en Barcelona con su padre. Desde que su hermana se fue en noviembre con él, es un hombre completamente diferente y se ha recuperado de su depresión.

—Mamá, estoy cansada. Me voy a la cama.

—Muy bien, María. Que descanses.

—Buenas noches.

—Buenas noches.

La joven pelirroja le da un último trago al jugo y deja el vaso en la cocina. Con el sabor agridulce de la naranja en los labios, entra en su cuarto y cierra la puerta.

Antes de cambiarse, enciende la computadora y se sienta frente a ella. Le gustaría escuchar un poco de música. Ha vuelto a tener un día difícil.

Mientras se inicia la sesión en la laptop, alcanza la BlackBerry y la examina. No tiene nada nuevo, ni en el WhatsApp ni en las redes sociales. Piensa en si debe mandarle un mensaje a Bruno para ver cómo se encuentra. Quizá esté enojado con ella. Pero es tarde y tampoco cree que sea el momento adecuado. Además, el cuerpo no le pide escribirle ni pedirle perdón por nada.

Otra vez aquella atenazadora apatía...

La computadora está lista. Entra en la carpeta de música y elige el disco de El Método Lebrun. La primera canción que escucha es *Nací con frío*. Le encanta y se siente reflejada en la letra: «Nací con un frío en el alma que no me puedo curar...»

Se quita los anteojos y se frota los ojos. Vuelve a colocarse las lentes y mira el monitor. Chasquea la lengua y juguetea con el cursor llevando la flechita arriba y abajo de la pantalla. La tentación es demasiado grande. No quiere hacerlo. No merece que lo haga. Le fastidia ser tan dependiente de algo. De alguien.

No...

Sin embargo, su fuerza de voluntad no es tan grande como su necesidad. Escribe la dirección de la web y realiza el proceso habitual para entrar en el *chat* de lesbianas.

No quería, se jura a sí misma que no quería. Pero siempre termina allí. Sus pasos siempre conducen al mismo lugar. Y luego se atreve a decirle a Bruno que está obsesionado con Ester. ¿Y ella? Lo de ella es mucho peor. Está enganchada a una estúpida web. O lo que es peor, a una persona que ni siquiera sabe si existe, a un *nick* que en ese momento destaca en la columna de la izquierda entre los conectados.

Siente un escalofrío. Tiene la sensación de que aquello no va a llevarla a nada bueno, pero al mismo tiempo se siente feliz de ver a «PalomaLavigne» entre los treinta y tres usuarios disponibles.

Las dos se escriben prácticamente al mismo tiempo.

—¡Pelirrojita!

—Espero que tengas una buena excusa para lo de esta tarde.

—¡Lo siento! ¡No puedes imaginarte lo que lo siento! ¡No he podido conectarme a las siete! ¡Perdóname!

Y una invitación para verse a través de la *cam*. María resopla. Ni siquiera lleva los pupilentes. Aunque puede que, si se ausenta unos minutos para ponérselos, aquella jovencita desaparezca de nuevo. Qué más da ya. Ella es así y así es como debe verla. ¿Es el momento para eso? No estaba en el guión, en ninguna de sus previsiones para esa noche. Pero sí, es el momento. Toma aire antes de llevar el cursor del ratón a la pestaña que dice «aceptar». Y lo expulsa de golpe.

Acepta.

218

Los quince segundos que tardan en activarse su cámara y la de Paloma son larguísimos. E inciertos. Le tiembla todo el cuerpo y no para de tocarse el pelo para tratar de que esté lo mas liso posible.

Por fin, una imagen al otro lado de la pantalla resuelve inmediatamente una de sus dudas: es una chica, en eso decía la verdad.

Tiene la piel muy blanquita, incluso más que ella, los cachetes sonrosados y el pelo muy rubio recogido en un moño de gimnasta. Nariz respingada. Ojos enormes, azules y pintados. Boca pequeña y barbilla redondeada adornada con un gracioso hoyuelo. Su aspecto le recuerda al de una chica rusa o de algún país de Europa del Este. No es la más guapa del universo, pero sí lo es bastante más que ella.

Cuando Meri la ve, teme que desaparezca de la pantalla a toda prisa. Físicamente, ella no está a su altura. Sin embargo, Paloma no solo no se marcha, sino que sonríe.

La web no tiene activación de voz, así que ambas continúan escribiendo en la ventana abierta para la conversación.

—¡Hola! ¡Sí que eres pelirroja de verdad!

—Sí. Y tú una chica.

—¡Pues claro que soy una chica!

La sonrisa permanente de la jovencita templa un poco los muchos nervios de María, a la que le cuesta sonreír.

—Eres muy guapa —escribe, y se ajusta los anteojos.

—¡Y tú!

—¿Yo? ¿Seguro que estás viéndome a mí?

—¡Por supuesto!

—Creo que estás hablando de otra. ¿Quién más te ha puesto la *cam*? ¿Edurne21?

La ironía de Meri la hace reír. Paloma le hace un gesto con la mano para pedirle que espere un momento. Se pone de pie y se coloca al lado de una pared. Allí puede contemplarla de pies a cabeza. Lleva un pijama rosa repleto de muñequitos. Es muy bajita. Rondará el metro cincuenta y seis o cincuenta y siete.

—¿Has visto? Soy una enana —escribe la joven cuando regresa al teclado—. Y mira esto.

Ahora, en lugar de irse hacia atrás, la chica acerca la cara a la cámara todo lo que puede. María ve perfectamente que todavía tiene el ojo derecho algo morado. Tal y como le ha contado por la mañana.

—¿Eso es por la zancadilla que te puso Natalia?

—Sí. Además, por culpa del ojo no he podido estar en casa a las siete. He tenido que ir al oculista.

—¿Qué te ha pasado?

—Sobre las cinco he empezado a ver doble por el ojo derecho. Y mi madre me ha llevado al médico. Tengo que hacerme pruebas la semana que viene.

—Pero ¿ya ves bien?

—Sí. Me han echado unas gotas y se ha solucionado. Pero me han dicho que puede volver a pasarme.

—Vaya. Espero que te cures del todo.

—Gracias.

—Así que esa ha sido la razón del plantón.

—Sí. ¡Pensaba que nunca más sabría de ti! ¡Lo he pasado muy mal! Pero mi madre me ha obligado a ir.

La sonrisa de Paloma desaparece. Dos lágrimas se deslizan lentamente por su blanca piel. Sorbe por la nariz, se limpia con la manga de la pijama y vuelve a sonreír. María la contempla ensimismada por completo. La impresión que le ha causado aquella chica es increíble.

—Para que no vuelva a pasarnos... ¿quieres mi número de teléfono? Tengo WhatsApp.

—¿Quieres dármelo?

—Sí.

—¡Guau! ¡Gracias!

Meri no se cree lo que va a hacer. Aquella chica es entrañable, y ahora está segura de que no le ha mentido en la mayoría de cosas que le ha contado. ¡Pero apenas la conoce! Sin embargo, le gusta. Tal vez le guste demasiado.

No se fía de escribir su número en la web, así que se levanta, toma un marcador de un botecito y se lo apunta en la mano izquierda. Cuando acaba, muestra la palma frente a la cámara. Paloma da un brinco en su asiento cuando lo ve. Alcanza su smartphone a toda prisa y guarda el número. Segundos más tarde lo marca y le hace una llamada perdida a la otra chica para que ella también tenga su teléfono.

—Recibido.

—¡Genial! ¡Es un sueño tener tu número!

Tanto entusiasmo no es normal. María está sorprendida por la expresividad de Paloma, por lo cariñosa que es con ella incluso después de verla.

—Hablando de sueño... Son más de las doce y media de la noche.

—¿Te vas a dormir?

—Es tarde.

—No te vayas, por favor. Quédate un rato más.

—Mañana, aunque es sábado, tengo que estudiar. Empiezan los exámenes.

—Por favor, Pelirrojita, no te vayas. Por favor.

—Bueno. Media hora más —dice sonriendo abiertamente por primera vez en toda la noche.

—¡Muy bien! ¡Gracias!

La chica aplaude eufórica. Es sorprendente que alguien quiera pasar más tiempo con ella. Nunca le había sucedido. Y se siente bien. Después de mucho tiempo, se siente realmente bien.

—Y Paloma, por favor, llámame Meri.

CAPÍTULO 31

—¿Qué hacen todavía despiertas? ¡Es muy tarde!

—Shhhh.

Bárbara y Daniela mandan callar al mismo tiempo a su hermano, que acaba de llegar a casa. Las gemelas están en su habitación, sentadas en la cama y tapadas con una manta. Las dos observan atentas la pantalla de la computadora. Casi no pestañean.

—¿Qué ven?

—«Glee» —responde Bárbara—. Pero no nos molestes más.

—Eso. Silencio. Es el final del último capítulo de la segunda temporada.

—Y está muy interesante.

—Bueno. Ya me voy. Buenas noches. Y no tarden en iros a dormir.

—Shhhh.

Raúl sale del cuarto de sus hermanas de puntillas y cierra sigilosamente la puerta. Son tremendas. Lo mejor es no hacerlas enfadar.

Camina hasta su dormitorio y se encierra en él. Está muy cansado. Pero también preocupado. Él no tenía ninguna intención de besar a Alba. Se ha encontrado con un beso inesperado y no ha podido evitarlo. ¿Por qué lo habrá hecho? Nunca ha tenido la impresión de gustarle. Y, aunque así fuera, Valeria es su amiga. Se han llevado muy bien desde que se conocieron, y seguro que Alba sabía que si hacía aquello a Val le caería mal.

Sea como sea, todo lo que ha pasado es muy extraño.

El problema más grande que tiene entre manos ahora es hacer que a su novia se le pase el enojo. No será fácil que olvide lo de esa noche en el parque de La Vaguada. Y menos mal que no sabe nada de las visitas que hace a casa de Elísabet. Si se enterase de aquello, sería el fin de la relación. No volvería a confiar en él. Y con toda la razón del mundo.

¡Qué mal lo está haciendo! Con lo que la quiere...

Estar con Valeria es lo mejor que le ha pasado. Pero siempre hay circunstancias que le complican la vida.

Necesita descansar. Dormir. Cerrar los ojos y olvidarse de todo durante unas horas. Sin embargo, hay alguien que no parece dispuesto a dejar que eso pase todavía. Un pitido. Se acerca hasta donde ha dejado la BlackBerry y lee:

Raúl, sé que no tendrás muchas ganas de recibir un mensaje mío a estas horas y menos después de lo que ha pasado esta noche.

Es un WhatsApp de Alba. Continúa:

Sólo quería pedirte perdón. Por mi culpa Valeria se ha enojado contigo. No sé muy bien por qué te he besado. Ha sido un impulso. Lo siento.

Un impulso. Eso está claro. Pero no entiende lo que lo ha provocado. La explicación que él le estaba dando a Sam sobre cómo besarla había terminado. Lo que vino después fue innecesario.

No le apetece responder en ese instante, ya lo hará mañana con tranquilidad. Aunque no está enojado con la chica del pelo azul, sí se siente molesto por lo que ha hecho. Debería haber controlado aquel impulso y no haberlo puesto en evidencia.

El joven deja el smartphone sobre la mesa y se dirige al armario para tomar la ropa de dormir. Se cambia despacio y sin dejar de pensar en su novia. ¿Qué podría hacer para que lo perdonase?

Raúl no le responde al WhatsApp que le ha enviado hace unos minutos. Eso es que está enojado con ella. No debe de haberle hecho ninguna gracia que le haya robado un beso. Sobre todo porque Valeria se encontraba delante y le ha ocasionado una pelea con ella. ¿Se arrepiente? Un poco, pero tenía que hacerlo. Ha actuado así porque ha tenido la oportunidad. A veces el amor y la amistad se cruzan y a alguien le toca sufrir. Alba lo ha comprendido a lo largo de esas últimas semanas.

—¿Por qué no nos has llamado ni has contestado al celular? Estábamos muy preocupados.

—Se me ha apagado y no me he dado cuenta.

—Pues tienes que darte cuenta. Hemos estado a punto de avisar a la Policía.

—¡Son unos exagerados!

—Sabes que después de lo que hemos sufrido necesitamos saber que estás bien.

—Ya les dije adónde iba, con quién iba y lo que iba a hacer. ¡No soy una niña pequeña!

Aunque su madre se empeñe en ello. Y Alba entiende que se preocupe. Le ha dado suficientes motivos para ello. Pero ha cambiado. Ya no es una pequeña sensiblera. Se ha hecho fuerte a base de golpes. Quiere vivir su vida, su propia vida, sin tantos límites. Pero todos intentan sobreprotegerla.

—Pero si ves que vas a tardar, avísanos por lo menos. Y mira el teléfono de vez en cuando para comprobar que lo llevas encendido y tiene batería.

—Se me ha pasado. Estaba con mis amigos.

—Está bien que salgas con ellos y ruedes ese corto que tanta ilusión te hace. Pero recuerda que... recuerda... que...

La mujer no puede seguir hablando. Solloza y se tapa la boca con la mano. Alba sabe que se la ha hecho pasar mal. No le gusta que la controlen tanto, pero tampoco que su madre sufra de esa manera. Se acerca a ella y le da un abrazo.

—Perdona, mamá. La próxima vez lo haré mejor.

—Es que... no te imaginas...

—Ya. Ya lo sé.

—Y no es que no... confíe en ti, pequeña. Pero...

—Shhhh. Vamos, ya pasó. No llores. Lo siento.

Las dos continúan unos segundos más abrazadas en silencio. Su madre es muy pesada, pero le debe tanto... Aunque durante mucho tiempo no se sintió tan querida como ahora. No es que su madre no se lo demostrara diariamente, sino que ella no lo veía. No se daba cuenta de que aquella mujer había hecho un gran esfuerzo para que estuvieran juntas.

—Bueno, me voy a dormir.

—Yo también. Te quiero.

—Yo sí que te quiero, Marina. Hasta mañana.

Su madre sonríe y sale de la habitación. Alba Marina observa cómo se marcha. Ella permanece de pie en el centro de su cuarto. La vida no tendría sentido sin ella. Durante esos meses le ha demostrado que una madre adoptiva puede querer igual o más a su hija que una biológica. Y el sufrimiento ha sido como un pegamento que las ha unido todavía más.

La chica vuelve a examinar su BlackBerry. Raúl sigue sin contestar. Resopla. Mañana continuará con lo que sabe que debe hacer. Mira hacia el balcón, que desde hace unos meses tiene rejas. Está muy oscuro fuera, pero en su mente, por el contrario, tiene las ideas lo suficientemente claras como para comprender que lo que está haciendo no está bien, pero en nombre del amor y de la amistad debe seguir adelante.

La una menos veinte. Ya no lo intenta más. Si Bruno no quiere encender su BlackBerry, ella no puede hacer nada. Ester lo ha llamado más de una docena de veces, pero el resultado siempre ha sido el mismo. Si no consigue hablar con él, ¿cómo va a pedirle perdón? Incluso ha estado tentada de llamar al celular de su madre para que Esperanza le pasara con su hijo. Sin embargo, lo ha pensado mejor, el remedio podría ser peor que la enfermedad.

Frente al espejo del cuarto de baño, se lava los dientes. Salvo los ronquidos de su padre, en la casa no se oye nada. Ella pronto estará durmiendo también, porque se siente agotada de todo el día, especialmente por las circunstancias que han rodeado la noche.

Y es que, si lo suyo con Bruno ha sido malo, Valeria lo ha pasado peor cuando ha visto que Raúl y Alba se besaban. Hasta hace unos minutos Ester no había recordado lo que pensó al salir del instituto. Su sensación era que a la chica del pelo azul le gustaba su amigo. Cuando se la encontraron, ella preguntó solamente por él, por nadie más. Demasiado evidente. En realidad siempre lo había sospechado, desde que la conoció, aunque nunca se habría imaginado que se atrevería a hacer algo así. ¡Y delante de Val! Aquello va a terminar de remover los cimientos del grupo. Lo siente mucho. Es una pena, pero los incomprendidos jamás volverán a ser lo que eran.

Escupe la pasta con sabor mentolado en el lavabo y termina de enjuagarse la boca. Se mira en el espejo una vez más y sonríe para comprobar que tiene los dientes blanquísimos, como de costumbre. Perfecto. Ya puede irse a la cama.

¿Cómo puede dormir su madre al lado de su padre cuando ronca de esa manera?

Entra en su habitación, cierra la puerta y se mete en la cama; se cubre con todas las cobijas y sábanas que tiene a mano. Es muy friolenta. Se recuesta sobre el lado izquierdo y se coloca las manos juntas sobre la cara.

¡Ese Bruno es tonto! Ahora por su culpa no se siente bien. ¡Testaruda! No debería haberle hablado así, pero él tampoco tendría que haber atacado a Samuel de esa forma sin conocerlo de nada. ¿Y si lo intenta una última vez?

No. Seguro que ese orgulloso no enciende la BB hasta mañana. Y más le vale que lo haga, porque por la noche cenará en su casa. Así se lo ha prometido a su madre.

Pasan los minutos y Ester no deja de dar vueltas en la cama y de pensar en su amigo. Cada vez que se gira para acostarse sobre el otro lado, abre los ojos y piensa en que debería llamarlo una vez más. En cambio, cuando los cierra, se resigna y cambia de opinión. Además, ha dejado su smartphone lo suficientemente lejos de ella como para no estar mirándolo cada dos por tres.

Sin embargo, aquello le supone un lastre cuando alguien la llama de repente. Se incorpora sobresaltada y se destapa a toda prisa. Impaciente, se precipita sobre el aparato. ¿Bruno?

No, no es él. Es... ¡Rodrigo! Duda si descolgar, pero, como no sabe de qué se trata aquella llamada, decide responder.

—¿Hola? —pregunta desconcertada.

—¡Hola! ¿Cómo está mi preciosa jugadora de voley?

—Es casi la una de la madrugada. ¿Para qué me llamas?

—Es que... te echaba muchísimo de menos.

Por el tono de voz de Rodrigo, Ester no tiene dudas de lo que ocurre:

—Has bebido.

—¿Yo? ¡Qué va! —contesta el joven alargando mucho la «a» final—. Te quiero.

—Estás borracho.

—¡No! ¡No! Solo me he tomado... tres o cuatro copas de ron con Coca-Cola. No estoy borracho. Para nada.

—Rodrigo, voy a colgarte.

—¡No cuelgues!

—Sí, voy a hacerlo.

—Estoy solo. Me he perdido... y te quiero.

La chica regresa a la cama y se sienta en ella. Se coloca la almohada en el regazo y se tapa la cabeza con una sábana.

—Es muy tarde. Quiero dormir.

—¿No has oído lo que te he dicho?

—Lo he oído, pero no me tomaré en serio nada de lo que digas en este estado.

—Ester, puedo estar sereno o ser la persona del mundo con más alcohol en las venas... pero sé lo que siento por ti.

¿Y dicen que los niños y los borrachos son los únicos que siempre cuentan la verdad? En este caso no está tan segura de ello. Si la quisiera no le habría hecho tanto daño como le hizo. Aquél es, simplemente, un amor de ron con Coca-Cola.

—Rodrigo, deja de decir tonterías y vete a la cama.

—No estoy en mi casa. Estoy... No sé dónde estoy.

—Madre mía...

—Me he puesto a andar y ni siquiera sé dónde he dejado el coche.

—Ni se te ocurra tomar el coche. Para un taxi y que te lleve a casa.

¿Por qué se preocupa por él? Debería darle exactamente igual. Si conduce borracho es su problema.

—Si me prometes que vas a llamarme este fin de semana para quedar te haré caso.

—No pienso llamarte ni prometerte nada. —Eres muy cruel conmigo. Con lo que yo te quiero.

—Tú no me quieres.

—Sí. Siempre te he amado —comenta sollozando—. No sabes cuánto me arrepiento de todo lo que te hice.

—Ya hemos hablado de eso. Y te he perdonado.

—Pero necesito... verte. Necesito que me quieras.

Ester empieza a desesperarse. Aquella conversación sin sentido ha entrado en una espiral sin salida. Tendrá que mentirle para que la deje tranquila.

—Está bien. Te prometo que si tomas un taxi y te marchas a casa, el fin de semana te llamo para quedar.

—¿De verdad?

—Sí, de verdad.

—Luego no se vale echarse para atrás, ¿eh? Me lo has prometido.

—Que sí. Ahora vete a casa.

—Muy bien. Haré caso a la chica que más quiero.

Ester tiene la impresión de que está hablando con un niño, con un pequeño de cinco años a quien hay que prometerle algo para que se coma la verdura.

—Rodrigo, me voy a la cama.

—OK. Muchas gracias por hablar conmigo este ratito.

—De nada.

—Ester...

—¿Qué?

—Aunque no me creas o pienses que llevo una copa de más, te quiero. Esa es la verdad.

—Buenas noches. —Y antes de que Rodrigo conteste, pulsa el botoncito del centro de su smartphone y termina la llamada.

Si sus padres no estuvieran durmiendo, gritaría. Gritaría muy alto, con todas sus fuerzas. Aquello ha sido lo que le faltaba para completar la jornada. Y tiene la intuición de que Rodrigo volverá a llamarla. Por eso le quita el volumen al aparato y lo deja lo más lejos posible, sobre un libro en el estante más alto de un mueble.

Regresa a la cama y vuelve a taparse. Se acomoda sobre el costado derecho y cierra los ojos. Ahora ya no solo va a quitarle el sueño Bruno. Porque, aunque no quiera reconocerlo, sus sentimientos hacia Rodrigo siguen instalados en algún pequeño rincón de su corazón.

CAPÍTULO 32

—Mamá, no puedo creer que me hayas traído aquí.

—Seguro que así te animas.

—Tendrías que haberme contado que...

¡La llevaba a los estudios de radio de Dreams FM! ¡Al programa de Marcos del Río! Eso es una gran encerrona. Por lo visto, el locutor ha hablado con Mara y le ha contado que la chica había rechazado su invitación.

—Si te lo hubiera dicho no estaríamos aquí.

—¡Por supuesto que no! —exclama Valeria, y saluda a la chica que está en la antesala de los estudios—. ¿Y cuándo has hablado con Marcos? Que yo sepa, no se despegó ni un segundo de mí en la cafetería.

—Hemos hablado por WhatsApp.

—Dime que no es verdad...

—Es tan cierto como que soy tu madre.

—¿Le has dado tu número?

—Sí, por privado en Twitter. Me sigue. Y yo le sigo a él.

Valeria se pasa la mano por la cara y luego por el pelo. ¡La sigue! Y lo dice así, tan tranquila, como si aquello no significara absolutamente nada. ¡Es... es... indignante! Su madre se mete demasiado en su vida.

—¿Por qué los sigues?

—Nos caemos bien.

—¿Qué?

—Oye, tengo derecho a tener amigos, ¿no?

—Mamá, no tenías derecho a...

Pero la joven se queda callada a mitad de su queja cuando contempla a un chico perfectamente vestido con un saco gris oscuro y una camiseta negra debajo que aparece por un pasillo estrecho y se dirige hacia ellas. Es probable que nunca haya visto a nadie más elegante que él.

—¡Qué bien que hayan venido! —exclama justo antes de inclinarse para abrazar y besar primero a Mara y posteriormente a Valeria—. Será un programa muy especial. Mil gracias por venir a estas horas hasta aquí.

—Gracias a ti por invitarnos —comenta la mujer muy sonriente.

—Sí, muchas gracias —añade la chica con dejadez.

Su hija no muestra el mismo entusiasmo que Mara. Es cierto que a Valeria le apetecía mucho ir al programa, debe reconocerlo. Pero, por otra parte, siente que aquello no está bien y no debería haber ido de esa manera. Y no es solo porque su madre la haya engañado. Es porque está ocultándoselo a Raúl. Y, si ha estado quejándose de que su novio ha hecho algo que no debía, ella tampoco se salva. A pesar de que besar a otra es mucho más grave que ir a la radio invitada por un locutor. Aunque sea a escondidas.

Marcos guía a Valeria y a Mara hasta donde hacen el programa. No es un espacio demasiado grande, sino más bien reducido. No se trata de una radio con mucho presupuesto.

En la mesa de control ya está preparado Sito, el chico que se encarga de la emisión. Marcos los presenta rápidamente y les pide que no se entretengan, porque apenas faltan dos minutos para la una, la hora a la que comienza «Música entre palabras».

—Vengan por aquí —les pide el joven al tiempo que abre una puerta muy pesada.

—¿Vamos a estar dentro?

—Sí. Claro.

A Valeria aquello le suena a otra encerrona más. ¿No la harán intervenir en el programa? ¡Se muere allí mismo! Sin embargo, su madre está encantada.

Los tres pasan al interior de la sala, donde ya se encuentra un joven con barbita acompañado de una guitarra.

—Pablo, estas son Valeria y Mara, unas amigas que vienen a verte actuar. Mara y Valeria, este es Pablo, nuestro artista invitado de hoy. No hay tiempo para besos, siéntense y pónganse los audífonos.

La mujer y el muchacho de la barbita obedecen las frenéticas indicaciones de Marcos. Val resopla y también toma asiento delante de un micro. Después, se coloca los auriculares que tiene más cerca. El locutor ocupa el sillón del medio y le hace un gesto de conformidad al chico del control. Este señala el reloj. Las doce y cincuenta y nueve. Veinte segundos para la una en punto de la madrugada.

—Ustedes tranquilas. Cuando les pregunte algo, contestan sin nervios. Están en su casa.

—¡¿Qué? ¿Vamos a participar en el programa?! —grita Valeria, que ya se olía algo así.

—Por supuesto. Ya que están aquí... Pero ahora... Shhhh. No hablen, que empezamos. Estamos en directo en cuatro, tres, dos, uno...

Y lentamente alza la palma de la mano para pedirle a Sito que suba la música. Suena la sintonía de «Música entre palabras». ¡Comienza el programa!

Valeria, muy enfadada, le hace un gesto con la mano a su madre, pero esta se limita a sonreír y se señala los audífonos para que su hija escuche.

Marcos baja la mano poco a poco y el *My way* va desapareciendo para dar paso a una suave melodía de fondo. En seguida, a la melosa voz del locutor.

—Ayer les hablaba del destino. De cómo es posible que nuestro futuro esté escrito en alguna parte. Les dedicamos el programa a nuestras experiencias inverosímiles, más propias de un cuento, de una historia increíble en la que se mezclan las casualidades. Hoy vamos a hablar de sorpresas. Porque, en ocasiones, el propio destino, las circunstancias, las personas, incluso los animales, nos sorprenden. Cuéntenos. Cuéntenos cuál ha sido la mayor sorpresa que les han dado en la vida. Y hoy es viernes. Noche de música en directo. Tenemos con nosotros a un gran artista que tocará lo que le pidan. Pablo cantará e interpretará las canciones que quieran dedicar. Y la primera dedicatoria quiero que la hagas tú, Valeria.

Cuando Marcos mira a la chica y la señala con el dedo índice, ella quiere esconderse bajo el asiento. Enrojece hasta tal punto que parece que va a estallar. Y a pesar de lo encarnado de sus mejillas, Valeria se ha quedado completamente en blanco. Solo balbucea, atacada.

—*Esos ojos negros*, de Duncan Dhu.

—Pues ya ha oído, maestro. ¿Es posible?

—Claro que sí.

—Fenomenal, vamos con esa preciosa canción de los noventa. Buenas noches, soy Marcos del Río y esto es «Música entre palabras». —Y con un gesto de la mano le cede el protagonismo al chico que está a su izquierda.

Pablo prepara la guitarra, toca la primera nota y empieza a entonar el tema que acaban de solicitarle. Por su parte, Marcos le hace una señal a control para que cierre su micro y el de Valeria. Aprovecha que su silla tiene ruedas para acercarse más a la joven y le susurra al oído.

—No te preocupes. Solo es miedo escénico. A todos

nos ha pasado alguna vez. Te pido perdón por ponerte en este compromiso.

—Eres...

—Shhh. No hables muy alto, que se te puede oír...

—Me han tendido una trampa.

—Claro que no. Pero menos mal que tu madre ha contestado por ti —le dice Marcos en voz baja. Y sonríe a Mara, que le devuelve el ademán.

—Quiero irme.

—No puedes. Estamos en directo.

—Sí que puedo.

—Vamos, no seas así. Relájate. Disfruta del programa.

—Prefiero oírlo por la radio. En mi casa.

—Genial. Una oyente más. De lunes a viernes a la una.

Y después de darle un toquecito cariñoso en el brazo, se traslada con la silla hasta su posición. Valeria sopla y resopla. No le gusta su actitud. Y menos aún estar allí dentro. ¡La está escuchando toda España! ¡Millones de oyentes! Quizá exagere, puede que haya algo menos de audiencia. Unos cuantos cientos de personas. Pero no se atreve a hablar por el micro. ¿Por qué le ha hecho eso?

Él no manda en ella. ¡Si se quiere ir se va!

Se levanta de la silla y mira a su madre, a la que le hace una señal indicando que se marcha. Mara la reprende y le indica con más gestos que se quede donde está. Pablo sigue tocando y Marcos observa a madre e hija con una gran sonrisa en el rostro. Está divirtiéndose por partida doble.

El tema concluye en plena discusión gestual de las dos invitadas. Valeria se sienta otra vez y se coloca los auriculares.

—Genial. Ha sido una versión encantadora —comenta Marcos guiñándole el ojo al músico—. ¿Te ha gustado, Valeria?

¿Otra vez? ¡Otra vez! Como de costumbre, las mejillas le arden, pero en esta ocasión su orgullo puede con su silencio.

—Sí. Me ha gustado mucho. Eres muy bueno.

—Gracias —dice Pablo al tiempo que hace una reverencia—. Muy amable.

—Me alegro de que a ti también te haya gustado. Es un tema precioso que me trae grandes recuerdos. Una novia... unos ojos oscuros y penetrantes... Pero ese será tema para otro programa en el que hablaremos de personas de las que un día nos enamoramos. Los ojos negros... ¿Leyenda o realidad?

La voz de Marcos es como un hilo de seda. Arrebatadora. De terciopelo. Y sabe emplearla. Susurra y la alza cuando debe. Es perfecta.

—¿Y cuál ha sido la mayor sorpresa que te han dado en la vida, Valeria?

—¿A mí? Pues... estar hoy en tu programa es una de las mayores —confiesa mientras mueve la cabeza de un lado a otro, negativa, e intenta que no se le note la tensión.

Marcos no puede evitar que se le escape una pequeña carcajada, calculada y dentro de los límites del programa, en el que prevalece lo comedido y la tranquilidad.

—Muy bien. Pues tras la sinceridad de mi amiga Valeria, damos paso a nuestra primera llamada. ¿Sí? ¿Buenas noches? ¿Con quién hablo?

El joven vuelve a sonreírle y le levanta el pulgar en señal de aprobación. La chica se aparta los audífonos de las orejas y también sonríe. Pero es una expresión nerviosa. Su madre, al otro lado de la mesa, continúa con sus gestos alocados, aunque esta vez son positivos.

¡Malditos Marcos del Río, el destino y el karma!

Al final no está tan mal eso de la radio. Y, aunque no interviene mucho más, sí que disfruta del resto del programa, que durante dos horas avanza por las profundidades de la madrugada.

CAPÍTULO 33

—Y con esta última interpretación de nuestro artista invitado de hoy nos despedimos hasta el lunes. Que tengan un feliz fin de semana y disfruten de la vida, porque no hay razón lo suficientemente importante para no hacerlo. Buena madrugada.

Suena la sintonía del programa hasta que el reloj marca las tres en punto. Marcos se quita los audífonos y se peina con las manos.

—Gran programa —dice tras levantarse para felicitar a Pablo—. Has estado fantástico. Eres todo un artista. Muchas gracias por venir.

Valeria y Mara también se han puesto de pie y felicitan al chico de la barbita, que no ha soltado la guitarra en toda la noche. La mujer se queda hablando con el músico, y Marcos le pide a la chica que lo acompañe.

—¿Te has divertido?

—Bastante.

—Entonces ¿ha sido una buena experiencia?

—Sí. No ha estado nada mal. La gente es muy ingeniosa y tiene muchas cosas que contar. Algunos, si no los cortas, estarían hablando hasta mañana.

—Son personas que se sienten solas.

—Imagino que sí. Pero te agradecen que les dediques tu tiempo y les prestes atención.

—«Música entre palabras» es un programa muy vivo porque lo hacen los oyentes. Me gusta escucharlos. Hoy ha sido un programa alegre y lo hemos pasado bien, pero otras veces te parten el alma con lo que cuentan. Mi misión es que los oyentes se desahoguen al aire, que liberen lo que llevan dentro y, sobre todo, que se den cuenta de que, por muy mal que estén las cosas, siempre hay un motivo para ser feliz.

Tiene razón. Aunque a veces los problemas tapen lo que hay en cada persona de bueno y positivo. Ella no ha tenido un buen día. Sin embargo, durante un par de horas se ha desconectado de todo. Se ha olvidado del beso entre Raúl y Alba y de la discusión con su novio. El programa ha sido un gran antídoto para curarse de la desilusión y el enfado.

—¿Adónde vamos?

—A mi camerino.

—¿Qué? ¿Qué camerino?

Marcos sonríe y abre una puerta que hay en el lado derecho del pasillo. Invita a Valeria a pasar delante. La joven no lo tiene muy claro, pero accede. El locutor entra tras ella y le da al interruptor.

—¡Bienvenida a mi camerino!

Es un cuartucho pequeño en el que no hay más que un sillón viejo y una mesa de madera con una silla. Ni siquiera dispone de una ventana para ventilarlo.

—Ya me extrañaba a mí que los locutores tuvieran camerino.

—Puede que las grandes estrellas de la radio sí lo tengan. Los que trabajamos en esta modesta emisora nos conformamos con esto —comenta mientras abre el único cajón que tiene la mesa—. Pero no nos quejamos.

El joven saca una especie de álbum fotográfico pequeñito y se lo entrega a Valeria.

—¿Qué es esto?

—Compruébalo tú misma.

La chica le hace caso y lo abre. La primera página ya la hace sonreír, aunque también la sorprende sobremanera. Contiene la imagen de un agaporni idéntico a *Wiki* subido en una anilla.

—¡Es igual!

—Ya te lo dije.

—Pero... no puede ser.

Valeria, atónita, pasa una página tras otra. En todas hay fotografías de la pequeña ave. Esos pajarillos se parecen muchísimo los unos a los otros, pero es que aquel es idéntico al suyo. Son como dos gotas de agua. Tienen los mismos colores. ¡Es *Wiki*!

—Bueno, ¿te convences ahora de que el destino quiso que tú y yo nos encontráramos?

—¿Y por qué no me dijiste ayer, cuando se me escapó y se posó en tu hombro, que era tu pájaro?

—Porque ahora vive contigo.

—¿Y qué? ¡Era tuyo!

—Los agapornis o inseparables son de quienes quieren ser. No son de nadie.

La muchacha repasa de nuevo todas las fotografías, que, por cierto, son muy buenas, para cerciorarse de que no hay truco alguno. Pese a que al principio dudaba de que aquella historia fuese verdad, debe admitir que es más posible que Marcos no le haya mentido que sí lo haya hecho.

—¿Cómo es posible que *Wiki* se escape justo en el momento en el que tú pasabas caminando cerca de donde vivo? ¿Y que se vaya hacia a ti como si siguiera tu rastro? ¡Y que yo diese contigo! ¡Es de locos!

—¿Sigues sin creer en el destino?

—Es que no es fácil de asimilar.

—Cada día asimilamos y asumimos hechos mucho más sorprendentes que ya no nos asombran. Se producen milagros como el nacimiento de un niño, que nieve, que dos personas se enamoren...

—Es que esto... ¡me resulta tan increíble!

—La vida está llena de este tipo de coincidencias. Ya te lo dije.

Sí, se lo dijo y no lo creyó. ¡Cómo demonios iba a creerlo! Pero no va a quedarle más remedio que aceptar que *Wiki* es *Yuni* y viceversa. Y, si definitivamente da por hecho que lo que dice es verdad, ¿qué se supone que debe hacer ahora? ¿Qué papel representa Marcos en su vida?

—Creo que va siendo hora de que nos vayamos a casa —le comenta al tiempo que le devuelve el álbum de fotos—. Se ha hecho muy tarde y mañana...

—Valeria.

—Dime.

En ese instante su sonrisa la atrapa. Hace solo un día que lo conoce, y sin embargo parece que ha pasado mucho más tiempo. Es una persona con un carácter y una forma de ser muy interesantes. Además de mono, habilidoso para saltar vallas y elegante.

—Me gustaría pedirte un favor.

—A ver...

—Ya has visto que soy de fiar, ¿no?

—El inconveniente en el que me has metido esta noche demuestra más bien lo contrario —replica la chica, aunque lo dice de buen humor.

—Tienes razón. Pero al final te la has pasado bien y has vencido tu miedo a hablar delante de un micro.

—No te creas —responde Val, que lo mira fijamente. La sigue intimidando un poco—. Pero ve al grano, ¿qué favor quieres?

Marcos se sienta sobre la mesa y se mantiene en silencio durante un par de segundos, observándola. Hasta que se lo suelta.

—Quiero que poses para mí en una sesión de fotos.

—¿Qué? ¡Ni loca!

—Solo son unas fotos. Creo que podrían quedar muy bien. Por tus facciones, me pareces muy fotogénica.

—¿Te lo ha pedido mi madre?

La joven recuerda que la noche anterior salió el tema mientras hablaban antes de escuchar el programa en la radio. Ella no es modelo. Y tampoco es que sea especialmente guapa ni que tenga buen cuerpo. Es una chica normalita, no pinta nada en una sesión de fotografía.

Marcos se encoge de hombros y se le escapa una sonrisilla.

—Acertaste.

—¿Por mensaje privado en Twitter?

—¿Cómo lo sabes?

—Conozco a mi madre desde que nací —contesta satisfecha de su propia ocurrencia.

—Pero no es solo porque Mara me lo haya pedido, te lo aseguro. Lo pensé desde el primer minuto en que te conocí.

—Me da muchísima vergüenza. No es lo mío.

—También te daba vergüenza hablar en la radio.

—No es lo mismo. No me gusta cómo salgo en las fotos. Sobre todo porque no estoy muy contenta de cómo soy.

—Yo creo que eres preciosa.

El piropo la avergüenza un poco más. Seguro que solo es un cumplido, pero le ha gustado mucho la manera en que se lo ha dicho.

—No sé. Lo pasaría fatal.

—Ya me encargaré yo de que te diviertas —apunta Marcos con seguridad—. Estoy convencido de que las fotos quedarán geniales.

—¿Como las de *Yuni-Wiki*?

—Mejor.

—¿Sin anillas ni palitos de madera?

—Eso es elección tuya. Pero no quiero que vengas a mi casa ni que nos quedemos los dos a solas.

—¿No?

—Bueno, sí. Pero...

A Val vuelven a subírsele los colores. ¡Qué personaje! No pierde ocasión de intentar sacarla de sus casillas.

—Ibas bien.

—¿Sí?

—Más o menos. Pero lo has estropeado.

—Sé que tienes novio. Raúl. Y que no vas a venir a mi casa para que no se enoje. Pero... podemos vernos mañana en el Retiro. Es un sitio muy bonito para realizar una sesión de fotos.

—¿En el Retiro?

—Sí. Han anunciado sol para mañana. Y no hay un lugar en todo Madrid en el que el sol brille con mayor esplendor. ¿Quedamos sobre... las doce?

Aquello no es una proposición indecente. Y Val ya no siente tanta desconfianza hacia él. Además, podría usar las fotos para hacerle un regalo a su novio a principios de mayo, cuando cumplan medio año. Y gratis, como le dijo su madre. Además, si se lo oculta a Raúl y él la descubre, tendrá la excusa de que, como es un regalo para él, no habría estado bien que se enterara.

—¿Puedo quedarme con una copia de cada foto?

—Con dos, si quieres.

—¿Sí? ¿De verdad?

—Por supuesto.

—Mmmm. Bueno, en ese caso, nos vemos mañana a las doce en el Retiro.

Marcos da un saltito y se baja de la mesa de madera en la que se había sentado. Se acerca a Valeria y estira el brazo para que estrechen las manos. Ella se lo piensa, pero termina aceptando y apretándosela con fuerza.

—Perfecto. Nos vemos a medio día junto al Palacio de Cristal.

—Bien. Allí estaré. Sé puntual.

—Siempre lo soy.

—Más te vale —le advierte medio en broma, medio en serio—. Y ahora, tengo que secuestrar a mi madre e irme a casa, porque si no mañana no me quitarás las ojeras de las fotos ni con Photoshop.

SÁBADO

CAPÍTULO 34

—¿Cuántas horas llevamos hablando?

Meri comprueba el reloj de su computadora y descubre que son casi las seis de la mañana. ¡Dentro de poco amanecerá!

—¡Muchas! —Y sonríe cuando escribe. Ya no le cuesta mostrar su alegría delante de ella.

Se han pasado toda la noche viéndose por la *cam* y charlando sobre sus vidas. Las dos han contado historias, desvelado secretos, intercambiado pensamientos y soltado alguna que otra carcajada. Tanto María como Paloma se sienten distintas a como eran antes de empezar aquella eterna conversación virtual.

—Si mi madre se entera de esto, me mata —escribe la chica rubia, que se ha deshecho el moño hace un rato y ahora lleva el pelo suelto.

—La que se va a morir para despertarse y no ser un *zombie* durante todo el día soy yo. ¡Tengo que estudiar!

—Ya estudiarás el domingo.

—Reprobaré todas este trimestre.

—No lo harás. Eres muy lista.

—Y además tengo que hacer un trabajo de Inglés, resumir todos los temas... Y llamar a mi padre para quedar con él.

—Cuántas cosas.

—Sí. Demasiadas. Y la charla de esta noche no va a ayudarme a hacerlas, precisamente.

—Es culpa mía.

—¡No! No lo es.

—¿Te arrepientes de haberte pasado la noche hablando conmigo?

Meri observa el rostro de aquella jovencita a la que ya se le nota en los ojos el cansancio de haber estado tanto tiempo delante de la computadora. Paloma mira a la cámara y pone cara de desilusión.

—No, no me arrepiento de nada de lo que he hecho esta noche.

—¿Estás segura?

—Completamente segura.

—Menos mal. Me habías asustado —escribe tras resoplar y volviendo a esbozar una bonita sonrisa—. Entonces ¿puedo proponerte una cosa?

—¿Qué quieres proponerme?

—Ya que parece que nos llevamos tan bien y hemos congeniado, me gustaría verte en persona, quedar en alguna parte. Si tú quieres, claro.

Cuando Paloma termina de escribir aquello, no se atreve a mirar a Meri. Le da vergüenza y también pánico lo que pueda contestar su amiga. Sin embargo, María lleva varias horas pensando lo mismo. Al principio no lo veía como una posibilidad. En cambio, minuto a minuto, conforme iba encontrándose más a gusto y la iba conociendo más a fondo, sus ganas han ido en aumento. Lo veía algo precipitado. Quedar con alguien a quien acabas de conocer no es normal. Al menos no para ella, que es una persona que no acostumbra a hacer locuras. Sin embargo, tiene la *cam* encendida, se ha pasado toda la noche en vela hablando con aquella chica y le ha revelado cosas que nunca le había contado a nadie... Ya está inmersa en esa locura. Ha vuelto a arriesgarse, pero esta vez ha sido un riesgo dulce. Esa video-conferencia es lo mejor que le ha pasado en mucho tiempo.

El siguiente paso es más difícil: saber cómo se siente a su lado, porque si junto a ella experimenta lo mismo que frente a frente tras la pantalla de la computadora, tendrá que continuar subiendo la apuesta de aquel riesgo. Y eso sí le da miedo de verdad.

—OK.

—¿Sí? ¿Estás diciéndomelo en serio? ¿Quieres que quedemos para vernos en persona?

—Sí. Me gustaría mucho.

—Bien. Muchas gracias. Pensé que no querrías —escribe sin dejar de morderse los labios, en los que todavía perdura la huella de la zancadilla de Natalia.

—Te equivocabas. Sí quiero.

—Qué ilusión tan grande.

—¿Cuándo te late que quedemos?

—No sé. ¿La semana que viene?

—¿Y hoy? Dentro de unas horas.

—¿Hoy?

—Sí. Dormimos un rato y nos vemos por la tarde.

—¿En serio? ¡Si tienes mil cosas que hacer!

—Ya. Pero mi padre no se va hasta mañana, así que puedo quedar con él justo antes de que se marche a Barcelona. Y, pensándolo bien, no voy a ser capaz de estudiar, porque con el sueño que tendré durante todo el día será imposible. Así que si quieres y te late podemos vernos esta tarde.

—Por mí OK. ¡Qué alegría! ¿Dónde quieres que nos veamos?

—Yo he dicho el día, pon tú el lugar.

Paloma se lleva un dedo a la boca, pensativa. A Meri esa imagen le resulta encantadora. Es ingenua, simpática, hasta infantil. Pero le gusta que sea así. En cierta forma, le recuerda un poco a Ester, aunque no es tan guapa como ella. La contempla ensimismada mientras se decide, algo que no tarda en hacer:

—En el Starbucks de Callao, ¿OK?

—Me gusta.

—¿Sí? ¡Genial! —exclama abriendo mucho los ojos.

—¿A las cinco?

—OK. A las cinco. ¡Qué ganas de tomarme un *frapu* de fresa!

Rebosa entusiasmo por todas partes. Transmite y contagia su efusividad. ¿Cómo es posible que esa chica haya tenido problemas de adaptación en el instituto? Es muy agradable y no para de sonreír todo el tiempo. Meri no se imagina que alguien pueda insultarla y le da rabia que otros estén haciéndole daño.

Las dos permanecen unos segundos sin escribir, mirándose a través de la *cam*. Es la pelirroja la que inicia la despedida:

—Creo que va siendo hora de que me vaya a la cama.

—Sí. Yo también debería acostarme. Tengo la vista muy cansada y no quiero que mi madre me lleve mañana al oculista.

—Espero que eso no pase.

—Tranquila, no te dejaré plantada otra vez. Te lo prometo.

Paloma cruza los dedos índice y medio de cada mano y luego se los besa. Otro gesto de los muchos que Meri se llevará consigo cuando se vaya a dormir.

—Ha sido un placer conocerte. Me lo he pasado muy bien hablando contigo esta noche.

—El placer ha sido mío, Pelirrojita.

—Meri.

—Pelirrojita Meri —rectifica, y le guiña un ojo—. Yo también me lo he pasado muy bien. Pero sé que dentro de un rato, cuando haya dormido y te tenga cerquita, me lo pasaré mejor aún.

Y, acercándose a la cámara, Paloma le da un beso. María siente una gran emoción por dentro. No sabe muy bien qué hacer. Ella no es tan lanzada ni ha hecho jamás algo parecido. Pero le late. Se levanta de la silla y también le regala sus labios.

—Es en la mejilla, ¿eh? —escribe cuando se sienta de nuevo.

—¡Por supuesto! ¡Como el mío!

Dentro de unos minutos saldrá el sol y la noche se apagará. Meri reza para que todo aquello no haya sido un sueño. ¿Es posible enamorarse de alguien a quien solo se conoce a través de un monitor? ¡Ni siquiera ha oído su voz! Siente mariposas en el estómago, pero deben ser mariposas asesinas. Aquello no deja de ser una auténtica locura.

—Nos vemos dentro de un rato. Buenos días.

—Buenos días.

Y casi al mismo tiempo, como en el caso de la primera frase que se han escrito la una a la otra esa noche, ambas apagan sus cámaras y abandonan el *chat*.

Ninguna de las dos olvidará jamás aquel día de marzo en el que se dieron su primer beso. En la mejilla y en la distancia, pero un beso al fin y al cabo.

CAPÍTULO 35

Un cosquilleo en la nariz le hace abrir los ojos, pero los cierra de nuevo rápidamente. Un par de segundos más tarde, sin embargo, su cerebro parece haber recopilado información suficiente como para detectar que aquello no es normal. Los abre otra vez y contempla al chico que se ha sentado a su lado en la cama con una pequeña pluma en la mano.

—¡Buenos días, princesa! —exclama Raúl, y se agacha para darle un beso.

Valeria no comprende nada. ¿Qué hace allí? Se deja besar y se incorpora.

—Buenos días —dice sorprendida. Se frota los ojos y lo mira—. ¿Qué hora es?

—Las diez.

—¡Las diez! —grita sobresaltada—. ¿Y por qué no estamos en el instituto?

—Porque es sábado.

Es una buena razón. Pero todo sigue estando confuso en su cabeza. Va encajando las piezas conforme se despereza. La noche anterior... ¡La noche anterior fue al programa de radio de Marcos del Río! Se durmió a las tantas... ¡y ha quedado con él a las doce en el Retiro!

—¿Y tú qué haces aquí? ¿Cómo has entrado? —pregunta sin poder evitar un gran bostezo entre frase y frase.

—Usando las llaves de tu casa.

—¿Qué? ¿De dónde las has sacado?

—Me he pasado por Constanza antes de venir. Tu madre me ha dicho que anoche te acostaste tarde y que seguramente estarías durmiendo todavía. Así que lo que iba a ser una sorpresa simple se ha convertido en una sorpresa doble.

—¿Sorpresa? ¿Qué sorpresa?

—¿No lo hueles?

La chica aspira con fuerza y entonces percibe un olor sugerente y embriagador. Aquel aroma la seduce casi tanto como tenerlo a él en su cama.

—¿Es chocolate?

—Sí. ¡Y te he traído churros!

—¿Sí? ¡Qué bien! —Y se echa encima de Raúl para abrazarlo. Los dos caen de costado sobre el colchón—. Muchas gracias.

—¿Eso significa que me perdonas por lo de ayer?

¿Perdonar?... ¡Órale, es verdad! El corto, Alba, el beso furtivo, la discusión en la puerta de su edificio... ¡Sí que estaba dormida! Ni siquiera recordaba aquel sentimiento de indignación absoluta contra su novio por lo que había hecho. Es temprano para enfadarse. Aunque quiere ponérselo más difícil. Besar a otra, aunque fuese sin querer, es algo muy grave.

—Pues... No lo sé.

—Vamos, cariño. Dame una tregua, que se enfría el desayuno. Lo siento.

—Es que...

Sin embargo, antes de que lo perdone definitivamente, su pajarillo la interrumpe entonando un canto de buenos días. Raúl se acerca a la jaula del agaporni y quita el trapo que la cubre.

—Hola, pequeño —le dice como si hablara con un bebé. Después, le silba—. ¿A que tú quieres que tu dueña me perdone de una vez?

—Eso es chantaje.

Wiki emite un graznidito y mueve la cabeza arriba y abajo.

—¿Ves? Hasta él quiere que me perdones.

—Ese gesto lo hace siempre que le quito el trapo de la jaula por la mañana. Se pone contento porque ve la luz.

—Yo creo que me ha entendido. Estos pájaros son muy listos.

¿Que son listos? Si ella le contara... Aquel en concreto ha sido capaz de escaparse e ir a dar con su anterior dueño. ¿Dónde está el truco? Cuanto más lo piensa, más inverosímil le parece la historia, pero, al mismo tiempo, más cree en que el destino haya intervenido en todo lo sucedido después. Tal vez Marcos esté en lo cierto y aquello tuviese que pasar por algún motivo. Bosteza de nuevo, no da crédito al hecho de que esté pensando como el locutor. Tiene demasiado sueño como para estar lúcida.

—Estos pájaros lo que son es muy traviesos —comenta mientras se aproxima también a la jaula.

Mira a su pequeña mascota y esta se coloca frente ella y la mira también. Los dos se silban simultáneamente, como si interpretaran una melodía que ambos se saben de memoria y repasan juntos.

Raúl los observa con una sonrisa. Siente tanto por aquella chica. Lo que hay en su interior crece día a día: las ganas de besarla, de acariciar cada pedacito de su piel. Debería haber impedido aquel beso a toda costa y nunca tendría que haberle ocultado sus visitas al hospital y a casa de Eli. Pero es demasiado tarde para ambas cosas. Y no quiere perderla.

Introduce una mano por debajo de la pijama de Valeria y le recorre la espalda de abajo arriba, acariciándola. Teme que le pida que la aparte. Sin embargo, Val lo consiente. Tiene la piel caliente. Los dedos de Raúl suben hasta el cuello de su novia y luego regresan al punto de partida. No hablan, solo se oye el piar del agaporni, que continúa festejando que también ha salido el sol para él.

La joven, con las mejillas sonrojadas, se vuelve al fin para mirarlo a los ojos y se olvida de su mascota.

—No vuelvas a besar a otra en toda tu vida.

Y sin dejar que Raúl responda, alzándose sobre los dedos de sus pies descalzos, lo besa en los labios. La respiración de ambos se agita, descontrolada y más intensa que en la mayoría de sus últimos besos. Porque ese es especial. Cuando se separan, la magia fluye de nuevo entre ellos.

—Me has perdonado porque te he traído churros y he preparado chocolate, ¿verdad?

—Cómo me conoces.

Los dos caminan hasta la cocina, donde Raúl ha preparado ya una bandeja. El joven sirve el chocolate en dos tazas y las coloca en ella, junto a un gran envoltorio lleno de churros. A Valeria se le hace agua la boca, hasta da grititos de emoción.

—Y eso que el refrán dice que es a los hombres a quienes se nos conquista por el estómago. ¿Es que tú también tienes un lado masculino?

—¡Pero bueno! ¡Qué dices!

La chica le golpea en un hombro y casi hace que tire la bandeja al suelo. Sin embargo, Raúl aguanta el equilibrio y llega hasta la sala, donde van a desayunar. Se sientan uno al lado del otro en el sofá en el que tantas cosas han compartido.

—¿Sabes? Mientras compraba los churros se me ha ocurrido un juego con ellos —comenta cuando le entrega la taza a Valeria.

—¿Otro? ¿Como el del equilibrio del beso?

—Mmm. Este es diferente, pero igual de dulce.

—¡No quiero terminar llena de chocolate!

—Tranquila, no te mancharás mucho —le dice mientras se pone de pie y sonríe con picardía—. Lo he titulado «La dama y el vagabundo».

—¿Como los dibujos animados de Disney?

—Exacto. ¿Has visto la escena de los espaguetis?

—Me suena, pero no. No la he visto.

—Lo suponía.

Raúl sale del salón y se dirige hacia la habitación de Valeria. Regresa en seguida con la laptop de su novia en las manos.

—¿Para qué la has traído?

—Para que veas la escena en la que me he inspirado.

El joven se sienta a su lado y la abraza. Enciende la laptop y entra en YouTube. En el buscador escribe: «La dama y el vagabundo espaguetis», y cliquea en la tercera opción que aparece en la página: <http://www.youtube.com/watch?v=JsJecrDVxi0>.

«Play».

Valeria contempla atenta cómo, en un restaurante italiano, aparece un camarero cantando con un acordeón y otro tocando la bandurria. Sentados a una mesa, bajo la luz de una vela y las estrellas, *Reina* y *Golfo* comen un plato de espaguetis. La cena transcurre con normalidad hasta que, sin darse cuenta, los dos perros comen el mismo espagueti. Cada uno avanza absorbiendo por su lado hasta que sus bocas chocan y se dan un beso.

—Ohhh. ¡Qué bonito! —exclama la chica, que obsequia a su novio con un pico—. ¿Y qué quieres hacer exactamente?

—Ahora lo verás.

Raúl toma un churro y se lo pone en la boca. Sin tocarlo con las manos, se inclina y lo moja en el chocolate. Con cuidado de no manchar nada, se lo ofrece a Valeria.

—¿Quieres que lo muerda?

El joven asiente con la cabeza y le pide con gestos y entre dientes que no lo suelte cuando dé el bocado. Ella accede y muerde el extremo que está cubierto de chocolate.

—No lo sueltes —insiste Raúl. Val sigue sus instrucciones y mantiene el churro en la boca—. Ahora te toca a ti. Mójalo.

La muchacha le hace caso e imita lo que antes ha hecho él. Se inclina, y no utiliza las manos. Cuando ha empapado el churro, se lo da a Raúl, que lo muerde y lo sostiene entre los labios para que no se caiga. Repiten la misma acción otra vez y los labios de uno y de otro terminan encontrándose y uniéndose. Tras un beso cortito, la chica sonríe.

—Esto está muy bien, pero ¿quién gana? —pregunta mientras mastica.

—No gana nadie.

—¿Cómo que no gana nadie? ¡Entonces no es un juego!

—¡Sí es un juego!

—Si no gana nadie, no lo es.

—Pues ganamos los dos —señala Raúl—. ¿Te parece bien?

Se lleva otro churro a la boca, lo moja en el chocolate espeso y se lo ofrece a su novia, que sonríe.

—¿Crees que la dama y el vagabundo hicieron algo más después de cenar? —le pregunta Valeria. A continuación, moja un dedo en el chocolate y lo acaricia con él, primero en la barbilla y luego en el cuello.

El joven se encoge de hombros y se estremece, y más aún cuando la chica se quita la parte de arriba de la pijama y a continuación le da un gran mordisco al churro. Esta vez a Raúl se le cae al suelo.

—¿Esto es una variante del juego?

—Sí. Es la parte de la película que no se ve.

—Estos de Disney...

Y, tras beber otro sorbo de su taza, Valeria se agarra al cuello de su chico y le susurra al oído otra clase de juego en el que sí que resultarían ganadores los dos y ambos obtendrían un premio de verdad.

CAPÍTULO 36

Ni en Twitter, ni en Facebook, ni en el *chat* de Tuenti. Tampoco en WhatsApp. El tonto de Bruno ni le ha escrito ni se ha conectado a nada. ¡Y son más de las once de la mañana!

A Ester no le parece nada bien que su amigo haya decidido desaparecer de la faz de la Tierra. ¡Pero si tiene que quedar con él para cenar en su casa esa noche!

¡Testarudo! ¡Orgulloso! ¡Desconsiderado!

¿No sabe que la está haciendo sufrir? Quizá se trate de eso. Tal vez lo que quiera sea que lo pase mal. ¡Pues está consiguiéndolo!

Aunque el día anterior no se portara del todo bien con él, no es justo que aún no le haya dado la opción de disculparse y hablar sobre el tema. Ese silencio la agobia muchísimo.

Da vueltas por la habitación escuchando y tarareando canciones de Bruno Mars. Está poniéndose de nervios. Decidido: si antes de irse a comer con su prima y Alan no tiene noticias suyas, llamará a su madre. ¡Eso hará!

Hasta entonces, intentará concentrarse y estudiar para los exámenes de la semana siguiente. ¿Matemáticas? Es lo que peor lleva, junto con el Francés. Así que esa es su elección. Toma los apuntes y el cuaderno de ejercicios y se sienta a su escritorio.

Pasa las páginas lentamente para revisar lo que entra en

el examen del segundo trimestre. Sigue sin comprender muchos ejercicios y otros... le recuerdan a él.

Solo una estúpida se pondría a estudiar la asignatura preferida del chico con el que tiene un problema que no puede solucionar. ¡Si hasta está echándole una mano para que apruebe! Ester cierra el cuaderno, frustrada, y se deja caer sobre el escritorio apoyando la cabeza en los apuntes.

Lo echa de menos. Durante los últimos cuatro meses han pasado tanto tiempo juntos... Sin Meri, él se ha convertido en su mejor amigo y casi en la única persona en la que confía. Ahora hay cosas que no puede contarle porque tienen que ver con él, con la evolución de sus sentimientos.

Está hecha un lío. Le encantaría aclararse con lo que le pasa. ¿Bruno es simplemente su amigo o necesita algo más de él?

Las canciones de Bruno Mars tampoco tienen la respuesta.

Vuelve a ponerse de pie y, mientras anda de un lado para otro, piensa qué puede estudiar hasta que se marche. Algo facilito y que no la haga pensar demasiado. ¿Ética?

Ética. El examen apenas tiene diez páginas. Perfecto. Se sienta otra vez y comienza a repasar sus apuntes. Cuando termina de leer la tercera hoja, suena el portero automático del departamento. Sus padres están en casa, así que no le toca ir a ella.

Sin embargo, su madre llama en seguida a la puerta de su habitación y entra.

—Preguntan por ti.

—¿Por mí?

—Sí. Es un chico que dice que fue tu entrenador de voleibol. Le he dicho que espere abajo.

¡Rodrigo! ¿Otra vez se ha presentado en su casa? No

comprende qué es lo que busca ahora. La noche anterior, borracho, ya la llamó y le dijo que la quería. Por lo que se ve no piensa dejarla tranquila.

—Bajo un momento.

—Ester —le dice su madre, que camina tras ella—, ¿todo bien?

—Sí, no te preocupes. Hace mucho que no lo veo. Estará de paso por el barrio y habrá querido saludar a una de sus mejores ex jugadoras —contesta sonriente fingiendo que no pasa nada.

Nadie excepto Bruno está al corriente de lo sucedido hace unos meses: ni de su relación, ni del comportamiento que Rodrigo tuvo con ella cuando la echó del equipo y de su vida.

La chica baja hasta la entrada del edificio. Lo ve a través del cristal, pegado a la puerta, apoyado contra la pared. Ester abre y se encuentra con un Rodrigo en condiciones no demasiado buenas.

—Hola, gracias por bajar a verme. Perdona por molestarte —le dice cuando trata de darle dos besos en las mejillas.

Pero en esa ocasión no lo logra, porque la joven se aparta y lo esquiva. No hay que ser muy inteligente para darse cuenta de que la noche anterior no volvió a su casa. Está despeinado y huele mal. Va vestido con una chamarra azul oscuro y, debajo, una camisa blanca medio por dentro medio por fuera del pantalón. Está sucia y deshilachada.

—¿Por qué no dejas de molestarme? ¿No te bastó con lo de anoche?

—Si he venido ha sido precisamente por eso, para disculparme y hablar de... —contesta con voz ronca—. ¿Podemos sentarnos en alguna parte a tomar un café o...?

—No. No voy a ir a ninguna parte contigo.

—Al menos sentémonos. No te entretendré mucho.

La joven suspira. Es mejor que se alejen un poco de allí, por si acaso bajan su padre o su madre. Aunque sepan que está con él, prefiere que no vean a Rodrigo en esas condiciones.

—OK. Vamos a una placita que hay aquí al lado.

—Gracias.

—Espera un segundo.

Ester pulsa el botón de su departamento para avisar a su madre y explicarle que regresará dentro de cinco minutos. Ella accede, aunque no de muy buena gana.

Los dos caminan en silencio. La plaza está a la vuelta de la esquina. Quedan un par de bancas libres y se dirigen hacia la que está más cerca de la calle desde la que llegan. El chico espera a que ella se siente primero y luego se coloca a su lado. Ester se aparta un poco más de él y evita mirarlo directamente a los ojos.

—Soy un desastre —comienza a decir Rodrigo—. No me extraña que intentes evitarme.

—Es que lo que estás haciendo no es normal.

—Lo sé. He perdido un poco el rumbo.

—Rodrigo, anoche me llamaste por teléfono completamente borracho. Y mira qué pinta tienes ahora.

El joven se mira de arriba abajo y sonríe con ironía.

—No tengo buen aspecto, ¿verdad?

—Horrible —contesta Ester moviendo la cabeza de un lado a otro—. ¿Por qué no me hiciste caso y tomaste un taxi para volver a tu casa?

—¿Me dijiste eso?

—Claro. ¿No lo recuerdas?

—De lo único de lo que me acuerdo es de que te llamé por teléfono. Todo lo demás está bastante borroso. Pero imagino que no sería una llamada demasiado agradable para ti. ¿Me equivoco?

—No. No te equivocas.

—Lo siento. No debí hacerlo.

—¿Y solo recuerdas que me llamaste?

—Sí. Me he despertado tirado en el césped de un parque a media hora andando de aquí.

—¿Y tu coche?

—Estacionado muy lejos.

—¡Qué desastre!

—Ya te lo he dicho antes. Soy un desastre total.

Ester empieza a sentir lástima por él de nuevo. No debería, pero le resulta inevitable. Así parece inofensivo... Solo Bruno y ella saben lo mal que lo pasó por su culpa. Pero aquel joven no tiene nada que ver con el que casi abusa de ella o con el que le lanzó un frasco de perfume en el vestuario del pabellón. Tampoco se asemeja al Rodrigo del que se enamoró, aquel apuesto entrenador decidido y seguro de sí mismo.

—Pues de ti depende cambiar.

—He cambiado. Me arrepiento de mi pasado, de todo lo que te hice —explica apoyando los codos en las rodillas—. Pero bueno, eso ya te lo dije ayer y no quiero ponerme pesado. Además, bastante tuviste ya anoche.

—Olvidemos lo de anoche. No podemos cambiarlo. Y lo importante es que no tomaste el coche. Ahora vete a casa y descansa un par de días.

La sonrisa triste de Rodrigo la conmueve un poco. Vuelve a mirarlo a los ojos y se da cuenta de que está sufriendo. O quizá sea un gran actor.

—Eres muy buena. La mejor persona que conozco.

—No me hagas la barba, anda.

—Es cierto, Ester. Otra me habría mandado a la mierda. Y tú estás aquí, sentada conmigo y escuchando las tonterías que te cuento.

—No digas eso.

—Es la puta verdad. Solo soy un tipo sin futuro que no sabe más que hacer y decir estupideces —y, con lágrimas en los ojos, añade—: Encima estoy enamorado de la persona equivocada.

—Rodrigo...

—Metí la pata. Te humillé. Pero aquel no era yo. Tú me querías a pesar de la diferencia de edad, a pesar de mis malos modos... Me querías. ¿Cómo pude ser tan estúpido de tratarte así?

El joven está alzando la voz y eso la incomoda. Al mismo tiempo, decenas de recuerdos le inundan la mente.

—Rodrigo, deberías irte a casa.

—¿Tú no sientes nada por mí? ¿No te queda ni un poquito de cariño dentro?

—Claro que me queda. Pero... me lo pusiste muy difícil. Aún tengo pesadillas con ciertas cosas que viví contigo.

—Lo siento, de verdad. No te imaginas cuánto. Pero he cambiado. Y estoy más enamorado que nunca de ti.

El joven se desliza por la banca y se coloca muy cerca de Ester. Ella intenta apartarse de nuevo, pero el joven alarga un brazo y le toma la mano. No lo hace con violencia, pero la chica se asusta y se levanta.

—Tú no estás enamorado de mí. Solo estás perdido y crees que me quieres.

—Sí que lo estoy. Estoy seguro de mis sentimientos. Y quiero demostrártelo.

—Ya es tarde para eso, Rodrigo. Muy tarde.

—¡No! No es tarde. Estás aquí, conmigo, y yo... he cambiado.

—Tengo que irme a casa.

—Ven a cenar conmigo esta noche y comprobarás que lo que te digo es cierto. He cambiado y te quiero.

Ester ni se lo cree ni se lo quiere creer. ¿Cómo se le ocurre pedirle algo así?

—No.

—Por favor. Si después de cenar conmigo no quieres volver a verme, te dejaré en paz para siempre. Dame una oportunidad.

—No, Rodrigo. No voy a ir a cenar contigo —repite ella con el rostro desencajado.

El joven asiente con la cabeza y también se pone de pie.

—Bien. Te comprendo. Actué como un energúmeno y debo cumplir mi penitencia.

—No es eso...

—Sí lo es. Y creo que es justo. Que me echaran, que me rechaces... Solo estoy recogiendo lo que sembré.

Ester no sabe qué decir. Rodrigo llora mientras habla y, aunque a la muchacha le sabe fatal, no puede hacer nada para consolarlo.

—Lo siento, Rodrigo —dice contrariada—. Me voy a casa. Mi madre estará empezando a preocuparse.

—Muy bien. Gracias por charlar este rato conmigo. Prometo no volver a llamarte ni borracho ni sereno.

De nuevo se queda sin palabras. Se despide de él diciéndole adiós con la mano y se marcha de aquella plaza. Camina sin mirar atrás y está convencida de que ha hecho lo correcto. Pero se siente mal. No le gusta nada ver a alguien así. Rodrigo no deja de ser una persona a quien quiso mucho y por la que todavía hay rescoldos encendidos en su corazón.

Él le ha prometido que no volverá a llamarla. Eso significa que ese ha sido el último capítulo de una aventura que ha incluido toda clase de situaciones. No obstante, algunas historias tienen epílogos. ¿Será esta una de ellas?

CAPÍTULO 37

¿Vas a venir hoy a mi casa? Mis padres van a hacer paella y quieren que vengas. Te invitamos.

Es el WhatsApp de Eli que ha recibido Raúl mientras esperaba sentado en la cama de su novia a que Valeria se bañara. No sabe qué responder. Les tiene un gran aprecio a los padres de su amiga, pero después de hacer las paces con su novia no quiere volver a mentirle. Algún día deberá poner punto y final a ese asunto por mucho que le cueste tomar una decisión. Haga lo que haga, tendrá consecuencias.

—Qué pensativo estás —le comenta Val, que aparece en su cuarto envuelta en una toalla azul.

Se acerca a él y le da un beso en la mejilla. El chico sonríe y se guarda la BlackBerry en el bolsillo del pantalón.

—Estaba pensando en ti.

—¿Sí? ¿En alguna parte de mí en especial? —pregunta mientras baja un poco la toalla, lo justo para sugerir sin mostrar.

—¿Qué ha sido de aquella jovencita con mechas que se sonrojaba hasta cuando le preguntaba la hora?

—Sigue aquí. Contigo. Conmigo.

Ella misma se sorprende de lo que ha cambiado en algunas cosas respecto a hace tan solo unos meses. Él la ha ayudado mucho. Le ha dado confianza y seguridad, aunque en otras ocasiones no deja de ponerse colorada. Sigue siendo tímida, es algo que sabe que nunca desaparecerá del todo, pero progresa adecuadamente. Sobre todo con su novio y en ciertos aspectos indispensables en una relación de pareja, la timidez ha desaparecido por completo.

—Ya te he dicho que me encantas, ¿verdad?

—No me importa nada escucharlo todas las veces que quieras.

Con un gesto, el joven le pide que se siente sobre sus rodillas. Valeria obedece y le rodea el cuello con las dos manos. La chica huele a champú. Raúl la besa despacio, con sensualidad. Y, al mismo tiempo, tira de la toalla con una mano para que se desprenda de su cuerpo.

—Cariño, que acabo de bañarme —protesta ella mientras la sujeta para no quedarse completamente desnuda.

—¿Y qué?

—Que...

Pero el chico no la deja responder, interceptando su boca con la suya. La toalla cae al suelo. Nada separa ya las manos de Raúl de la piel cálida y suave de Valeria. Con delicadeza, la posa sobre la cama y se coloca encima. La contempla con pasión. Sin embargo, Valeria se escabulle con un hábil movimiento y vuelve a ponerse de pie. Recoge la toalla y se envuelve en ella.

—¡Nooooo! —grita él decepcionado.

—¡Síiii!

—¿No te late hacerlo otra vez?

—Sí, mucho, pero no hay tiempo. Tengo que irme.

—¿Qué? ¿Adónde vas?

Valeria mira el reloj de la BlackBerry y ve que son las once y veinte. A las doce ha quedado con Marcos del Río para la sesión de fotos en el Retiro. Debe darse prisa. Pero no puede contarle nada a Raúl.

No contesta y abre el clóset. ¿Qué se pone?

—¿Has quedado con alguien? —insiste Raúl, que está extrañado por la reacción de Valeria.

—Eso no es asunto tuyo.

—¿Cómo que no? Eres mi novia.

—¿Y eso te da derecho a saber siempre adónde voy o con quién estoy?

—Claro.

—¿Sí? —le pregunta con una sonrisa. Después saca del clóset una camiseta negra, un jersey blanco y unos vaqueros azul claro—. ¿Es que tú me lo cuentas todo, todo, todo?

Hablan medio en broma medio en serio, como si jugaran con una máquina de la verdad de mentira.

—No estábamos hablando de mí —contesta el chico también sonriente.

—El que calla otorga.

—¡No me vengas ahora con refranes!

—¡Ni tú con evasivas!

—¿Evasivas? ¿Desde cuándo utilizas esa palabra?

—Desde... desde... ¡que juego contigo a Apalabrados!

Raúl suelta una gran carcajada. Valeria también sonríe y se acerca a él con actitud mimosa. Parece que va a salirse con la suya. Ha desviado la atención lo suficiente. Sin embargo, no quiere que dude de ella.

—Cariño, confía en mí —le dice acariciándole la cara—. Ya te enterarás cuando tengas que enterarte.

—OK. Confío en ti.

—Gracias. Te quiero muchísimo. —Y le da un beso.

—Yo también.

—Bien. Pues voy a vestirme.

—¿Me dejas que me quede?

La chica asiente y regresa hasta el clóset. Abre el cajón de la ropa interior y elige un tanga del color de la camiseta y un sostén a juego. Deja caer la toalla y le guiña un ojo a Raúl. Una de las cosas que ha aprendido a lo largo de esos meses es a no avergonzarse de estar desnuda frente a él. Ha vencido ese complejo. Aunque su trabajo le ha costado.

—¿Te gusta cómo me queda esto? —le pregunta mientras posa para él cuando se pone la lencería.

—Mucho.

La joven se aproxima a su novio y le da otro beso. Raúl sonríe a medias. Confía en ella, pero no comprende por qué no le cuenta adónde va. Tampoco quiere insistir. Él tiene más que esconder y, si la presiona mucho, la conversación puede tomar un camino inadecuado.

Le encanta verla vestirse. En silencio, sentado en la cama, disfruta de sus formas.

—¿Vas a comer en Constanza?

—No lo sé. Seguramente. ¿Por qué?

—Por saberlo.

Necesitaba aquella información. Debe responderle a Eli si va a ir a su casa o no. No le late, pero... Lo que está claro es que Val no tiene intención de comer ese día con él, así que el camino está libre.

—¿Tú qué vas a hacer?

—Seguramente, irme a casa y estudiar. Con esto del corto tengo los exámenes abandonados.

Valeria lo observa y hace un gesto de conformidad mientras se abrocha los jeans. Ella tampoco ha estudiado demasiado durante esos días. Tendrá que ponerse las pilas o lo reprobará todo. Pero al día siguiente. Aunque le fastidie mentir, le viene bien que Raúl se quede en casa y no le proponga comer en algún sitio. Así podrá estar en el Retiro el tiempo que Marcos necesite para hacer la sesión. No es una mentira muy grave, es más bien una piadosa. Las fotos terminarán siendo su regalo de aniversario.

—¿Me esperas aquí mientras me maquillo?

—¿Vas a maquillarte?

—Sí, pero solo un poquito —responde, y le da otro beso en los labios—. Tranquilo. Sé que no te gusta que me pinte mucho.

Más besos y sale de la habitación para ir al baño.

Raúl se frota la barbilla pensativo. ¡También va a maquillarse! ¿Adónde irá? No es normal tanto secretismo. Le preocupa que no quiera contarle lo que va a hacer. Quizá sea una pequeña venganza por lo de la noche anterior y simplemente quiera hacerlo sufrir un poco. En cualquier caso, debe dejarlo pasar y no hacer más preguntas.

Aprovecha la ausencia de Valeria para sacar otra vez la BlackBerry y escribirle a Elísabet.

> Diles a tus padres que voy. Tengo ganas de probar esa paella. Sobre las dos estoy en tu casa.

Se lo piensa un poco antes de enviar el mensaje, pero finalmente pulsa el botoncito de su BB y lo manda. No tarda ni un minuto en recibir la respuesta de su amiga:

> ¡Genial! Ya verás qué rica les sale. Te encantará. Nos vemos luego. Un besito.

Lee el nuevo WhatsApp de Eli y, en cuanto lo hace, lo borra. Ninguno de los envíos de su amiga dura más de medio minuto en su smartphone. Toda precaución es poca. Si Valeria descubriera que la engaña sería catastrófico.

De nuevo se siente culpable. Su novia no se merece eso.

La quiere tantísimo... ¿Y si se lo cuenta? Si lo hace sería el fin. Tal vez el fin de algo, pero el principio de una historia mejor, de una relación verdadera al ciento por ciento, llena de sinceridad. Y podría dormir más tranquilo por las noches. Elísabet fue amiga de Val, su mejor amiga. A lo mejor no se lo toma tan mal. O a lo mejor sí.

¿Se lo cuenta?

La escucha tararear *Está en mi garganta*, de Sidonie. No canta muy bien, pero lo hace sonreír. Raúl se levanta de la cama y camina hasta el cuarto de baño. La puerta está entreabierta y observa el rostro de Valeria en el espejo. Está poniéndose un poco de rímel. Es preciosa. Lentamente, abre del todo y se aproxima a ella. Le rodea la cintura con los brazos y le besa el cuello.

—Yo te hablo y me atraganto, estoy temblando, quedo en blanco. Tú me hablas, yo no entiendo... —canta ella.

—¡Te quiero! —completa él la letra de la canción de Sidonie. Y la gira para darle un beso en los labios.

No importa que ambos desafinen ni que la versión del tema que interpretan no se parezca en nada a la original. Les da igual, porque en aquel pequeño espacio lo único que importa es el sabor de sus labios, el calor de sus sentimientos, el roce de sus cuerpos. Lo único que les importa es su amor a prueba de engaños, de medias verdades, de mentiras piadosas.

—Yo también te quiero —dice Valeria con los ojos recién pintados, brillantes y emocionados.

¿Es el momento para contarle lo de Eli? Raúl la observa y también se emociona, como ella. La abraza y se ve en el espejo. Debería contarle lo que pasa. Debería explicarle que todo comenzó con una inocente visita como amigo, pero que ha terminado atrapado por las circunstancias. Debería pedirle perdón una y mil veces por su falta de sinceridad. Suplicarle de rodillas que perdone su gran error.

Sin embargo, no se atreve hacerlo. No es capaz de revelarle que va a ir a comer a casa de Elísabet, ni que durante esos cuatro meses no ha habido ni una sola semana en la que no haya ido a verla. No es lo suficientemente valiente.

Le acaricia los brazos cariñosamente mientras Val termina de maquillarse. Es consciente de su cobardía, pero no tiene ni idea de que lo que sucederá a lo largo de ese sábado desencadenará un caos de sentimientos dañados y corazones rotos.

CAPÍTULO 38

Solo ha salido de su habitación para desayunar. Hace algo más de una hora, se tomó un vaso de Cola Cao y un par de galletas. No habló ni con su madre ni con sus hermanos pequeños, que cada día son más pesados. Esa mañana de sábado lo único que le apetece a Bruno es aislarse del mundo.

Todavía mantiene la BlackBerry apagada. Y de momento no tiene intención alguna de encenderla. Sabe que si lo hace verá las llamadas perdidas de Ester y quizá algún que otro mensaje. No debe caer en eso. Se ha propuesto desengancharse un poco de su amiga a toda costa y si es débil no lo conseguirá.

Es duro desconectarse de ella, pero tiene que lograrlo. ¡Está obsesionado! Volverá a hacerse daño si continúa de esa manera, mucho más daño del que ya se ha hecho a sí mismo estando a su lado sin confesarle que la quiere. Prometió que nunca la dejaría sola, pero sus fuerzas tienen un límite. Y hace semanas que lo sobrepasó. Meri tenía razón en lo que le dijo.

Seguro después de que él se fuera del parque de La Vaguada Ester continuó riéndole las gracias a ese tal Sam. Qué torpe engreído y prepotente. Cada vez que lo piensa se pone enfermo. Sin embargo, no puede ni quiere hacer nada al respecto. No después de lo que su amiga le soltó la noche anterior. Su reprimenda se le viene a la cabeza constantemente y lo hace sentir mal. No fue justa.

Debe olvidarse de todo y buscar algo que haga que el tiempo pase más deprisa. Por lo que presiente, será un fin de semana muy largo. Estudiar está descartado. Tampoco tiene ganas de Play Station. ¿Leer? No. Al menos, no un libro. ¿Y si sale a la calle a comprar una revista? Una de futbol o de baloncesto. También podría hacer una quiniela. Cualquier cosa con tal de no pensar todo el rato en ella.

Toma diez euros de su cartera y grita que sale un momento. Su madre se asoma, pero ni siquiera tiene tiempo de preguntarle adónde va.

Hace un día bonito y soleado para pasear por Madrid. Corre una brisa fresquita, agradable, típica del mes en el que están. Se ha llevado el reproductor de música y se lo pone al máximo. La Ley de Darwin y su *California* suenan a todo volumen en los audífonos. Ya le gustaría a él estar en un sitio como California o Nueva York y alejarse de todo lo que le pasa en la capital. Empezar de nuevo, de cero. Y buscar su sitio. Si acertara el pleno al quince se llevaría unos cuantos miles de euros y podría hacer un viaje a algún sitio lejano, muy lejano. Aunque es más fácil que Ester se enamore de él que le toque la quiniela. O no. Más bien no. Una equis, ya que ambas cosas son ciento por ciento improbables.

Pese a su desesperanza, entra en un local de Apuestas y Loterías del Estado y rellena una boleta. Su orgullo no le permite poner que gana el Barça. Seguro que si su amiga estuviese a su lado le echaría la bronca. Sonríe con tristeza y rompe el papel. Toma otro y cambia el signo de ese partido: Racing de Santander-Barcelona, dos. Le fastidia, pero el dinero es el dinero.

Quiniela hecha, como su suerte. Quizá ese fin de semana sea el último que pase como Bruno, al que nada le sale bien.

En un puesto próximo, compra el *As* y la revista *Gigantes del basket*. Así tendrá lectura hasta que empiece la jornada de liga por la tarde. Haber hecho la quiniela lo motiva para seguir incluso los partidos de segunda.

—¡Bruno! ¡Bruno!

Alguien a su espalda lo llama. La voz le resulta conocida. Se vuelve y ve que una chica con el pelo azul se dirige hacia él caminando deprisa.

—Hola, Alba. ¿Qué haces por aquí? —Dos besos.

—Iba a verte a tu casa.

—¿A mí?

¿A él? Ni siquiera estaba al tanto de que Alba supiera dónde vivía. Esa sí que es una visita inesperada.

—Sí, a ti. ¿Qué tiene de extraño que una amiga quiera ver a un amigo?

—Nada.

—Es que como llevas desde ayer con el celular apagado y no contestas en las redes sociales, pensé que seguramente no estarías muy bien.

—Estoy bien.

—No lo creo.

—Pues créetelo. Estoy genial.

—No. No lo estás —lo contradice sonriendo. Luego le señala lo que lleva en la mano—. ¿Qué le has puesto al Atleti?

—¿Atlético-Granada? Un uno.

—¡Bien! Tú y yo empezamos a entendernos.

—Pero se lo he puesto contra mi voluntad.

—En el fondo, todos los que son del Madrid tienen su corazoncito rojiblanco.

—¿Bromeas? ¡No tengo nada de colchonero!

Alba ríe. Sabe que lo ha picado, justo lo que pretendía hacer. El futbol es una de sus debilidades.

Los dos caminan por la calle hacia el edificio donde vive el chico.

—Ya veo que por lo menos no estás hundido, escondido bajo las sábanas de tu cama. Esperaba encontrarte más o menos así.

—¿Por qué iba a estar así?

—Bruno, no tienes por qué disimular. Anoche te largaste sin siquiera despedirte de nadie. Y todo porque Ester y Sam...

—Me da lo mismo lo que hicieran esos dos —la interrumpe malhumorado.

—¡Ya estamos otra vez con que te da igual! Nada de lo que haga o diga Ester te da igual. Los dos lo sabemos.

—¿Estás en mi mente para saber lo que pienso?

—No. Pero soy muy intuitiva.

Una conversación en la que la protagonista sea su mejor amiga es lo que menos le apetece a Bruno en esos instantes. Pero Alba se empeña en recordársela una y otra vez. Si cree que está mal, no tiene sentido que lo martirice así.

—¿Has venido a ver cómo estaba o a machacarme con ese tema?

—He venido para decirte que puedes contar conmigo si necesitas hablar con alguien. Y... a invitarte a una Coca-Cola. ¿Te late?

Esa joven es muy rara. ¡Sale por donde uno menos se lo espera! Y aunque es la segunda vez que se mete en un jardín que no debería pisar, a Bruno le cae bien.

—Si prometes que no vas a volver a hablarme de Sam y de Ester, acepto.

—Te lo prometo.

—Bien. ¿Adónde quieres ir?

—No sé. Tú eres el que vive por aquí.

Bruno mira a su alrededor. La verdad es que tampoco es que conozca muy bien la zona. Nunca sale con sus padres a comer fuera o de bocadillos con sus amigos. Él no es de esa clase de chicos.

—Vamos a aquel —dice mientras señala una cafetería al otro lado de la calle.

Los dos cruzan por un paso de cebra y entran en el establecimiento. Se sientan a una mesita pegada a la pared y piden una Coca-Cola cada uno.

El smartphone de Alba comienza a sonar. Se lo saca de un bolsillo del pantalón y lee el mensaje que ha recibido por WhatsApp. Resopla, pero no responde. A continuación, mira al chico que tiene frente a ella y cambia la expresión de su rostro.

—No sé si te has enterado de lo que pasó ayer por la noche cuando te fuiste.

—¿Qué pasó?

—Besé a Raúl.

—¿Qué? ¿Besaste a Raúl? ¿Por qué?

La chica le explica lo que sucedió. Parece apenada, muy arrepentida de haberse extralimitado.

—Me equivoqué.

—Pero ¿lo hiciste por algún motivo especial?

—Fue un impulso. Nada más.

—No lo entiendo.

—Ni yo. Pero me salió así. Esta tarde iré a pedirle disculpas a Valeria, aunque no creo que quiera hablar conmigo.

—No lo sé. Has besado a su novio en su propia cara. Tiene motivos para estar enojada.

—Ya. Y eso hace que me sienta mal.

—Deja que pase un tiempo, quizá lo olvide. Ella, aunque es una testaruda, no es nada rencorosa.

Alba le da un sorbo al refresco y vuelve a mirar la Black-Berry. Relee el mensaje que ha recibido antes.

—No puedo esperar. Si pasa el tiempo y continúa enojada conmigo, la habré perdido para siempre. Estas cosas hay que arreglarlas cuanto antes.

—Llámala.

—Me colgaría.

—Escríbele un mensaje a...

—¿No podrías decirle que vaya esta tarde a su cafetería? —le pregunta interrumpiéndolo—. Queda con ella y aparezco yo en tu lugar. Así tendremos que hablar sí o sí y le pediré perdón.

—¿Qué? ¿Quieres que la engañe?

—Es que si no... Si la llamo yo y le pido que quede conmigo no va a querer. Y necesito charlar con ella sobre lo de anoche. Por favor, Bruno.

—No puedo hacer eso. Val es mi amiga.

—Sí puedes. Yo también quiero que siga siendo mi amiga. Es una mentirilla de nada, por una buena causa. Por favor.

—Seguro que si vas por la tarde la encuentras allí de todos modos. No hay necesidad de que yo le diga nada.

—¿Y si no está? Si está solo su madre... Por favor, Bruno, tienes que echarme una mano con esto.

El joven mira a un lado y se rasca la cabeza dubitativo. Bebe de su vaso y abre el *As* por el final. El Betis-Real Madrid no comienza hasta las diez. Podría quedar con Val en Constanza para pedirle apuntes de alguna asignatura y, cuando apareciera Alba, marcharse y dejarlas solas. No le gusta mucho involucrarse en algo así, pero comprende a la chica del pelo azul. No hay nada peor que sentirse mal por la pérdida de confianza de una amiga. A él le pasó con Meri y aún siguen distanciados.

—Está bien. Te ayudaré.

—¿Sí? ¡Mil gracias!

—Pero lo haremos de otra manera.

—Cuéntame. ¿Cómo quieres hacerlo?

—Iré yo primero para que me dé unos apuntes de Filosofía que me faltan, y luego ya apareces tú y yo me largo para dejarlas hablar. Así, aunque sea una trampa no se enterará de que aquello está organizado y no se enojará conmigo.

—OK. Perfecto —accede Alba muy sonriente—. Queda ya con ella, no vaya a ser que haga planes para la tarde.

—¿Ya?

—Sí, a ver si luego no va a poder o lo que sea.

Eso significa encender la BlackBerry y ver todo lo que ha recibido a lo largo de las últimas horas. Saca la BB de la sudadera y la observa indeciso. Sabe que en el momento en que la encienda volverá a tener noticias de Ester, con todo lo que ello conlleva.

Finalmente, Bruno cede y pulsa el botón de encendido. Teclea el pin de acceso y espera. A cada segundo que transcurre suena un nuevo pitido.

—¡Sí que estás solicitado! —grita Alba sorprendida.

En realidad, la mayoría provienen de Ester. También hay llamadas perdidas y mensajes en el WhatsApp de la chica que tiene enfrente. Resignado, escribe a Valeria.

Val, necesito que me dejes los temas 9, 10 y 11 de Filosofía. Esta tarde paso a las 17:00 por Constanza para recogerlos. Gracias.

—Ya está hecho. —Y lee en voz alta lo que le ha enviado a su amiga.

—Eres el mejor.

279

Alba se pone de pie y se acerca a él. Bruno vuelve la cabeza y de repente se encuentra con los labios de la chica en su boca. Es un simple beso que no dura ni dos segundos. La joven se encoge de hombros, muy sonriente, se da la vuelta y camina alegre en dirección a la barra de la cafetería para pagar. El joven la contempla en estado de *shock*.

Ha pasado. ¡No puede creerse que aquello haya pasado!

No ve estrellas, ni luces, ni cohetes. Solo ve un puñado de mesas vacías en una cafetería en la que ha entrado por primera vez esa mañana. Y allí, de pie, a ella. A la protagonista de lo que tantas veces ha soñado. Con rostro, con nombre, con voz.

La joven saca cinco euros y se los da al camarero. Mientras este le cobra, mira, con una bonita sonrisa dibujada en la cara, hacia la mesa donde a ese chico bajito le late el corazón a doscientos mil por hora.

Y es que lo que para Alba ha sido un piquito sin importancia para Bruno ha significado el primer beso en los labios que ha dado en toda su vida.

CAPÍTULO 39

Sale del metro a la calle Alcalá y entra en el parque del Retiro por la puerta de Hernani. Acaba de recibir un WhatsApp de Bruno que responde antes de acelerar el paso. Es tarde.

> OK. Te los llevo a la cafetería a las 17.00. Nos vemos luego. Un besito.

Valeria camina deprisa. Son casi las doce y aún le queda un buen trecho hasta llegar al Palacio de Cristal. El día y la hora son perfectos para dar un paseo por allí. Luce un sol radiante. Hay muchos padres con niños pequeños, gente haciendo deporte, montando en bicicleta, parejas sentadas en el césped y personas solitarias leyendo bajo la sombra de los árboles. La primavera está a punto de llegar y eso se nota en parajes como ese. Se respira un aire diferente al de otros lugares de la capital. Y eso que el Retiro no deja de estar en un punto céntrico en el que la contaminación también es abundante y el tráfico infernal en una y otra dirección.

Cruza la plaza de Nicaragua y enfila el larguísimo paseo del Estanque. Es una de sus zonas preferidas del parque. A la derecha, los vendedores ambulantes, las pitonisas y los mimos tratan de conseguir el favor del público. A la izquierda, el lago en el que unos cuantos practican el remo montados en las famosas barquitas. ¿Por qué nunca ha ido allí con Raúl? Se lo propondrá la próxima vez que lo vea.

Siente nostalgia y cierta sensación de culpabilidad por no estar con él en ese momento. Va al encuentro de un chico que no es su novio. Aunque solo es para que le haga unas fotos, nada más. Sin embargo, el parque del Retiro es un sitio especial para las parejas, ya sean jóvenes, mayores, de novios o casadas y con hijos. Ella tiene el mejor novio del mundo y, aun así, camina sola en busca de otro joven.

Ya son más de las doce. Está en la plaza de Honduras tras recorrer todo el paseo con el monumento a Alfonso XII enfrente. Empieza a sentirse algo fatigada. A pesar de que están en marzo, bajo el sol y andando a aquel ritmo, nota el cansancio. Nunca ha estado muy en forma. Deja atrás la fuente de la alcachofa y entra en la avenida de Cuba. Unos niños vestidos con camisetas amarillas y pantalones cortos azules la saludan a voces cuando pasa a su lado. Debe de tratarse de un equipo benjamín o principiante de futbol. Val les responde con una sonrisa y un grito de ánimo. Algún día será ella la que lleve allí a sus hijos. Aunque eso de ser madre lo piensa muy lejos todavía. Se pregunta si Raúl será el padre. Si así fuera y se parecieran a él, serían unos niños preciosos.

Está tan distraída imaginando el futuro con su chico que casi se pasa del caminito que conduce hasta el Palacio de Cristal. Esa zona es todavía más silvestre, más frondosa. Sólo se ven árboles y hierba, prácticamente. Por suerte, no es alérgica y puede respirar ese aire tan puro, que le sienta de maravilla.

Anda unos metros más por una vereda de tierra hasta que, apoyado en una barandilla, lo ve. Es la primera vez que coincide con Marcos del Río vestido de *sport*. Se ha puesto una sudadera azul y unos pantalones oscuros de deporte. Incluso se ha cubierto la cabeza con una gorra Nike a juego con la parte de arriba. Debe reconocer que hasta así tiene clase, mucha clase.

Él también repara rápidamente en su presencia. Se cuelga al hombro una bolsa que descansaba en el suelo a su lado y camina hasta ella.

—¡Hola! —exclama cuando se acerca—. Qué guapa te has puesto. Estás preciosa.

—Bueno... lo... primero que he tomado —responde azorada.

—Estás perfecta para una sesión de fotos. Quedará genial.

Los piropos de ese joven se suman al calor del sol. Consecuencia, la de siempre: se sonroja y le arden las mejillas. Y es que sigue teniendo ese problema cuando alguien la halaga.

Los dos comienzan a caminar por el parque del Retiro en ese soleado sábado de marzo.

—¿Adónde vamos?

—Pues podemos empezar por hacerte algunas fotos en la Rosaleda. ¿Te parece?

—¿La Rosaleda es eso que parece un laberinto de setos?

—Exactamente.

—No sé si sabré hacer esto.

—¡Claro que sabrás! Es muy sencillo. Tú mira a la cámara y yo pulso un botón. Así de fácil.

—Con mi cara no creo que sea tan fácil como dices.

—Lo será mucho más. Eres una de las chicas más fotogénicas que conozco.

—Ya... Seguro.

Más piropos, más calor, más color en sus mejillas.

Antes de llegar al lugar propuesto por Marcos, el joven saca la cámara y le pide que se coloque delante de unos árboles en el paseo Julio Romero de Torres.

Un clic y una sonrisa. A un lado, a otro, se agacha. El

fotógrafo se mueve como pez en el agua. A Valeria, en cambio, le cuesta muchísimo más. No sabe qué cara poner. Trata de sonreír cuando él se lo pide, pero no termina de salirle. Su timidez se impone.

—Val, relájate —le dice Marcos—. Imagina que estás desnuda en la cama después de hacer el amor con tu novio.

—¿Qué? ¿Cómo voy a imaginarme eso?

—¿No haces el amor con tu novio?

—Eso... eso... ¡no es asunto tuyo! —exclama enfurecida y con los cachetes rojísimos—. ¡Serás idiota!

—Piensa en ello. Tú, él... desnudos... después de...

—¡No! ¡No voy a pensar en nada de eso! ¡Y no vuelvas a repetírmelo! ¡Eres un pervertido!

Mientras Valeria grita fuera de sí, Marcos aprovecha para hacerle cuatro o cinco fotos y sonríe cuando acaba. Camina hasta ella y le da una palmadita en la espalda.

—¿A que ya estás mejor?

—Pues...

—Te hacía falta soltarte un poco. Gritar siempre viene bien. Siento haberte provocado así, son truquillos de fotógrafo.

—Pero...

—Vamos a la Rosaleda. Allí hay una claridad espectacular.

Val no sabe si ese chico está loco o es un genio. Pero lo cierto es que se siente más relajada. Es como si se hubiese desahogado y desprendido de toda la tensión que le imponía el objetivo de la cámara.

Marcos le hace varias decenas de fotos en la Rosaleda. Poco a poco, la chica va sintiéndose más cómoda. Posa de muchas maneras. Incluso se permite el lujo de mostrarse sensual cuando él se lo pide. No pierde del todo la timidez, pero la vive de otra forma y se deja llevar en cada clic. Quizá sea por la confianza que Marcos le transmite con sus palabras. La verdad es que está divirtiéndose mucho.

Recorren casi todo el parque del Retiro. Hacen fotos en el Palacio de Velázquez, en la plaza de Mármol, incluso en el embarcadero del estanque. Hasta se sube en una de las estatuas del paseo de Argentina. Son casi dos agotadoras horas bajo el sol y el cielo más limpio de Madrid.

—No puedo más —le comenta Val; la joven se agacha y apoya las manos en las rodillas para tomar aire—. Estoy como si hubiera corrido una maratón.

—¿Por qué te crees que he venido vestido así? —dice él al tiempo que se toca la visera de la gorra—. Vamos por algo de beber. Yo invito.

—No hace falta...

—Tú me has hecho el favor de venir hasta aquí y posar para mí. Yo pago los refrescos y... —De la bolsa que lleva colgada al hombro saca dos bocadillos enormes envueltos en papel aluminio—. Pongo la comida.

—No lo puedo creer.

—Qué prefieres, ¿jamón y queso o queso y jamón?

La joven sonríe y toma uno de los dos bocadillos. Tiene hambre y, sobre todo, sed. Sacan un par de latas de Fanta de naranja de una máquina y se sientan en el césped, bajo un árbol. Mientras mastica el primer bocado, Valeria piensa en lo bien que se está allí. La brisa le acaricia la cara, oye el canto de los pájaros, los rayos de sol le calientan la piel suavemente. ¡Y el bocadillo está riquísimo! El fotógrafo está logrando que sea un día de lo más especial.

—¿Tú no tienes novia? —le pregunta Valeria. Pretende cambiar un poco la dinámica de sus conversaciones, en las que siempre hablan de ella.

—No. No tengo.

—¿Y eso?

—Bueno, el destino lo ha querido así.

Otra vez con lo mismo de siempre. Parece que para

Marcos no exista otra cosa. Todo lo justifica con el karma o con el destino.

—¿No crees en la voluntad de las personas? ¿En que cuando alguien hace algo es porque quiere hacerlo o porque tiene un motivo para ello?

—Claro que creo en las personas. Todas las noches escucho a muchas de ellas contándome sus problemas, sus miedos, sus alegrías... Pero es imposible explicar todo lo que les pasa si no está ya escrito.

—No te entiendo.

—Es muy sencillo. A cada instante de la vida se llega por diferentes caminos. Tú y yo estamos aquí y ahora juntos, sentados, comiéndonos un bocadillo y hablando de esto, por millones de motivos que han ido sumándose hasta este segundo. ¿Crees que tú y yo estamos aquí por nuestra propia voluntad? ¿Por nuestras decisiones?

—¿Y por qué si no?

—Porque está escrito en alguna parte. Algo o alguien nos ha impulsado hasta este punto —dice convencido—. En nuestras historias está escrito que nos encontraríamos el jueves por la noche. Tu agaporni se escapó, tú saliste a buscarlo, yo pasaba por allí, *Wiki* llegó hasta mi hombro, tú me encontraste, yo te di mi tarjeta... Y luego vino todo lo demás.

—Casualidades de la vida.

—Tú lo llamas casualidad, yo lo llamo destino. De alguna manera, tú y yo estábamos destinados a encontrarnos.

Valeria da un sorbo a su refresco de naranja. Sigue sin verlo tan claro como él.

—Entonces, según esa teoría, da igual lo que hagamos, porque está escrito que algo sucederá y explicará, por ejemplo, por qué nos hemos encontrado. O qué pasará con nosotros dos, ¿cierto?

—Eso es.

—Es una locura —apunta la chica antes de darle un nuevo mordisco a su bocadillo.

—Puede parecer una locura, pero yo creo en eso. El destino es caprichoso y no hay que buscar explicación a lo que nos pasa, porque no la hay. No hay explicación para determinadas circunstancias.

—Salvo la explicación de que las cosas suceden porque ya están escritas, ¿no?

—Efectivamente. Así es.

—Es muy raro... Yo no lo veo como tú. ¿A ti te ha pasado algo que te haga pensar de esa manera?

Marcos se sacude las miguitas de pan de la sudadera y del pantalón. No mira a Val a la cara cuando responde.

—Como te he dicho, la vida se compone de una serie de situaciones que te van llevando de un sitio a otro. A mí me dio un palazo muy fuerte. Pero tal vez como consecuencia de aquel golpe tan grande esté aquí contigo. Y quién sabe si tú y yo no tendremos un futuro juntos, como pareja.

—¿Cómo? ¿Hablas de salir juntos como novios? —pregunta Val muy sorprendida.

—No lo sé. Quizá sí. Estoy muy a gusto a tu lado y me siento bien contigo. Y no olvides que nuestro agaporni nos unió —concluye con una sonrisa.

Esa historia parece sacada de una serie de televisión estadounidense. Pero está sucediéndole de verdad. Tiene sentado frente a ella a un locutor de radio que es un grandísimo fotógrafo y que dice que el destino los ha unido a través de un pájaro que antes fue suyo y ahora es de ella. ¿Dónde está la cámara oculta?

—Marcos, ya sabes que tengo novio. Y lo quiero mucho.

—Yo también tenía novia hasta hace poco. Y también la quería muchísimo —comenta emocionado—. Ella fue, precisamente, la que me regaló a *Yuni*.

CAPÍTULO 40

Dos años juntos. No puede creerse lo rápido que pasa el tiempo. Parece que fue ayer cuando conoció a Laura. Se la presentó su mejor amigo y, desde entonces, su vida ha cambiado por completo.

—*Yuni*, hoy es un día especial —le dice Marcos a su pájaro, que reposa en su hombro mientras él pone la mesa—. Todo tiene que salir perfecto.

Le ha preparado a su novia una comida de aniversario que ha cocinado él mismo, un menú para chuparse los dedos. El plato favorito de Laura, lasaña, pero no de las de descongelar y calentar en el microondas. No, es una lasaña casera hecha con sus propias manos. Y para acompañarla, un vino blanco exquisito.

Suena el timbre del portero automático y Marcos se dirige hacia el interfón con el agaporni agarrado a su jersey.

—¿Sí?

—Soy yo. ¿Me abres?

—Por supuesto, cariño.

Pulsa el botón y corre a guardar la avecilla multicolor en la jaula que tiene en la sala. Hace justo un año que son compañeros de departamento. El agaporni fue precisamente el regalo que Laura le hizo por su primer aniversario como novios. En aquel momento apenas hacía un par de meses que Marcos se había independizado y se había marchado de casa de sus padres. Para que no se sintiera tan solo, ella le compró un inseparable. A él siempre lo habían entusiasmado aquellos pájaros, incluso había fotografiado varios. Tenía un buen número de pequeños álbumes llenos de imágenes de agapornis de todos los colores.

—No te quejes mucho hoy, ¿eh? Luego te sacaré otra vez.

Y tras intercambiar un silbidito con *Yuni*, se dirige rápidamente a la puerta del departamento. No espera ni a que Laura llame al timbre para abrir. La chica sale del ascensor en ese instante y camina hacia él. Los dos se besan en la entrada del quinto A y pasan adentro.

—Qué bien huele.

—He hecho lasaña, tu plato preferido.

—Muchas gracias. No tenías que haberte molestado. Podríamos haber ido a comer a un restaurante.

—Esto es más personal. Más... íntimo.

Y le da un beso en los labios. Laura se acerca a la jaula del agaporni, que la saluda con un silbidito. Marcos abraza a su chica por detrás y también contempla a su pequeña mascota.

—Pensándolo bien, es mejor que nos quedemos —comenta ella después de apartarse un poco.

—Claro que sí. Después de comer podemos...

Le susurra sus intenciones al oído. Sin embargo, la joven se da la vuelta y lo mira a los ojos. Está muy seria.

—Cariño, tenemos que hablar.

—Tenemos que hablar... ¿sobre qué?

—Sobre nosotros.

—¿Nosotros? ¿Qué nos pasa?

—Me he enterado de algo. Al principio no me lo creía, pero esta mañana me han confirmado que es verdad.

—No sé de qué me estás hablando.

—Yo creo que sí lo sabes.

—No.

Laura abre la ventana que tiene al lado para que le dé un poco el aire. Saca la cabeza por ella y el aire frío la golpea en la cara. No se encuentra bien. Odia que aquello esté pasando el mismo día en el que cumplen dos años juntos. Pero no le queda más remedio que atreverse a continuar. Resopla y va a sentarse en el sofá.

—¿Por qué lo hiciste?

—¿Hacer el qué?

—Acostarte con Alexandra —le suelta reuniendo todo su valor.

—¿Quién te ha dicho eso?

—Qué más da. Es verdad, ¿no? No me mientas, por favor.

—Yo...

—Es verdad...

La chica se lleva las manos a la cara y se echa a llorar. Marcos resopla. Se derrumba y se sienta junto a ella. No esperaba celebrar su segundo aniversario como pareja de aquella forma. Mira hacia el frente con gran frustración. A su izquierda, Laura continúa llorando, pero hasta con lágrimas en los ojos y llena de rabia, conserva esa tranquilidad, esa calma de la que siempre hace gala. Está muy triste, decepcionada, rota en mil pedazos por la situación. Sin embargo, no quiere montar un número. No es su estilo. Saca un pañuelo del bolso y se limpia la nariz y la cara.

—Lo siento.

—No lo sientes, Marcos.

—Claro que sí lo siento. Aquello pasó hace mucho tiempo. Seis meses, me parece —comenta tratando de justificarse—. A quien quiero es a ti.

—Si me quisieras, no te habrías acostado con otra. Y menos con ella.

—Fue cosa del destino...

—No, Marcos, no. De aquello no tuvo la culpa el maldito destino en el que siempre te excusas y al que siempre recurres —lo corrige la chica alterándose como pocas veces aunque sin alzar la voz—. Te acostaste con Alex porque los dos quisieron.

—Te equivocas. Si tú no hubieras ido al pueblo a visitar a tus padres aquel fin de semana yo no habría salido con los de la radio y no me habría tomado una copa de más. Alexandra no me habría acompañado a casa para que no condujera y no me habría acostado con ella. Estaba escrito.

La sonrisa irónica de Laura se llena de imparables lágrimas.

—Estás loco.

—Cariño, perdóname. Sé que el karma tiene que hacerme pagar que...

—¡Que dejes de hablar así! ¡Carajo! —grita la chica al tiempo que se levanta del sofá—. ¡Ni en el momento en que te estoy dejando vas a olvidarte de esas idioteces!

Nunca antes la había visto perder los estribos. Ella no se altera jamás. Sin embargo, ahora no solo está triste, sino también muy furiosa.

—¿Vas a dejarme?

—¿Y qué quieres que haga? ¿Cómo voy a seguir contigo después de enterarme de esto?

—Yo te quiero. De verdad.

—¡Te acostaste con mi hermana!

—El destino lo quiso así... Tu hermana me trajo a casa y nos dejamos llevar porque estaba escrito en alguna parte. Seguro que para hacer más fuerte lo nuestro.

—Marcos, estás mal —susurra Laura con nuevas lágrimas en los ojos—. Muy mal. Y deberías mirarlo. Es un consejo que te doy muy en serio.

—Laura, yo te amo.

Entonces el joven se lanza a sus pies. Se agarra con fuerza a las piernas de la chica. La atrapa y no le permite caminar hacia la puerta.

—Suéltame.

—No te vayas. Por favor, no me dejes.

—No estás bien. Necesitas tratamiento.

—Lo que necesito es que me perdones y sigamos juntos. ¡Nuestra historia está escrita en las mismas páginas del libro del destino!

—¡Olvídate de eso ya! ¡Suéltame!

Laura le golpea con el pie en la cara y consigue liberarse de él, aunque pierde uno de sus zapatos. No quiere seguir allí, así que, antes de que Marcos pueda reaccionar, corre hasta la puerta del departamento y se marcha a toda prisa. El joven oye desde el suelo, arrodillado, que el ascensor baja.

Se ha terminado. Aquello tenía que pasar tarde o temprano. Le duele que haya sucedido el día que celebraban dos años de novios. La lasaña que ha preparado huele tan bien...

Se levanta y camina hasta el horno. La saca y deja que se enfríe un poco. Mientras espera, se sienta en el sofá del salón y piensa. La historia continúa, aunque ya sin Laura. Es justo. Comprende que ella no quiera seguir con él. Se equivocó porque el destino quiso que se equivocara. Y ahora el karma... se la ha devuelto.

CAPÍTULO 41

Su primer beso con una chica. Tumbado boca arriba en su cama, Bruno sigue tratando de asimilar lo que ha sucedido hace un rato en aquella cafetería. Le resulta difícil explicar cómo se siente. Lo había imaginado de muchas maneras, en miles de sitios y situaciones diferentes, pero siempre con alguien a quien quisiera.

Desde que conoció a Ester, ella había sido la protagonista de todas sus ensoñaciones sobre aquel primer beso. De hecho, su amiga era su única candidata.

¿Por qué lo habrá besado Alba? Ni siquiera le ha dado explicaciones. Para ella no ha significado nada. Ha pagado los refrescos, han quedado de verse por la tarde en Constanza a las cinco y se han despedido sin más. Ni una sola palabra sobre lo que había pasado entre ellos. Tal vez porque había sido algo sin importancia, un simple agradecimiento, un beso de amigos. Pero ¿desde cuándo se dan besos en la boca los amigos?

En cualquier caso, aquello lo ha despistado. Ni siquiera ha prestado demasiada atención a su BlackBerry, ya encendida, ni ha respondido a los mensajes de Ester. Su amiga le rogaba insistentemente que la llamara o escribiera cuando pudiese. Tenían que arreglar lo de la noche anterior.

Debería hacerlo. Da un salto y se incorpora. Alcanza su smartphone y presiona su nombre. Un bip, dos bips...

Desde que ha regresado a su casa no ha podido dejar de pensar en Rodrigo. Hasta su madre le ha preguntado si todo va bien. Ella ha tratado de disimular con su habitual sonrisa, aunque no sabe si ha estado muy convincente. Siente lástima por él a pesar de cómo la trató y del gran daño que le causó. No le ha gustado encontrárselo de esa manera: derrotado, perdido, sin rumbo. Esa no es la persona que ella conoció hace unos meses y de la que se enamoró locamente.

Pero ¿qué puede hacer?

Lo mejor es terminar para siempre. Si cumple con la promesa de que no volverá a llamarla, la historia se habrá acabado.

Sin embargo, se siente un poco culpable del estado de Rodrigo. Sabe que la causa principal de su depresión es que lo hayan echado del equipo de voleibol. Y que si la quisiera tanto como dice, no habría esperado cuatro meses para disculparse. En cambio, no debe mentirse a sí misma: verlo ha removido sus sentimientos, que en ese momento no están nada claros.

Vaya racha. Primero lo de Bruno y luego esto. Su amigo sigue sin dar señales de vida. A lo mejor ha escrito algo en alguna de sus páginas.

Se sienta frente a la computadora y la enciende. Está algo cansada. Vive con demasiada tensión y eso la agota. Casi por inercia, lleva el cursor hasta la pestaña de Twitter en la barra de favoritos. Cliquea en ella y comprueba que tiene un seguidor más. ¡Oh, es Alan Renoir! El novio de su prima la sigue. Y, además, le ha dejado un enlace que acompaña a un tuit.

> ¿Qué te parece? Aquí es adonde vamos a llevarte. <http://www.lamision.es/recuerdo.html>. A las 14.00 pasamos a por ti.

Entra en el *link* y descubre un restaurante precioso. Examina la carta y se le hace agua la boca. Sin duda, comer con Cristina y Alan le vendrá muy bien. Quizá ellos puedan darle algún consejo que le sirva de algo.

> El sitio parece perfecto, aunque espero que no sea muy caro. Estoy deseando verlos. No tarden mucho.

Son las 13:45. No falta demasiado para que lleguen. ¡Y Bruno sin dar señales de vida! Se levanta de la silla y va a por su smartphone. Entra en el WhatsApp y comprueba que hace varios minutos que su amigo se ha conectado.

—Será torpe —murmura.

Vuelve a soltar el aparato donde estaba y se queda mirándolo. Ya le vale no llamarla. ¿A que llama ella a su madre y le cuenta lo mala persona que es su hijo? Sin embargo, en ese instante, cuando más molesta estaba con su amigo, el nombre de Bruno aparece en la pequeña pantalla de su BB. Deja que suene una, dos, tres veces y responde.

Al tercer bip, su voz.

—¡Buenas tardes, señorito desaparecido!

Su tono no es demasiado amable, es más bien irónico. Ester no se caracteriza precisamente por ser sarcástica. Suele mostrarse siempre muy transparente y casi nunca va con segundas intenciones.

—Hola.

—¿Has visto que te he llamado unas cien veces?

—Exagerada. Solo tengo trece llamadas perdidas tuyas.

—¡Trece llamadas son trece minutos de mi tiempo perdidos! —exclama fastidiada por la desidia de su amigo al hablarle.

—No me habrías llamado si te suponía una pérdida de tiempo.

—¿Qué? ¿Me lo estás diciendo de verdad?

Aquello no va por buen camino. Se supone que tienen que hacer las paces, no enfadarse más, que de momento es lo único que están consiguiendo.

—Mejor dejémoslo. He terminado llamándote yo, ¿no?

—Ya. Menos mal, porque estaba a punto de llamar yo a tu madre.

—¿A mi madre? ¿Para qué?

—Para lo de la cena de esta noche. Ella me invitó ayer y yo dije que sí.

—Ah, eso. Ya me lo contó.

—Como tú no me contestabas ni a los mensajes ni a las llamadas, algo tenía que hacer para ponerme en contacto contigo.

—Bueno. Pues... al final no hay cena.

—¿No? ¿Por qué?

—Porque le dije que no podías venir.

—¿Que hiciste qué?

—No veía oportuno que, después de lo que había pasado en el parque de La Vaguada, vinieras a cenar con mi familia. Pero tampoco quería que mi madre se preocupase. Es una melodramática y se habría puesto muy pesada si le hubiese dicho que habíamos discutido. Así que le mentí y le conté que te ibas a pasar el fin de semana fuera con tus padres.

—¿Hablas en serio?

—Claro que te lo digo en serio.

296

—No lo entiendo, Bruno. De verdad, que no puedo comprenderlo.

—¿Te has molestado?

—¿Tú qué crees?

—Tampoco es para tanto. Habrá más fines de semana. Este no era el adecuado.

Ester guarda silencio. Lo que ha hecho su amigo le parece fatal. Le ha molestado muchísimo. Aunque está en su derecho a no querer que cene en su casa. Y quizá sea lo mejor, por lo que está viendo. Aun así, se siente rabiosa con él.

—Bueno, pues por lo menos ya tengo la noche libre para irme a cenar con Rodrigo —le suelta de repente.

Ese comentario le cae al chico como un jarrón de agua fría. Ester, por su parte, se peina el flequillo nerviosa. El corazón le late muy de prisa. ¿Por qué le ha dicho eso? ¿Para herirlo? Sabe que va a hacerle daño.

—¿Has vuelto a ver a ese tipo?

—Sí... esta mañana... ha venido a mi casa...

—¿Y lo has dejado pasar?

—No. Hoy no. Estaban mis padres. Ayer sí.

—¿Qué? ¿Ayer?

—Sí. Quería disculparse por lo que pasó. No se encuentra muy bien. Lo han echado del equipo porque ha discutido con el presidente del club. No puedes imaginarte lo cambiado que está. Parece otro.

—¿Después de lo que te hizo lo has dejado entrar en tu casa y has vuelto a hablar con él?

La indignación de Bruno es enorme. Tanto tiempo consolándola, ayudándola a superar su ruptura, abriéndole los ojos para convencerla de que ella no tenía la culpa de nada, de que Rodrigo era un mal nacido y el único culpable de todo... y ahora regresa como si nada hubiera pasado.

—Sí. Y quiere que cenemos esta noche para aclarar las

cosas definitivamente. No le he contestado porque ya tenía plan contigo y con tu familia. Pero ahora... igual lo llamo para quedar.

—¿Vas a cenar con él de verdad?

—Puede que sí —responde ella tímidamente—. Ha cambiado mucho.

—No ha cambiado, Ester. Está volviéndotela a jugar. Solo quiere alagarte el oído para que lo dejes entrar de nuevo en tu vida. Las personas como él nunca cambian.

—Todo el mundo tiene derecho a una segunda oportunidad.

No sabe ni por qué ha dicho eso. Hace unos minutos pensaba que lo mejor era olvidarse de Rodrigo para siempre y ahora está hablándole a Bruno de segundas oportunidades. Ni siquiera ella se comprende a sí misma.

—Él no tiene derecho a nada contigo.

—Es mi vida —repone con el ceño fruncido—. Ya estamos otra vez con lo mismo de ayer. No sé qué te pasa con todos los tipos que se me acercan.

—No me pasa nada.

—¿Que no? Anoche fue por Sam. Hoy, por Rodrigo... Si te digo que ha cambiado es porque realmente lo pienso. Cometió errores en el pasado, como todos, pero ahora es una persona diferente.

—No lo creo. Pero allá tú.

—Claro que allá yo.

—Haz lo que creas conveniente, pero luego no vengas llorándome y diciendo que no te lo advertí. Yo he estado siempre a tu lado, pero no puedo ser siempre tu paño de lágrimas.

Ambos permanecen callados después de esa frase. Bruno la ha pronunciado de una manera tajante, sin evasivas, sin sutilezas. Ha formado una especie de vacío entre ellos en el que ninguno de los dos se siente bien: Bruno por haber dicho aquello y Ester por haberlo escuchado.

—No te preocupes, que no pasará nada malo con Rodrigo. Así ya no lloraré más por un chico ni iré a molestarte —contesta ella bastante afectada.

—Yo... No he querido decir...

—Da igual, Bruno.

—De verdad. No quería ser así de brusco.

—Si en el fondo tienes razón. Tú estuviste ahí en todo momento. Y no sabes cuánto te lo agradezco, pero...

Suena el timbre de la casa de Ester y esta se interrumpe. Su madre es la que abre. Por lo que oye desde su habitación, su prima y Alan acaban de llegar.

—Espera un momento.

—OK.

La chica se levanta y sale del cuarto dejando su smartphone sobre la cama. Mientras, Bruno aguarda a que vuelva y se arrepiente de lo que le ha dicho, a pesar de que es lo que piensa. Ha sido bastante torpe al expresarse.

—Bruno, tengo que irme.

—Está bien.

—Si te llamé tantas veces era porque quería pedirte disculpas por hablarte mal ayer.

—Yo tampoco anduve muy acertado. Te ofrezco disculpas. Y también por lo que te he dicho ahora. Me he pasado.

—Imagino que a veces nos comportamos como no queremos hacerlo y decimos cosas que no debemos decir.

—Parece que sí.

La madre de Ester llama a su hija para que vaya a la sala. Están esperándola.

—Tengo que irme, ya hablaremos luego. Voy a comer con Cristina y Alan. He quedado con ellos.

—Pásalo bien. Y lo siento, de nuevo.

—Gracias. Y no vuelvas a apagar la BlackBerry o iré a tu casa a buscarte.

Como ha hecho Alba esa mañana. Ya le habría gustado a él que en lugar de la chica del pelo azul hubiera sido Ester quien lo hubiese besado. Aunque tampoco puede quejarse, desde entonces se siente distinto.

—No lo haré. Hasta luego.

—Adiós.

La joven es la primera en pulsar el botón para terminar la llamada. Bruno suelta la BB en la cama y se frota los ojos. El indeseable de Rodrigo ha vuelto. Eso no traerá nada bueno. Su amiga sufrirá otra vez, lo tiene claro. Y le duele en el alma. Sin embargo, recuerda las palabras de Meri: «Esa obsesión por ella va a terminar contigo. Debes pasar página y olvidarla». Tiene razón. Si comienza a salir con Sam, con Rodrigo o con cualquier otro, el que sufrirá realmente será él. Debe vencer de una vez por todas esa obsesión que siente por ella. Aunque le duela.

Quizá sea el momento de pasar página, o más bien de comenzar a leer otro libro.

CAPÍTULO 42

Ha sido su madre la que, hace veinte minutos, la ha despertado preocupada porque no se levantaba. Es la hora de comer y Meri todavía no ha salido de su habitación. El olor a cocido madrileño es lo que termina de espabilarla, aunque aquel aroma, tan delicioso otras veces, le revuelve las tripas en ese momento. No tiene nada de hambre. Lógico, acaba de levantarse. Lo único que le apetece es una taza de café.

—¿A qué hora te acostaste anoche para quedarte en la cama hasta tan tarde? —le pregunta su madre mientras recoge la ropa sucia de su hija para poner una lavadora.

—A la de siempre —miente.

—Qué raro. Sobre las cuatro y media, más o menos, me desvelé y creí oír risitas.

—No era yo.

—Venían de tu habitación.

—Estarías soñando, mamá.

Paz lo da por bueno. Tal vez sí estuviera soñando. María nunca le miente y, además, a esa hora... ¿qué iba a hacer despierta? La mujer toma el cesto de mimbre en el que ha metido la ropa para lavar y sale del dormitorio de su hija.

Las ventajas de la sinceridad. El hecho de que crean que siempre dice la verdad porque normalmente es sincera la ayuda a mentir en ocasiones como aquella. No podía contarle a su madre que se acostó prácticamente cuando estaba amaneciendo. Sobre todo porque el motivo tendría difícil explicación: estaba charlando con otra chica en una página de lesbianas con la *cam* puesta.

Y Paloma, ¿se habrá despertado? Quedan menos de tres horas para que se vean en persona. Al pensarlo, un escalofrío le recorre todo el cuerpo. Es emocionante. Nunca creyó que haría algo así y, sin embargo, está deseando que pasen las horas para encontrarse con aquella rubita de ojos claros.

Piensa en escribirle un WhatsApp, pero puede que siga dormida y no quiere despertarla. Esas horas antes de ir al Starbucks se le harán eternas.

—¿Has hablado ya con tu padre? —le pregunta Paz, que regresa a su habitación con una escoba y un recogedor en las manos.

—No, ¿por?

—Quería quedar contigo esta tarde para tomar un café. Me ha llamado antes y me lo ha dicho.

—Uff. Esta tarde no puedo.

—¿Tienes mucho que estudiar?

—No... Bueno, sí. Pero no es por eso. Es que ya he quedado.

—¿Con los chicos?

—Sí. Con ellos.

—Bueno, pues lo llamas tú y se lo cuentas.

—Está bien.

Otra mentira que pasa desapercibida. Su madre se acerca a ella y le coloca la escoba en una mano y el recogedor en la otra.

—Y ahora barre esto un poco y haz la cama, que te estás volviendo una desordenada.

—¡Pero si está ordenado!

—Lo estará cuando lo hayas barrido, la cama esté hecha y quites tanto papel del escritorio.

—Mamá... es sábado. Acabo de despertarme.

—Los sábados también son días de la semana, ¿verdad? Y el polvo no descansa. Mientras, te preparo un café.

La chica resopla pero termina por aceptar. Al fin y al cabo, tampoco tiene nada más interesante que hacer hasta las cinco. Se acerca a la computadora, la enciende y busca en la carpeta de música. Necesita un tema que tenga ritmo. Elige *Titanium*, de David Guetta con Sia, y se pone a barrer el cuarto.

No puede dejar de pensar en Paloma. No comprende cómo una chica como esa es una marginada en el instituto. Si fuera al suyo sería otra incomprendida y podría unirse a su grupo. Entonces cae en la cuenta de que su grupo como tal, por lo que se inició y se unieron, está desmoronándose como un polvorón en las manos de un niño. Siguen siendo amigos, pero se ha perdido la gran conexión que había entre ellos. Los siguen uniendo las clases, el instituto... Pero en verano, cuando cada uno vaya por su lado y no se vean a diario, puede que la historia de los incomprendidos llegue a su fin.

Ya está, primer objetivo cumplido: piso barrido. En seguida hace también la cama.

—Aquí tienes el café —le anuncia su madre cuando entra una vez más en el cuarto.

—Gracias.

María toma la taza y se sienta en la silla delante del escritorio. Sí, es verdad que allí hay unos cuantos papeles de más. Le toca ordenar algunos y tirar otros.

—¿Y esta música?

—¿No te gusta?

—No es mucho tu estilo.

—¿Por qué no? Me apetecía escuchar algo alegre mientras limpiaba el piso.

—Mmmm. Ya. ¿Es cosa mía o estás más contenta que de costumbre? Hoy te veo inusualmente alegre —comenta Paz.

—¿A mí? No sé...

—Sí. Estás como más risueña, como más alegre —repite la mujer.

—Estoy como siempre.

Tercera mentira del día. Sí, está más alegre, más risueña, con más ilusión y con más ganas de vivir. Y sabe el motivo, aunque no pueda contárselo a su madre.

—Bueno, pues espero que sigas así mucho tiempo. No me gusta verte encerrada en casa, tristona y cabizbaja.

—Si me quedo en casa es porque soy una chica seria y responsable, mamá.

—Eres una niña todavía, María. No seas tan responsable.

—Entonces, para no ser tan responsable... ¿no ordeno esto?

—¿Cómo que no? ¡Ahora mismo!

Y después de obsequiarla con un sonoro beso en la cara, Paz sale de la habitación. Meri da un sorbo al café y comienza a examinar todos esos papeles. La mayoría son apuntes desordenados y caducados, borradores de matemáticas y otras asignaturas que ya no sirven para nada. Podría prender una fogata con todo aquello y no pasaría nada. Sin embargo, hay una hoja, con un pósit amarillo que le llama la atención. Es la letra de Bruno.

A mi querida pelirroja:

Escribo este documento para asegurarle que, si dentro de veinte años ninguno de los dos nos hemos casado, me comprometo a ser su marido de repuesto. Así ya no será una solterona en busca de millonarios que la mantengan y le dejen una buena pensión después de muertos.

Firmado:

Bruno Corradini

A Meri se le hace un nudo en la garganta. Recuerda aquel día y el momento preciso en el que su amigo le escribió de broma aquello en clase. Fue al comienzo de cuarto de la ESO, hace un año y medio. No sabía que aquel papelito amarillo siguiera con vida, y mucho menos que anduviera entre sus viejos apuntes. Por aquel entonces, los dos habían empezado a enamorarse de Ester sin que el otro lo supiera.

Las cosas han cambiado mucho. Y aquella desagradable melancolía le traspasa de nuevo el pecho. Vuelve la sensación de que todo habría ido mejor sin aquel beso. Fue un error de los grandes, como dice la canción de Laura Pausini. La alegría que había sentido desde que abriera los ojos hace un rato va disipándose y ya no le apetece continuar ordenando nada.

Suspira y piensa en sus amigos. ¿Por qué no puede ser como antes?

Porque el pasado nunca regresa y, si te equivocas, no puedes volver atrás.

¿Qué son esas ganas de llorar? ¡No puede permitirlo!

Se aprieta la montura de los anteojos contra la nariz y busca en su smartphone la manera de recuperar la energía perdida. Escribe un mensaje que lee para sí misma cuando acaba.

¿Estás despierta? Yo me he levantado hace poco. Estoy deseando que lleguen las cinco.

Espera impaciente una respuesta. La música de David Guetta ya le sobra. No viene a cuento. No quiere música, solo un pitido de la BlackBerry que le anuncie que tiene un WhatsApp nuevo de Paloma.

Pasan los minutos. Hasta diez. Su nueva amiga ni siquiera se ha conectado hoy. ¿Se encontrará bien? ¿Y si ha vuelto a ver doble? ¿Y si no aparece en el Starbucks y la deja plantada?

El miedo y la preocupación se apoderan de Meri. Está muy tensa. El café se le ha quedado frío sobre el escritorio, junto a los papeles que debería estar ordenando. ¡Maldita sea! Ya empiezan las dudas, otra vez esas dichosas dudas. Duda de todo, incluso de que lo de la noche anterior fuera verdad. Tal vez solo fuese una niña con ganas de hablar y pasar el tiempo. Seguro que ni siquiera es lesbiana. ¿Cómo ha podido creerse que una monería como Paloma se hubiera fijado en ella? ¡Nadie pensaría algo así! ¡Solo una estúpida como ella!

Pero entonces suena el teléfono... y una sonrisa. Es increíble como una simple llamada puede cambiar la expresión de toda tu cara.

¡No puede creerse que la esté llamando! ¡Será la primera vez que se escuchen! ¿Lo toma? ¡Claro que sí! ¡Qué nervios!

—¡Hola! —exclama María feliz al tiempo que se sienta en la cama.

—¡Hola! Perdona que no te haya respondido antes el WhatsApp. Es que... estaba secándome el pelo —dice temblorosa.

¡Qué voz tan bonita! Es justo como la había imaginado: aniñada, melosa, con una perfecta pronunciación de cada sílaba.

—¡Eres tú!

—Claro que soy yo, Pelirrojita... ¡Meri!

—Quiero decir que es tu voz. ¡Me encanta!

—¡A mí también me encanta la tuya!

—¿Qué dices? Si es horrible... parece que me he tragado una flauta.

—Nada de eso. Es muy bonita.

La tristeza se va, regresa la ilusión. Oírla al fin le saca la mayor de sus sonrisas. Es tanta la euforia que ni siquiera sabe qué decirle.

—¿Te has despertado muy tarde? —pregunta María sin dejar de hacerse rizos con los dedos en el cabello rojizo.

—Sí. Hace media hora. Solo he tenido tiempo de ducharme, secarme el pelo y llamarte. ¿Y tú?

—Más o menos igual.

—Qué dormilonas.

—Es que es normal que nos levantemos casi a la hora de comer cuando nos acostamos casi a la hora de desayunar.

Paloma ríe y luego se queda en silencio un instante. Cuando vuelve a hablar, lo hace en voz bajita.

—Anoche me la pasé muy bien.

Y Meri. Ella también disfrutó mucho de su charla cibernética hasta altas horas de la madrugada. No era un sueño. Se ha despertado de nuevo y Paloma continúa en su vida. Pronto, dentro de nada, existirá no solo de manera virtual, sino que estará mirándola a los ojos de cerca y sonriéndole frente a frente.

—Fue muy divertido.

—Menos mal que hoy es sábado y no tenemos clase.

—Pero hay mucho que estudiar.

—¡Olvídate de eso! ¡Por lo menos hasta después de nuestra...! ¿Cómo la llamamos? ¿Cita?

Cita. ¿Es una cita? No tiene ni idea. Aquello va demasiado de prisa y no puede controlarlo. A lo mejor es porque no quiere tomar el control.

—No le pongamos nombre. Solo vamos a pasarlo bien.

—¡Sí! ¡Y me pediré un *frapu* de fresa!

Su alegría es contagiosa. Meri aprecia cada segundo, cada palabra de esa conversación en la que ha descubierto la voz de su amiga. No quiere que se termine, pero al otro lado de la línea oye el grito de una mujer que llama a Paloma. Se produce una pausa de un par de minutos hasta que la otra chica regresa.

—¿Era tu madre?

—Sí. Qué pesada se pone.

—Todas las madres lo son alguna vez al día.

—Ya. Quiere que vaya a comer. ¡Pero si no tengo hambre! ¿Por qué tengo que comer? ¿Porque ella lo diga? ¡Quiero seguir hablando contigo!

Paloma a Meri le parece entrañable hasta quejándose. Aquello le demuestra que la pequeña también tiene carácter.

—No te preocupes, Paloma. Vamos a vernos dentro de nada.

—¡Sí!

—Ve a comer, no vaya a ser que te castiguen y luego no te dejen ir.

—Me escapo de casa. A las cinco estoy en el Starbucks de Callao aunque me aten a una silla.

Se oye otra vez la voz de la madre de la chica. Y, a continuación, los suspiros de ésta en señal de protesta.

—Vete, anda. Nos vemos a las cinco.

—¡Vale! No me olvides. Un besito.

—Otro. ¡Adiós!

Y, tras la despedida, cuelgan al mismo tiempo.

¿Que no la olvide? Habrá que ver cuántos minutos consigue apartarla de su cabeza desde ese instante hasta las cinco. Posiblemente ninguno. Paloma ha logrado en menos de un día algo que a María le parecía imposible desde que Ester se fuese alejando poco a poco de ella: que su corazón vuelva a dispararse y a sentir.

CAPÍTULO 43

Se ha quedado con las ganas de saber qué fue lo que le pasó con su novia, por qué rompieron, pero Marcos ha preferido no hablar más de aquel tema. Lo que es increíble es que su ex le regalara un agaporni, que éste se escapara y volviera a él unas semanas más tarde, después de fugarse también del departamento de Valeria. Ni en las películas elaboran argumentos tan retorcidos.

Lo que está claro es que parece un buen chico y una persona muy interesante aunque se le vaya un poco la cabeza con eso del destino.

—¿Quieres que hagamos unas cuantas fotos más?

Valeria comprueba la hora. Todavía es temprano. No ha quedado con Bruno en Constanza hasta dentro de un rato. Lo que sí es extraño es que Raúl lleve tanto tiempo sin llamarla ni escribirle. Tampoco ella lo ha hecho, así que tiene la mitad de la culpa.

—OK, pero antes tengo que llamar a mi novio.

—¿Es necesario?

—Sí —contesta después de sacarle la lengua.

Se pone de pie y se aleja unos metros del joven y del árbol bajo el que han disfrutado del picnic medio improvisado. El bocadillo de jamón y queso que había preparado Marcos estaba riquísimo.

No quiere que Raúl averigüe dónde está, así que busca un lugar en el que no haya demasiado bullicio. En el Retiro continúa habiendo mucha gente que aprovecha el calor y los rayos del sol del mediodía. A su izquierda descubre un claro en el que no hay nadie, solo césped y árboles. Uno de ellos le llama especialmente la atención. Sabe de qué especie se trata, lo estudió un día en el instituto. Lo denominan «árbol del amor» o «árbol de Judas», porque se especula que en uno como aquel se ahorcó el discípulo de Jesús. Tiene la copa cubierta de flores rosas y parece muy delicado. Valeria se sienta en la hierba bajo sus ramas y llama a Raúl.

Trascurren varios segundos, pero su novio no lo toma. Cuelga e insiste otra vez. Tampoco. Es muy extraño que su chico no responda. Tal vez esté ocupado haciendo algo o peleándose con las gemelas. Sus hermanas a veces lo ponen de nervios. Sin embargo, a ella le caen fenomenal sus pequeñas cuñadas. Bárbara y Daniela son dos niñas muy peculiares.

Esperará un par de minutos...

Pero antes de que pasen, recibe un mensaje de Whats-App. Es de Raúl.

Cariño. Ahora mismo no puedo hablar. Te llamo en cuanto pueda. Te quiamo.

Vaya. Le gustaría oír su voz. Bueno, por lo menos le ha escrito. Además, así no ha tenido opción de preguntarle dónde estaba. En el fondo la ha favorecido que no pudiese hablar.

Le responde inmediatamente.

No te preocupes, cariño, no hace falta que me llames. Voy a echarme una siesta. Esta tarde he quedado con Bruno en Constanza para darle unos apuntes de Filosofía, por si quieres pasar. Yo también te quiamo.

Problema resuelto. Ya no tendrá que estar preocupada ni pendiente de si la llama. La idea de la siesta se le ha ocurrido sobre la marcha, y la verdad es que con aquel solecito no estaría nada mal.

Valeria se levanta y regresa a donde Marcos la espera con la cámara a punto. El joven le dedica una sonrisa y le hace una fotografía en cuanto la ve.

—Eso no vale.

—A veces las mejores imágenes son las que no se preparan.

—No creo que saques ni una sola foto decente de mí, ni improvisada ni preparada.

—¿Dudas de mi valía como fotógrafo?

—Para nada. Dudo de que yo sea una buena modelo.

—Mejor no te digo lo que pienso porque te pones colorada.

¡Idiota! Aquello es suficiente para que se sonroje. Y él lo sabe. ¿Logrará algún día enfrentarse a los halagos y piropos de un chico que no sea el suyo sin ponerse roja?

—Ay. Deja de decir tonterías y vamos a terminar con las fotos. ¿Dónde quieres tomar las próximas?

—Lo he estado pensando y ya está decidido. Tengo el lugar perfecto.

—¿Sí? ¿Dónde?

—Ahora lo verás.

Marcos también se incorpora y recoge sus cosas. Juntos se ponen otra vez en marcha.

—No me has contado por qué te hiciste locutor de radio —le comenta Val mientras caminan.

—No tiene demasiado misterio. Hace tres años terminé la carrera de periodismo y no encontraba nada que fuera conmigo. Entonces...

—Pero ¿cuántos años tienes? —lo interrumpe; trata de sumar con los dedos los años de carrera más los tres desde que la finalizó—. ¿Veinticuatro?

—Exacto, cumplo veinticinco en noviembre. ¿Parezco mayor?

—No. Parece que tengas esos, más o menos.

—Bueno, algo es algo —concluye Marcos, con una sonrisa—. Aunque tenga siete años más que tú, hacemos buena pareja, ¿no te parece?

—Por enésima vez: tengo novio.

—El bueno de Raúl...

—Sí. El bueno de Raúl —repite ella resignada—. Sigue contándome por qué te hiciste locutor de radio, anda.

El chico ríe y prosigue con la historia:

—Cuando acabé la carrera probé con unas prácticas para un periódico, pero no me llenaron. Además, apenas me pagaban. No me llegaban para nada. Todavía vivía con mis padres y quería independizarme. Estuve dando tumbos una temporada. Mientras probaba en un sitio y en otro, empecé a ganarme un dinerillo como fotógrafo *freelance*. Hasta que un día me llamó una chica para que hiciera las fotos de su graduación. Por lo visto había oído hablar de mí. Y aquella chica era la hija pequeña del dueño de Dreams FM.

—Vaya casualidad.

—Es el destino —señala feliz—. El hombre estaba buscando a alguien para un programa nocturno. Cuando me conoció, le dije que era periodista, le gustó mi voz y...

—¿Te contrató porque le gustó tu voz? ¿Así, sin más?

—Bueno... También empecé a salir con su hija. No con la pequeña, sino con la mayor. Aunque no sé si pesó más mi voz y mi manera de hacer las cosas o que me acostara con su hija. Quizá un poco de cada una.

—¿Esa chica de la que hablas es tu ex? ¿La de *Yuni*?

—Sí. Es la que me lo regaló.

—Así que empezaste en «Música entre palabras» por conecte.

—Más o menos. Pero ya llevamos más de dos años al aire y, aunque ya no estoy con Laura, su padre me mantiene en el puesto porque el programa tiene buena audiencia.

—Debe de resultar raro trabajar en la emisora de tu ex suegro.

—Para nada. Él es un buen tipo. Nos tenemos un gran respeto mutuo. —Entonces señala hacia su derecha—. Ahí es donde vamos a terminar la sesión de fotos.

Valeria mira hacia donde indica Marcos y se sobresalta.

—¿En el estanque?

—Sí, vamos a alquilar una barquita.

—¿Cómo? ¿Vas a tomarme las fotos dentro del agua?

—¿No te gusta la idea?

La verdad es que puede ser divertido. Hace mucho que no monta en una de las barcas del Retiro. Había pensado que algún día iría con Raúl. No será lo mismo que con su novio, pero de aquello podrían salir fotos bonitas.

—Está bien. Pero remas tú.

—Remo yo.

Los dos se dirigen hacia el embarcadero, donde Marcos paga cuatro euros y treinta céntimos para alquilar una barquita de remos. Tienen cuarenta y cinco minutos de navegación.

—Te debo... dos con quince.

—No me debes nada. Tú ya me invitaste un café.

—Porque tú encontraste mi pájaro —repone ella decidida a pagar sus deudas—. Y no fui yo, fue mi madre.

—Que más da, todo queda en familia.

—Te debo dos euros con quince céntimos y no hay más que hablar.

—¿Eres siempre así de testaruda?

—Solo cuando tengo razón.

Marcos sonríe y se sube a la barquita que el encargado les designa. Luego, ayuda a Valeria.

—Con lo torpe que soy, no me extrañaría terminar en el agua.

—Hay que ser muy torpe para eso.

—Se nota que no me conoces.

—Se te escapa *Wiki*, pierdes la BlackBerry al saltar la valla de tu instituto... Voy haciéndome una idea.

La chica se pone roja y se cruza de brazos mientras protesta en voz baja. Entretanto, el joven se remanga la sudadera. Agarra los remos con fuerza y la barca empieza a moverse. Val lo observa de reojo. Sí que está en buena forma. Los bíceps se le marcan muchísimo cuando rema. Vestido engaña. Seguro que hace mucho deporte o que se mata en el gimnasio.

—Se te da bien esto, ¿vienes a menudo por aquí?

—Tengo una máquina de remos en casa.

—Ah.

—Si quieres, un día puedes venir a verla y practicar un poco.

—Lo mío no es el remo.

—Ni el salto de valla.

—Muy gracioso.

La barca llega a una de las orillas del estanque. Marcos deja de remar y busca la cámara en su bolsa.

—Ahora no te muevas mucho o correremos peligro de darnos un chapuzón.

—No me metas miedo.

—Conociendo tus antecedentes, el miedo debería tenerlo yo.

—El Retiro ha sacado a la luz tu vena humorística, ¿no?

El joven sonríe y enfoca con el objetivo de la cámara el rostro de Valeria. Clic. Clic. Le gustan mucho sus ojos. Su expresión. No son de un color demasiado vistoso, pero tienen algo especial.

—Muy bien. Ahora pon cara de que estás en un barco a punto de naufragar.

—¿Qué? ¿Cómo es esa cara?

—Así. Justo así. Perfecto.

Clic. La chica mueve la cabeza a izquierda y derecha mientras trata de contener una sonrisa. Posa para la siguiente fotografía. Entre bromas, sigue las instrucciones de Marcos. No va a reconocerlo, pero aquello la divierte. Ha perdido la vergüenza casi por completo. No imaginaba que pudiera pasárselo tan bien en una sesión fotográfica, y aquel chico tiene gran parte de culpa en ello. Por una vez, se alegra de haber seguido los consejos de su madre.

—Ahora, con cuidado, vamos a cambiarnos de sitio. Quiero tomarte algunas fotos sujetando los remos.

—Yo creo que ya está bien. No hace falta que sigamos. ¡Ya tienes mil fotos mías!

—No tengas miedo.

—Miedo no tengo. Pero eso de levantarme...

—No pasará nada. —Marcos se pone de pie y la barca se tambalea—. Vamos, Valeria. Arriba.

Ella no lo tiene muy claro, se ve en el agua con los peces del estanque. Pero si se queda ahí desequilibrará la barca, así que se pone también de pie y, despacio, se dirige hacia el otro lado de la embarcación. Sin embargo, cuando ya casi ha llegado, se tropieza con la bolsa de Marcos y se cae. Aquello provoca que la barquita se balancee bruscamente y... chof.

Lo siguiente que ve Valeria es la cámara de Marcos volando por los aires, que aterriza aparatosamente junto al remo de la izquierda. ¡Se ha salvado del chapuzón! El joven fotógrafo, en cambio, pese a tratar de conservar el equilibrio por todos los medios, no tiene tanta suerte.

CAPÍTULO 44

Qué ganas tenía de ver a su prima. Cris está guapísima, como siempre. Y ese corte de pelo le sienta fenomenal. Hace una pareja genial con Alan.

Los tres están ya sentados a una mesa reservada en el restaurante El Recuerdo. Acaban de pedir.

—Este sitio es precioso —asegura Ester mientras se coloca la servilleta sobre el regazo sin dejar de mirar a su alrededor.

—Como tú, prima. Cada vez que te veo estás más guapa.

—¡Mira quién habla! ¡Me encanta cómo te queda el pelo corto!

—¿Sí? Estoy muy cómoda con él.

Las dos se sonríen. Hacía mucho tiempo que no quedaban. Cristina ha cambiado bastante desde la última vez que se vieron. Se le ve mucho más madura, está claro que ya no es una niña. Ester se siente pequeña a su lado.

—Las dos están muy bien —sentencia Alan. Le toma la mano a su novia y ella sonríe—. Se parecen un poco.

—Siempre nos lo han dicho, ¿verdad?

—Sí. Algunas veces, cuando éramos más pequeñas y estábamos juntas, la gente se confundía y pensaba que éramos hermanas.

En ese instante el mesero les lleva las bebidas y las sirve. Cuando se marcha, reanudan la conversación.

—Bueno, cuéntame, ¿qué tal van esos amores? —pregunta Cris sacando por fin el tema—. Ya me ha dicho Alan que estás un poquito ocupada.

Durante el trayecto hasta el restaurante no han hablado para nada de ese asunto. Se han limitado a recordar anécdotas del pasado y a ponerse al día respecto a temas familiares y de estudios. Alan las escuchaba con atención mientras conducía.

—Pues sí. Muy ocupada.

—A los dieciséis años es algo normal. No sabes bien qué es amor y qué no, así que es fácil confundirse.

—Yo estoy bastante confusa. No sé qué siento.

—Explícanos. Lo que puedas explicarnos, claro.

La sonrisa de su prima le da confianza. También Alan le cae bien, no le importa que esté allí para escuchar lo que tiene que decir. Está segura de que nada de lo que diga en aquella conversación va a salir de aquel local.

Sin dar todos los detalles, empieza hablando de Rodrigo. Elude comentar su edad exacta, aunque sí menciona que fue su entrenador y que es unos cuantos años mayor que ella. Tampoco les cuenta su comportamiento en ciertas ocasiones. Prefiere no hacer referencia a lo del botecito de perfume de vainilla que le lanzó en el vestuario del pabellón ni a lo que sucedió aquel día en casa de un amigo suyo, cuando intentó acostarse con ella.

—Y después de cuatro meses sin dar señales de vida... ha vuelto diciendo que me quiere —termina resoplando.

—¿Y no sabes lo que sientes por él?

—Por una parte, pena. Lo vi muy abatido. Pero, en el fondo, no sé si lo que sentía hace unos meses ha desaparecido del todo. Yo pensaba que sí, pero al verlo de nuevo...

—Tal vez esos sentimientos no se hayan marchado nunca —sugiere Alan—. A lo mejor solo estaban dormidos.

—No lo sé.

—Seguro que, en tu interior, sí que lo sabes. Lo que ocurre es que es difícil reconocer lo que uno siente —añade el francés.

—Es normal, prima, que te pase eso después de cuatro meses sin saber nada de él. El amor es así.

Ester vuelve a suspirar y bebe un sorbo de su vaso. Es la única de los tres que no bebe vino. Ha preferido un refresco de limón.

—De todas maneras, esta mañana me ha dicho que no va a volver a llamarme nunca más para no molestarme.

—¿Y tú estás conforme con eso?

—Creía que sí. Pero ya no lo sé —responde dubitativa—. Antes de decirme eso, me ha pedido que fuese a cenar con él esta noche. Quería una última oportunidad para convencerme de que debemos empezar de nuevo.

—Y le has dicho que no.

—Claro. Además, precisamente esta noche tenía un plan que al final se ha anulado.

El mesero regresa y coloca en el centro de la mesa una ensalada de queso de cabra frito con vinagreta de finas hierbas y unas quesadillas de pollo, champiñón y tomate para compartir entre los tres.

—Es un gran dilema el que tienes en la cabeza —comenta Alan mientras les sirve la ensalada en el plato a las dos chicas.

—Sí. No sé qué hacer con Rodrigo.

Cristina observa a su prima; la ve preocupada. Es la primera vez que Ester pasa por una situación así. No hace mucho tiempo que ella misma dejó de ser una adolescente y la comprende a la perfección. El corazón y la mente van por caminos distintos y en ocasiones es difícil comportarse como se debería. Lo mejor sería que se olvidara de ese tipo para siempre. La dejó, es bastante mayor que ella y ha tardado mucho en darse cuenta de que la echaba de menos. Pero si realmente le sigue gustando... Los sentimientos son impredecibles. La propia Cristina se enredó con el novio de una de sus mejores amigas hace un tiempo, antes de empezar a salir con Alan. Fue incapaz de controlarse pese a que sabía que estaba haciendo algo malo, pero se había enamorado de él y no resistió la tentación.

—¿Piensas que ese chico es sincero cuando te dice que te quiere? Eso es algo que también deberías tener claro.

—¿Hay alguna manera de saberlo, prima?

—No, pero seguro que cuando te lo ha dicho has visto o sentido algo que te lo haya confirmado.

—He sentido tantas cosas... No podría asegurar nada.

Alan toma la bandeja con las quesadillas y le pone una en el plato a Ester, luego otra a su novia y en último lugar se sirve a sí mismo. No deja de escuchar lo que las dos chicas continúan comentando sobre ese joven.

—Según nos has contado, ha cambiado respecto a cuando tú lo conociste.

—Sí.

—¿Para bien?

—Espero que sí —responde la chica sin mucha seguridad—. No he pasado tanto tiempo con él estos días como para saber si es así siempre o solo cuando habla conmigo.

—O si está actuando.

—¡No la confundas más, Alan!

—Los tipos son unos farsantes —comenta el joven después de morder su quesadilla—. Todos menos yo, claro.

—No lo tengas en cuenta, prima. Antes era todo un prepotente y de vez en cuando le sale su anterior personalidad egocéntrica.

—¡Oh! No saquemos los trapos sucios, mosquita muerta.

Cris y Alan fingen que discuten, pero terminan dándose un beso en los labios para sellar la paz. Ester sonríe al verlos así, aunque siente cierta envidia por no poder disfrutar de una relación como la de ellos. Ambos parecen muy felices y compenetrados. Se complementan a la perfección, como si estuvieran predestinados a encontrarse y pasar juntos el resto de la vida, porque está claro que a esos dos les queda mucha historia por delante.

—Perdona, prima, ¿por dónde íbamos?

Repasan de nuevo la historia de Rodrigo, los pros y los contras, lo que Ester siente y lo que deja de sentir. No hay veredicto. Y es que todavía queda un asunto muy importante por salir a la luz.

—Hay algo más que debo contarles.

—¿Más?

—Sí. Hay... otro chico.

—*Mon Dieu!* ¡Esto se pone más interesante aún! —exclama el francés, al que Cristina golpea con una servilleta.

—Otro chico... cuéntanos.

Es difícil explicar lo de Bruno. Ester intenta ser concisa. Se detiene en varias ocasiones para buscar la manera adecuada de continuar.

—Resumiendo: que sientes algo por tu mejor amigo y no sabes lo que es —intenta confirmar Cristina.

—Sé que lo quiero mucho, pero no sé si es por cómo se ha portado conmigo todo este tiempo o porque realmente... me he enamorado de él.

Alan sonríe. Esa historia le gusta más que la otra y, después de que el mesero retira los platos vacíos, se pronuncia:

—Ese chico, Bruno, me cae bien. Deberías darle una oportunidad aunque no sea guapo y sea bajito. Aún tiene edad para crecer.

—¡Pero si tú no conoces de nada a ese chavo!

—¿Y qué? Me gustan esa clase de amores en los que dos amigos se convierten en algo más.

Entonces compara su caso y el de Cristina con el de Ester y Bruno: primero llegó la amistad y, con el tiempo, aquello se transformó en una bonita relación.

—Ayer nos peleamos —susurra Ester cabizbaja—. Es la primera vez que tenemos una bronca desde que nos conocemos.

—Su refranero español dice que «Los que se pelean se desean».

—No siempre, cariño. No siempre —advierte Cris—. Pero ya han hecho las paces, ¿no?

—Más o menos. Cuando han llegado a mi casa estaba hablando con él por teléfono sobre lo de ayer. No sé qué me pasó anoche, le contesté mal. Hoy tampoco íbamos por buen camino, nos echamos cosas en cara cada dos por tres. Está muy seco conmigo, y eso nunca había sido así.

—¿Sabe lo de Rodrigo?

—Sí, se lo he contado esta mañana.

—Pues ya está. ¿Qué esperabas, prima? Es lógico que si ese chico ha estado apoyándote todo este tiempo ahora se sienta traicionado.

—Pero ¿por qué?

—Porque tú sigues gustándole, Ester. ¿No lo ves? Bruno está enamorado de ti, y que te plantees algo con otro o le hagas caso a algún chico debe de dolerle muchísimo. Y más si ese tipo al que vuelves a prestarle atención es por el que has estado llorando en su hombro durante meses. Él no ha estado a tu lado todo ese tiempo para aprovecharse de la situación, de tu debilidad tras lo de Rodrigo. Es tu amigo, pero, además, lo que yo veo es que te quiere como algo más. ¿No crees, Alan?

El francés asiente con la cabeza y sonríe. Toma un sorbo de vino y, tras agarrarle la mano a su novia, expresa su opinión:

—A Bruno le gustas seguro. A Rodrigo, por lo que se ve, también. Sinceramente, me parece que los dos están muy enamorados. Ahora te toca a ti decidir por quién sientes amistad y por quién algo más. Nosotros dos podemos apoyarte, aconsejarte, pero solo tú estás en disposición de escuchar a tu corazón y ser sincera con él.

CAPÍTULO 45

Desde que Marcos se ha caído al estanque, Valeria le ha pedido disculpas unas cincuenta veces. Por su culpa el joven está empapado. Por lo menos no se ha mojado la cámara. Si se le hubiese estropeado, se sentiría todavía peor.

¿Por qué es tan torpe?

Los dos caminan ahora en silencio hacia donde él tiene aparcado el coche. Es un Fiat500 plateado.

—De verdad que no tienes por qué llevarme a casa. Mejor vete rápido a la tuya a secarte. Vas a atrapar una pulmonía.

Marcos, sin embargo, le guiña un ojo y se quita primero la sudadera y luego la camiseta. Con el torso desnudo entra en el coche y le pide a Val que ocupe el asiento del copiloto. La chica se queda boquiabierta. Definitivamente, ya cuenta con pruebas de que ese tipo está muy bueno. ¡Menuda tableta de abdominales! No quiere llevarle la contraria, así que le hace caso y sube.

—¿Te importa si me quito aquí dentro los pantalones para que se sequen?

—¿Es broma?

Marcos sonríe y lanza a la parte trasera la ropa de la que se ha deshecho.

—Tranquila, no creo que haya nada de lo que vayas a asustarte.

—Pero... Pero... ¿No te atreverás a...?

Demasiado tarde. El joven se desprende de su pantalón deportivo y lo deja también sobre el asiento trasero. Valeria no quiere mirar y se pone una mano en la cara para evitar ver lo que pasa a su izquierda, pero a través de los espejos vislumbra sin querer los bóxeres largos a rayas celestes y blancas de Marcos.

—Si lo llego a saber, me pongo algo más sexy.

—Esta situación es algo incómoda, ¿sabes?

—¿Nunca has estado con un chico en ropa interior en un coche?

—¡No!

—Pues es un sitio muy divertido para hacer el amor. Ya me contarás cuando lo pruebes.

Tendría que haberse ahogado en el lago del Retiro. Valeria hierve de vergüenza. ¡Que lo haya tirado al agua no le da derecho a hablarle de ese tipo de cosas!

Ese momento es uno de los más extraños de toda su vida. Está en un coche, al lado de un tipo que conoce de hace nada y que va casi desnudo porque lo ha hecho caer a un estanque desde una barca.

—No vas a quitarte nada más, ¿verdad?

—Si quieres...

—¡No! ¡No quiero! —exclama abochornada—. ¡Si te cacha así la Policía te pondrá una multa por escándalo público!

—Por eso, abre la guantera y pásame la camiseta que hay dentro —le dice mientras arranca el coche.

—¿Tienes una camiseta ahí?

—Sí, una de promoción que me dieron hace unos meses unos amigos del programa.

Valeria le da un golpecito a la guantera y esta se abre. No tiene que buscar mucho, en seguida da con la prenda. Es de color blanco.

—Toma —le dice al tiempo que la despliega. Entonces observa sorprendida la marca que promociona la camiseta. ¡Durex!

—Tengo una para chica en casa. Si la quieres, te la regalo.

—No, muchas gracias.

En un semáforo en rojo, Marcos se pone la camiseta.

—A partir de ahora también llevaré un pantalón de repuesto. Y unos calcetines. Es muy incómodo conducir con los calcetines mojados.

—¿Por qué no te los quitas?

—Porque es más incómodo aún conducir descalzo. No es demasiado recomendable, así que me toca aguantarme.

Valeria vuelve a sentirse culpable. Aunque él se lo tome todo con buen humor y no le haya hecho ni un solo reproche, seguro que está algo molesto con ella. ¡Es que lo ha lanzado al estanque de las barquitas del Retiro! Ya no se puede caer más bajo. Menuda escena han protagonizado. La gente no dejaba de mirarlos. Y eso que Marcos, gracias a su habilidad, ha logrado subirse de nuevo a la barca rápidamente tirando de músculos.

—Lo siento —vuelve a decir Val tras un par de minutos sin hablar.

—Ya te he repetido mil veces que no te preocupes. Solo ha sido un chapuzón.

—Me sorprende que no estés enfadado.

—¿Por qué iba a estarlo?

—Porque por mi culpa te has caído al lago. Es motivo suficiente.

—¿Tú te habrías enfadado conmigo si hubiera pasado al revés?

—Mmmm. Quizá. No lo sé.

—Estoy seguro de que, si te hubieses enfadado, se te

habría pasado al cabo de cinco minutos. Voy conociéndote un poco y no creo que seas rencorosa.

—Tengo mis manías. A veces también se me cruzan los cables.

—Eres una buena persona, Val —comenta cuando para en otro semáforo en rojo y puede mirarla—. Apostaría lo que fuera a que nunca te has enfadado tanto con alguien como para dejar de hablarle.

Entonces a la chica le viene a la cabeza Elísabet. Cada vez piensa menos en ella. Prácticamente ha desaparecido de su vida. Ella es la excepción que confirma la regla de lo que cree Marcos, su única enemiga. Desde que fue a visitarla aquel día de noviembre en el que la agarró del cuello, solo ve a su ex amiga en alguna que otra pesadilla. Nunca más volvió a visitarla, ni a llamarla, ni a mandarle mensajes o WhatsApps. De hecho, ninguno de los incomprendidos había querido volver a saber de Elísabet después de que Valeria les contara lo que ocurrió aquella mañana. Todos temían que reaccionara con ellos de la misma manera si iban a visitarla. Todos menos Raúl, que era el único del grupo que continuaba viéndola casi a diario. Pero de eso ninguno de los otros chicos tiene constancia. Aunque no continuaría siendo así durante mucho tiempo.

Ha tomado el postre con toda la familia y ahora está sentado en el salón viendo una película con ellos. Es una de esas que Antena 3 emite los fines de semana, la típica en la que hay un secuestro de un menor de edad y piden un rescate. No sabe cómo se llama, pero seguro que tiene un título rimbombante. No pretendía quedarse allí hasta tan tarde, pero Valeria le ha dicho que se iba a echar la siesta y Eli y sus padres le han insistido tanto...

Una vez más, no se siente bien con lo que está haciendo. Engaña a su novia, y eso le afecta aunque lo disimule. Pero no deja de pensar en ella. Debería contarle lo que pasa. Sin embargo, no está seguro de que le perdone algo así. Lleva demasiados meses mintiéndole, ha habido demasiadas historias que no eran como decía.

La película continúa; es aburrida y a Raúl empiezan a pesarle los párpados. Le está entrando sueño y el hecho de que todas las luces estén apagadas no lo ayuda a mantenerse despierto. Pero no quiere dormirse. No, no quiere... No quiere dormirse...

—Raúl, Raúl.

Es Elísabet quien susurra su nombre. Abre los ojos lentamente y se la encuentra encima de él, sentada sobre sus rodillas. Pese a que las luces siguen apagadas, se da cuenta de que sus padres ya no están en la sala. La chica se inclina sobre él y lo besa en los labios mientras le alborota el pelo.

—Para, Eli.

Ella no le hace caso e intenta quitarle la camiseta, pero Raúl no está para eso. Su amiga se está pasando. Por fin, todavía adormilado, consigue reaccionar y logra apartarse.

—¿Por qué no quieres besarme?

—Ya te lo he dicho mil veces: tengo novia y la quiero mucho —murmura al tiempo que se frota los ojos—. ¿Dónde están tus padres?

—Se han ido.

—¿Cuándo? No me he enterado de nada.

—Claro, porque te has dormido —contesta la chica, que se acerca de nuevo a él. Trata de acariciarle la mano, pero Raúl no la deja—. Eres un verdadero pesado cuando te pones tan arisco. Solo intentaba ser cariñosa.

—Lo siento, Eli, pero ya sabes lo que hay. Y te agradecería que no me besaras en la boca nunca más. Te lo he repetido millones de veces.

—¿Tienes miedo de que se entere Valeria?

La pregunta disgusta al joven, que se levanta del sofá en el que estaban sentados. Con malos modos, enciende la luz y mira la hora. Son las cinco menos diez de la tarde. Ha dormido más de lo que imaginaba. Ni siquiera se ha dado cuenta.

—Tenemos un trato. No te atrevas a incumplirlo.

—¿Y si lo hago?

—No lo harás.

—¿Qué pasaría si lo hiciera?

—Que no volverías a verme.

Elísabet hace una mueca con la boca juntando mucho los labios e inflando las mejillas. Luego sonríe y con un gesto le pide que vuelva a sentarse a su lado.

—Tranquilo, no diré nada. Eres mi amigo y jamás trataría de hacerte daño. Confía en mí, cariño.

Raúl se calma al oír aquello, a pesar de que Eli sea una de las personas menos fiables del mundo a causa de los ataques ocasionales de bipolaridad que le dan. Resopla y regresa junto a ella.

—Por favor, no me llames cariño.

—¡Ay! ¡Qué tenso estás! ¡Relájate, hombre!

—Estoy engañando a Valeria. No puedo estar relajado.

—Pues debes estarlo —insiste ella sonriente—. Oye, vamos a ver cómo termina la película. Mis padres no tardarán en volver.

Tras decir eso, se levanta del sofá y apaga de nuevo las luces de la sala. Toma el mando de la tele y sube el volumen. Cuando se sienta otra vez, lo hace lo más lejos posible de Raúl. Este la observa de reojo en la oscuridad de la habitación, a la única luz del reflejo de la pantalla de televisión. En el fondo es buena chica, y día a día va pareciéndose más a la que fue. Está incluso más tranquila que antes. A veces le dan esos ataques demasiado cariñosos que no puede controlar y que le salen de quién sabe dónde. Eso es lo que la madre de Eli le explicó un día, que en ocasiones no controla sus emociones pero no es consciente de ello. Sin embargo, Raúl debe aguantarlo, ya que sigue apreciándola mucho, como a una buena amiga. Lo más importante, sobre todo, es que no hay ni rastro de Alicia y, si él es uno de los responsables de la mejora de Eli, tendrá que continuar yendo a aquella casa, aunque sabe que tarde o temprano las cosas deberán de cambiar.

Lo que no se imagina Raúl es que ese cambio llegará mucho antes de lo que él cree.

CAPÍTULO 46

Está muy nerviosa. Sube por la calle Preciados hacia Callao hecha un flan. María no deja de mirar a un lado y a otro por si se encuentra a Paloma por la calle antes de llegar al Starbucks en el que han quedado a las cinco en punto. Se ha pasado más de una hora eligiendo lo que se pondría. No es de esas que tardan en vestirse, pero ese es un día fuera de lo común. Al final, y tras darle muchas vueltas, como tampoco quería ir demasiado arreglada, se ha decidido por unos vaqueros negros y un jersey rojo. Fuera anteojos. Pupilentes verdes.

No es una cita, ¡simplemente se trata de un encuentro entre amigas! Pero hasta le duele el estómago. Otra vez esas mariposas asesinas. Nunca había hecho nada por el estilo y le tiembla todo el cuerpo. ¿Sabrá comportarse o se quedará callada sin decir nada? El día antes se pasaron miles de horas hablando por el *chat* y hace tan solo un rato han mantenido una entretenida conversación telefónica. En ambos casos se ha sentido muy a gusto. No obstante, mirar a alguien a la cara y sentarse a su lado o frente a él es muy diferente a estar protegida tras una pantalla de computadora o al otro lado de un celular.

¡Suena un pitido en su pequeño bolso! ¡Es su smartphone!

Rápidamente, busca la BlackBerry entre todos los enseres que lleva y, cuando la alcanza, descubre que tiene un mensaje de WhatsApp. Lo abre algo decepcionada porque no pertenece a Paloma. Es su padre.

> María, ¿todo bien? ¿Tomamos un café esta tarde? Contéstame cuando puedas. Un beso, pequeña.

¡Mierda! ¡Se le ha olvidado llamar a su padre! Con los nervios del encuentro y el qué ponerse, se le ha pasado por completo. Es que en esas condiciones no puede estar pendiente de todo. Le contesta mientras camina.

> Esta tarde no puedo. Ya he quedado con mis amigos. ¿Te parece bien mañana para merendar o te irás antes?

Son tantas las emociones que ha experimentado a lo largo de las últimas horas que ni siquiera ha vuelto a retomar que su padre está en Madrid y no para verla a ella. La locura de viajar en coche desde Barcelona para pasar el fin de semana debe de tener alguna explicación que se le escapa.

> Perfecto. A las seis en Constanza. No te preocupes, al final me quedo un día más y me voy el lunes. Un beso y pásalo bien con tus amigos.

¿Un día más? ¿Haciendo qué? Por lo menos recuerda el nombre de la cafetería en la que solía reunirse con sus amigos.

> OK. Mañana a las seis nos vemos allí. Un beso, papá.

Lo que está pasando es muy extraño. Cuando lo vea le preguntará qué ha ido a hacer realmente a la capital. Pero en ese momento tiene cosas más importantes en las que pensar. Guarda la BlackBerry en el bolsito y dobla la esquina para llegar a la plaza de Callao. Como siempre, está repleta de gente. Además es sábado por la tarde, así que la cantidad de personas por metro cuadrado se multiplica.

La joven se para y echa un vistazo a su alrededor. Aunque Paloma estuviera por allí sería imposible encontrarla. Respira hondo y se dirige hacia el Starbucks. Quedan cinco minutos para las cinco. ¿Entra o la espera en la puerta? Mejor allí fuera.

Las rodillas le bailan solas. Es una sensación tan especial que no puede ni describirla. ¡Solo confía en que su amiga no se eche para atrás! Pero por una vez en su vida es optimista y está convencida de que eso no sucederá.

Entonces suena la melodía de su BB. La están llamando. Abre el bolso, ansiosa, y busca dentro de él. ¡Ya! ¡La tiene en las manos! Examina el aparato y comprueba que en esa ocasión no es su padre. ¡Es ella! ¡Es Paloma! Histérica, pulsa el botón para descolgar y responder la llamada.

—¿Sí?

—Estás muy guapa con ese jersey rojo. Te queda muy bien.

Su dulce voz. El escalofrío que siente es equiparable al que sentiría si estuviera delante de un millón de icebergs. Impaciente por verla, se vuelve a un lado y a otro y la busca por todas partes. ¡Pero no consigue encontrarla!

—¿Dónde estás? —le pregunta mientras abre la puerta de la cafetería. ¡Tampoco está allí dentro!

—Aquí.

—¿Dónde es aquí?

María sale de nuevo del establecimiento e intenta fijarse mejor en todas las personas que caminan o están paradas a su alrededor. Está comenzando a desesperarse. ¡Ninguna es Paloma!

—Pelirrojita, estoy aquí arriba.

—¿Arriba? ¿Dónde?

—Levanta la cabeza.

Y entonces María la ve. En uno de los ventanales de Starbucks, una jovencita rubia puesta de rodillas sobre un sillón la saluda haciendo gestos con la mano. Lleva un gorrito de lana de colores y no para de sonreír. Sin temor a exagerar, Meri piensa que aquel instante es uno de los más maravillosos que ha experimentado en su vida. También ella la saluda con la mano y una gran sonrisa dibujada en el rostro.

—Cuelga, que estás gastando tiempo aire —le dice emocionada—. Voy para arriba.

—No. Bajo yo, que todavía no he pedido —repone Paloma.

—OK. Nos vemos dentro de medio minuto.

—Veinte segundos. —Y cuelga.

Son quince los que tardan en reunirse la una con la otra en la planta baja del Starbucks de Callao. Ese primer momento de contacto es confuso. Ninguna de las dos está segura de cómo actuar. Es Meri la que, al ser la mayor, toma la iniciativa y se atreve a dar el primer paso: dos besos, dos esperados y deseados besos.

—Guau —dice la pelirroja mientras, nerviosa, se peina con las manos.

—Sí, guau.

Aunque Paloma es muy bajita, la diferencia de altura entre ellas tampoco es tan grande. Al menos esa tarde. Las plataformas de los zapatos que se ha puesto la chica rubia tienen gran parte de la culpa. Ambas se observan inquietas, indecisas, como un niño al que le regalan un juguete que deseaba tener desde hace mucho tiempo y no sabe por dónde empezar a montarlo.

—¿Nos ponemos en la cola para pedir?

—Sí. Unas inglesas nos están guardando el sitio arriba.

—Qué bien.

—Menos mal que he llegado antes, porque ahora no hay ni una mesa libre.

No dejan de mirarse la una a la otra constantemente. Ni de sonreírse. Pero todavía no pueden creerse que estén cara a cara. Juntas. Bajo el mismo techo. Oliendo el mismo aroma a café. Es como una especie de sueño del que en algún momento les tocará despertarse para no volver a él nunca más.

Aún sin demasiada conversación, les llega el turno para pedir. Las atiende una chica alta y rubia que se llama Laura. Las dos dan sus nombres y la camarera grita sus bebidas: *frapu* de fresa para Paloma y de moca para Meri. Dudan a la hora de pagar. Al final, deciden que cada una se encargará de lo suyo.

—En el otro extremo de la barra les entregarán sus bebidas. Gracias, chicas, y que pasen una buena tarde.

Las dos le dan las gracias a Laura y se dirigen a donde ella les ha indicado. Mientras esperan sus *frapucchinos*, empiezan a soltarse un poco más.

—¿Te ha traído tu madre? —pregunta María sin dejar de juguetear con el ticket de compra.

—Sí. Le he dicho que había quedado con una amiga y me ha traído en coche. Ella se ha ido de compras. Dentro de tres horas me recoge.

—Mi madre piensa que estoy con mis amigos.

—Como yo no tengo muchos... se ha llevado una alegría cuando le he dicho que había quedado contigo.

—¿Le has dicho mi nombre?

—Sí. No pasa nada, ¿no?

—No, claro que no —responde la pelirroja con una sonrisa.

—Pero no sabe que te he conocido por Internet. Cree que eres del instituto.

—¿Le has mentido?

—Claro. Es más fácil decir que vamos juntas a clase que contarle que te he conocido en un *chat* de lesbianas. ¿No crees?

—Shhhhh. ¡No digas eso en voz alta! —le susurra María, nerviosa, al oído.

Después de los dos besos que se han dado nada más verse, esa es la vez que han estado más cerca. Ambas se dan cuenta y, aunque a ninguna le desagrada la cercanía de la otra, se separan rápidamente.

Otra barista, que lleva en la solapa de la camiseta negra un cartelito con el nombre de Adriana, les entrega un *frapucchino* a cada una, con sus correspondientes popotes y un nombre apuntado en cada vaso. Paloma y María le dan las gracias y suben la escalera hasta la planta de arriba. Sus asientos están al final de la sala: dos sillones pegados a una de las ventanas que dan a la plaza de Callao y desde la que se ve la Gran Vía. Saludan amablemente a las inglesas que les han guardado el sitio y toman asiento.

El rostro de la joven rubita mientras se bebe su *frapu* de fresa es de completa felicidad. A Meri le gusta verla así, tan cerca, tan contenta. Sin embargo, de momento la timidez y la vergüenza se están imponiendo. Pero, para su sorpresa, a María no le importa demasiado. Está allí con Paloma y se siente bien.

Durante unos minutos, no hablan mucho. Se miran de vez en cuando y sonríen, pero están más pendientes de la vista que pueden contemplar y de sus bebidas. O esa es la impresión que quieren dar, porque en realidad ninguna de las dos puede pensar en nada más que no sea la chica que tiene enfrente.

CAPÍTULO 47

Estaciona el coche a unos cincuenta metros de la cafetería Constanza, en doble fila y con las intermitentes puestas. Antes han pasado por casa de Valeria para recoger los apuntes de Filosofía para Bruno. Pese a que la chica ha insistido en que no lo hiciera, Marcos ha querido llevarla hasta allí.

—Como comprenderás, no voy a salir así a saludar a tu madre —comenta el joven, jocoso, mientras señala sus bóxeres largos de rayas azules.

Ella no quiere ni mirar. Todavía no se ha librado de la sensación de incomodidad que le produce viajar al lado de un chico en ropa interior. En cualquier caso, debe admitir que, en su conjunto, ese día será inolvidable.

—Tranquilo, ya la saludo yo de tu parte.

—Gracias. Dile a Mara que más tarde le escribiré un privado en Twitter para contarle cómo nos ha ido.

—Se lo diré.

Que aquellos dos se lleven tan bien no le hace demasiada gracia. Pero Val tampoco tiene argumentos sólidos para impedir que sean amigos, así que lo mejor es no hacer nada, que ya ha metido suficientemente la pata por ese día. Ya se cansarán de aquel jueguecito.

—Trataré de tener las fotos lo antes posible. Esta noche o mañana.

—No te preocupes, no hay prisa.

—Yo sí la tengo. Estoy deseando ver lo que ha salido. Creo que... creo que... que...

Y estornuda. Dos, tres veces. Valeria suspira. Todo es culpa suya. Solo espera que Marcos no se constipe y no tenga problemas para presentar su programa de radio la semana siguiente.

—Lo que tienes que hacer es no salir de casa estos días y cuidarte. Descansa mucho en la cama, bien tapadito.

—También lo haré. Pero intentaré venir mañana a traerte las fotos. Ya verás lo bien que has salido.

—Luego soy yo la testaruda...

—Ellos se hacen y el destino los junta.

—Ese refrán no existe.

—Claro que sí, lo he inventado yo.

Valeria niega con la cabeza y abre la puerta del Fiat500. Marcos estornuda otra vez. ¡En buena hora eligió las barquitas como escenario para las fotos!

—Hasta mañana, muchas gracias por todo y... lo siento.

—Lo que siento yo es tener que despedirme de ti.

—No seas empalagoso —protesta la chica nuevamente acalorada—. Guárdate las frases bonitas para los oyentes.

—Hay para todos. Hasta mañana, Val.

Le dice adiós con una sonrisa y arranca el coche. Se va alejando poco a poco, no sin antes tocar el claxon un par de veces para despedirse.

—Ellos se hacen y el destino los junta —recita en voz baja Valeria—. Que lo ha inventado él. ¡Ja! Qué cara más dura.

Sonriendo, entra en la cafetería donde, por lo que comprueba inmediatamente, no está su madre. Tampoco la ha encontrado en casa cuando ha subido por los apuntes para Bruno. Le pregunta a uno de los meseros y este le explica que se marchó a la hora de comer y todavía no ha vuelto. Ahora le escribirá para ver por dónde anda y si tiene ella que encargarse de algo. Son casi las cinco, su amigo no debería tardar en llegar.

Valeria se prepara un café con leche bien caliente y se sienta a una de las mesitas a esperar. Vuelve a sonreír, sola, recordando lo que ha vivido ese día en el parque del Retiro. ¿Cómo puede una persona que aparece de repente cambiar toda la dinámica de la vida de otra en un santiamén? Marcos es especial, eso no puede negarlo. Pero también su novio, al que echa mucho de menos, lo es.

Alcanza su BlackBerry y lo llama. No sabe dónde estará. Le gustaría que apareciese por la puerta de Constanza en ese instante y lanzarse a sus brazos. Llevan muchas horas separados, viviendo de un par de mensajes de WhatsApp.

No lo toma. Va a insistir una vez más, pero en ese momento es Bruno el que entra en la cafetería. Su amigo camina hasta la mesa en la que toma café y se sienta a su lado.

—¿Llevas mucho tiempo esperando? —le pregunta el chico, que parece algo inquieto.

—No, acabo de llegar.

—¿Estás sola? ¿No hay nadie contigo?

—Sí. He venido sola. Creo que Raúl está en su casa. Estoy llamándolo, pero no me contesta —le explica al tiempo que le entrega los apuntes de Filosofía—. Toma, llévamelos el lunes, por favor.

—Gracias. Los fotocopio y el lunes te los devuelvo.

—¡Que no se te olvide!

—Tranquila. Soy de fiar.

Los dos se miran dubitativos. ¿Y ahora? Bruno ya tiene lo que ha ido a buscar. Valeria espera que se levante y se vaya; en cambio, el joven permanece allí sentado. Bruno se vuelve hacia la puerta de Constanza. Alba debería llegar en cualquier momento.

—¿Quieres tomar algo?

—No... Bueno, sí —rectifica. Así hará tiempo hasta que la chica aparezca—. Un café con leche.

—Bien. Espera. Ahora te lo traigo.

Val se incorpora y se encamina hacia la barra. La rodea y repite lo que ha hecho antes. Le prepara un café a su amigo, que, tenso, no cesa de mirar hacia la entrada de la cafetería. Alba debe de estar por caer.

En efecto, no tarda en llegar.

La chica del pelo azul entra en la cafetería con decision y camina hasta la mesa a la que está sentado Bruno. Le da las gracias en voz baja y ocupa una de las sillas que están libres. Valeria se da cuenta en seguida de su presencia y se aproxima a ellos con el café del chico en las manos y cara de pocos amigos.

—Hola, Val, ¿cómo estás? —la saluda amablemente la recién llegada.

—Algo molesta contigo. Pero bien.

Suelta el café de Bruno en la mesa salpicando un poco en el platillo, y se sienta con ellos.

—Para eso he venido, para que dejes de estar molesta e intentemos aclarar las cosas.

—No hay nada que aclarar, Alba. Besaste a Raúl en mi cara. ¿Qué hay que aclarar sobre eso?

—Que fue un error y metí la pata.

—Es evidente que fue un error, un error estúpido. ¡Eso sí que está aclarado y no te lo discuto! Pero también fue un golpe bajo.

—Debes creerme, Val. Ese beso no significó nada. Fue un impulso. Nada más. No hay absolutamente nada entre tu novio y yo.

—Eso ya me lo dijiste anoche.

—Lo sé.

—¿Entonces? ¿Qué quieres?

—Que me perdones. No me siento bien por lo que hice. Le he dado muchas vueltas al tema desde anoche. Pero salió así y ya no hay marcha atrás.

—Ese es el problema, que no hay marcha atrás.

—¿Y qué quieres que haga?

—Ya nada.

Bruno observa a una chica y a otra como si estuviese presenciando un partido de tenis. Es hora de que él se marche, ya ha cumplido su misión. Se levanta despacio, sin querer molestar ni interrumpir el diálogo entre las dos. Valeria y Alba siguen hablando mientras contemplan cómo el chico se aleja en silencio en dirección a la salida de Constanza. Desde allí se despide con la mano cuando se da cuenta de que lo están mirando. Abre la puerta y abandona la cafetería.

—¿Estaba él metido en esto? —pregunta Val, que ya se imaginó algo en cuanto la vio.

—¿Quién? ¿Bruno? ¡No!

—¿Seguro? No paraba de mirar la puerta para ver si venía alguien. Era como si estuviera esperando a que aparecieras. ¿No habrán preparado esto entre los dos?

La ha cachado y Alba no quiere seguir mintiéndole respecto a Bruno. Debe contarle la verdad, ya que si no corre el riesgo de que no vuelva a dirigirle la palabra. Eso sería fatal.

—Si yo te hubiera dicho que quedaras conmigo para hablar y solucionar las cosas, no habrías querido. Por eso le pedí que me ayudara quedando contigo aquí, que yo aparecería luego.

—¿Quién te ha dicho que yo no habría querido hablar?

Aunque me has faltado el respeto por lo que hiciste, creo que de todas maneras habría hablado contigo si me lo hubieses pedido. No soy tan rencorosa.

—Pero estás muy enfadada...

—Es normal, Alba. Sigo sin entender por qué besaste a Raúl. ¿Es que sientes algo por él?

—¡No! ¡Claro que no! ¡Ya te digo que fue un impulso!

—Un simple impulso no te lleva a besar a un chico así porque sí.

—No sé, Val. Te digo la verdad. Raúl es un gran amigo, una persona extraordinaria, guapísimo... Pero no siento nada por él.

Parece sincera. Incluso se diría que está sufriendo bastante con ese asunto. Si no fuera porque se le da muy bien interpretar, como ella misma ha podido comprobar en el corto, se fiaría de su palabra al ciento por ciento.

—Y es mi novio.

—Eso lo primero. Es tu novio y nunca debí besarlo. Ni ensayando, ni actuando, ni por un impulso. Fue una estupidez y vuelvo a pedirte perdón por ello.

La ha convencido. Su mirada demuestra que está siendo honesta. Tendrá que creerle. Y quiere hacerlo, porque Alba le cae muy bien. Un fallo lo tiene cualquiera. Sin ir más lejos, ella misma ha tirado al agua a Marcos hace unos minutos, y eso es una gran metida de pata. Sonríe y se levanta de la silla para abrazar a su amiga. A esta se le caen unas lagrimillas que se apresura a limpiarse con una servilleta. Tampoco Valeria logra contener la emoción del momento. Vuelve la normalidad. Asunto zanjado. Hablan un rato, bromeando sobre el corto e intercambiando ideas. Vuelven a ser buenas amigas.

—¿Qué tal si llamamos a Raúl para contarle que ya hemos hecho las paces? —propone Alba, más relajada.

341

—OK. Le alegrará saber que las cosas entre nosotras van bien otra vez.

—Primero déjame ir al baño un momento a arreglarme un poco estos ojos. Parezco un mapache.

—Te espero. ¿Quieres algo de beber o de comer?

—No, gracias.

Alba se pone de pie y, tras darle un beso a Valeria, camina hacia el baño de chicas. Entra y se coloca frente al espejo. Abre el grifo y se limpia el reguero de pintura que corre por sus mejillas. Trata de sonreír, pero le resulta imposible. Le duele todo aquello. En ese instante más que nunca. Aquel asunto se le ha ido de las manos. Y es que lo único que hay de sincero en ella son sus lágrimas. Sin embargo, ese llanto está lejos de estar motivado por lo que su amiga imagina.

No ha contestado la llamada de Valeria. Le ha dado miedo responder estando Elísabet delante. Ya es la segunda vez que Raúl no le toma el teléfono a su novia ese día.

No debería estar allí, sino en la cafetería. O a solas con ella en cualquier otro lugar en el que pudieran recuperar todas las horas perdidas que no han podido disfrutar juntos.

—Menudo rollo de peli —comenta Eli, que llevaba unos minutos callada.

—Bueno, no lo sé, me he perdido la mitad.

—Si a mí me secuestraran, ¿tú pagarías el rescate?

—No tengo dinero para eso.

—¡Ni tampoco van a secuestrarme, hombre! —exclama ella riendo—. Es un supuesto. ¿Pagarías lo que los secuestradores pidieran por mi libertad si tuvieses ese dinero?

—Pues... dependería de las condiciones, ¿no?

—Vamos, que no darías todo tu dinero por mí.

—No lo sé, Eli. Es una pregunta muy difícil.

—Para mí no. Yo haría lo que hiciese falta y daría todo el dinero que fuera necesario para que te soltaran.

El joven se siente un poco mal cuando la oye hablar con tanto convencimiento. No cree que él pagara un rescate por ella. Negociaría e intentaría que las cosas se solucionasen de la mejor forma posible, pero no lo daría todo por Elísabet. Aunque, de alguna manera, sus actos contradicen su pensamiento. Estar allí con ella poniendo en peligro su relación con Valeria es como pagar una gran suma. O como estar secuestrado.

Vuelven a centrarse en la película hasta que suena el smartphone de la joven.

—¡Huy! ¡Mis padres!

Se levanta del sofá y sale corriendo de la sala para contestar. Raúl se queda solo en la habitación. La película es muy aburrida y, a pesar de que se ha perdido una gran parte, sabe cómo va a terminar. La Policía se las ingeniará para liberar a la niña secuestrada y detendrá a los malos, entre los que seguro se encuentra algún familiar de la pequeña. Entonces, gracias a todo el proceso, sus padres, que están separados, reiniciarán su relación. ¿Cuántas películas hay con el mismo argumento?

Quizá sea un buen momento para escribir a Valeria y decirle que dentro de media hora va para Constanza. Sin embargo, justo en el instante en el que toma la BlackBerry para mandarle un mensaje, su novia lo llama de nuevo. El teléfono no suena porque durante la película lo ha puesto en modo vibrador para no molestar. Duda sobre si tomarlo, pero sería la tercera vez que no le responde. Luego tendría que inventarse alguna explicación convincente, y es algo que no se le da demasiado bien. Se levanta y, andando sigilosamente, con la BB vibrando en uno de los bolsillos de la sudadera, entra en el cuarto de baño de la planta baja. Cierra la puerta. Piensa en echar el cerrojo, pero se da cuenta de que no tiene: por consejo médico, los padres de Elísabet los quitaron cuando su hija regresó del hospital.

Pulsa el botón del centro de su smartphone y contesta:

—¿Sí?

—¡Hola, cariño! ¿Cómo estás?

—Bien. En casa —miente—. Estaba viendo una película con mis hermanas y me he venido al baño para no molestarlas.

—¿Al baño? ¿Y para qué tienes tu cuarto?

Esa es una buena pregunta para la que no tiene una respuesta coherente.

—Para dormir y acostarme con...

—¡Cariño, está puesto el manos libres! —exclama Valeria interrumpiéndolo antes de que concluya la frase—. ¡Y escucha con quién estoy! Saluda.

—¡Hola, jefe!

Es la voz de Alba. Raúl se queda de piedra cuando la oye. Están juntas. ¿Eso significa que han arreglado lo del beso?

—Hola. ¿Dónde están?

—En la cafetería de tu novia. ¿Por qué no te vienes a tomar algo con nosotras?

—Hemos hecho las paces —comenta Valeria, a la que nota feliz—. Hemos acordado que a partir de ahora solo te besaré yo.

Las dos chicas se ríen. A Raúl le resulta muy extraño que Val bromee con ese tipo de cosas, después de lo mal que lo ha pasado. Pero se alegra de que esté de tan buen humor. Seguramente se haya quitado un peso de encima solucionando el problema con Alba. No es rencorosa, y tampoco le gusta enfadarse con sus amigos. La joven del pelo azul se había convertido en alguien muy importante para ella tras la ruptura total con Elísabet.

—Chicas, quiero ver el final de la película. Cuando acabe voy para Constanza.

—¿De qué va la peli? —pregunta Alba.

—Del secuestro de una niña.

—Ah, ¿está bien?

—Es aburridilla, pero quiero ver el final, así que me voy.

—¿Dónde la están poniendo?

—En Antena 3. Luego les cuento más. Ahora...

Y de repente, la puerta se abre por sorpresa. Raúl observa desconcertado a Elísabet, que entra y se dirige hacia él a toda velocidad. El muchacho intenta cortar la llamada rápidamente, pero es incapaz de pulsar el botón correcto en aquellas centésimas de segundo y la BB se le cae al suelo cuando su amiga se lanza sobre él.

—¡Aquí estás, cariño! —grita tras saltar sobre Raúl y colgarse de su cuello—. ¡Te estaba buscando!

Aquel grito no se oye solo en el cuarto de baño de la planta baja de aquella casa, sino también a un kilómetro y medio de distancia, en la cafetería Constanza, a través de la BlackBerry de Valeria, que tiene puesto el manos libres. Si la noche anterior Val se quedó inmóvil y sin poder reaccionar cuando vio a su novio besando a la chica que tiene al lado, en ese momento tiene que agarrarse a la mesa para no caerse al suelo. El corazón está a punto de salírsele del pecho. Ha reconocido la voz que ha gritado al otro lado de la línea. Y está con él. Están juntos. No es una pesadilla. Es la realidad, su vida. La maldita vida que ese cabrón acaba de destrozar.

CAPÍTULO 48

Ese sábado de marzo ven a la gente caminar por debajo de sus pies tras aquel enorme ventanal. Sentadas en dos sillones del Starbucks de Callao, Meri y Paloma son un poco más felices que hace unas horas. Las inglesas ya se han ido y ellas han decidido colocarse la una al lado de la otra. La pelirroja ha sido la que se ha cambiado de sitio y ahora está a la derecha de su amiga. Enfrente, dos japoneses se dedican a escribir apasionadamente en sus laptops.

Codo con codo se sienten más cómodas que cara a cara. Quizá porque todavía no tienen la confianza suficiente para sostenerse las miradas. Poco a poco han ido llegando las bromas, las risas, las frases encadenadas, las anécdotas, las sonrisas... Pero los nervios y las mariposas continúan.

Casi se han terminado los *frapucchinos*. Se los han bebido lentamente, eternizando el momento, tratando de que duraran lo máximo posible. Como esa tarde, que les gustaría que no acabara nunca.

—¿Nos tomamos una foto con los vasos del Starbucks? —le pregunta Paloma con su habitual sonrisa contagiosa.

—No me gustan mucho las fotos.

—Vamos, Meri, si estás guapísima. ¡Tenemos que tomarnos una!

—Está bien.

Sabe que no está guapísima y que saldrá horrible, como siempre, pero lo hará por Paloma. Además, será un recuerdo bonito para el futuro. Las dos chicas toman los vasos con sus nombres escritos y posan hombro con hombro. Paloma saca su smartphone para tomar la fotografía.

—Di: «¡foto Tuenti!»

—Foto Tuenti.

Clic.

La chica busca rápidamente la fotografía que acaban de tomarse en la carpeta de imágenes. Es un primer plano que da una pista del carácter de cada una: Paloma sale con una sonrisa de oreja a oreja y los ojos casi cerrados a causa del entusiasmo, y María, seria, contenida, sin saber expresar sus emociones delante de la cámara.

—¡Esta no vale!

—¿Por qué?

—Parece que estás enfadada. Y no lo estás, ¿verdad?

—No, claro que no. Pero es que soy un desastre para estas cosas.

—¡Vamos a repetirla! Y esta vez espero que pongas la mejor de tus sonrisas o me enfadaré mucho.

—No sé si sabré hacerlo.

—Claro que sí. Ya lo verás. Tú piensa en lo bien que lo estamos pasando.

—Lo intentaré.

La escena anterior se repite de nuevo. Las dos sujetan los vasos colocando hacia adelante la parte que lleva escritos sus nombres. Paloma alza un poco la mano con la que sostiene el smartphone. Y... ¡Foto Tuenti! Clic.

Impaciente, la jovencita rubia busca la imagen. Se pregunta si su amiga habrá sonreído esa vez. Ya tiene la respuesta.

—¡Genial! ¡Esta sí me gusta! —exclama eufórica. Hasta los japoneses de enfrente la miran—. ¡Qué guapa!

Entonces le enseña la foto a Meri. Las dos salen sonrientes. La sonrisa de Paloma es natural, limpia y espontánea. Se nota que la de la pelirroja es más forzada, pero ha conseguido que su rostro exprese alegría. Incluso ella se sorprende de cómo le cambia la cara al sonreír.

—Me gusta. No parezco yo.

—¡Pues claro que pareces tú! ¡Eres tú!

—Yo soy más... fea.

Paloma mueve la cabeza y regresa al sillón de al lado, junto a la ventana. Echa un vistazo a su alrededor y luego mira a su amiga.

—Creo que te valoras muy poco a ti misma.

—Es que no valgo mucho. Soy realista.

—Eso no es cierto —la contradice enfadada—. Tienes un concepto muy equivocado de ti, Meri.

—Solo hay que mirarme para ver que mi físico no da más de sí. Soy como soy. Lo asumo, pero tampoco es que me haga sentir bien.

—Pues a mí me gustas. —Y, acercándose más a ella, le da un beso en la mejilla sin que María se lo espere—. ¿Te hace sentir mejor esto?

La joven pelirroja se muerde los labios completamente descolocada. Mira a su alrededor, tiene la impresión de que todo el mundo se fija en ellas. Aquello la intimida, pero al mismo tiempo se siente como si estuviera flotando en una nube. No puede creerse que le guste de verdad a aquella jovencita.

—Gracias. No has cambiado mi forma de pensar sobre mi físico, pero... Es difícil de explicar... —comenta nerviosa pero con una sonrisa en la cara.

—No digas nada más. No hace falta que me expliques

nada. Me gustas y punto —sentencia Paloma. Después, saca su smartphone y comprueba la hora—. ¿Vamos a dar una vuelta?

—Claro.

Las dos se levantan, se despiden cordialmente de los japoneses que tenían enfrente y bajan la escalera. Salen de Starbucks y comienzan a caminar por la Gran Vía.

Hay muchísima gente en la calle. María se fija en las parejas que van de la mano. Le encantaría tomar la de la chica que camina a su lado, pero no está preparada para ello. Aún es pronto para todo. Con Paloma y con cualquier otra. Aunque, después de haberla conocido, no quiere que sea cualquier otra con la que pasee de la mano.

—¿Has besado a un chico en la boca alguna vez? —le pregunta Paloma de repente. Ella ya sabe lo de Ester, porque Meri se lo confesó durante la madrugada.

—¿En los labios?

—Sí, en los labios. ¿Te has besado con algún tipo?

—Bueno... hace tiempo me besó un amigo, Raúl. Te he hablado un poco de él.

—¿Sí? ¿Ese que decías que está tan bueno?

—Sí, ese.

—¿Y cómo fue?

Meri le cuenta lo que sucedió aquel día, hace ya mucho tiempo, cuando aquellos tipos obligaron a su amigo a hacerlo. Fueron su primer y su segundo beso. Hace cuatro meses, llegó el tercero, con Ester. Los únicos que ha dado hasta el momento.

—Creo que Raúl fue mi primer amor platónico de verdad. Aunque no duró demasiado.

—Qué historia. ¡Y vaya estúpidos aquellos tipos! ¡Si los tuviera delante ahora les daba una paliza!

Aunque intente no reírse, a María le hace gracia la actitud combativa y desafiante de Paloma. Le ha salido el carácter que le vio durante los primeros días que habló con ella a través del *chat*. Imagina a la pequeñaja enfrentándose a aquellos matones. Es inevitable sonreír.

—¿Y tú has besado a alguno?

—No, nunca. Ni chicos, ni chicas. Una vez casi me meto con un tipo en un cumpleaños, pero cuando estaba a punto de lanzarme hizo algo que no me gustó y lo dejé tirado.

—¿Qué te hizo?

—Me agarró las tetas.

Ahora a Meri sí que se le escapa una carcajada al instante. Esta vez no ha podido contenerse. Paloma la observa asombrada. ¿Qué ha dicho? Sin embargo, en lugar de enfadarse, coge su celular y le hace una foto riéndose.

—¡No me tomes fotos!

—¡Te has reído! Es un momento histórico que tenía que documentar con una imagen.

Le enseña cómo ha salido y entonces es Paloma la que se ríe. Meri protesta e intenta convencerla, sin éxito, para que elimine aquella fotografía. La pelirroja se da por vencida rápidamente, pero tampoco se enfada.

Las dos continúan caminando por la Gran Vía. No se dan la mano ni se besan, pero entre las dos chicas está naciendo algo muy especial.

CAPÍTULO 49

Corre lo más rápido que puede por las calles de Madrid.

Ya se ha pasado por la cafetería Constanza, donde le han dicho que Valeria se había ido hacía unos minutos. Posiblemente esté en su casa. Y hacia allí se dirige Raúl a toda velocidad. Se para en un semáforo en rojo y saca su Black-Berry una vez más. Le ha escrito varios mensajes de Whats-App y ha intentado llamarla, pero ha sido imposible contactar con su chica. No quiere saber nada de él. Y la comprende. Entiende que esté enfadada.

En cuanto Elísabet entró gritando en el cuarto de baño mientras él hablaba con Val y con Alba, supo que el mundo se le venía encima.

Hace unos minutos...

—Cariño, ¿qué te ocurre?

Raúl se zafa de Elísabet y recoge su BlackBerry del suelo. Comprueba que Valeria ha colgado y suelta una palabrota en voz baja. Se lo temía. Se tapa la cara con las manos y comprende lo que ha pasado.

—Carajo. ¡Dios! Ahora sí que la he fastidiado.

—¿Qué has fastidiado? ¿Por qué estás así?

—¡Esto tenía que pasar tarde o temprano! ¡Tenía que pasar!

—¿Qué sucede, Raúl? ¡Háblame!

El joven no responde. Está en estado de *shock*, enfadado con el universo, pero sobre todo consigo mismo. Marca el número de su novia, pero tras un primer bip, la línea empieza a comunicar. Sale del cuarto de baño desesperado y sin dejar de llamarla. Valeria sigue sin ponerse al teléfono.

No sabe qué hacer. Tal vez lo mejor sea intentar hablar con ella en persona. Aunque no será nada sencillo convencerla, es su último recurso. Sin prestarle atención a Eli, se apresura a llegar a la salida de la casa.

—¿Te vas ya? —le pregunta su amiga, que lo sigue de cerca.

—Sí. Tengo que irme.

—¿Por qué? ¿Ha pasado algo?

—Creo que Valeria se ha enterado de que estoy en tu casa —dice tras pararse delante de la puerta.

—¿Y qué tiene eso de malo?

Raúl fulmina a Elísabet con la mirada. Ella sonríe, pero rápidamente se da cuenta de que no es momento de bromear.

—Perdona. Entiendo que estés así de preocupado. Es tu novia y la quieres. Espero de todo corazón que lo soluciones.

—No sé si esto tendrá solución.

—Si quieres que hable yo con ella...

—No, es mejor que no.

—Como tú veas. Ya sabes que tienes todo mi apoyo.

—Gracias.

El joven abre la puerta y sale precipitadamente de casa de Elísabet. Comienza a correr sin dejar de pensar en lo torpe que ha sido durante todos esos meses. Cree que Valeria jamás volverá a confiar en él. Y tiene motivos sobrados para ello.

De camino hacia Constanza, se detiene varias veces a tomar aire y aprovecha para escribirle.

> Val, lo siento mucho. Espero que hablemos pronto y pueda explicarte todo lo que ha sucedido. Te quiamo.

> Cariño, no sabes cuánto siento todo esto. Necesito hablar contigo y aclararte las cosas. No dejaré de quererte nunca.

> Respóndeme, por favor. No sabes lo desesperado que estoy. Te necesito.

> Val, escríbeme. Te lo pido por favor.

Ningún mensaje recibe respuesta. A cada minuto que transcurre, el castigo del silencio se hace mayor.

Por fin llega a la cafetería. La busca con la mirada, pero no la ve. Le pregunta a uno de los meseros, que le informa de que hace un rato que se ha marchado acompañada de una chica con el pelo azul. A Raúl solo le queda ir a su casa y rezar para que esté allí y quiera hablar con él. En un semáforo en rojo, vuelve a llamarla. Sabe que es inútil insistir, que no se la va a tomar... Sin embargo, esta vez contesta una voz llorosa.

—No lo... entiendo. No... entiendo... nada.

—¿Cariño? ¿Dónde estás?

Pero Valeria no responde. Al otro lado tan solo se oye un sollozo constante y el silencio que lo rodea. A Raúl se le encoge el estómago y se le parte el alma. Es el culpable de que la persona más increíble del mundo esté así.

—Val, dime algo. ¿Estás en casa?

No hay contestación. Incluso el llanto débil y continuo de su chica desaparece. Instantes después, al otro lado de la línea interviene otra persona.

—¿Raúl?

—¿Alba?

—Sí, soy yo. Estoy con Valeria en su casa. No se encuentra muy bien. Le ha dado una especie de ataque de ansiedad.

—Uff. Quédate ahí hasta que yo llegue, por favor.

—Tranquilo. No me muevo de aquí.

Raúl cuelga en seguida y sale disparado hacia la calle en la que vive su novia. ¿Cómo ha podido traicionarla así? Él sí merece sentirse como se siente en esos momentos, como un despojo, un cobarde. Pero ella... ella no. Ella se merece ser feliz y que la traten como a una princesa. Siente tanto el dolor que le ha causado... Nunca debió mentirle, así no habrían llegado a aquella situación. Sin embargo, ya es tarde, demasiado tarde para arreglar lo que no tiene solución.

CAPÍTULO 50

—¿Seguirás conectándote al *chat*? —le pregunta Paloma a Meri mientras continúan caminando por la ciudad. No llevan un rumbo concreto, incluso comienzan a alejarse demasiado de donde venían. Empieza a hacerse de noche, pero eso no les importa. A cada instante que pasa van estableciendo la misma complicidad que tenían a través de la pantalla, con el teclado como forma de comunicación.

—No lo sé. Cuando entré las primeras veces era por curiosidad, por saber qué pensaban otras chicas que sentían lo mismo que yo.

—Por eso entraba yo también al principio.

—Pero pronto me di cuenta de que en un sitio así iba a conseguir poca información. Hay demasiados tipos que se hacen pasar por lesbianas y que van buscando historias raras. Es difícil distinguir la gente que miente de la que dice la verdad.

—Eso es cierto. Hasta yo te mentí y te pasé la foto de otra persona.

—Yo tampoco te dije mi edad real cuando nos conocimos.

—Ya. Todos decimos alguna mentira de vez en cuando. Nadie es completamente sincero, ¿verdad?

—Es triste, pero tienes razón.

—¿Y has llegado a engancharte del todo al *chat*?

—Creía que sí. Pero a lo largo de estos últimos días he descubierto que a quien me había enganchado era a ti, no a la página web.

Las palabras de María emocionan a Paloma, que le da las gracias y la hace sonreír. También ella querría darle la mano y que pasearan como una de las tantas parejas que ven. Pero solo son amigas. Y tampoco está preparada para anunciarle sus sentimientos al mundo.

—Es duro esto de ser lesbiana —comenta la más pequeña de las dos algo frustrada—. Y más a los quince años.

—No debería serlo.

—Pero lo es. Ni tú ni yo somos capaces de confiárselo a nadie. Es nuestro secreto.

—Son las circunstancias: la sociedad, los prejuicios, la falta de costumbre, el qué dirán o qué pensarán... Espero que llegue el día en el que besar a una persona de tu mismo sexo no sea objeto de miradas, gestos y cuchicheos.

Paloma la observa con admiración. Es muy lista, mucho más que ella, y eso le gusta y también la atrae.

—Qué bien hablas.

—¿Yo?

—Sí. Parece mentira que solo tengas un año más que yo. A tu lado me siento pequeñita. ¡Y no vale hacer chistes de bajitos!

—Con esas plataformas estamos casi empatadas.

Las dos chicas sonríen y siguen charlando sobre el tema de la homosexualidad femenina durante su paseo.

—¿No te gustaría gritarle al mundo entero que eres lo que eres, sin más?

—Claro que me gustaría. Es muy cansado esto de ocultarse y no poder hablar abiertamente de lo que sientes.

—Dímelo a mí. Mis padres son muy tradicionales, el día que se enteren les dará un infarto. O me echarán de casa.

—No creo que sea para tanto. Son tus padres y lo aceptarán.

—¿Que aceptarán que me gustan las chicas? ¡Ni de broma! —exclama Paloma resoplando—. Pensarán que ya se me pasará, o que es una enfermedad de la adolescencia. ¡Vete tú a saber!

—Qué exagerada eres.

—No los conoces. Luego, si quieres, te presento a mi madre.

Meri sonríe. Ese problema no existirá en su familia. Seguro que cuando sus padres y su hermana sepan que es lesbiana no pondrán ningún impedimento. Son personas tolerantes y, sobre todo, la quieren por lo que es y por cómo es. Está convencida de que la apoyarán en todo, como han hecho hasta ese momento. Entonces ¿por qué nunca se lo ha confesado? Sus amigos tampoco lo saben, excepto Bruno y Ester. Y estos se enteraron por casualidad, en una situación límite. En cualquier caso, el asunto de la sexualidad es algo muy personal. Y ella decidirá cuándo dar el paso definitivo frente a todos los que la rodean.

—¿Sabes dónde estamos? —le pregunta la pelirroja a Paloma sin dejar de mirar, desorientada, hacia todas partes—. Nos hemos puesto a hablar y no sé dónde nos hemos metido. Hace tiempo que me he perdido.

—Me suena mucho esta calle. Creo que he venido antes por aquí.

—¿Sí? Pues yo ni idea.

Paloma observa con atención los edificios que van dejando atrás, hasta que pasan por delante de uno que le da la pista definitiva.

—¡Ah! ¡Ya sé donde estamos!

—¿Dónde?

—Vine aquí una vez hace un par de años con mi madre. ¿Tienes dinero?

—Sí, veinte euros, pero ¿por qué lo preguntas?

—Con siete u ocho creo que bastará —contesta feliz—. ¿No decías que querías gritarle al mundo que eres lesbiana? Pues aquí podremos hacerlo.

Paloma señala un edificio y su amiga lee en voz alta el rótulo que hay colocado sobre la puerta.

—¿«La casa de los gritos»? ¿De qué se trata?

—Ahora lo verás —repone Paloma sonriente—. Es el sitio perfecto para nosotras. ¿Quieres gastarte el dinero en algo muy sano?

—Siete u ocho euros son muchos euros.

—Merecerá la pena, ya lo verás.

—Bueno, pues vamos. Confío en ti.

Las dos chicas entran en el edificio y se dirigen hacia el mostrador. La casa de los gritos es más grande por dentro de lo que aparentaba por fuera. A María le sorprende que prácticamente todo lo que hay en el interior sea blanco o negro: las paredes, el suelo, el techo... Ese lugar parece un enorme tablero de ajedrez que transmite calma y tranquilidad.

—No hay que ser mayor de edad para entrar aquí, ¿verdad? —le susurra Meri a Paloma mientras esperan a que las atiendan en recepción.

—No, no hace falta. Cuando vine con mi madre no me dijeron nada y tenía trece años.

Un hombre alto, canoso y con anteojos ataviado con un uniforme blanco las recibe con extrema amabilidad:

—Buenas tardes, señoritas. ¿Desearán una habitación o dos?

—Con una nos basta, gracias —contesta Paloma sonriendo.

—Perfecto. —El hombre escribe algo en una pequeña pantalla digital—. ¿Pagarán ahora o a la salida?

Las chicas se miran entre ellas y deciden hacerlo ya.

—¿Cuánto es?

—Quince euros.

Cada una saca de su monedero siete euros con cincuenta. Es la jovencita rubia la que junta lo de ambas y paga.

—Aquí tiene.

—Muy bien. Gracias. —El recepcionista les hace una pequeña factura que le entrega a la pelirroja. A continuación, se da la vuelta y, como si de un hotel antiguo se tratase, toma una llave de una de las casillas de un tablero lleno de números—. Su habitación es la siete. La encontrarán subiendo por esa escalera, al fondo a la izquierda. Disponen de quince minutos.

—Muchas gracias.

—A ustedes.

—Hasta luego, señor.

—Adiós, disfruten de su estancia.

La pareja se despide del hombre y sigue sus instrucciones.

—No entiendo nada de esto.

—A ver, Pelirrojita, te explico: este edificio está preparado y dedicado exclusivamente a «Las habitaciones del grito» —le cuenta Paloma mientras suben por la escalera—. Es un derivado, creo que se dice así, de otro lugar mucho más grande y con más instalaciones que se llama La casa del relax. Pero eso está lejos de donde estamos ahora.

—¿La casa del relax? Eso suena a...

—No, no es lo que piensas —le advierte riendo—. La casa del relax es una especie de *spa* en otra zona de la ciudad. Aquí solamente ofrecen uno de sus servicios, el que más usa la gente.

—Las habitaciones del grito.

—Eso es. Por eso convirtieron este edificio, que antes era un hotel, en La casa del grito, que está llena de ese tipo de habitaciones.

—¿Y para qué se usan? —insiste la pelirroja—. Me estoy poniendo nerviosa.

—Tranquila. Cuando entremos en la nuestra lo sabrás.

Caminan por el pasillo que el señor de recepción les ha indicado. Las paredes son blanquísimas y el techo muy oscuro, tanto como el suelo. A izquierda y derecha hay puertas numeradas de color negro. Llegan a la número siete, abren con la llave que les han proporcionado abajo y entran en la habitación. Meri está intrigadísima con toda esa historia. Y su curiosidad aumenta cuando contempla el interior del cuarto.

—Pero ¿y esto?

—Bienvenida a la auténtica habitación del grito, donde puedes dejarte la voz gritando y sacar de tu interior todo lo que tengas que decir.

María no había estado nunca en un sitio parecido. Las cuatro paredes de la habitación están revestidas de corcho. Solo dispone de un sofá ubicado en la parte trasera del cuarto y un espejo que cuelga del techo. Como en el resto del edificio, todo es blanco y negro.

—No he visto nada más raro en toda mi vida.

—Es que no se usa para algo habitual. Aquí puedes gritar todo lo que quieras sin que se oiga y sin molestar a nadie.

De ahí las paredes cubiertas de corcho, para insonorizar la habitación. Lo que propone aquel lugar es extraordinario. En plena ciudad no puedes gritar para desahogarte: o te llaman la atención, piensan que estás loco, o creen que te sucede algo.

—¿Me has traído aquí para que grite que soy lesbiana?

—Sí. ¿No te parece buena idea?

—Me parece una idea... loquísima. Pero me encanta.

—¿Sí? ¿En serio? ¡Qué bien!

Paloma está haciendo por María algo que hasta el momento nadie le había propuesto hacer: que se sienta protagonista. Quiere que esté bien, que disfrute. Sacar de ella todo lo que tiene dentro. No se limita a aceptar a la Meri seria y correcta que todos conocen. Esa jovencita de apenas quince años está logrando bucear en su interior e intenta conseguir que la pelirroja se abra de una vez por todas.

—¿Y ahora qué hago? ¿Grito así, como si nada?

—¡Claro! ¿O es que necesitas calentar antes la voz, como los cantantes cuando van a actuar?

—No. No hace falta.

—¡Pues vamos! ¡Grita! ¡Desahógate!

La chica se sitúa frente al espejo mientras su amiga se sienta en el sofá. La situación no deja de ser extraña, pero no es que ella sea muy corriente... Se prepara, aprieta los puños, cierra los ojos y...

—¡Soy lesbianaaaaaaaaaaaaaaaaaaaaaa...!

Su grito dura más de quince segundos. Cuando termina, respira agitada porque le falta el aire. Paloma se acerca a ella y le da un abrazo. Luego, la mira a los ojos y descubre a una Meri emocionada.

—¿Cómo te has sentido?

—Increíble. Siento algo en el pecho... como alegría.

—Eso es porque te has soltado y has liberado toda la tensión.

—Guau. Estoy... genial.

—Me toca a mí. Ya verás lo fuerte que grito. Hasta se va a romper el cristal del espejo.

Invierten los papeles: ahora es Paloma la que se sitúa en

la parte delantera de la habitación y María la que se sienta en el sofá. Todavía tiene la adrenalina por las nubes. Contempla la cara de concentración de su amiga a través del espejo y ve en él cómo aquella pequeña da un grito enorme repitiendo la misma frase que acaba de decir ella.

Paloma aguanta más de veinte segundos. Sin cerrar los ojos, grita a pleno pulmón.

—¡Dios! ¡Qué pasón! —vuelve a vociferar Paloma, aunque ya no tan fuerte como antes. Después, se lanza sobre el sofá en el que está María y se sienta a su lado.

Algo ocurre en ese instante. Las dos chicas se miran a los ojos. Ambas sienten lo mismo: ya no hay vergüenza, se pasó la timidez. Se acabó el esperar. Llevan varias horas deseándolo y allí, en aquel instante desenfrenado, encuentran su oportunidad.

Al unísono, se acercan la una a la otra y sus cabezas casi chocan. Sin ningún control, sin ningún reparo, se besan. Es un beso apasionado, fogoso, continuado. De intensidad mil, de dos personas que se han encontrado en el camino por casualidad y por fin pueden disfrutar de lo que son: dos jóvenes que se gustan y a quienes el qué dirán solo les preocupa al otro lado de la puerta de esa habitación del grito. En ese lado, simplemente, se dejan llevar.

CAPÍTULO 51

—¿Dónde está?

—En su habitación. Se ha metido en la cama. Parece que ya se ha calmado un poco.

—Voy a verla.

Raúl está muy tenso. No deja de reprocharse a sí mismo todo lo que ha pasado. Él tiene la culpa de que Valeria esté así.

—Espera —le pide Alba al tiempo que lo agarra del brazo—. Yo me voy ya. Cuando tengas tiempo, me gustaría hablar contigo.

—¿Sobre qué?

—Ya te contaré con más tranquilidad.

—OK. Te llamaré en cuanto pueda.

—Bien. Espero que lo solucionen todo de la mejor manera posible.

—Muchas gracias, Alba. Y gracias también por todo lo que has hecho por ella, por cuidarla y acompañarla hasta casa. Después de lo del beso de anoche dudé de ti, pero veo que realmente eres una buena amiga.

La chica del pelo azul sonríe con tristeza. Aquel no es momento de contarle nada, de revelarle lo que siente y aclararle la verdad. Es momento para que vaya con su chica e intente salvar su relación.

—Hasta luego, Raúl. Dale un beso de mi parte.

—Lo haré. Adiós.

—Adiós.

Alba sale de casa de su amiga y deja atrás el pánico que ha sentido hace unos minutos, cuando Valeria apenas podía respirar. Ella sabe bien lo que es un ataque de ansiedad. Sufrió muchos. Antes y después de intentar quitarse la vida. Afortunadamente, todo aquello pertenece al pasado, un pasado no del todo olvidado, un pasado del que aún perduran fragmentos esparcidos y desordenados.

La oye respirar con fuerza, sosegada, pero no está seguro de que se haya quedado dormida después del mal trago que ha debido de pasar.

—¿Val? ¿Cariño? ¿Estás despierta?

La primera respuesta que obtiene Raúl no es la de su novia, sino la de su pequeña mascota, que silba cuando oye la voz del chico. Sin embargo, el joven no está para juegos con el agaporni. Se acerca a la cama lentamente, sin hacer ruido. Valeria está de espaldas.

—Sí. Estoy despierta —responde, por fin, cuando se da la vuelta.

Tiene el rostro congestionado y de sus ojos brotan largas hileras negras. Los tiene húmedos y muy irritados. Es la imagen de alguien que ha visto su confianza traicionada por la persona que más quiere.

—¿Quieres que hablemos?

Val asiente con la cabeza. Se incorpora con dificultad y se sienta sobre el colchón con la espalda pegada a la pared. Sorbe por la nariz e intenta secarse las lágrimas con la manga de la camiseta, tiznándola de negro.

—Habla.

—No sé por dónde empezar... Debería haberte contado desde el principio lo que estaba pasando. Perdóname. Me encontré en el medio y no supe elegir, porque está claro que la dirección correcta era la que te señalaba a ti.

—Por lo visto hasta hoy no lo tenías tan claro.

—Ya. Es lo que parece... Y me siento fatal, sobre todo por verte así. Aunque llegue tarde, creo que te mereces una explicación.

Durante quince minutos, solo habla Raúl. Le explica detalladamente lo que ha sucedido a lo largo de esos últimos cuatro meses: las visitas —primero al hospital y después a su casa—, que Elísabet había mejorado mucho su carácter y ya no veía a Alicia, que sus padres le rogaban que siguiera yendo a verla porque creían que su hija se encontraba mejor cuando estaba con él... Todo. Incluso que Eli a veces se mostraba más cariñosa de la cuenta y él le pedía que lo dejase y le paraba los pies porque tenía una novia de quien estaba muy enamorado.

—¿Hay más? —le pregunta Val muy seria una vez que Raúl se queda en silencio.

—No, creo que no. Me parece que te lo he contado todo.

La chica se ha tranquilizado bastante durante ese cuarto de hora. Tiene los ojos menos irritados, aunque todavía se aprecian las huellas de que ha estado llorando un buen rato. Val no dice nada durante unos segundos. Da la impresión de que está analizando lo que acaba de oír y asimilando toda la información recibida. Mira a un lado y a otro. Suspira. Finalmente, se dirige a Raúl:

—Creo que es el momento de cortar.

—¿Qué?

—Eso, Raúl —contesta sonriendo aunque el rostro se le empiece a llenar otra vez de lágrimas al hablar—. Quiero dejarlo.

—No estás hablando en serio.

—Sí. Sí que es en serio.

El joven se levanta de la cama y camina en círculos por la habitación de la chica. *Wiki*, ajeno a lo que está pasando, entona un dulce silbido cuando Raúl se aproxima a él.

—Entiendo que estés enfadada conmigo, pero estoy muy enamorado de ti y sé que tú también me quieres muchísimo. No podemos dejar que lo nuestro acabe.

—Por eso mismo que has dicho creo que debemos dejarlo. Te quiero tanto que me duele demasiado cuando haces esta clase de cosas. Ayer besaste a Alba, o te besó ella, da igual. Y me sentí mal... Muy mal. Y ahora me cuentas que durante estos meses que llevamos juntos me has estado engañando casi a diario... aunque no hayas hecho nada con Eli. Pero me duele tanto por dentro... pensar en ello... que soy incapaz de soportarlo. No puedo.

—He metido la pata.

—Sí. Nunca me habría imaginado que seguirías viéndola después de lo que me hizo... Pero lo peor de todo es que me lo has ocultado y ni siquiera has sido tú quien me lo ha dicho. He tenido que enterarme por casualidad.

Valeria pasa de momentos de rabia a otros en los que las lágrimas son incontenibles. Quiere tanto a aquel chico...

—¿Y si dejo de ir a ver a Elísabet a su casa?

—Ahora ya da lo mismo, Raúl. Eso ya da igual.

—Tiene que haber alguna manera de arreglar las cosas, cariño. Lo siento.

—Es tarde. Demasiado... tarde.

No puede ser. Aquello no puede ser el final. Raúl se niega a creerlo, a aceptarlo. ¡Si la ama con locura! No quiere que termine.

Valeria se cubre la cara con las manos y se echa a llorar desconsoladamente. Pero las lágrimas no le duelen, lo que de verdad le duele es el corazón; está sufriendo como nunca antes lo había hecho. Raúl la observa destrozado. No sabe cómo comportarse. Finalmente, decide consolarla y se sienta a su lado para acariciarle el pelo.

—No llores más, por favor.

—No puedo evitarlo. Me sale solo.

—Lo siento, Val. Esto no tenía que terminar así.

—Es que... ¿Por qué? ¿Por qué me has engañado... durante cuatro meses?

—Porque soy un estúpido.

A Raúl también le están entrando ganas de llorar. Se reprime mordiéndose los labios y apretando los dientes. No tiene derecho a derramar ni una sola lágrima delante de ella.

El silencio que reina en la habitación es absoluto. Ni siquiera *Wiki* emite ninguno de sus habituales soniditos alegres. También él parece triste.

Y así pasan varios minutos hasta que uno de los dos vuelve a hablar. Es Valeria la que lo hace:

—Es mejor que no nos escribamos ni nos llamemos durante un tiempo. Que nos olvidemos el uno del otro.

—¿Estás segura de eso?

—No, Raúl. Pero debemos hacerlo.

—¿Y en clase? ¿Tampoco allí vas a hablarme?

—El lunes le pediré a alguno de nuestros compañeros que me cambie el sitio.

—¿De verdad vas a ser tan radical?

—O tomo medidas de ese tipo o no podré soportarlo. Tengo que alejarme de ti, Raúl. ¿Lo entiendes?

—No. No lo entiendo. Pero lo respeto.

El joven se levanta de la cama y apoya las manos en el escritorio de Valeria. Se inclina y agacha la cabeza.

—Deberías irte.

—¿Es lo que quieres de verdad?

—No me lo pongas más difícil, por favor —le ruega Valeria a punto de echarse a llorar de nuevo—. Somos muy jóvenes, pero yo creía en esta relación, en que lo nuestro sería para siempre. Pero soy una más de esas a las que los «para siempre» les salen mal.

—No tenemos por qué cortar. Nos queremos. Y podemos hacer que esto siga para delante. Val, piénsatelo bien.

Un ligero asomo de duda en la chica hace que Raúl mantenga viva una última esperanza. Sin embargo, la decisión de Valeria es definitiva:

—Está pensado.

La tristeza se refleja en sus bonitos ojos castaños, los mismos que tantas veces lo embelesaron con su alegría y su expresividad. En ese momento, sin embargo, definen el amargo futuro de ambos.

—Ya sabes dónde encontrarme si cambias de opinión. Adiós, Val.

—Adiós.

El chico sale del dormitorio y después de la casa. Siente el mismo dolor que cuando murió su padre. Ahora es mayor, más maduro, ha hecho más kilómetros. Pero sigue siendo un chavo de dieciocho años muy sensible que se culpa a sí mismo de cometer el mayor error de su vida, un fallo irreparable que le ha costado lo mejor que poseía: el amor correspondido de la chica a quien quería.

En cuanto pone un pie en la calle, Raúl rompe a llorar como un niño pequeño. Se oculta bajo la capucha de la sudadera y, a toda prisa, echa a correr hacia ninguna parte.

En su habitación, Valeria se tumba en la cama boca abajo. Está desconsolada. Todo se ha acabado. Se ha despertado del sueño de ser la novia de Raúl, el chico del que llevaba tanto tiempo enamorada y con quien ha pasado cuatro meses maravillosos. Cuatro meses que, en realidad, han estado llenos de mentiras y falsedades.

Está segura de que Elísabet también ha puesto de su parte para que su relación no siguiera adelante. Totalmente segura. Pero, aunque así fuera, nada puede disculpar lo que le ha hecho Raúl.

CAPÍTULO 52

Una decisión, una decisión difícil. ¿Qué siente por ellos dos?

Ester lleva toda la tarde devanándose la cabeza en busca de respuestas. ¿Le gusta tanto Bruno como Rodrigo? ¿Por cuál de los dos siente verdadero amor?

—Alan tiene razón, prima. Solo tú sabes lo que sientes y a cuál de los dos quieres de verdad. Solamente tú puedes decidir si apuestas por el uno o por el otro.

La frase de Cris lleva rondándole la mente desde que volvió a casa después de comer con ellos.

Bruno ha sido su compañero del alma desde que se conocieron. La ha tratado como a una reina y siempre ha estado a su lado cuando lo ha necesitado. Se le declaró de aquella manera tan extraña, escribiéndole una carta anónima, hace más de un año. Por aquel entonces, Ester sabía lo que sentía por él: no era amor, solo cariño y amistad, así que lo rechazó. Pero ahora las cosas han cambiado en su interior. Se molesta con él con mayor facilidad, sobre todo cuando habla de otras chicas. Y aquellos sentimientos de cariño y amistad se han transformado en algo más fuerte que la tiene confundida.

Rodrigo era agua pasada hasta el jueves, cuando regresó a su vida. Nunca pensó que volvería a verlo. Le hizo mucho daño cuando la dejó. Le costó muchísimo superar aquel dolor. Es la persona a la que más ha querido en el mundo, su primer amor de verdad. El joven le ha confesado que sigue enamorado de ella, y parece que ha cambiado. Cuando ha hablado con él, ha resucitado aquel cosquilleo en el estómago. Tal vez, como le ha sugerido Alan, su amor no haya desaparecido nunca; puede que simplemente se escondiera, dadas las circunstancias.

Debe actuar. Debe confirmar lo que siente. Se arriesgará.

Toma su smartphone y llama. A la tercera va la vencida:

—¿Ester?

—Hola, Rodrigo.

—¡Qué sorpresa!... Vaya... Cuánto me alegro de que me hayas llamado.

—¿Sigues queriendo cenar conmigo esta noche?

—¿Qué? ¡Claro que sí! ¡Me apetece muchísimo! —exclama el chico muy emocionado—. No me lo esperaba... ¿Adónde quieres que vayamos?

—No sé. A algún sitio barato, no tengo mucho dinero.

—No te preocupes, yo invito.

—Me parece que tú tampoco vas sobrado, Rodrigo —dice recordando que lo despidieron del equipo y está sin trabajo—. Y no quiero que me invites.

—No te preocupes por el dinero. Yo invito y...

—¡No! No quiero que me invites —responde Ester enérgica—. Vamos al McDonald's de Gran Vía, el que hace esquina con Montera. ¿Te parece?

—No es la idea de cena romántica que yo tenía... pero OK.

Rodrigo no quiere llevarle la contraria por si se echa para atrás. Está claro que le decepciona ir a cenar a una hamburguesería de comida rápida. Si tiene que jugar sus cartas para que vuelva con él habría preferido una velada más íntima. Eso también lo sabe Ester, que prefiere jugar con su baraja.

—¿A las nueve?

—A las nueve habrá muchísima gente allí...

—Pues esperamos.

—Bien. Yo no tengo prisa. No tengo nada que hacer.

—Te veo entonces a las nueve en la parada de metro de Gran Vía.

—Allí estaré —responde Rodrigo recuperando la alegría—. Muchísimas gracias por esta oportunidad.

Solo hace lo que le dice el corazón. A lo mejor está cometiendo un grave error, pero hasta que no se demuestre a sí misma lo contrario, todavía siente algo por aquel chico. Cuando habla con él o está a su lado se le remueve algo dentro, y necesita averiguar lo que es.

—Nos vemos dentro de un rato. Un beso.

—Un beso, Ester. ¡Hasta luego!

—Adiós, Rodrigo.

Respira hondo cuando cuelga. Ya está hecho. Va al siguiente paso. Sin soltar el celular, busca el número deseado y lo marca. En esta ocasión contestan a la segunda.

—¿Sí?

—¿Esperanza? ¡Soy Ester, la amiga de Bruno!

—¡Ah! ¡Hola, hola! —responde la mujer tan sorprendida como encantada de escucharla—. ¡Si tengo tu número! Aquí lo pone, en la pantalla: Ester, Bruno.

Las madres siempre con sus cosas. Y aquella mujer es realmente especial. Si no fuera por lo alto que habla por el celular... La está dejando sorda. La chica se ríe y continúa hablando:

—¿La cacho en mal momento?

—¡Qué va! Siempre es buen momento para hablar con

un encanto como tú. ¡Estaba ya preparando las cosas para cenar! Y, por cierto, siento muchísimo que no hayas podido venir al final. Espero que te lo estés pasando muy bien con tus padres.

—Sí, todo muy bien. Muy bien.

Si el tonto de Bruno no hubiera engañado a su madre, ahora no le tocaría mentir a ella. Le sabe fatal no decirle la verdad a Esperanza, pero las cosas se le complicarían un poquito más.

—¿Adónde habéis ido? ¿Muy lejos de Madrid?

—Eh... no. No... —contesta dubitativa—. Estamos en... en... Guadalajara.

—¡Ah, Guadalajara! ¡Tenemos familia allí! ¡Es una ciudad preciosa!

—Sí, es muy bonita.

—¿En qué parte de Guadalajara están?

Si no sale de aquélla, mata a Bruno. ¡Y ella qué sabe, si nunca ha estado en Guadalajara!

—Pues... en una calle llena de tiendas.... que...

—¡Ah! ¡La calle Mayor! —exclama Esperanza con gran entusiasmo—. Pero es raro que no se oiga nada con la de gente que hay por ahí los fines de semana.

—Es que... estoy en... el baño de una cafetería.

—Ah. Claro.

¿Por qué le pasan esas cosas? ¡Por culpa de su amigo!

—Señora, quería preguntarle una cosa. Para eso la he llamado.

—Sí, sí. Dime.

—Verá, me cae fatal no ir esta noche a cenar a su casa como quedamos ayer. Así que, ¿qué le parece si ceno allí mañana? ¿Hay alguna silla libre?

—¡Por supuesto! ¡Qué alegría más grande! —grita Esperanza como si estuviera poseída—. Ya sabes que esta casa es la tuya. Voy a prepararte una cena que te vas a chupar los dedos.

—Seguro que estará todo riquísimo.

—¿Se lo has dicho ya a mi hijo?

—No. Quiero que sea una sorpresa, por eso la he llamado a usted y no a él.

—Entonces ¿no se lo digo?

—No, no le diga nada.

—Perfecto. Seguro que estará muy contento de verte por aquí. A ese chico le encantas.

Y a ella le encanta él, pero no sabe cuánto ni cómo. El día siguiente será un buen día para averiguarlo.

—Me paso por su casa sobre las ocho. ¿Le viene bien?

—Sí, muy bien. Aquí te esperamos.

—Bueno, tengo que irme, Esperanza. Muchas gracias por todo y mañana nos vemos. ¡Y no le diga nada a Bruno, por favor!

—Descuida. ¡Disfruta de Guadalajara y saluda a tus padres de mi parte!

—¡Ahora se lo digo!

—A ver si un día vienen también a comer a casa, que ya es hora de que nos conozcamos todos.

La mujer suelta una carcajada después de pronunciar esas palabras. Ester sonríe. Lo que le faltaba para rematar la faena: unir a las dos familias. Se sopla el flequillo y termina la conversación:

—Esperanza, me llaman. Un beso y hasta mañana.

—¡Hasta mañana!

Aquella mujer le cae genial, pero siente un gran alivio cuando cuelga.

Mira el reloj. Va siendo hora de arreglarse un poco para la cita con Rodrigo.

Mientras busca qué ponerse, piensa en lo que le propuso Alan cuando estaban tomando el postre en El Recuerdo:

—Yo de ti haría una cosa: cenar con uno esta noche y mañana con el otro. Déjate llevar por lo que sientas en cada momento. El que consiga hacerte reír más veces y al que más eches de menos cuando te vayas a casa, el que más notes que te falta, ese será el chico con el que quieres compartir tu vida en estos momentos.

Y, aunque no esté segura de que el plan del novio de su prima vaya a dar resultado, algo tiene que hacer para descubrir lo que siente en realidad. La moneda está en el aire, ahora solo le queda dejarse llevar.

CAPÍTULO 53

Desde que Raúl se ha marchado de su habitación, no ha dejado de llorar hasta que se ha quedado dormida. Solo ha tardado media hora en despertarse, y continúa tan vacía como antes. Sigue sin asimilar que ha roto con el amor de su vida, con aquel chico del que se enamoró en cuanto lo vio por primera vez y al que tanto tiempo le costó confesarle lo que sentía. No quiere darle más vueltas a la cabeza, pero es imposible no hacerlo. Valeria se encuentra abatida entre esas cuatro paredes que en esos momentos son un refugio para ella, pero también una cárcel, ya que le costará muchísimo salir de allí a lo largo de los próximos días.

Se levanta de la cama y deambula por su cuarto. Camina arrastrando los pies, con la cabeza baja. Abre el clóset y saca una pijama roja.

—Qué pijama más fea.
　　—Pues forma parte de tu regalo de Navidad.
　　—¿Yo te he regalado esa monstruosidad?
　　—Bueno, Papá Noel.
　　—Ese abuelo está perdiendo facultades.
　　—Pues a mí me gusta. Voy a probármela.
　　La ve desnudarse lentamente. Lo mira con sensualidad

cada vez que una de sus prendas cae al suelo. Raúl no se resiste y no la deja probársela. Termina de quitarle la ropa y hacen el amor en su cama. Una vez más.

Guarda la pijama roja. No es un buen día para ponérsela. Tal vez, ya ningún día sea bueno. Lo mejor sería convertirla en trapos para la cocina o donarla en una de esas campañas de recogida de ropa, porque cada vez que la vea pensará en él y eso la hará llorar. Como ahora.

Se seca las lágrimas rápidamente y con rabia y toma otra pijama. Cansada, bosteza. Su luto sentimental acaba de comenzar y ya está agotada. Es la penitencia del fin de una relación. Para ella, la primera ruptura, la que más duele.

—¿Has visto lo que dice este artículo?

—Ya sabes que no leo ese tipo de revistas.

—Pues son muy interesantes.

—Son muy malas. Todo se lo inventan los redactores. O el redactor porque, según me han contado, a veces todo lo escribe la misma persona aunque firme con nombres diferentes.

—¿En serio?

—Completamente.

—Qué fuerte. Bueno, te lo leo.

—No, por favor.

—¿A cambio de un beso?

—¿Un beso y una nalgada?

—Ooooooook.

Valeria le regala un beso a su chico y luego... ¡Plas!

—Ya puedes leer.

—Te has pasado —se queja ella con una sonrisa—.

Leo: «Un estudio realizado en la Universidad de Wichita, Kansas, revela que la primera ruptura de una persona es de las peores cosas que pueden pasarle. Según un análisis detallado efectuado por el centro, una de cada cinco personas afirma que perder el primer amor es uno de los momentos más dolorosos de su vida, seguido de la muerte de una mascota y por detrás del fallecimiento de un familiar. Es decir, que si ya han roto alguna vez con algún tipo, han pasado lo peor y su penitencia sentimental será pan comido.»

—¿Y qué me quieres decir con eso exactamente?

—Pues que el día que rompa contigo será el peor día de mi vida.

—Cariño, seguro que no es para tanto. Encontrarías a otro que te hiciera olvidarme en seguida.

—Sabes que eso no es verdad.

—Lo único que sé es... que te quiero. E intentaré que seas feliz para que nunca tengas que romper conmigo. O bien podemos buscar el Twitter del que ha escrito ese artículo y pedirle que deje de inventarse estudios raros.

—¡Tonto!

Qué tonto. Esboza una sonrisa que inmediatamente se apaga. Seguro que aquel día también fue a verla. Se marchó demasiado temprano a grabar el corto, para prepararlo todo con tiempo. ¿Cómo pudo engañarla tantas veces? Y con Elísabet. Es increíble. Y ella ha sido incapaz de darse cuenta. También es culpable por confiada, por torpe. ¿Tu novio te miente durante cuatro meses para ir a ver a otra y tú no te enteras de nada? Será difícil que a partir de este momento confíe en alguien. Más que difícil, imposible.

Suspira. Su madre todavía no ha vuelto a casa, aunque antes de que se quedara dormida le mandó un mensaje avisándole de que volvería a la hora de cenar. No tiene ganas de comer e imagina que no le volverán hasta el día siguiente, por lo menos. Tiene el estómago cerrado.

No le apetece hacer nada, así que toma la laptop y se la lleva a la cama para escuchar música. Vuelve a tumbarse y entra en su canal de YouTube. Una de las recomendaciones que le hacen la atrae por el título de la canción: *Llámame niña*, de Maialen Gurbindo. <http://www.youtube.com/watch?v=yrsB6cShaVo>. A ella le encantaría ser una niña sin preocupaciones en ese instante.

Lleva la flechita del cursor hasta la pantalla del centro, en la que aparece una chica muy joven con el pelo recogido en una coleta alta y sujetando una guitarra. Pulsa el *play* y, al mismo tiempo que oye la voz de Maialen, apoya la cabeza en la almohada y cierra los ojos. La letra del tema le llega desde el primer momento:

Sé que no es fácil entenderme,
sé que construyo castillos en el aire,
sé que a veces dan ganas de matarme.
Sé que muchas veces resulto insoportable,
que vivo en mis cuentos y no hay quien me saque,
que me pongo a hablar y no hay quien me calle.
Sé que de un segundo a otro cambio de opinión,
que con mis sentimientos no me aclaro ni yo,
que no digo nada que alguien no haya dicho ya.
Sé que me ahogo en un vaso de agua,
que me aferro a lo que me invento
para no tener que mirar a la cara a la realidad,
para no tener que enfrentarme a la vida...

Tras esas frases, Valeria ya no puede parar de llorar. Su almohada está empapada de tristeza y de angustia. Está viviendo esa canción como si estuviera hecha para ella. Val tampoco podrá mirar a la cara a la realidad, porque su realidad en ese momento no es la que querría, es diferente a la que tenía hace tan solo unas horas... cuando vivía feliz, protegida por un chico maravilloso. Un chico que la ha traicionado.

... Pero ¿cómo no quieres que crea en la magia si la veo,
la siento y la llevo muy dentro desde hace tanto tiempo...?
Cuando miras hacia arriba y sientes cómo el cielo roza tu nariz,
cuando irrumpe en tu piel el sol para darte calor,
cuando te hace llorar una canción,
cuando tienes cinco sonrisas tan bonitas a tu alrededor,
cuando ríes tanto que se te acelera el corazón,
cuando la intensidad llama a la puerta de tu habitación,
cuando encuentras algo que ni siquiera recordabas haber perdido.
Pero ¿cómo...?
Y si no le llamas magia, ¿cómo explicas el color del cielo en este atardecer?
Y si no le llamas magia, explícame dónde nacen las carcajadas.
Y si no le llamas magia, dime cómo se llama esto que se crea juntando palabras.
Sé que es difícil entenderme,
pero no pienso dejar que nadie tire mis castillos en el aire.

Si creer en hadas significa no crecer, llámame niña...

—Eres como una niña.

—¿Me estás llamando niña?

—Te has enfadado porque te he quitado la galleta y la he mordido. ¡Eso es una rabieta de niña!

—¡Te la has comido casi entera!

—Pues ve por otra.

—¡Era la última galleta gigante de dinosaurio que quedaba! ¡Mi merienda! ¡Y tú vas y te la comes!

—Pero si solo le he dado un mordisquito de nada en la cola —protesta Raúl divertido—. ¡Oh! ¿Qué ven mis ojos? ¡Te has reído!

—¡No me he reído! He... sonreído. ¡Algo muy diferente!

—¡Ya! Sonreído...

—En fin, voy a ver si encuentro algo para merendar, robagalletas.

Valeria sale de su cuarto y camina hasta la cocina. Busca en las alacenas, pero no encuentra nada que le apetezca. Resignada, regresa a la habitación con las manos vacías unos minutos después. Raúl no está, pero en la ventana de su dormitorio hay un pósit amarillo con un mensaje escrito:

> Salgo a comprar galletas gigantes de dinosaurio, niña. Ah, no sonrías que me enamoro.

Aquel pósit continúa pegado en su ventana. Puede verlo desde la cama, iluminado por los reflejos de la calle. La canción de Maialen suena otra vez y le arranca más lágrimas. Dentro de poco no le quedarán. Y es que, a pesar de que haya sido ella quien ha roto la relación con Raúl, en ese instante le encantaría seguir siendo su niña. Aunque ya no sonría... ni tenga ganas de hacerlo.

CAPÍTULO 54

—Mamá, ¿tú crees que yo soy buena persona?

—Claro que sí —responde Carmen extrañada—. Por supuesto que lo creo. Eres una gran persona.

—Yo no estoy tan segura.

—¿Por qué dices eso?

Alba se sienta a su lado en el sofá del salón y se alborota el cabello corto y azul. Ha tenido un día lleno de sobresaltos.

—Creo que voy a volver a ser rubia.

—¿Sí? ¿Estás segura?

—Sí, me apetece recuperar el color natural de mi pelo, el rubio, como buena chica rusa que soy.

Hace mucho que Alba no viaja a su país de origen. En realidad solo ha estado dos veces después de la adopción, una con ocho años y otra con once. Moscú es una ciudad que le encanta, pero sabe que durante muchos años su sitio estará en Madrid, con su madre y su hermano, a pesar de que este sea un poco cafre. Aun así, nada tiene que ver el Daniel de ahora con el de hace unos meses. Él fue la gota que derramó el vaso, el que le dio el último empujón para que se lanzara por el balcón de su habitación. Afortunadamente, viven en un segundo piso y los daños fueron importantes pero no mortales.

—Si quieres, podemos volver antes de que empieces el curso que viene, cuando todavía no haga mucho frío.

—Eso estaría muy bien. Me gustaría conocer más a fondo algunas regiones.

La mujer sonríe y le pasa el brazo por los hombros para abrazarla. Es una buena chica. Y después de todo lo que ha pasado es un milagro verla sonreír. Consiguió por fin su adopción cuando la niña tenía dos años y medio. Sus padres la habían abandonado en la calle, ¡menos mal que alguien la encontró antes de que muriera de frío! Aquella señora anónima que la dejó en un hospital de Moscú fue la primera que le salvó la vida.

—Marina, ¿por qué me has preguntado si eres una buena persona? ¿Has hecho algo malo?

—Bueno...

—Sabes que puedes contármelo. Soy tu madre.

Y, como madre, se ha entregado en cuerpo y alma a su hija. Fue una casualidad que una semana más tarde de que Alba Marina llegara a Madrid se enterara de que estaba embarazada de Daniel. Aquello complicó mucho las cosas. Después de todo el dinero que habían invertido en viajes, papeleo, certificados, servicios jurídicos y otros gastos adicionales... se encontró con otro hijo. De repente, los gastos para dos se convirtieron en gastos para cuatro. Y estaban hipotecados hasta las cejas por el proceso de adopción de su hija. La situación afectó a su matrimonio con Gabriel, aunque Carmen aguantó varios años con la boca cerrada. No podía imaginarse nada de lo que vendría después.

—Raúl, el chico que dirige el corto, y su novia Valeria se han peleado por mi culpa.

—¿Qué has hecho tú para que se pelearan?

—No ser sincera con ellos. Y meterme en medio de su relación. Hasta lo besé a él delante de ella.

—Mmmm.

—Lo sé, has cambiado de opinión. No soy una buena persona.

Se ha convertido en alguien como sus padres biológicos, que la dejaron tirada en medio de la calle, o como su padre adoptivo, un tipo capaz de maltratar psicológicamente a su mujer y de intentar abusar sexualmente de su hija adoptiva en tres ocasiones. A la tercera, Alba no pudo más y le confesó a su madre llorando lo que había pasado. Carmen no lo denunció, no podía hacerlo. Se metería en un bosque demasiado espeso, no tenía recursos y, aunque era improbable, corría el riesgo de que se llevaran a Alba a un centro de acogida. Así que simplemente amenazó a su marido con contárselo todo a la Policía si no se iba de casa para no volver más. Gabriel aceptó y desde entonces solo sabían de él en fechas señaladas.

Aquello tuvo dos consecuencias colaterales. Por un lado, Alba no comprendió que su madre no denunciara a su padre por lo que había hecho y se sintió poco respaldada y querida por ella. Y, por el otro, Daniel acusó a su hermana de ser la culpable de que su padre se marchara de casa. Antes de aquello ya no se llevaban muy bien, pero a partir de entonces la situación entre ambos se volvió insostenible.

—No he cambiado de opinión. Eres una gran chica. Y creo que sabes lo que tienes que hacer ahora.

—No, mamá. No lo sé.

—Yo creo que sí.

La mujer sonríe. Para Alba no hay duda de que se está refiriendo a que debe tratar de solucionar las cosas entre ambos. Pero no es tan fácil como su madre cree. Hay demasiados sentimientos involucrados.

—Intentaré hacer lo correcto.

—Sé que lo harás.

Alba se levanta del sofá y le da un beso a su madre. Al día siguiente tendrá que hacer unas cuantas llamadas de teléfono y alguna que otra visita. Será un domingo difícil para ella. Pero antes de irse a su habitación...

—Mamá, ¿puedo hacerte otra pregunta sin que pienses nada raro? Solo contesta y ya está, ¿OK?

—OK. Dispara.

—¿Cómo sabes si estás enamorada de alguien?

—Pues... Eso es algo que... ¡Menuda preguntita! ¿Y puede saberse por qué pregun...?

—¡Habíamos quedado en que no ibas a preguntarme nada!

—Tienes razón. Y un trato es un trato —se disculpa Carmen—. Pues hija, eso depende de cada persona. Yo creo que si estás enamorada de alguien lo sabes porque piensas en esa persona todo el tiempo y haces lo posible por estar cerca de ella.

—¿Y si es un amor imposible? ¿Qué debería hacer?

—¿Cómo de imposible?

—Si esa persona quiere a otra.

—¿Como Raúl?

—Como Raúl.

La mujer, pensativa, se frota la barbilla. ¡Se lo está poniendo muy complicado! Ahora ya sí que no sabe qué responder.

—Cariño, el amor es muy complicado. Limítate a hacer lo correcto y piensa con el corazón. Y si esa persona está enamorada de otra, piensa también con la cabeza.

—Pues no me has aclarado mucho, la verdad. Me voy a mi habitación.

La mujer suelta una carcajada cuando oye a su hija. Alba se encoge de hombros porque no comprende de qué se ríe su madre. No lo entendería: Carmen se ríe de la tensión y los nervios que supone criar a una hija adolescente que está creciendo demasiado de prisa. Algún día tenían que llegar aquellas preguntas. Y eso que hace nada Alba era una bonita niña rusa que le había proporcionado la mayor alegría de su vida.

CAPÍTULO 55

¡Será posible! ¿Cómo puede pensar tanto en ello?

Aunque haya sido su primer beso... no era ni el sitio, ni el momento, ni la persona adecuada. Esa chica le cae bien, pero nada más. Entonces ¿por qué se le acelera el corazón al recordarlo?

Alba ni siquiera es su tipo. Él tampoco parece ser el tipo de ella. Ni de ella ni de nadie. Además, si besó a Raúl será por algo. Eso del impulso y todo el rollo que le ha soltado no se lo cree.

Tiene unos ojos bonitos...

Bah. Lo mejor es no darle más vueltas al tema. Bastante tiene con Ester y lo que siente por ella, con todos sus vaivenes, como para encapricharse ahora de otra. Y el mejor antídoto para olvidarse del mundo es... ¡el futbol!

Enciende la computadora y busca en Roja Directa un *link* para ver el Sporting de Gijón-Sevilla, que se está jugando en ese instante. No es un partido que le llame mucho la atención, pero es un buen aperitivo para el Betis-Real Madrid que televisan en La Sexta a las diez. ¡Hala Madrid! Seguro que su equipo gana y sigue manteniendo la distancia con el Barcelona. ¡Aunque el Betis será un rival dificilísimo! Siempre ha dicho que la afición del Benito Villamarín es la mejor de España.

Mientras piensa en la posible alineación que sacará Mourinho, llaman a la puerta de su cuarto.

—¡Pasa! —grita. Está claro que aquella llamada sutil no es de su madre.

Una joven morena, con el pelo larguísimo, algo más alta que él y vestida para salir por la noche entra en su habitación. Se trata de Eva, su hermana mayor. Es la guapa de la familia.

—¿Quieres ir mañana al partido del Atleti? —le pregunta mientras camina hacia él.

—¿Qué? ¿Estás de burla?

—Ya sé que eres del Madrid, carajo, pero a un colega que trabaja en una de las tiendas del Calderón le han dado seis entradas y no sabe qué hacer con ellas. Y como tú eres tan futbolero...

—¿Que le han dado seis entradas?

—Sí, como el partido es a las doce... Les da miedo que el campo esté vacío y han repartido más entradas de las habituales entre el personal. ¡Si hasta las han sorteado en los colegios! Él no puede ir porque esta noche sale de juerga y a saber a qué hora se levanta mañana.

Hace tiempo que no va a un campo de futbol. No estaría mal pasar la mañana viendo un partido en directo. ¡Aunque sea el partido del Atleti!

—¿Y cuántas me darías?

—Dos, para que no vayas solo.

—Mmm. OK.

Ya sabe a quién va a preguntarle si quiere ir al futbol con él.

Eva le entrega las entradas a su hermano y a continuación sale de la habitación sin hacer más comentarios. Su relación es bastante tibia. Ella suele pasarse el día en la universidad y los fines de semana casi no está en casa.

Bruno está feliz. Toma la BlackBerry y llama a la persona a la que va a invitar al partido. Normalmente le enviaría un WhatsApp, pero serían demasiados para contárselo todo y no tiene ganas de teclear. Además, así le pregunta una duda que lo corroe desde hace unas horas.

—¿Sí? ¿Bruno?

—Hola, Alba. ¿Puedes hablar?

—Sí, claro. Estoy en mi habitación —responde ella algo sorprendida por la llamada—. ¿Qué pasa?

—Pues... ¿Quieres ir mañana al Atleti-Granada a las doce?

—¿Me lo dices en serio?

—Sí, tengo dos entradas para el Calderón. ¿Te apetece venir conmigo?

—¡Sí!

La chica del pelo azul da un grito que casi lo deja sordo. Se ha puesto eufórica.

Después, Bruno le explica cómo las ha conseguido y hablan de dónde quedarían y a qué hora.

—Increíble. Muchas gracias por pensar en mí.

—Eres la única persona del Atlético que conozco.

—Bueno, aun así, gracias.

—Pero yo animaré al Granada, ¿eh?

—Haz lo que quieras, pero ya verás como terminas haciendo la ola con todo el Calderón y apoyando al Glorioso.

—Eso no lo verán tus ojos.

—¡Ya veremos, ya!

Continúan con el pique futbolístico unos minutos más, hasta que el chico reúne la confianza suficiente para hacerle la pregunta que le ronda la cabeza.

—Alba, una cosita antes de despedirme.

—Dime.

—Lo de esta mañana...

—¿Qué ha pasado esta mañana?

—Cuando, en la cafetería, me... has dado ese beso... en la boca, ¿por qué lo has hecho?

—¿El pico?

—Sí. El pico... el beso. ¿Otro impulso?

La joven se ríe al escuchar a su amigo.

—Otro impulso, sí. Pero en esta ocasión ha sido porque me apetecía agradecerte así el favor que ibas a hacerme.

—Ah. Un beso de agradecimiento.

—Sí. No me digas que has estado dándole vueltas.

—No, no. Para nada. Te preguntaba solo por curiosidad. Uno no está acostumbrado a que le den besos en la boca todos los días. Por agradecimiento.

—Mañana, si quieres, lo repetimos.

¿Qué? ¿Repetirlo? Pero ¿aquella chica qué se cree? Va regalando besos como quien reparte caramelos.

—Mañana...

—Sí. Cada vez que marque el Atleti nos besaremos, ¿qué te parece?

Tras un silencio de ambos, ella suelta una carcajada que descubre que no hablaba en serio. Como, por otra parte, era lógico y Bruno debería haberse imaginado desde el principio. El joven se culpa de ser tan ingenuo y trata de salir airoso de la emboscada de Alba.

—Pues me parece que vamos a besarnos más bien poco —responde finalmente. Ya ha tenido suficiente por ese día—. Y te cuelgo ya, que estoy gastando saldo del celular y no está la cosa como para lujos.

—De acuerdo, quejosa.

—No soy una quejosa. Raciono mi saldo —protesta—. ¡Nos vemos mañana! ¡No llegues tarde!

—¡Ni tú! Si no nos perderemos el primer gol del partido.

—Del Granada.

—¡Ja! Tarugo. Hasta mañana.

—¡Adiós!

—Adiós, Bruno, y... muchas gracias.

Sus últimas palabras tienen un tono diferente al de la última parte de la conversación. Son dulces, simpáticas... agradecidas. ¿Cómo puede agradecerle alguien un favor a un amigo dándole un beso en la boca?

No lo comprende. Pero aún son muchas las cosas que a Bruno le quedan por comprender... y por aprender.

CAPÍTULO 56

Si les hubiese dicho a sus padres que ha quedado para cenar, y quién sabe qué más, con un tipo mucho mayor que ella, con ese que por la mañana había ido a verla a su casa, no habría puesto ni un solo pie en la calle. Por eso, Ester ha tenido que contarles que cenaba con los incomprendidos.

Solo le da vueltas a una idea en la cabeza: a dejarse llevar, como le ha sugerido Alan. Debe averiguar qué siente y si el afecto hacia Rodrigo y Bruno es algo más o si simplemente los quiere como amigos.

Con su ex entrenador comparte un pasado. A pesar de que parece que Rodrigo ha cambiado, ella ya sabe cómo besa, cómo se comporta en las distancias cortas y cuáles son sus puntos fuertes y débiles como pareja. Aunque nunca hubo sexo entre ellos.

Recorre la calle Montera desde abajo hacia arriba. No se siente muy cómoda caminando de noche por aquella zona. Hace un poco de frío y busca el calor envolviéndose en el abrigo, encogiendo los hombros y cruzando los brazos sobre el pecho. Cuando está a punto de llegar al final de la calle, lo ve. Está apoyado en la barandilla de la boca de metro de Gran Vía. Va muy bien vestido, elegante, con unos pantalones y un saco azul marino y una camiseta blanca debajo. Quizá demasiado arreglado para una cita en un restaurante de comida rápida. Rodrigo, que estaba muy pendiente de su llegada y llevaba quince minutos esperándola allí, sale a su encuentro muy sonriente. Se saludan con dos besos.

—Qué bien hueles —le comenta el joven, más que alegre por volver a verla.

—A vainilla.

Aquello les provoca recuerdos a ambos, buenos y malos. Pero Ester quiere olvidar los extraños acontecimientos del pasado y centrarse en esa noche. Única y exclusivamente en esa noche. Y una de las maneras de espantar los miedos del tiempo es afrontarlos cara a cara. Terapia de choque. Por eso ha vuelto a ponerse el perfume de vainilla como hacía entonces, cuando salían juntos.

—Me gusta.

—A mí también. Siempre ha sido mi aroma preferido. Hacía mucho que no usaba esta colonia.

—¿Y te la has puesto por mí?

—Creo que más bien lo he hecho por mí —responde con una sonrisa—. ¿Vamos?

El joven asiente y entran en el McDonald's situado en la esquina de Gran Vía con Montera. Como imaginaban, está totalmente colapsado de gente. Se colocan en una de las colas y esperan su turno.

—Creo que será mejor que uno de los dos se quede aquí y el otro vaya arriba a buscar una mesa —sugiere Rodrigo.

—Yo me quedo, sube tú.

—¿Seguro?

—Seguro.

—¿Podrás tú sola con todo?

—Claro. Estoy fuerte. ¿Qué te pido? —le pregunta al chico. Rodrigo no le lleva la contraria, aunque habría preferido hacerlo al revés. Pero esa noche manda ella.

Le dice lo que quiere y le da diez euros. Cada uno pagará lo suyo, como habían acordado por teléfono. Tampoco van a discutir por eso. La chica toma el dinero y se lo guarda en el abrigo.

—No tardes. Tengo muchas ganas de estar contigo.

—Eso no depende de mí, habla con ellos —dice refiriéndose al personal que trabaja en la hamburguesería—. Nos vemos ahora.

Ester contempla a Rodrigo mientras el joven se da la vuelta y se abre paso entre la gente que abarrota el local. Ni siquiera se percata de que su ex entrenador le lanza un beso antes de subir a la primera planta. De momento está tranquila, sonriente, domina la situación. Trata de mantener apartado de su mente todo lo que sucedió hace unos meses. Esa es la premisa. Además, continúa teniendo la impresión de que él es una persona diferente.

Diez minutos después de estar allí de pie haciendo cola, al fin le toca a ella. Pide lo mismo para ambos: dos menús Big Mac con papas Deluxe y Coca-Cola. Se lo ponen todo en una bandeja y, entre el barullo de gente, sube la escalera.

La primera planta es un caos: niños que celebran un cumpleaños y corren por todas partes, ocho o diez chicas de un grupito de adolescentes que vociferan mientras esperan para entrar en el baño y personas de toda raza, género y religión que buscan como locas un sitio en el que sentarse. Aquello le recuerda al juego de las sillas musicales. Ester empieza a pensar que ir a cenar allí no ha sido tan buena idea.

¿Y Rodrigo? Camina despacio por los pasillos centrales, mirando a izquierda y derecha con la pesada bandeja en las manos. ¡Allí está! Y ha encontrado un buen sitio, una mesa grande pegada a la ventana desde la que se ve la Gran Vía y alejada del cumpleaños de los pequeños. Ester acelera el paso y se quita un gran peso de encima, literalmente, cuando suelta la bandeja. No le ha faltado mucho para tener un accidente.

—Creía que se me caía.

—Te he preguntado si estabas segura de quedarte tú abajo.

—Y lo estaba. ¿No ves que he llegado sana y salva? —responde cuando se sienta frente al chico—. Y no se ha caído ni una papa.

Rodrigo la felicita con un aplauso y reparten la comida.

—Hemos tenido suerte con esta mesa. Pasaba por aquí justo cuando una pareja se marchaba.

—¿Y no había nadie antes que nosotros para sentarse?

—No lo sé. Nadie se ha quejado.

—Qué morro tienes.

La chica abre con una mano la cajita en la que va su hamburguesa y con la otra toma una papa frita. Él la mira mientras sorbe su refresco con un popote verde y blanco. Está igual de guapa que cuando la conoció. Fue muy torpe dejándola escapar y comportándose de aquella manera. Ojalá tuviera una segunda oportunidad. Para eso está allí, pero sabe que debe ser sincero con ella. Y lo será del todo. O eso se ha propuesto.

—Aunque habría preferido ir a un restaurante un poco más tranquilo, me encanta estar aquí contigo. Pensaba que esto nunca pasaría.

—Pues está pasando.

Ester mira por la ventana y contempla las luces de la Gran Vía. Le da un mordisco a la hamburguesa que sujeta con las dos manos y vuelve a fijar la mirada en Rodrigo.

—No debería preguntarte, pero ¿qué te ha hecho cambiar de opinión?

—¿A qué te refieres?

—Cuando esta mañana fui a verte a tu casa, al despedirnos di por hecho que no querías volver a verme y que no ibas a llamarme nunca más. ¿Qué ha provocado este cambio?

—Creo que hay que probar las cosas antes de decir que no nos gustan.

—Hablas de mí como si fuera un plato de lentejas.

Ester suelta una carcajada que hace que apriete la hamburguesa con demasiado ímpetu. Se esfuerza por recomponerla, pero es inútil: se le salen la lechuga, la carne y la cebolla por todos lados.

—¿Ves la que has provocado?

—¿Yo? ¡Tú, que no sabes comerte un Big Mac!

—¡Porque me has hecho reír!

—Eso es bueno, ¿no?

Sí, es bueno. Muy bueno. Antes rara vez ocurría algo así, en contadas ocasiones y solo si Rodrigo estaba relajado y había tenido un buen día. Pero cuando reían juntos era especial, y sentía que aquellos momentos valían verdaderamente la pena.

Los dos se miran, sonríen de nuevo y, casi al mismo tiempo, se vuelven hacia la ventana. Durante un instante, ese sitio parece hasta romántico, con la panorámica de una de las arterias de Madrid iluminada y, de fondo, la voz de Michael Jackson interpretando *This is it* por los altavoces del McDonald's. Solo falta la vela en medio de la mesa, pero ninguno de los dos se atreve a pedirles una a los niños del cumpleaños.

—¿Ya no te importa que te vean conmigo? —le pregunta Ester tras guardar unos segundos de silencio.

—Claro que no.

—Sigo siendo muy joven para ti, se nota la diferencia de edad. Y soy menor, solo tengo dieciséis años.

—Ya me da todo igual.

—¿Incluso que la gente nos mire o piense que te estás aprovechando de mí?

—Me da lo mismo la gente. A lo largo de las últimas semanas he comprendido que todo puede cambiar de repente, todo tiene fecha de caducidad, así que debo aprovechar lo que tengo mientras dure, y lo que opine la gente es su problema, no el mío.

Aquél es el nuevo Rodrigo. Hace unos meses no le daba igual lo que los otros pensaran de su relación, por eso la mantuvieron en secreto durante el tiempo que duró. Definitivamente, parece que sí ha cambiado.

Los dos continúan charlando mientras cenan. La conversación tiene infinidad de matices: es un diálogo sosegado en ocasiones, divertido en otras. Y la atracción entre ambos vuelve a surgir. De eso se da cuenta Ester, que empieza a sentirse cautivada por él de verdad. En todos los sentidos. Hasta que...

—Quiero confesarte una cosa antes de seguir adelante con esto. Si me das una segunda oportunidad, no quiero que luego te enteres por terceras personas o de rebote de algo que hice y de lo cual no estoy muy orgulloso. No me gustaría que empañase lo nuestro y desconfiaras de mí.

Le ha cambiado la cara. Ya no la mira a los ojos cuando habla. Rodrigo toma una de las últimas papas que le quedan en el envase y juguetea con ella entre los dedos.

—¿De qué se trata?

—Verás... ¿Sabes quién es Carolina Mateo?

—Claro que sé quién es, una de las chicas del equipo. ¿Qué le ha pasado?

—Me acosté con ella.

Tiene la misma edad que Ester, dieciséis años. Era una de las titulares fijas; físicamente era rubia, alta y muy guapa.

Parecía una modelo. Aquella confesión descoloca completamente a Ester. Estaba dejándose llevar y volvía a sentir algo que había permanecido hibernando dentro de ella, como le había dicho Alan. Pero ¿hasta qué punto eran reales esos sentimientos? No lo sabe. Y menos ahora que todo lo que estaba recuperando segundo a segundo se ha frenado de golpe.

—¿Te acostaste con Carol?

—Por eso me echaron del equipo.

—Ese fue el motivo real...

—Sí. Alguien se lo contó al presidente; me llamó al despacho, discutimos, como te conté, y me despidió sin más —reconoce apesadumbrado—. Creo que fue una de las jugadoras la que se lo dijo, pero eso ya da lo mismo.

En ese instante, ni las luces de la Gran Vía ni la música empalagosa del McDonald's tienen demasiado sentido. Ester se ha quedado fría como los cubitos de hielo de su Coca-Cola. Pero tampoco quiere acusarlo de nada. Aquello ocurrió cuando ya no estaban juntos y era libre... Aunque sucediese con una ex compañera de equipo también menor de edad, como ella.

—¿Fue solo una vez?

—Bueno... No. Tres veces. La primera fue en mi coche, en diciembre, un día que la llevé a su casa. Las dos siguientes, el mes pasado —afirma con un susurro—. Y no estoy contento de lo que hice. Pasó porque pasó. Sin más. No había amor entre nosotros. Por lo menos por mi parte. Y prefería ser sincero contigo ahora a que luego lo supieras por otra persona.

—Gracias por tu sinceridad.

—Creía que era algo que debías saber.

—Sí. Gracias por contármelo.

Se acabó. Se terminó la magia que no había llegado a

brotar del todo, el conejo de vuelta a la chistera. Rodrigo se acordaba mucho de ella, la quería mucho, pero se acostó con otra. En diciembre. Sin embargo, no quiere ser dura con él, no tiene derecho a serlo. El chico era libre, como ella. Pero Ester seguía llorando por él en diciembre, cuando Rodrigo se acostó con Carolina.

Terminan de comer. Evitan volver a sacar el tema, pero ya nada es lo mismo, a pesar de que Ester intenta disimular la frustración y el desengaño que ha experimentado. Incluso van al Yao Yao a tomar un yogur con helado antes de terminar la cita.

—¿Me llamarás? —le pregunta el joven mientras caminan por la calle Arenal.

—Sí, te llamaré.

—Lo he pasado muy bien esta noche. Hacía muchísimos días que me apetecía hacer algo así.

El chico se inclina para darle un beso en los labios, pero Ester se hace a un lado y lo besa en la mejilla.

—Hoy no, Rodrigo. Más despacio.

—De acuerdo —asiente él, que ya sabe que las cosas no van a salir como deseaba—. Llámame.

—Lo haré.

—Adiós, Ester. Muchas gracias por todo.

—Adiós.

El joven se aleja sin dejar de mirarla. Ella sonríe por sonreír. Sabe que ahora esa historia ya tiene puesto el punto final. El lunes lo llamará y quedarán como amigos, nada más. Aquel no es el hombre de su vida. Y, con un poquito de ayuda por su parte, ha terminado por darse cuenta. Pero se alegra de verlo así, de que haya cambiado. A partir de aquel momento todo dependerá de él. Ella lo apoyará en lo que necesite, pero solo como alguien que lo aprecia. Porque su amor hacia él se ha apagado para siempre.

Y, como si la estuviese espiando y hubiera esperado a que se terminase el encuentro con Rodrigo, su querido Bruno le escribe en el WhatsApp:

> Siento si ayer y hoy he sido un poco torpe. Espero que ya me hayas perdonado del todo. Ya quedaremos para cenar en mi casa en otro momento. Si no mi madre me matará. Un beso y que duermas bien.

Sonríe cuando lee el mensaje de su amigo. Y aquella sonrisa no es forzada, como la que le ha dedicado a Rodrigo cuando se han despedido. Si Bruno supiera que le queda menos para cenar con ella en su casa de lo que imagina... No le responde inmediatamente, que sufra un poco, como él la hizo sufrir a ella.

Las calles de Madrid están muy bonitas esa noche. Y quizá al día siguiente, cuando camine por ellas después de decirle a Bruno todo lo que siente, lo estén todavía más.

CAPÍTULO 57

—Aún estoy alucinada.

—Yo también.

—Es que ha sido... Uff. ¡Como si fuéramos las protagonistas de una peli!

—Así me he sentido yo, como si estuviera viviendo una película.

Las dos chicas se miran a través de sus *cams* y se escriben en la ventanita del *chat* en el que se conocieron. Regresan a donde comenzó todo.

—Entonces ¿te gusta cómo beso? —pregunta Paloma. Después de poner la frase, se lleva un dedo a la boca.

—Mucho.

—Para ser la primera vez no está mal, ¿no?

—Está genial.

—No te he mordido ni nada por el estilo, ¿verdad?

—No, tranquila —escribe sonriente la pelirroja—. Todo ha sido muy bonito.

—Pero tenemos que seguir practicando para perfeccionarlo, ¿no crees?

—Bueno...

—¿No? ¿No quieres volver a besarme como en La habitación del grito?

A Paloma se le enrojecen los ojos a una velocidad de

vértigo. Parece que está a punto de echarse a llorar. Aprieta los labios y tuerce la boca. Pero Meri la tranquiliza en seguida.

—Claro que quiero. Pero no es fácil que nos veamos estos días. Empiezan los exámenes y tengo que estudiar. Y, además, ¿dónde podemos besarnos sin que nos vea nadie?

—Le das demasiadas vueltas, Pelirrojita.

—¿Tú crees?

—Sí. Lo creo. Te estresas.

—Pero no vamos a poder vernos mucho durante estas semanas.

—Tenemos esto. Y el celular. Y el WhatsApp —responde Paloma intentando animar a Meri, que está algo decaída.

—Después de lo de esta tarde, todo lo demás se me va a quedar pequeño.

Aún lleva puestas los pupilentes verdes. Le pican mucho los ojos, pero prefiere que siga viéndola así, que el último recuerdo de ella que tenga sea ese: sin sus anteojos de pasta azul. Quizá vaya siendo hora de cambiar y empezar a acostumbrarse a llevar siempre los pupilentes. Se siente más guapa.

—A mí también, pero bueno...

—Aunque, podríamos quedar mañana.

—Por la mañana yo no puedo. Le he prometido a mi madre que arreglaría mi habitación y la ayudaría a limpiar la cocina. ¿Por la tarde?

—He quedado con mi padre... Pero podría decirle que nos vemos para tomar un café el lunes antes de que se vaya a Barcelona. Tampoco parece muy preocupado por no estar conmigo en esta visita.

—Estará con alguna mujer.

—¿Con una mujer?

—A lo mejor ha vuelto con tu madre y lo llevan en secreto. He visto muchas series de televisión con ese argumento.

—Eso es imposible. Pero dejemos de hablar de mi familia, hablemos mejor de nosotras dos.

Aunque lo que dice su amiga tiene sentido. Además, su madre está muy rara desde que su padre ha viajado desde Barcelona para pasar allí el fin de semana.

—Bien, hablemos de nosotras.

—¿Te apetece que quedemos mañana por la tarde, entonces?

—¡Por supuesto que sí! ¿Quieres que vayamos a ver una peli? Allí dentro estará oscuro y... No sé.

Es una idea perfecta. Le encantaría ir al cine con ella, como si fueran una pareja de verdad.

—Muy bien. Por mí genial. Y, si quieres, podríamos pasarnos antes por La casa del grito para desahogarnos un poco.

—¿Gritando?

—También.

Meri observa que a la jovencita se le escapa la risa nerviosa al otro lado de la pantalla. Sin embargo, instantes después Paloma mira a su izquierda y se aparta de la cámara. Parece que está hablando con alguien. Unos segundos después, Meri ve que su amiga se acerca mucho al monitor y, después, su imagen desaparece de repente. La ventanita del *chat* le informa que «El usuario PalomaLavigne se ha desconectado». Su amiga ha apagado la computadora. Seguramente su madre ha entrado en la habitación y le ha dicho que se vaya a dormir.

María es muy feliz, aunque sabe que aquello va a pasar muy a menudo, tanto en el caso de Paloma como en el suyo. Van a tener que mentir o esconderse en multitud de ocasiones si lo que han comenzado ese día sigue adelante.

El pitido de su BlackBerry le anuncia que tiene un mensaje que confirma lo que ya se imaginaba. Paloma le ha escrito:

> Mi madre. Qué pesada es. Me manda a dormir como si fuera un bebé. En fin, no quiero enfadarme el mejor día de mi vida. Muchas gracias por ser como eres conmigo. Estoy deseando darte un beso mañana. ¿A las cuatro en Callao?

El mejor día de su vida. ¿También el suyo? Sí, está completamente segura de que ese también es el mejor día de su vida. Y pensar en cómo comenzó todo...

> A las cuatro nos vemos en Callao. Yo también tengo ganas de besarte y seguir mejorando y practicando contigo. Un beso y hasta mañana.

Al final resulta que sí había lesbianas de verdad en aquella web. Meri sonríe mientras apaga la computadora y se acerca a la cómoda donde está la cajita en la que guarda sus pupilentes. Se los quita sin dejar de sonreír. Lo que está viviendo era tan inimaginable como el final de un capítulo de «Lost» o de «Pequeñas mentirosas».

> Hasta mañana. Un beso, Meri, que duermas bien y sueñes conmigo. Por cierto, ¿somos novias?

Da un brinco cuando lee aquello. Estaba sentada en la cama quitándose la ropa para ponerse la pijama. ¿Lo son? Es algo que no había pensado hasta ese momento. Es que ha ido todo tan de prisa...

No sé lo que somos, pero sí sé que te has convertido en la razón para que quiera despertarme mañana. Buenas noches. Un beso.

Acaba de cambiarse y abre la cama. Se mete entre las sábanas y se tumba boca arriba. Dos días atrás escribía en su blog sobre lo mal que iba todo y lo poco que confiaba en que las cosas mejoraran. Se había precipitado. Después de lo que ha vivido ese día, espera que la alegría le dure mucho tiempo. Y de algo sí está segura: la próxima canción ya no la bailará sola.

CAPÍTULO 58

Es tarde para darse un baño, pero Raúl necesita algo que lo reactive, lo anime un poco y lo ayude a despejar la mente. El agua caliente le golpea con fuerza el cuerpo y azota sus músculos agarrotados por la tensión del día. Piensa en todo lo que ha pasado, en la pesadilla que está viviendo. Ha llorado muchísimo mientras corría hacia su casa, oculto bajo la capucha de la sudadera, después de romper con Valeria. Se siente fatal. Cuando ha entrado en el cuarto de baño de su dormitorio, antes de meterse en la ducha, incluso ha vomitado la paella que había comido en casa de Eli. Sus hermanas han oído sus arcadas y, preocupadas, le han preguntado si le pasaba algo. Él les ha dicho que no, que simplemente le había sentado mal la comida. No quiere que se alarmen demasiado. Su madre ha salido a cenar con su novio y le toca hacer de niñera. También ella merece divertirse de vez en cuando.

Cierra los grifos y sale de la ducha temblando. Se seca con cuidado y se envuelve en una toalla. Continúa igual, sintiendo una feroz angustia que le oprime el pecho y le revuelve el estómago.

Levanta la tapa del escusado y, arrodillado en el suelo, vuelve a vomitar.

—Raúl, ¿te encuentras bien?

Es la voz de Daniela, que, mientras habla, llama a la puerta con sus pequeños nudillos.

—Sí, no se preocupen.

—¿Quieres que llamemos a mamá?

—¡No! Si esto no es nada. ¡Será algo que me ha sentado mal de la comida! Pero ya me encuentro mucho mejor.

—Abre, queremos verte —dice Bárbara preocupada.

—Ahora salgo. Me... me... estoy vistiendo.

Está algo mareado. El vapor del agua caliente se ha concentrado por todo el cuarto de baño de su habitación y ha formado una neblina espesa que le impide respirar bien. Le está entrando sueño. Extiende otra toalla sobre el suelo y se sienta un momento en ella para ver si se recupera.

—Pues vístete rápido y sal.

—Voy, Daniela. Ya voy. Espérenme en el salón, por favor.

El chico oye a sus dos hermanas alejándose de la puerta. Un par de minutos después, se levanta del suelo y se mira en el espejo. Está cubierto de vaho. Toma un poco de papel y lo limpia. En el círculo que ha hecho en el cristal contempla su rostro alicaído y sus pómulos pronunciados. Tiene las ojeras más profundas que ha visto nunca. Además, en la comisura de los labios y en la barbilla le quedan restos de vómito. Mete la cara bajo el grifo y se enjuaga.

Poco a poco, Raúl va recuperándose. Se viste con la ropa para dormir —un pantalón corto y una camiseta—, y sale del baño tras ponerse los calcetines. Las gemelas están de nuevo allí.

—¿Cómo te encuentras?

—Bien, ya les he dicho que no es nada.

—Has vomitado muy fuerte —comenta Daniela, muy seria—. Nos hemos enterado desde la sala y con la tele puesta.

—Porque me ha sentado mal algo. Pero no es nada.

—¿Qué has comido hoy?

—Paella. Y estaba muy rica.

—Te habrán puesto marisco contaminado en el arroz.

El joven sonríe. No puede explicarles a sus hermanas que lo que ha provocado que se encuentre así no tiene nada que ver ni con el marisco ni con ninguna otra cosa que haya comido.

—Vayan a la sala. Ahora voy yo.

—No hace falta que nos cuides. Somos mayores —protesta Daniela algo molesta.

—Es verdad. Creo que somos nosotras las que tenemos que cuidar de ti.

—Tienen razón. Voy a terminar una cosa aquí y ahora dejo que me cuiden en la sala.

Las dos hermanas se miran. ¿Ha sido irónico? De cualquier manera, ellas saben perfectamente lo que hacen y se cuidan muy bien solitas. No necesitan a su hermano para nada. Se dicen algo en voz baja, salen de la habitación y se van otra vez a la sala.

Por fin solo. No se encuentra nada bien. Le apetece llorar, pero sabe que en su casa no puede hacerlo. Toma la BlackBerry y busca una foto en la que Valeria y él salen dándose un beso. Es increíble que hayan terminado. Besa la pantalla de su smartphone y suspira con tristeza. Ella le ha pedido que no la llame ni le escriba. Es una promesa muy difícil de cumplir. Quiere escuchar su voz, o al menos leer sus palabras.

Pero no puede hacerlo. Ya no son novios. En ese momento no son... nada.

Pone su BlackBerry negra en silencio y la mete dentro de una de las dos almohadas que utiliza para dormir. Con fuerza, la lanza debajo de la cama, hacia el otro lado, contra la pared, y se tumba. No quiere saber nada de ese aparato hasta el día siguiente. Es demasiado doloroso saber que Valeria no va a escribirle y demasiado tentador tenerlo cerca y no poder decirle nada. Se tapa los ojos con una mano y, en la oscuridad, recuerda sus besos, sus caricias, su cuerpo desnudo, su sonrisa... Es un suplicio verla hasta cuando no ve.

A pesar del cansancio, de lo agotado que está, Raúl no podrá dormir en toda la noche, pasará en vela una noche durante la cual su mayor castigo será la impotencia de no poder hacer nada para que Val vuelva con él.

Y es que, esta vez, ni siquiera tiene una carta guardada en la manga.

Desde su cuarto, oye a su madre reír en la cocina. Parece que está hablando con alguien por teléfono y, por lo visto, está divirtiéndose. No quiere molestarla, pero necesita un vaso de agua urgentemente; derramar tantas lágrimas ha debido de dejarla deshidratada. Tiene la garganta muy seca, así que se levanta de la cama y camina hacia donde se encuentra su madre. En cuanto ve a su hija, Mara se pone nerviosa.

—Bueno, ya hablamos mañana. Que descanses —dice a toda prisa, y cuelga.

Las dos se miran, como si de un duelo en el lejano Oeste se tratase.

—No te preocupes, que no voy a preguntarte quién era.

—¿Por qué no? No tengo nada que esconder.

—Tus asuntos privados son tuyos, mamá. Solo espero que sea un buen padrastro para mí.

A la mujer están a punto de salírsele los ojos de las órbitas. Hasta se pone un poco colorada, no tanto como cuando su hija pasa vergüenza, pero casi.

—No sé de qué me hablas.

—Da lo mismo, mamá —repone Valeria, que no está para misterios—. Solo he venido a por un vaso de agua.

Su tono de voz la delata. Está claro que le ocurre algo. Antes no ha querido cenar porque decía que estaba cansada y había comido mucho en el desayuno y a mediodía. Mara le había creído porque tenía la cabeza puesta en otra parte.

Se acerca a ella y la mira a los ojos.

—¿Has estado llorando?

—Un poco.

—¿Has vuelto a pelearte con Raúl?

—Algo así.

—Creía que después de que te hiciera el desayuno esta mañana lo habían resuelto. ¿Qué ha pasado ahora?

A la chica se le hace un nudo en la garganta. Bebe un trago del vaso e intenta no echarse a llorar una vez más.

—Hemos roto —susurra con un hilo de voz que apenas se deja oír.

—¿Que han cortado? ¿Para siempre?

—Sí, para siempre.

Mara se lleva las dos manos a la cabeza y observa a su hija. Parece que el agua que acaba de beber ha ascendido rápidamente hasta sus ojos.

—¿Me lo cuentas?

—Sí, OK.

La mujer abraza a Valeria y la acompaña hasta la sala, donde se sientan. La chica emite gemiditos y solloza sin cesar. Continúa dejando caer las lágrimas, que dibujan un rastro húmedo sobre el piso de la casa.

—A ver, cariño, ¿qué ha pasado para que hayan roto?

La joven bebe un poco más antes de hablar. A continuación, le relata a su madre todo lo que ha sucedido durante la tarde. Mara la escucha atenta y no la interrumpe hasta que termina de hablar. Cuando acaba, Valeria estalla y los sollozos se convierten en un llanto completamente desconsolado. Su madre trata de calmarla. No quiere que vuelva a darle un ataque de ansiedad como el que le ha explicado que ha sufrido antes. La abraza y la acuna contra su pecho.

Varios minutos después, recupera una normalidad relativa y ambas pueden hablar.

—Me duele mucho haberlo hecho. Pero es que...

—Te entiendo, Valeria. Lo peor que hay en el mundo es que alguien te mienta. Luego es muy difícil recuperar la confianza en esa persona. Y lo que te ha hecho Raúl está muy mal.

—No debió mentirme. Cuatro meses de engaños... Es imposible perdonar algo así.

—Tienes razón. Pero, y que conste que no quiero ser abogado del diablo..., ¿no crees que el chico se vio en medio de la historia y luego no supo cómo salir?

—¡Mamá! ¡Cuatro meses diciendo que se marchaba a alguna parte a hacer cualquier cosa y luego resulta que se iba a ver a Elísabet! ¡Cuatro meses!

—Pero si no te dijo nada fue para no hacerte daño, ¿no crees?

—¡Pues resulta que me ha hecho más daño así, dejando que me entere como me he enterado! Si desde el principio me hubiera dicho que quería ir a verla, habríamos discutido, pero uno de los dos habría cedido o habríamos llegado a un acuerdo hablando. ¡Pero lo ha hecho mal! ¡Es un mentiroso!

Los gritos de Valeria retumban entre las paredes de su pequeño departamento. Su madre no hace nada por evitarlo, cree que le irá bien desahogarse, que expulse con rabia, y no solo con tristeza y lágrimas, todo lo que le quede dentro. Así luego podrá analizar la situación desde otra perspectiva.

—Es una historia muy extraña. Como todo lo que tiene

que ver con Elísabet. Siempre ha sido una chica muy peculiar.

—Está loca, mamá. Y estoy segura de que ella tiene gran parte de la culpa de todo esto.

—¿Y entonces por qué culpas solo a Raúl? Porque romper con el chico al que quieres y que te quiere a ti es culparlo de todo lo que ha pasado.

—Porque lo quiero muchísimo, pero hace cosas que me hacen daño, como esto, como besar a Alba delante de mí... y a saber qué más. Por eso me duelen más —explica desesperada.

Mara vuelve a abrazarla y le acaricia la cara. Tiene las mejillas muy calientes.

—Raúl es un buen chico, cariño. Ha cometido errores muy graves, pero, por lo que me cuentas, de una manera u otra siempre son otros los que lo llevan a cometerlos, no se equivoca solo. En todas esas circunstancias lo han guiado para que meta la pata.

—Es mayorcito para saber lo que hace.

—En eso tienes razón. Y se quedó sin padre muy joven, eso debería haberlo hecho madurar un poco más.

—¡Si hasta es mayor que yo! ¡Tendría que saber lo que hace!

Val se separa de su madre y le da el último trago a su vaso de agua. Desahogarse con ella le ha ido muy bien, aunque sigue sintiéndose extraña por todo lo acontecido, por no poder ir a su habitación y mandarle un WhatsApp de buenas noches o llamarlo dos minutos para decirle que lo quiere. Tampoco la esperará un «¡Buenos días, princesa!» al abrir los ojos, y no aparecerá en su casa para prepararle un chocolate caliente o jugar a algo con unos churros.

—Vete a dormir y mañana verás la vida de otra manera.

—Sin él ya la veo de otra forma, mamá.

—La vida da muchas vueltas, hija.

—Ya. Pero, aunque no soy rencorosa y lo quiero con toda mi alma, es difícil aceptar que te engañen, y más difícil aún confiar en que no van a volver a engañarte.

—Será lo que tú quieras que sea, Valeria.

—Ojalá hubiese sido así, mamá. Pero él ha decidido por mí lo que tenía o no tenía que hacer. Buenas noches.

—Buenas noches, guapa.

Y después de darle un beso a su madre, Val lleva el vaso vacío a la cocina y entra en su habitación. No está pasándolo nada bien. Quizá debería avisar a los chicos de lo que ha sucedido. No quiere malentendidos, y además tienen derecho a saber algo tan importante. ¿Cómo lo comunica? Por correo electrónico, así puede informarlos a todos a la vez. Tras encender la laptop, entra en Outlook. Apunta el correo de sus amigos en la barra de destinatarios y escribe un mensaje bajo el asunto «Se terminó»:

Chicos, Raúl y yo hemos roto. Han pasado una serie de cosas que han provocado que él y yo ya no sigamos juntos. No hace falta que se compadezcan de mí. Es muy duro pero estaré bien. Quiero estar sola un par de días e intentar recuperarme cuanto antes de este golpe, así que estaré aislada lo que queda del fin de semana. El lunes nos vemos.

Un beso.

Valeria

Lo envía y suspira. Nunca pensó que escribiría un email como ese.

Será una noche muy dura, la primera noche como ex de Raúl, su gran amor.

Pero como bien le ha dicho su madre, el día siguiente será otro día. Y será un domingo que no dejará indiferente a nadie.

DOMINGO

CAPÍTULO 59

Las diez de la mañana. Lo sabe porque ha sonado el despertador de las gemelas. El fin de semana lo ponen a esa hora para ver una serie de Disney Channel que les gusta mucho.

Raúl no ha dormido en toda la noche. Ni siquiera ha dado una cabeceada. Ha jugado con la consola, escuchado «Milenio 3» en la radio, leído varias revistas de cine... Ha hecho de todo para no pensar en ella. No lo ha logrado a pesar del empeño que ha puesto.

Pero lo más increíble de toda la noche ha sido que no ha vuelto a mirar su BlackBerry desde que la arrojó bajo la cama en una de sus almohadas. A lo largo de la madrugada ha pensado muchas veces en tomarla, pero ¿de qué iba a servir? Volvería a sentir la tentación de llamar a Valeria, o de escribirle. Y de noche es más fácil que los sentimientos afloren de cualquier manera. No quería mandarle ninguna tontería que terminase de fastidiarla.

Pero ya es de día. Se tumba en el suelo y alarga el brazo para alcanzar la almohada. Sorprendentemente, la BB todavía tiene batería, aunque está bajo mínimos. Pulsa el botón de desbloqueo y ve que tiene un uno al lado de los envíos a su WhatsApp y... ¡diez SMS y treinta y dos llamadas perdidas!

Muy asustado, pulsa la barra de las notificaciones con la yema del dedo índice. Todo es de la misma persona y ha ido llegando a lo largo de varias horas de la madrugada. ¡Elísabet!

Se frota los ojos antes de empezar a leer. Eso no es normal. Lo primero que ve es el WhatsApp. Es kilométrico. Baja y baja por la pantalla y los mensajes se repiten una y otra vez:

> ¿Cómo te ha ido con Valeria? Espero que te haya perdonado y sean muy felices. Aunque yo... te sigo queriendo para mí. No como novio, ¿eh?, sino como amigo. Solo como amigos. ¿Vienes este domingo a comer a mi casa? Un beso cariño.

Ese es el comienzo del WhatsApp que Eli le mandó media hora después de que silenciara su smartphone y lo hiciera desaparecer bajo la cama.

El último es de hace veinticinco minutos:

> Eres un cabrón. Hijo de puta. ¿Crees que puedes hacerme esto? Llevo toda la puta noche queriendo saber de ti, hablar contigo, y tú me ignoras. Quiero que sepas que yo valgo más que esa zorra que va de buena y es como el mismísimo demonio.

Entre medias, mensajes que empezaron siendo de preocupación porque no conseguía hablar con él y que fueron caldeándose poco a poco hasta terminar de esa manera. Con los SMS ocurre exactamente lo mismo. Los dos últimos, muy ofensivos hacia él y hacia Valeria.

Está claro que debe tomar una determinación ya. Por mucho que le duela, porque Eli es su amiga, no puede consentirle aquello. Ha hecho mucho por ella, se ha sacrificado tanto que hasta ha perdido a su novia por el camino.

Esa reacción desmedida solo puede indicar tres cosas: o que Eli sigue enferma, o que continúa obsesionada con él o las dos cosas. Y para lo único que él tiene remedio es para lo segundo.

Pulsa sobre la última llamada perdida de Elísabet, de hace doce minutos, y marca. Al primer bip, la muchacha responde:

—¡Por fin! ¡No sé cómo puedes haberme hecho esto! ¡Te odio! —grita la chica nada más descolgar.

—¿Tú crees que es normal que mi BlackBerry esté saturada de notificaciones que tienen que ver contigo?

—Lo que no es normal es lo que me has hecho tú. ¡Estaba muy preocupada!

—¿Y por eso tienes que insultarnos a Valeria y a mí?

—¡Es que me has ignorado!

—No te he ignorado, he tenido la BlackBerry en silencio durante toda la noche porque quería desconectarme de todo.

En ese instante se produce un silencio. Hasta que la joven se echa a reír estruendosamente.

—¡Y yo qué pensaba que querías deshacerte de mí por lo que pasó ayer! ¡Qué tonta!

—No estás bien, Eli. Sigues enferma.

—¡Claro que estoy bien! ¡Mejor que nunca! —grita eufórica—. Ya decía yo que era muy raro que mi cariñito me abandonara. ¿Vienes a casa esta tarde?

—No, Eli. No voy a ir.

—¿Tienes rodaje?

—Sí, tengo rodaje.

Una de las cosas que Raúl ha decidido de madrugada es que ese día grabarán la escena final de *Sugus*. Estaba pensado para la semana siguiente, pero si los cuatro actores pueden quedar, lo harán esa tarde. Así se distraerá y tendrá menos tiempo para pensar en Valeria.

—Pues esta noche. Pedimos una pizza, si quieres, y...

—No. Esta noche tampoco iré.

—Vaya. ¿Tienes planes?

—Eli... creo que es mejor que no vaya a tu casa durante una temporada.

417

—¿Qué dices?

—Llevo pensándolo un tiempo. He engañado a Val durante cuatro meses. Y tú... después de esto... de las perdidas, los mensajes... los insultos...

—Pero todo eso ha sido fruto de la tensión. Estaba preocupada por ti, cariñito. Como no me decías nada...

—Lo siento, Eli. He tomado una decisión. No nos veremos durante un tiempo.

Otro silencio, aunque este es más largo y parcial. De fondo, Raúl oye a Elísabet murmurar algo que no puede entender.

—¿Eli? ¿Estás ahí? Me estoy quedando sin batería y tengo que colgar.

—Eres un cabrón. ¿Lo sabes? —responde ella masticando cada sílaba—. Al final tenía yo razón y querías quitarte de en medio. ¿Qué pasa? ¿No he sido buena amiga durante todos estos meses?

—Prefiero no...

—Vas bien con mis padres, te comes nuestra comida y ¿qué pasa?, que ahora ya no te apetece venir a verme, ¿no? Qué cabrón.

—Eli, no estás bien. Debes decirles a tus padres que te lleven al médico.

—Estoy perfectamente. Sana. ¡Sanísima! Eres tú el que está enfermo.

—¿Yo?

—Sí, tú. Tú eres el enfermo y el que está obsesionado con esa zorra.

—Por favor, no le faltes al respeto a Valeria.

—¿Por qué no? ¡Si esa puta ya no es tu novia! —Y suelta una carcajada, totalmente fuera de sí.

Raúl se queda boquiabierto, está muy confuso. ¿Cómo sabe Elísabet que han cortado? Él no se lo ha dicho. La última vez que habló con Eli fue en su casa, y Val y él todavía no habían tenido la discusión que llevó a la ruptura de la relación.

—¿Quién te ha contado eso?

—¿Qué?

—Que Val y yo hemos roto.

—¿Tú quién crees que me lo ha dicho? —pregunta, pero no espera una respuesta, porque en seguida contesta ella misma—. ¡Me lo ha dicho Alicia!

—¿Qué? No...

—Adiós, Raúl. Cuando te des cuenta de todo, vendrás a mí de rodillas para que te quiera. ¿Y sabes qué? Te querré. Porque no hay nadie en este mundo que te ame como yo. ¡Hasta muy pronto!

El teléfono comienza a alertar antes de que Raúl pueda preguntarle de nuevo quién le ha revelado aquello.

El joven busca el cargador de su smartphone y enchufa la BlackBerry a la corriente, pues ya tenía la barrita de la batería en rojo. Se sienta en la cama y se tapa la boca con una mano.

¿Quién ha podido contárselo a Eli?

¿Bruno? ¿Ester? ¿Meri? Ninguno tiene contacto con Elísabet desde hace tiempo. Y Raúl tampoco sabe si Valeria se lo ha dicho a alguno de ellos. ¿Y si ha sido la propia Valeria? Alguien miente en aquella historia. Y da la impresión de que debe de ser uno de los incomprendidos.

¿Hay un traidor en el grupo?

¿Y si... ha sido Alba? Ella estuvo el día antes con Valeria en su casa. Pero se fue antes de la discusión. Además, ¡Alba y Eli no se conocen de nada! ¿Cómo iba a contárselo ella?

Menuda locura. No se le ocurre nadie más. A no ser que... Pero esa idea es totalmente descabellada. Imposible. Pero...

¿Y si resulta que es verdad que existe Alicia?

CAPÍTULO 60

Hace un día perfecto para ir al futbol por la mañana: soleado; ni calor, ni frío; un bonito domingo de marzo. Bruno y Alba han tomado el metro en Ópera hasta Príncipe Pío y, desde ahí, se dirigen tranquilamente andando hasta el Vicente Calderón por el paseo Virgen del Puerto, a orillas del río Manzanares.

Aún queda un buen rato para que comience el Atlético de Madrid-Granada, pero han querido llegar con tiempo para disfrutar del ambiente.

La chica se ha puesto una camiseta de Falcao que le ha tomado prestada a su hermano. Aunque le queda un poco grande, es inmensamente feliz luciéndola.

—¡Qué emoción! ¡Es el primer partido de futbol al que voy! —exclama Alba muy nerviosa.

—Pues vas a llevarte un chasco.

—¿Qué dices? ¡Cuatro a cero, ya verás!

—Dirás cero a cuatro.

—Lo que digo es... ¡Olé, olé, olé, Cholo Simeone!

Bruno mueve la cabeza en un gesto de negación, pero está sonriente. Aquella jovencita de pelo estrambótico sigue cayéndole bien. Y eso que ha hecho méritos para que le armara alguna bronca... Sin embargo, desde que se han encontrado ese día en la parada de metro, Bruno está disfrutando más por ella que por él. Le encanta verla así de contenta. Y ser él el responsable de ello.

—¿Te has enterado de lo de Valeria y Raúl? —le pregunta el chico cuando recuerda el email que ha leído por la mañana.

—Sí. Es una pena. Hacían muy buena pareja y estaban muy enamorados.

—Ya. Será raro verlos ahora sin que estén juntos. Ya me había acostumbrado. Ha sido una sorpresa.

Y eso que, al principio, aquel secreto que los propios protagonistas le descubrieron al resto de los incomprendidos fue una bomba. Especialmente para Bruno, que no los veía como pareja. Acostumbrado a las chicas con las que salía Raúl, no esperaba que Val durara ni una semana. Sin embargo, a pesar de que la pareja empezó a ir mucho a la bola, ambos pegaban bastante, y Bruno le había tomado cariño a «Raleria», como él llamaba de broma a los novios. Se había inspirado en «Jelena», el nombre que le daban a la pareja formada por Justin Bieber y Selena Gómez utilizando la inicial del nombre del chico como primera consonante en el nombre de la chica.

Ahora parecía que «Raleria» había acabado para siempre.

—La vida está llena de sorpresas, Bruno.

—Espero que no todas sean tan malas como esta.

—Yo también.

Ambos continúan caminando y hablando de diferentes temas relacionados con mil historias diferentes. Cada vez que pasa un coche con la bandera del Atleti ondeando por la ventanilla, Alba empieza a dar saltos y a cantar el himno rojiblanco.

—Si supieran que soy del Madrid, en lugar de pitar me atropellarían —comenta el chico, que va vestido de blanco a propósito.

—Qué va. Nosotros somos buena gente.

—Rezo porque ningún ultra descubra mi verdadera naturaleza merengue.

—Pues si te descubren, gritas que eres del Glorioso, das dos berridos diciendo «¡Atleti, Atleti!», y asunto arreglado. Nosotros aceptamos convertidos.

—Casi prefiero que me descubran.

—Eres muy tontito a veces, Corradini —dice Alba poniendo voz de niña pequeña—. Por cierto, nunca te lo he preguntado, ¿no es ese el apellido de Chenoa?

—Efectivamente.

—Entonces ¿tienes orígenes argentinos?

—Sí. Mi padre y mi abuelo nacieron allí.

—¡Oh! Eres medio paisano de... ¡Olé, Olé, Olé, Cholo Simeone!

Un coche que pasa cerca de ellos y que va hacia el estadio toca el claxon al oír cantar a la chica. Bruno no sabe hasta cuándo aguantará aquel festival rojiblanco, pero sonríe.

Por fin llegan al Vicente Calderón. Pese a que el partido se juega a las doce de la mañana, hay un gran ambiente. Alba está fascinada con la cantidad de gente ataviada con la camiseta de su equipo que hay alrededor de la cancha. También hay varios seguidores del Granada, que confraternizan con los aficionados locales compartiendo calimocho.

—¡Órale! ¡Esto es genial!

—Si vinieras algún día al Bernabéu...

—¡Quita, quita! ¡Si ahí dicen que no anima nadie!

—¿Que no? El estadio del Madrid es el mejor del mundo.

—Vamos ya.

—Ya te llevaré para que lo compruebes tú misma, lista.

—Que sí, que sí, Corradini. —Y le da una palmadita en el hombro—. ¿Por dónde entramos?

—A ver...

El chico saca las entradas de uno de los bolsillos de su sudadera y le entrega una a Alba.

—Grada preferente baja —lee ella en voz alta—. Puerta tres.

Bruno ya se ha orientado y guía a su amiga hasta el lugar por donde deben acceder al estadio. Pasan el ticket por los tornos y entran en el campo. Alba lo hace dando saltitos y griticos muy agudos.

—Pues ya estamos dentro.

—¡Sí! ¡Qué emocionante! ¡Muchas gracias por traerme!

Y le da un gran abrazo. Toma a Bruno desprevenido, pero el joven reacciona y responde abrazándola con fuerza. Ambos se sienten muy bien así y el abrazo se prolonga un poco más de lo que suele ser normal entre amigos. Cuando se separan, se miran algo azorados y sonríen tímidamente.

—Bueno, vamos a buscar nuestros asientos —propone el chico.

—OK, espero que sean buenos.

Y lo son. Desde sus butacas tienen una vista perfecta del terreno de juego. Están a una buena altura y muy centrados. Los dos se sientan y admiran lo que ofrece un estadio de futbol de tales dimensiones. Hasta Bruno, que es del Madrid, reconoce la belleza del escenario. Todavía faltan unos minutos para que empiece el encuentro, pero el colorido de las gradas es espectacular. Alba no deja de sonreír y mirar a todas partes en busca de detalles que llevarse grabados en la memoria.

—¿Una foto? —le pregunta la chica.

—Si no hay más remedio...

Alba saca una pequeña cámara digital y acerca la cabeza a la de su amigo. Intenta que el césped salga detrás de ellos. Clic. Clic.

—He tomado dos. Mira.

El joven contempla las dos imágenes. Él, como siempre, sale horrible, pero ella... Sigue pensando que tiene unos ojos muy bonitos, muy llamativos. Y viéndola de cerca se aprecian las pequitas que se extienden por sus mejillas. Aunque hay algo que sigue sin convencerlo mucho: aquel pelo azul no le gusta nada.

Mientras comentan las fotografías, suena la BlackBerry de Bruno. Es Ester. Duda durante un segundo de si debe tomarlo. No es el mejor lugar para hablar. Pero Alba le da un codazo y le insiste para que responda. El joven obedece.

—¿Sí?

—¡Hola, Bruno!

—Hola —responde escueto.

—Te llamaba por tu mensaje de anoche, el que no te respondí. ¡Claro que no estoy enfadada contigo! —exclama Ester alegremente. Sin embargo, su tono de voz cambia cuando oye una especie de bocina—. ¿Dónde estás que hay tanto relajo?

—En el Calderón.

—¿Has ido a ver al Atleti? ¡No lo puedo creer! ¡Con lo merengón que tú eres! ¡Qué chaquetero!

—Ya ves.

—¿Y con quién has ido? ¿No te habrás atrevido a ir tú solo? ¡Estás loco por el futbol! Podrías haberme llamado.

Bruno no sabe por qué, pero siente que aquella respuesta es algo incómoda. Sin embargo, Alba está a su lado y él no puede mentir ni escaparse.

— He venido con Alba.

—¿Estás con Alba? ¿Solos?

—Sí. Es que mi hermana...

Le cuenta la historia de cómo ha conseguido los boletos y lo que han hecho hasta llegar allí.

—Ah. Pues nada, pásenla bien.

—Gracias.

—Ya nos veremos. Un beso para los dos.

—Otro para ti.

—¡Te queremos, Ester! —grita Alba al tiempo que se echa sobre Bruno para que la otra chica la escuche. Y cuelgan.

¿Ester ha estado especialmente seca cuando han hablado o es cosa suya? De cualquier manera, lo importante es que ya no está enfadada, así que Bruno espera que la próxima vez que se vean las cosas vuelvan a ser como siempre. A pesar de Sam y Rodrigo.

Se acercan las doce de la mañana y por altavoz recitan las alineaciones. Primero, la del Granada; ligeros pitos y algún que otro abucheo. A continuación, la del Atlético de Madrid. Alba susurra los nombres de los jugadores y grita un «¡Bien!» detrás de cada uno.

—¿Has dicho «bien» cuando han anunciado a Miranda? —pregunta Bruno con maldad.

—¡Pues claro! ¡João es un gran central!

—Es un gran inútil.

—¡Ups! ¡Ya verás como te calla la boca y mete un gol!

—Si Miranda mete un gol, te doy una besuqueada.

Alba abre los ojos de par en par ante el atrevimiento de su amigo. Pero la apuesta la seduce.

—¡Trato hecho! —Y, muy convencidos, chocan las manos.

¡El partido comienza! El Granada viste de blanco, por lo que Bruno tiene un motivo más para animar al equipo visitante.

Los primeros minutos del encuentro son bastante anodinos: mucho juego en el medio del campo y apenas ocasiones de gol.

—Vaya aburrimiento —comenta el chico hacia el minuto veinte de juego.

—¿Qué dices? ¡Si está siendo un partidazo!

—¿Qué partido estás viendo tú?

—No sé. El que hay ahí abajo. Tú, como estás más pendiente de la de la fila de delante...

Se refiere a una chica muy guapa a la que la camiseta ajustada del Atlético de Madrid le queda especialmente bien. Lleva anteojos de sol y da pequeños saltos de histeria cuando el Granada se aproxima a la portería de Courtois. Es en esos momentos cuando Bruno está más atento a la jugada.

—Ni me he fijado —miente.

—Ya. No te has fijado... ¡Como marque João, esa tipa sí que va a fijarse en nosotros!

—Miranda no mete un gol ni sin portero. Bueno, quizá en su propia portería.

—Qué cruel.

—¿Sabes cuántos goles ha metido en toda la temporada?

—¡Es que es defensa!

—Cero. ¡Ninguno!

—Eres lo peor.

El juego continúa. El descanso se acerca y la grada se impacienta. El Atlético de Madrid apenas crea juego de ataque. Ahora, en cambio, tiene un tiro de esquina a su favor. Suben los centrales.

—¡Vamos, João! —grita Alba como una posesa. Debe de ser la única en todo el estadio que anima al central brasileño.

La pelota, después de rebotar en un contrario, regresa a Koke, que es quien ha sacado el tiro de esquina. Este la pone de primeras al segundo poste. Allí Godín se eleva por encima de la defensa granadina y prolonga la pelota hacia el punto de penalti. El balón vuela hasta el centro del área y...

—¡Gooooooooooooool!

Una explosión de júbilo en el graderío celebra que el Atlético de Madrid se ha puesto delante en el marcador en el minuto treinta y ocho de la primera parte. ¡Y ha sido un golazo! El atacante colchonero ha recogido el balón a media altura y ha empalmado una media chilena sensacional, imparable para Julio César. Entre tanto relajo, Bruno y Alba no han alcanzado a ver quién ha sido el autor del gol. Pero entonces sale anunciado en el marcador electrónico.

—¡Miranda! —grita la chica más exaltada incluso que con el gol—. ¡Ha sido gol de João!

—No lo puedo creer. No lo puedo creer.

Bruno no sabe si reír o llorar. ¡Es el primer gol que Miranda marca con la camiseta del Atlético de Madrid! ¡Y tiene que ser precisamente ese día!

—Bueno, me sé de uno que ha perdido una apuesta —dice medio cantando la chica del pelo azul, ese color que tan poco le gusta a él—. Quiero mi premio.

—¿De verdad?

No puede creerse que una chica quiera besarlo voluntariamente. Aunque Alba ya lo hizo el día antes. Pero fue por un impulso.

—De verdad.

Bruno se pone nervioso. ¡Nunca ha besado a una chica! Salvo el día antes, pero fue ella la que dio el primer paso, duró dos segundos y él apenas pudo hacer nada. Ahora es distinto. Debe llevar la iniciativa. ¿Y si le muerde la lengua? Tiene que dárselo con lengua, ¿no?

Sentados en las butacas azules del Calderón, están muy cerca uno del otro. Eso facilita un poco las cosas. Bruno acerca lentamente su rostro al de Alba y, cerrando los labios, apretándolos con fuerza, la besa. Pero ella se encarga de aderezarlo: rodea a Bruno con un brazo y lo atrae hacia sí. Luego, con la lengua, lo invita a abrir la boca para introducírsela dentro. El joven capta el mensaje rápidamente y se dan un buen besuqueo.

Son veinte o veinticinco segundos maravillosos. Los mejores de su vida.

Cuando terminan, el Atleti casi marca el segundo. Los dos se miran y sonríen. Apenas hablan más hasta el descanso, aunque hay cosas de las que hablar.

Entonces Alba recibe un WhatsApp de Raúl.

—Tenemos corto hoy. Grabamos la escena final —informa a Bruno.

—Ah. Muy bien.

No sabe qué decir. Solo sabe que ha besado a una chica. Y que no olvidará nunca aquel momento. Y que tiene conciencia que aquello esté pasando en el campo del Atleti.

—Oye, ¿tú no eres Bruno?

El chico se vuelve hacia el lugar del que proviene aquella voz. Alba también lo hace, sorprendida. En la escalera que lleva hacia la salida contempla a un tipo enorme que va acompañado de tres tipos todavía más grandes que él. ¿Se trata de unos ultras que lo han descubierto?

—Soy Chencho, un amigo de Eva, ¿no me reconoces? —le dice mientras se aproxima a él—. ¿Cómo estás, Brunito?

Aquel tipo y sus tres amigotes son los propietarios de los otros cuatro boletos de los que disponía el empleado de la tienda del estadio, el amigo de su hermana. Sí que lo ha visto alguna vez, aunque nunca había hablado con él.

—Bien. Aquí, disfrutando del partido.

—Pero si tú eres merengón, Brunito. Has venido al Calderón por tu *chati*, que es del Glorioso, ¿verdad? Mira qué bien le queda la camiseta del Tigre Falcao. Lo que hace el amor.

—Bueno, yo...

La chica le aprieta la mano para que no diga nada. Alba se presenta y habla un rato con ellos. Son unos tipos muy simpáticos, tanto que les invitan unas cervezas sin alcohol y a que vean la segunda parte con ellos un poco más abajo, donde la vista del campo es aún mejor. Además, luego les ofrecen llevarlos a casa en coche. Finalmente, Bruno y Alba aceptan.

La joven vive la segunda parte como una hincha total. Se une a los cánticos de Chencho y sus amigos y grita como una loca cuando Falcao mete el dos a cero en el tiempo de adicional. Entonces no se besa con Bruno, pero sí le da un gran abrazo. Él casi no le ha prestado atención al partido durante la segunda mitad. En su cabeza solo cabe lo que ha pasado después del gol de João Miranda. Y es que ningún jugador del Atleti le había proporcionado nunca tanta felicidad.

CAPÍTULO 61

—Valeria, ¡despierta!

La chica abre los ojos de golpe y se encuentra con la cara de su madre justo delante de ella. La mujer sujeta su teléfono con una mano y con la otra tapa la parte de abajo para que el interlocutor no oiga lo que dicen.

—¿Qué pasa?

—Es Marcos.

—¿Marcos? ¿Qué Marcos?

—El del mono Amedio... ¡Qué Marcos va a ser! El fotógrafo, el locutor de radio.

—¿Y qué quiere tan temprano?

—¿Temprano? ¡Son las dos de la tarde!

Y es que Val no ha dormido nada en toda la noche. Se ha pasado toda la madrugada escuchando canciones tristes y llorando. A las siete y pico se quedó dormida, y hasta ahora.

Ha tenido infinidad de pesadillas, aunque solo recuerda un trocito de la última: Raúl aparecía practicando sexo primero con Eli y después con Alicia, su amiga imaginaria. Ha sido un sueño bastante erótico, pero ella no formaba parte de él, solo lloraba al verlos y se culpaba por no haber conseguido retener a su novio.

—A ver... dame.

Mara le entrega el teléfono a Valeria y se sienta en la

cama para escuchar la conversación. Su hija le pide que se largue, pero la mujer no cede y permanece a su lado, atenta.

—¿Hola?

—Hola, Valeria. ¿Cómo estás?

—¡Uy! ¡Qué catarrazo! —exclama cuando oye a Marcos. Es como un camionero metido en la piel de un adolescente que acaba de cambiar la voz.

—Bueno, un poco resfriado sí que estoy. Aunque tampoco parece que tú estés muy bien. ¿También tienes la garganta mal?

—Es que... acabo de despertarme.

—Ah. Qué bien viven los estudiantes de instituto.

—No dirías eso si supieras todos los exámenes que tengo la semana que viene y lo poco que he estudiado.

El joven ríe, pero su carcajada se torna en tos al instante.

—Perdona, no estoy muy bien.

—Ya veo. Y todo por mi culpa. Si no te hubiese tirado ayer al estanque...

—No te preocupes. Tú no tuviste la culpa de nada, seguro estaba predestinado a constiparme este fin de semana.

—¡Ya estamos con el destino y sus habilidades!

Más risas de Marcos y más tos. Ese ataque le dura un poco más. Carraspea un poco y continúa la conversación.

—Te llamaba para decirte que ya tengo hecho el *book* con tus fotos.

—¿En serio?

—Sí. Me he pasado toda la noche imprimiendo, retocando, seleccionando...

—¡Estás como una cabra! —grita la joven, que se lleva una mano a la cabeza—. ¡No me extraña que ahora estés así de enfermo!

—Es solo un resfriado. Lo importante es lo bien que ha quedado.

Valeria mira a su madre y se acerca el dedo índice a la sien. Hace el gesto de que Marcos está loco y sonríe.

—Pues ya lo veré cuando te hayas recuperado del catarro.

—Voy a tu casa esta tarde a llevártelo.

—¡No! ¿Cómo vas a salir de casa así? —pregunta la chica exaltada—. Te pondrás mucho peor. Y ya estás enfermo por mi culpa. No quiero cargar con más responsabilidad si empeoras.

Su madre le hace una señal de aprobación con el dedo pulgar.

—Pues entonces, ¿por qué no vienes tú a mi casa? Tranquila, hoy no estoy en disposición de acostarme con nadie.

—Hasta malo tienes ganas de bromas...

—Te aseguro que no.

Valeria no sabe qué decirle. Ya ni siquiera puede poner a Raúl como excusa. Ese chico se ha pasado la noche preparando un álbum con fotografías suyas que encima no va a cobrarle. Y se encuentra así de mal por su torpeza.

—Espera un momento, Marcos. Voy a hablar con mi madre.

—OK. Espero.

La chica se vuelve y tapa el celular con la mano para que él no oiga lo que va a decir, igual que ha hecho su madre antes.

—¿Qué hago? Quiere que vaya a su casa.

—Pues ve. ¿Qué problema hay?

—Ninguno.

—¿Entonces?

—No sé.

—Te vendrá bien salir un poco hoy. Si no, te pasarás el día entero llorando en tu cuarto. Y aunque es pronto para cualquier cosa, no debes atrincherarte aquí todo el día.

—Me apetece estar sola.

—En su casa estarás sola, pero con él —le dice Mara burlona.

— Ay. Tener madre para esto.

—Ahora hablando en serio, Val: no hay nada de malo en que vayas a verlo a su casa. Además, está enfermo. Le haces un poco de compañía, te traes tu *book* y le llevas un jarabe que tengo, muy bueno para el resfriado.

—Eres incorregible. Madre para todo.

La mujer se levanta de la cama sonriente, silba a *Wiki* y se dirige al cuarto de baño, donde guarda las medicinas. Mientras, su hija reanuda la conversación.

—Está bien, iré.

—Genial. Puedes venir andando.

Le da su dirección para que la busque en Google y, a continuación, tose con fuerza.

—Sí, estamos cerquita.

—¿Después de comer?

—Bien. Aunque no sé a qué hora voy a comer yo hoy si me acabo de levantar...

—Entonces vente cuando desayunes.

Si su madre es incorregible, Marcos es... irreductible. Siempre tiene una palabra de más para todo.

—Dentro de un par de horas estaré en tu casa.

—Muy bien, aquí te espero —se despide, y esta vez no tose, sino que estornuda—. Hasta luego, Val.

—Hasta luego. ¡Cuídate ese resfriado!

—Lo haré, no te preocupes. Adiós.

Valeria cuelga el teléfono de su madre y va a buscarla. La mujer sigue moviendo pequeños frascos de cristal y botecitos de plástico en un botiquín con puertas de metal.

—¿Ya le has dicho que vas?

—Sí, mamá, ya se lo he dicho. Aunque no me apetece salir de casa.

—¿Has tenido noticias de Raúl?

—No. Le dije que no me llamara ni me escribiera. Además, ¡acabo de despertarme! No tengo noticias de nadie.

—¿Y no lo echas de menos?

Todos los minutos de la noche y todos los que lleva despierta de aquel domingo. Y sí, ve las cosas de otra manera, tal como su madre pronosticó el día antes. A pesar de que lo echa de menos, cree que hizo lo adecuado. Es difícil perdonar a alguien que te miente como lo hizo él. Pero hoy es difícil, ayer era imposible.

Papá, hoy al final tampoco puedo quedar contigo para tomar café. ¿Qué te parece mañana antes de que te vayas?

Es el WhatsApp que Meri le ha enviado a su padre antes de escribir una entrada en su blog. Es un *post* diferente a todos los que ha escrito hasta el momento. Y se lo dedica a ella.

SUEÑOS CUMPLIDOS

Ven. Entra despacito. No lo dudes, acércate sin miedo, estoy aquí. Cierra los ojos. Ahora, ábrelos. Mírame. Dibuja esa sonrisa que tanto me gusta. Sí, esa que te ilumina la cara, esa que te hace ser la chica más guapa del planeta. Ven. Es un placer que te sientes a mi lado, que se rocen nuestros cuerpos cálidos, que gritemos juntas lo que somos, que me cojas de la mano, que juguemos con los dedos. Adoro sentirme tan cerca de ti. Es como si nuestros corazones latiesen al mismo tiempo, al ritmo de la misma canción de amor. ¿Los oyes? Ven. Entrelaza tus piernas con las mías. Átame a ti. Cierra el candado que une nuestros cuerpos. No te separes nunca de mí. Eres todo lo que siembre quise. Eres la única verdad, la melodía de mi vida, las palabras del poeta en primavera. ¿Puedo besarte? Ven. Permite que pruebe tus labios, que averigüe a qué sabe tu boca. Cierra otra vez los ojos. Déjate llevar. Lento. Muy lento. Poco a poco. Escribe tus deseos en mi piel. Me vuelvo loca. ¿Es esto el infinito? No te vayas. Quédate conmigo. Gritemos de nuevo juntas. No, no son lágrimas. Es lluvia lo que baña mi mejilla. No dejaré que mi dolor te hable. No tienes que saber que me muero cuando no estás. Te espero en mi próximo sueño. O en una habitación donde el sonido es el preso de la libertad.

—¿Has escrito tú eso de verdad?

—Sí, ¿te gusta?

Paloma se asombra de lo que Meri es capaz de hacer con las palabras.

—Muchísimo. Eres una profesional.

—No exageres. Simplemente me gusta escribir.

—Es muy bueno, Meri. Me encanta.

—Es para ti —escribe en el *chat* con una sonrisa.

Casi no han hablado por la mañana, una se la ha pasado escribiendo y la otra limpiado y ayudando a su madre. Pero han conseguido hacer un huequecito para charlar a través de la página web.

—¡Gracias, Pelirrojita! —escribe muy feliz—. Ahora tengo que irme a comer y prepararme. ¡Dentro de una hora y poco nos vemos!

—¡Sí!

—Tengo muchas ganas de ver una peli contigo. ¿Has decidido ya cuál?

—Ahora miraré la cartelera. Y luego decidimos entre las dos. ¿Te parece?

—¡Genial! Me voy antes de que venga mi madre y me eche bronca porque se me enfría la comida. Un beso.

—Otro beso para ti.

Y ambas se desconectan a la vez de la web.

Qué ilusión le hace a Meri eso de ir al cine juntas. Entra en la *Guía del Ocio* y busca la cartelera de ese fin de semana en Madrid. *La invención de Hugo* es una gran candidata. Seguro que a Paloma también le gusta.

Lo pasarán en grande. Y volverán a besarse, como el día antes. ¡Qué nervios! Pero en esta ocasión los nervios no serán solo por disfrutar de nuevas experiencias con su amiga. A las dos chicas les espera una tarde intensa, con invitados especiales que las devolverán a la realidad.

CAPÍTULO 62

Hoy se siente muy rara. Está siendo un domingo extraño para Ester. Nada más levantarse, se ha encontrado con el correo de Valeria explicándoles que su relación con Raúl ha terminado.

Aunque no sea algo que tenga que ver directamente con ella, sí que le ha afectado bastante. Le gustaba verlos juntos. Ellos la hacían creer en el amor. Y además son sus amigos, seguro que ambos están pasándola fatal. Está convencida de que el beso que Alba le dio a Raúl el día anterior en la grabación del corto ha tenido algo que ver.

La chica del pelo azul le cae bien, pero empieza a hacer cosas que la descolocan un poco. Ya no sabe qué pensar sobre ella. Cuando Bruno le ha dicho que estaba a su lado en el Calderón... se ha sentido mal. Su amigo ni siquiera le ha avisado de que iba al partido, no la ha tenido en cuenta a la hora de elegir acompañante. Está claro que lo ha hecho porque Alba es del Atlético, pero hace unas semanas habría sido impensable que Bruno tuviese dos boletos para cualquier cosa y uno no fuera para ella.

¿Qué ha hecho mal?

Posiblemente muchas cosas. Como no saber darle todo lo que él necesitaba. Quizá se haya confiado demasiado al pensar que Bruno siempre estaría ahí, que nunca encontraría a una chica que pudiera sustituirla como amiga y, a lo mejor, como algo más.

Y ahora que sabe lo que siente, han comenzado las dudas. El día anterior no debería haberlo tratado así. Después de hablar con su prima y con Alan, comprendió que podía sentirse molesto con ella. La apoyó muchísimo en lo de Rodrigo y ella no ha sabido entender sus sentimientos. Esa noche, en la cena en su casa, tratará de reconducir la situación y algo más. Es hora de que hablen claro y se lo digan todo a la cara. Lo necesita.

Sentada en su cama, escucha música y deja pasar los minutos hasta que llegue la noche, cuando afrontará lo que puede ser un bonito cambio en su vida.

No es guapo, y tampoco alto, pero nadie tiene un corazón como el suyo. Ella lo ha tenido al alcance de la mano durante mucho tiempo, y en todo ese tiempo no ha sabido darse cuenta de que aquel corazón le pertenecía a ella.

La voz de Shara y los acordes de una guitarra casi le impiden oír la melodía de su celular, que suena sobre la mesa del salón. Corre desde su habitación y llega a tiempo. Cuando lee el nombre de la persona que la llama, se sorprende.

—Hola, Alba.

—Hola, Ester, ¿tienes un momento?

—Sí, claro. ¿Qué tal el partido?

La joven camina por el pasillo de su casa hasta llegar otra vez a su habitación. Cierra la puerta y se sienta sobre la mesa en la que suele estudiar.

—Genial. Ha sido una experiencia inolvidable. ¡Y ha ganado el Atleti!

—Ya lo he visto en las noticias. Enhorabuena.

—Muchas gracias.

—Me alegro que hayas podido vivirlo allí en directo, en el campo, gracias a Bruno. Es un encanto.

—De él, precisamente, quería hablarte.

Lo ha sabido en cuanto ha leído su nombre en la pantalla del smartphone. Sabía que la conversación giraría en torno a él.

—Pues cuéntame.

—Verás... No sé muy bien cómo preguntarte esto... ¿Tú qué sientes exactamente por él?

—¿Por Bruno? Cariño, simpatía... Se ha convertido en mi mejor amigo.

—Pero no hay nada más, ¿no? Tú no lo quieres.

—Lo quiero muchísimo.

—Pero como amigo.

—Claro, como amigo.

—Entonces no te importará que le pida que salga conmigo, ¿verdad?

Ester no sabe qué contestar a eso. Sí sabe la respuesta, pero no quiere decirla. No está en disposición de hacerlo. ¡Claro que le importa! Y mucho. Sin embargo, debe ser consecuente.

—No, no me importa.

—Genial. Es que no quiero meterme en medio de nada otra vez. Con lo de ayer de Raúl y Val ya he tenido bastante.

—Ahí te equivocaste. Todavía no sé por qué lo hiciste.

—Yo tampoco. Fue un gran error. Pero espero arreglarlo esta tarde.

Ester no sabe de qué le está hablando su amiga. Solo tiene en la cabeza a Bruno, al que está dejando escapar.

—¿Cuándo vas a pedirle que salga contigo?

—Mañana, o durante la semana que viene. Ahora estoy aquí, en la calle Arenal, porque vamos a grabar la escena final del corto, así que no tendré tiempo de ir hoy a su casa.

Ester elude decirle que ella sí va a ir a su casa luego, a cenar... Una sorpresa que empieza a no tener sentido.

—Espero que tengas suerte y quiera salir contigo. Es un gran chico.

—Lo sé. Me gusta desde la primera vez que hablé con él —reconoce Alba tímidamente—. Nunca me he acercado mucho porque sabía que estaba loco por ti.

—No creo que eso sea así.

—Claro que sí. Yo tenía cero posibilidades mientras tú estuvieras en su corazón... Pero hoy me ha besado y he sentido que quizá tenga alguna oportunidad con él.

La ha besado... Aquello sí que termina de matar sus ilusiones. Ester siente que su corazón se está rompiendo en pedacitos pequeños. Le entran ganas de llorar, pero al mismo tiempo se alegra mucho por su amigo. Porque, antes que nada, Bruno es su mejor amigo, y si Alba está tan enamorada de él... Su felicidad es lo más importante, más, incluso, que sus propias lágrimas.

—Por mí no te preocupes —dice sonriendo—. Tienes mi apoyo, y espero que él quiera empezar algo contigo.

—Ojalá. Cuando nos hemos besado en el partido... ha sido mágico. Pero quería estar segura de que entre ustedes no había nada y de que tú no querías nada con él.

—Tranquila. Seguiremos siendo buenos amigos.

—Muchas gracias, Ester. Eres una gran chica. ¡Te quiero mucho!

Ester esboza su sonrisa más amarga. Todo es agridulce en aquella conversación. Ella no tiene nada en contra de Alba, al contrario, pero la muchacha del pelo azul se lleva algo que era suyo y que, hasta hace unas horas, no estaba segura de si quería o no quería tener de otra manera. Pero por fin se ha dado cuenta de lo que siente de verdad por él.

—Gracias a ti por llamarme —dice. Es lo primero que se le pasa por la cabeza; ya no está centrada en aquel diálogo—. Tengo que marcharme, guapa. Espero que se la pasen genial rodando la última escena del corto.

—¡Sí! ¡Es una escena sorprendente! El jefe se lo ha currado mucho.

—Pues que lo disfruten. Un beso, Alba.

—Otro para ti. ¡Adiós!

Cuelga y se queda pensativa, sentada sobre su mesa de estudio. ¿Por qué ha tardado tanto en comprender a su corazón? Tal vez porque lo tenía demasiado ocupado con otras personas que no merecían tanto la pena como Bruno.

Ha llegado el momento de quitarse de en medio y dejar paso a alguien que sepa hacerlo mejor que ella. Pero antes...

Tras varios *bips*, escucha su voz. Se le forma un nudo en la garganta y tiembla cuando lo oye.

—¿Sí? ¿Ester?

—Hola, Bruno. ¿Cómo estás?

—Muy bien. Ha sido una mañana... interesante.

—Me imagino.

—Ha sido un partido muy soso, pero ha estado bien ir al Calderón para comprobar que no hay nada que supere al Bernabéu.

—Uhhhh. Ya te salió la vena madridista.

—Eso siempre.

Los dos sonríen en lados opuestos de la línea. Se le nota contento, más de lo habitual. Y Ester está convencida de que no es por haber pasado la mañana en un campo de futbol.

—Oye, Bruno, ¿te ha comentado algo tu madre?

—¿Sobre qué?

—Ya veo que no —dice la joven con un suspiro—. Esta noche iba a ir a tu casa a cenar. Lo habíamos preparado ella y yo por sorpresa.

—¿De verdad? ¡No me lo puedo creer! —grita, aunque

sin mostrar ni una gota de enfado—. ¿Y a qué hora vienes?

—Al final no puedo ir.

Cuando lo dice, experimenta una tremenda sensación de impotencia. Y dolor. Le apetecía mucho cenar con ellos y luego confesarle a Bruno que, después de mucho tiempo de amistad, le encantaría dar un paso más, que sabía que aquella carta anónima que recibió hace un año y medio era suya y que, pese a que había sido una tonta por enamorarse de una persona que no lo merecía, su verdadero amor estaba frente a ella, aunque no fuera demasiado alto y odiase los colores blaugranas.

—¿Por qué? ¿Estás bien? Te noto algo rara.

—Estoy bien, no te preocupes —responde mientras comienza a derramar unas lágrimas—. Ya te explicaré mañana en clase por qué no puedo ir. Ahora mis padres me están llamando para que los ayude a limpiar.

—Muy bien. Pues mañana nos vemos.

—Hasta mañana, Bruno. ¡Ah! Y dile a tu madre que lo siento muchísimo y que Guadalajara es preciosa.

—¿Guadalajara?

—Sí. Tú díselo —insiste al tiempo que seca la mesa con el puño del jersey—. Hasta mañana.

—Se lo diré. Hasta mañana.

Cuelga rápidamente y se tapa la cara con las manos. La historia que nunca empezó acaba de terminar. Pero era lo correcto, lo que debía hacer. Ella tuvo sus oportunidades, ahora le toca a Alba. Y seguro que ella las aprovecha mejor y consigue la felicidad de Bruno. Se lo merece, y Ester debería estar contenta por él. Pero en ese momento nada lograría que sonriese y arrugara la nariz como cada vez que él intentaba hacerla feliz.

En la calle Arenal, todo está preparado para el final de *Sugus*. May está peinando a Sam, los actores calientan las voces y Julio hace pruebas de cámara.

Alba, que acaba de colgarle a Ester y está muy feliz, se acerca corriendo a Raúl, que revisa sus notas.

—Jefe... ¿cómo estás?

—Bien.

—Va en serio. ¿Cómo te encuentras?

—Bien, de verdad.

—Tienes unas ojeras tremendas. ¿Has dormido?

Raúl respira hondo y mira a la chica del pelo azul.

—Te lo ha dicho, ¿no?

—A mí y a todos. Anoche nos mandó un correo electrónico contándonos que habían roto. Lo siento.

—Bueno, no es el momento de hablar de eso. ¿Por qué no ensayas un poco tu parte?

—Raúl... no te des por vencido, lucha por ella.

—Alba, luego.

—Es que te quiere, te ama con locura. Y tú a ella. No debes dejar que nada ni nadie los separe.

—Ella lo ha querido así. Estaba convencida de su decisión. No puedo hacer nada por que vuelva conmigo.

—¿Que no puedes hacer nada? ¡Por tu padre sí que no puedes hacer nada, pero Val está viva!

—Oye, no me hables de esa manera. No estamos en un sitio para...

—¿Desde cuándo eres tan cobarde? ¿Te da miedo pelear por tu novia?

—¿Qué dices? Claro que no, pero...

—Valeria es una chica genial que se ha encontrado con que su novio le ha fallado. ¡Lucha por ella, carajo! Demuéstrale que la quieres tanto como ella te quiere a ti. ¡Demuéstraselo!

443

Julio llama a Raúl y le advierte que todo está listo para grabar y deben darse prisa.

—Quiero a Valeria, y si pudiera hacer algo para recuperarla lo haría.

Alba mueve la cabeza y va a situarse en su posición. El joven se frota los ojos, cansado. Está anímicamente roto, y encima su amiga le suelta aquello. Pero, como cantaba Queen, el *show* debe continuar.

—¡Vamos, chicos! Den lo mejor de ustedes en esta escena. Quiero oír sus voces altas y claras. Tres, dos... ¿Prevenidos? Cámara... Acción.

Alba se acerca corriendo a Sam y se abraza a él. Hablan de que se quieren muchísimo y de que nada podrá separarlos. La joven sonríe, él le da un Sugus en recuerdo de los que se le cayeron al suelo a ella el día que se conocieron. Alba lo abre y se lo mete en la boca. Se besan. Pero es tanta la pasión de aquel beso que la chica se traga el caramelo y se atraganta. Empieza a ponerse morada. Y termina asfixiándose ante la mirada horrorizada de Sam, que no puede hacer nada para salvarla. Ironías del destino: unos Sugus los unieron y un Sugus los ha separado.

Pero la historia no termina ahí...

—¡Música! —grita Raúl para que May pulse el *play*—. ¡Vamos!

Como homenaje a la serie «Skins», y basándose en el final de su primera temporada, Sam comienza a cantar el tema *Wild World*. De la nada, aparecen Aníbal a su derecha y Nira a su izquierda. Los tres cantan alrededor de Alba, que, a mitad del tema, se sienta en el suelo y también comienza a cantar con ellos. ¡Es un final totalmente surrealista! Justo lo que Raúl pretendía. Y se vuelve todavía más extraño cuando al grupo se incorporan May, la maquillista, y Julio, el camarógrafo, que se enfoca a sí mismo mientras canta. Es una escena hilarante que termina con los cuatro actores mirando a cámara, sonriendo y guiñando un ojo al acabar la canción.

—¡Corten!

Todos aplauden, incluidos los muchísimos curiosos que tienen alrededor y que, asombrados, han asistido a la grabación de la escena final del corto en la calle Arenal.

Raúl experimenta una bonita sensación en ese instante. ¡Ha terminado su primera película! Pero su felicidad dista mucho de ser completa. Triste y alegre al mismo tiempo, felicita a los actores uno por uno hasta que llega a Alba. Esta lo mira muy seria.

—Jefe, es el momento de que tú y yo hablemos. Tengo muchas cosas que contarte, ya va siendo hora de que sepas todo. Solo espero que no me mates de verdad cuando termine de explicarte.

CAPÍTULO 63

Toca el timbre de su casa. Espera no encontrárselo en ropa interior o sin camiseta. ¿Cómo va a estar sin camiseta con el catarro que tiene? Pero Valeria ya se espera cualquier cosa de Marcos.

La puerta del departamento se abre y, en esta ocasión, el joven lleva bastante más ropa que la última vez que lo vio.

—Hola.

—Hola —le contesta sonriendo cuando la ve—. Me alegro mucho que hayas venido. Pasa y ponte cómoda.

—Eso suena a...

—A peli porno, lo sé. Es una broma que se hace con treinta y ocho grados y medio de fiebre.

—¡Treinta y ocho y medio!

—Podría ser peor. Podría tener treinta y nueve.

Su voz sigue igual. Lleva una bufanda alrededor de la garganta y una bata rojiza encima de un jersey de lana. Sus pantuflas son bastante monas. Es divertido verlo así, aunque al pobre se le note muy desmejorado con respecto a como suele estar normalmente.

Su casa es tal como Val la había imaginado: no demasiado grande, pero muy bien decorada con muebles modernos, coloridos y de buen gusto. En las paredes hay muchas fotografías enmarcadas, la mayoría firmadas por él.

—Toma, mi madre me ha dado esto para ti.

—Un regalo, qué bien.

—Es un jarabe para que te mejores.

—Qué buena es Mara. Le tengo un cariño...

Ya basta con eso. La pone muy nerviosa cuando habla así de su madre. Esa mañana ha sido a ella a la que ha llamado, a su número. Y, cuando colgó, Mara tuvo que reconocer que los dos llevaban un rato planificando una estrategia para que fuera a su casa, mientras ella dormía.

—Solo la conoces desde hace tres días.

—Lo sé. Llevamos la cuenta en un contador personalizado que nos hemos hecho en una web que se dedica a eso, M&M.

—Los dos están muy mal de la cabeza —dice al tiempo que se sienta en un coqueto sofá forrado con una tela negra y roja muy suave.

—Estoy seguro de que el destino ha puesto a tu madre en mi camino para algo bueno.

—Yo no estaría tan segura...

El chico tose y luego estornuda varias veces. Valeria lo mira y lamenta una vez más lo que sucedió en las barquitas del Retiro. Si está así de enfermo es únicamente por su culpa.

—Voy a enseñarte las fotos —comenta Marcos, y se encamina hacia un pequeño despacho que tiene al otro lado de la casa.

La verdad es que ese sitio es perfecto para vivir: no es grande, está en el centro de Madrid, no tiene mucho que limpiar y es muy acogedor. Cuando sea mayor, Valeria quiere uno parecido. Es perfecto para vivir en pareja... Pero entonces piensa en Raúl. Se emociona recordando los momentos en que hablaban de tener hijos, una casa... Lo hacían medio en broma, medio en serio. Solo llevaban cuatro meses juntos, pero lo quería tanto, creía tanto en ese «para siempre» que otros odian... A partir de ahora ella se une también a esa lista de «odiadores».

Marcos regresa con un pequeño álbum azul al que le ha pegado un cartelito en la cubierta: VALERIA.

—Qué bonito.

—Lo que hay dentro lo es todavía más.

—No vas a engañarme con tus piropos. Aunque me esté poniendo roja.

—Compruébalo tú misma.

Se lo entrega y se sienta a su lado en el sofá. Valeria pasa la primera página, que tiene escritos en letras cursivas la fecha, el lugar de la sesión y el nombre del fotógrafo. Entonces ve su primera foto.

No parece ella. Es una de las que le hizo en una de las fuentes de la Rosaleda. Está sonriendo. Hasta se ve guapa, muy guapa. Valeria se sorprende muchísimo y pasa la página. De nuevo sonriente, sentada debajo de un árbol en uno de los jardines. Increíble. Nunca se había visto así de bien.

—¿Quién es la modelo y qué has hecho con mis fotos?

—Se mojaron cuando me tiraste al estanque y he usado el Photoshop con las de otras chicas para que se parezcan a ti.

—Sí, ¿no?

—Has quedado muy favorecida, ¿no te parece? Aunque ya llevabas una buena carrocería.

Siempre consigue que se ponga colorada. No se está calladito ni enfermo. Pero delante de la audiencia no suelta ese tipo de comentarios, es más formal. Sin embargo, a ella le gusta esa doble personalidad.

—En serio, Marcos, muchas gracias. Son unas fotos preciosas —dice mientras sigue pasando páginas y viéndose en aquel *book* tan detallado.

—Este es para ti. No me ha dado tiempo a hacerte una copia, pero te la llevaré a casa cuando la tenga lista.

La copia era para Raúl, para cuando en mayo cumplieran medio año juntos. Ahora, si quiere, Marcos puede ahorrársela. Pero Val no se lo dice. Ya verá lo que hace con ella. La guardará para cuando, con cincuenta años o así, vuelva a tener novio. Ahora mismo no se imagina con nadie más por lo menos durante toda su adolescencia y etapa universitaria.

—¿Tú te harás otra copia?

—Por supuesto. Hago un *book* con todos mis modelos, ya sea una preciosa jovencita como tú o la cabra *Manuela*.

—¿Les haces fotos a cabras?

—Y a cabrones.

Aquello suena muy grosero, pero la hace reír. Entonces Marcos la mira con dulzura y le sonríe. Le quita el álbum del regazo y lo coloca encima de la mesa para que no estorbe. Valeria ha notado el contacto fugaz de la mano del joven en la suya. Y de pronto se da cuenta de que está exageradamente cerca de ella. Casi puede notar su respiración en los labios.

—Marcos, ¿qué haces?

—¿Te incomodo?

—Pues... un poco.

—¿Por qué?

—Porque estás demasiado cerca —contesta. Valeria va desplazándose hacia un lado hasta que se queda sin sofá. Va a levantarse, pero él la detiene poniéndole una mano sobre una de sus rodillas.

—No te preocupes. No voy a hacer nada.

—Claro que no vas a hacer nada. Ni yo.

Y, entonces sí, se pone de pie. Pero él también lo hace, justo al mismo tiempo.

449

—Tu madre me ha dicho que has pasado mala noche porque has roto con Raúl. Lo siento.

—¿Te lo ha contado?

—Sí, hay confianza. Yo le doy mucha confianza a la gente. —De nuevo, se acerca a ella.

—Pues a mí ahora mismo confianza, lo que se dice confianza, no me estás dando mucha.

—Vamos, Valeria. Si soy inofensivo. Si has venido es por algo.

—Para ver las fotos.

—Y porque en alguna parte hay algo escrito que te ha traído hasta aquí. ¿O también es casualidad que me tiraras al agua, me pusiera enfermo y hayas tenido que venir tú aquí en lugar de ir yo a tu casa?

—Tal vez ni siquiera estés enfermo. Resfriado, digo.

—Si quieres, ponme el termómetro y lo compruebas.

Los dos están de pie, uno frente a otro, junto a la puerta del departamento. Marcos sonríe, y Val teme que se lance sobre ella en cualquier momento. Parece el final de una película mala, una de esas comedias juveniles en las que el protagonista quiere perder la virginidad a toda costa. ¿Qué ha sido de las escenas a lo Hugh Grant o a lo Jennifer Anniston que surgían de improviso en su vida?

Y, justo en ese momento, ¡salvada por la campana! Suena el timbre, y Valeria aprovecha para correr hacia el despachito de Marcos y encerrarse allí. El joven resopla y abre. Lo primero que se encuentra es una bofetada en la cara. Val la oye perfectamente desde la habitación en la que está. Luego, el grito de una joven. Picada por la curiosidad, entreabre la puerta despacito y observa la escena por la rendija.

La recién llegada y el fotógrafo discuten acaloradamente. Él la llama Alexandra y le dice que no le ha sido infiel.

450

¡Tendrá el descaro! Así que pretendía enredarse con ella teniendo novia... Todos los hombres son iguales. A pesar de que Raúl nunca le ha sido infiel. Su ex metió la pata, pero viendo lo que hay por ahí suelto... Lo echa de menos.

La pelea sigue, aunque va disminuyendo de intensidad. Dicen algo de la hermana de ella, de su padre... Valeria no comprende nada. Poco a poco, Marcos va convenciendo a Alexandra de que todo está bien y de que ella es la única chica en su vida. Val piensa en salir en ese instante, pero se contiene y cierra la puerta del despachito cuando ve que los otros dos empiezan a besarse. Lo que le pide el cuerpo es fastidiar a ese descarado y contarle a Alexandra lo que estaba intentando. Pero, a pesar de todo, Marcos le cae bien. Salvó a su agaporni y le debe una por tirarlo el día anterior al agua, así que esperará a que la chica se marche para irse ella también.

Para pasar el tiempo, comienza a ojear los álbumes que Marcos tiene en una estantería. La verdad es que es un gran fotógrafo y un gran comunicador de radio. Una cosa no quita la otra.

Entonces descubre algo que le llama mucho la atención: en la enorme estantería hay una sección que se titula «agapornis». Son unos quince pequeños *books* dedicados a esa clase de pájaros. Curiosa, empieza a examinarlos uno por uno hasta que tropieza con un álbum que lleva un cartelito blanco pegado a la cubierta. «*Yuni.*» Lo abre y...

¡Ese pájaro no se parece en nada a *Wiki*! Es de colores distintos, están mezclados de otra manera. ¡Y se supone que son el mismo pájaro! Revisa el resto de *books* y no hay ningún otro *Yuni* entre ellos. Sin embargo, encuentra otras avecillas muy parecidas a la suya, incluida la del álbum que Marcos le llevó a la radio, en el que aparecían imágenes de un agaporni similar a *Wiki*. Pero, ahora que lo mira bien, aquel no tiene una minúscula manchita amarilla sobre el ojo derecho, como su mascota.

¡Ese idiota la ha engañado! Pero ¿cómo...? ¡Si hasta el día en que *Yuni* se escapó de casa de Marcos y el que Raúl lo encontró coincidían! ¿Twitter? Ahora recuerda que el día que *Wiki* llegó a su casa puso un tuit en el que le agradecía a su novio que le hubiera regalado un nuevo amigo multicolor. ¡Espió su Twitter para tener más información! Y se inventó todo lo demás. O no. A saber qué es cierto y qué no. Lo único que sabe con certeza es que Marcos encontró a *Wiki* de casualidad. Y luego parece que creó toda aquella historia para ligar con ella aprovechando lo parecidos que son todos esos pájaros entre ellos. El joven debió darse cuenta de que había hecho fotos a un agaporni idéntico a *Wiki*.

¡Menudo elemento! Va a cantarle sus verdades a ese indigno. Con el álbum de *Yuni* en la mano, sale del despachito. Pero la pareja ya no está en el salón. No se oye nada en todo el departamento, salvo un ruido extraño que procede de una habitación cerrada. Valeria se acerca hasta allí y pega la oreja a la pared.

Sus mejillas arden cuando escucha lo que está pasando allí dentro, así que, como tampoco tiene nada que ganar, prefiere no meterse en más líos. Coge su *book*, en el que parece una modelo y, sigilosamente, sale de la casa.

El destino... ¡Ya! ¡Cuentista! Solo espera que al final el karma haga de las suyas y se la devuelva con creces. En cuanto a su madre... ya le vale confiar en gente como Marcos. Lo que va a reírse de ella cuando le cuente todo lo que ha pasado.

Y es que nunca es bueno fiarse de las apariencias.

CAPÍTULO 64

Los quince euros que ha invertido en La casa del grito durante aquellos dos días son los que más beneficios le han reportado en su vida.

Paloma y ella han dado un par de gritos y han pasado el resto del tiempo besándose. Ha sido diferente. El día antes improvisaron, se dejaron llevar por la pasión, por la adrenalina del momento, por la tensión acumulada a lo largo de los días anteriores y porque era la primera vez que se besaban. Ese día los besos han sido más delicados y mesurados, sabían que iban allí a eso. Pero las dos los han vivido subidas en una nube tanto un día como el otro.

—¿Y de qué trata *La invención de Hugo*? —le pregunta Paloma ya en la cola para entrar en el cine.

Han comprado palomitas y Coca-Colas y están deseando quedarse a oscuras. Aunque a la pelirroja le gustaría ver la película.

—Trata de un niño huérfano que vive en una estación. Nadie sabe que está allí hasta que una niña lo encuentra.

—Ah. Parece interesante.

—Todas las críticas la ponen muy bien. Tenía muchas ganas de verla.

—Qué bien hablas.

—No seas tonta.

—Me encantas.

—Y tú a mí.

Las chicas están a punto de entrar en la sala cuando a la rubia le da una palomita en la cabeza. Al principio Paloma piensa que son imaginaciones suyas, pero en seguida la golpea otra, y otra. Entonces se vuelve hacia atrás y, a unos metros de ellas, las ve. Son Magda, Elsa y otra chica de su grupito que se llama África, las amigas de Natalia. También están en la cola para ver la película.

—Carajo, ¡no!

—¿Qué pasa?

—Las que me hacen *bullying* en clase están aquí.

—¿Qué? ¿Están aquí?

—Sí, pero no voltees o será peor.

Meri no le hace caso y voltea. Una palomita le da en la frente y otra se le queda incrustada en el pelo.

—Te he dicho que no voltearas.

—No entiendo qué hacen aquí. ¿Te siguen?

—Vete tú a saber. Igual nos han visto y han venido a la misma película que nosotras para dar lata.

Se terminó la velada romántica. Con aquellas tipas molestando será imposible que estén tranquilas en la sala. Si tienen un poco de suerte a lo mejor se sientan lejos de ellas.

—¿Quieres que vayamos a ver otra peli o que hagamos otra cosa?

—¡No! Hemos pagado ya, y aunque nos cambiemos de sala nos seguirán.

—Como tú quieras.

Meri y Paloma entran en la sala. Las luces todavía no están apagadas. Miran la numeración de sus asientos y se dan cuenta de que no les gusta el sitio que les ha tocado, así que se buscan dos butacas en la última fila. Normalmente allí no se pone nadie. Sin embargo, parece que las tres acosadoras de Paloma también han tenido la misma idea.

—Están en nuestras butacas —dice Elsa, que le lanza otra palomita a la cara a Meri.

—Oye, a ella déjala.

—¿Es tu novia? ¡Qué fea es! —comenta Magda—. ¡Ah! Afri, es que tú no lo sabes: nuestra amiga Palomi es tortillera.

La chica, que no es tan guapa como las otras dos, sonríe y también la llama tortillera.

—No te metas con mi amiga o te vas a arrepentir —la amenaza la jovencita rubia muy enfadada.

Otra vez ese carácter que le sale de vez en cuando. Es algo que no deja de sorprender a María, que prefiere no meterse en líos. No entiende cómo una persona tan pequeña, ese día ni lleva zapatos con plataformas, saca esa rabia tan grande.

—¿Qué vas a hacerme? ¿Lo mismo que a Natalia?

—Eso, que ya te vale, tortillera.

Meri no sabe de qué están hablando. Paloma no le ha contado nada de lo que están diciendo aquellas chicas.

—Déjennos en paz y váyanse a buscar otros asientos.

—Queremos estos, son los nuestros —insiste Elsa, que, con toda la maldad del mundo, vuelca su vaso y deja caer parte de su refresco sobre la cabeza de la pelirroja.

Meri da un grito y se levanta de golpe. ¡Está chorreando!

—¡Serás puta! —grita su amiga, que también se pone de pie—. Esta me la pagas.

Paloma toma su cubo de palomitas y se lo lanza a Elsa contra la cara. Magda, por su parte, hace lo propio con el suyo y se lo tira a la agresora de su amiga. En un momento se forma una batalla campal de refrescos y palomitas de maíz. Y cuando se acaban las cosas que lanzar, Paloma empieza a dar puñetazos y patadas a diestra y siniestra para defenderse. Meri la observa con incredulidad. Tres contra una y va ganando la más pequeña de todas. El combate acaba cuando llega uno de los acomodadores y echa a las cinco chicas a la calle.

—¡Corre! —le grita Paloma a Meri cuando ve que las otras quieren continuar la pelea. Defenderse entre asientos es más fácil, a cielo descubierto tienen todas las de perder.

María obedece y echa a correr detrás de Paloma. Son menos guapas, menos altas y menos populares, pero mucho más rápidas. No tardan en despistarlas, ya que las otras se cansan de ir detrás de ellas al minuto.

Llegan corriendo hasta plaza España y buscan un lugar protegido para sentarse y descansar.

—Pelirrojita, tú atenta por si vienen.

—No creo que vengan ya. No las he visto muy en forma —dice Meri, que en su vida se ha visto en otra situación igual—. Creo que le has sacado sangre a una.

—Bueno, han empezado ellas.

Las chicas toman aire y recuperan el aliento. Pero a María le queda una gran duda que se ve obligada a plantear.

—¿Qué le hiciste a Natalia?

—Jo. Perdona, no te lo he contado —reconoce suspirando—. Tenía miedo de que me vieras como a una persona violenta.

—Pero ¿qué ocurrió?

—Cuando me puso la zancadilla, me levanté y le pegué un puñetazo. Le partí la nariz.

—¿Qué?

—Eso. Le di demasiado fuerte y ahora para hacer deporte tiene que ir con una máscara y todo.

—Pero... No me lo puedo creer.

—Estaba cansada de que me hicieran la vida imposible. Perdí la cabeza. Lo peor es que me han castigado dos semanas sin ir al instituto y mis padres están que trinan.

—Así que por eso no has ido a clase ni esta semana ni la anterior.

—Sí —asiente cabizbaja—. Pero es que... soy reincidente.

Meri no sale de su asombro. Ya había recuperado la respiración después de la carrera, pero está empezando a perderla otra vez a causa de las confesiones de su amiga.

—¿Reincidente?

—Sí. Al comienzo del curso le partí la ceja a una chica que me llamó «enana de mierda». Desde entonces nadie quiere ser amigo mío en el instituto. Esa chica es la delegada de mi clase.

¡Dios! ¡Por eso no se adaptaba! ¡Porque la tenían por una matona!

La mirada de Paloma refleja sus sentimientos de absoluta culpabilidad. Debería habérselo dicho antes, pero tenía mucho miedo a que no quisiera estar con ella por aquellos incidentes. En realidad es muy pacífica. Hasta que se meten con ella.

—Siento no habértelo contado antes. Y lo comprenderé si no quieres volver a verme. Le he partido la ceja a una y la nariz a otra. No tengo perdón, aunque a mí me han hecho cosas peores y...

Sin dejarla hablar más, la pelirroja se inclina sobre ella y le da un beso en la boca. Allí, en público, delante de un grupo de curiosos que las miran atónitos.

Es la primera vez que expresan lo que sienten delante de otras personas.

—Me encantas. Y me gusta tener a mi lado a alguien que pueda defenderme en un momento determinado —explica María unos segundos después, cuando el beso ha terminado, con la ropa y la cabeza mojadas del refresco que le han tirado encima.

—¿Entonces? ¿Me perdonas por no haberte contado todo eso?

—Claro. Perdonada —responde la pelirroja sonriente—. Y ahora vamos a mi casa a cambiarnos y a buscar un sitio más tranquilo donde podamos besarnos sin mirones.

Aquello solo es el comienzo de una relación que parece tener futuro. Encontrarán mirones en todas partes y tendrán que enfrentarse a opiniones de todo tipo. Además, ninguna de las dos ha salido todavía del clóset ante su familia.

Pero Meri y Paloma al fin han encontrado a su media naranja o medio limón, a alguien con la misma piel y los mismos deseos. Y no van a permitir que nadie les arrebate eso, aunque tengan que volver a enfrentarse a chicas odiosas con refrescos y palomitas.

CAPÍTULO 65

Aún sigue atónita por lo de Marcos. ¡No tiene palabras para describir lo que le ha hecho! Cómo la ha engañado. Y pensar que se creyó todas aquellas mentiras... Debe de tener cara de tonta, porque todo el mundo le miente. A partir de este momento tendrá que intentar ser menos ingenua.

—Tú eres el único sincero en mi vida, pequeño —le dice a *Wiki*, y a continuación le silba.

El agaporni mueve la cabeza a un lado y a otro y vuela hasta su anilla. Luego regresa a los barrotes de hierro, frente a Valeria, e imita el silbido que ella le hace. El pajarillo la persigue a saltitos por el interior de su jaula mientras la chica camina por la habitación. Su BlackBerry acaba de sonar. Durante un momento tiene miedo de que pueda ser Raúl. Pero, por otra parte, le encantaría que fuera él. Lo echa muchísimo de menos, y desde que ha salido de casa de Marcos piensa que quizá se haya precipitado en su decisión de romper la relación.

Pero no es él, es un mensaje de WhatsApp de Alba.

Val, tengo algo importante que decirte sobre Elísabet. ¿Quedamos en la plaza Mayor dentro de quince minutos y te lo cuento tomando algo?

¿Algo sobre Eli? ¡Si no la conoce de nada, solo de oídas! Cree recordar que alguna vez le han contado algo de ella, pero poca cosa. No tiene ningún dato sobre su enfermedad o sobre lo que pasó aquel día que fue a verla y la agarró del cuello. A no ser que alguno de los otros incomprendidos le haya contado algo más. Siente curiosidad por saber qué quiere contarle exactamente. Y tampoco tiene nada más qué hacer... ¡Exceptuando estudiar para los nueve exámenes que tiene en los próximos días!

Esta vez sí que no se librará de reprobar alguno.

Muy bien. Te veo ahora.

La chica se pone un abrigo rojo para resguardarse del frío y se despide de su mascota multicolor. Mira que no darse cuenta de que aquel del álbum de fotos no era *Wiki*... Si se hubiese fijado bien lo habría descubierto. ¡Lo que hace el poder de la sugestión! Y Marcos sabe emplearlo muy inteligentemente. Ya se lo dijo él mismo: transmite confianza. Cuando termine de hablar con Alba, se pasará por Constanza para contarle a su madre todo lo que sabe respecto a su querido amigo locutor de radio y grandísimo fotógrafo.

La noche está fresquita. Ese fin de semana de marzo ha tenido de todo. Mientras anda por la calle hacia la plaza Mayor, lo repasa en la cabeza. Y la conclusión más clara que saca es que sigue echando de menos a Raúl. Ahora podrían estar juntos en algún lugar, abrazados, dándose besos o viendo una película en el sofá de su casa. Y sin embargo está sola. Y todos aquellos momentos compartidos no se repetirán más. ¿Por qué tuvo que engañarla? ¡Idiota! Han perdido los dos.

Es muy difícil que las permanentes ganas de llorar que

siente desaparezcan. No parece que vayan a irse nunca. Nunca...

Madrid es precioso de noche, y especialmente ese lugar. Las farolas están encendidas en la plaza Mayor e iluminan las terrazas de sus numerosos restaurantes y cafeterías. Las estrellas la vigilan desde el cielo. ¡Cómo le gustaría estar con él en ese momento! ¡Maldito Raúl! ¿Cómo pudo ser tan estúpido de mentirle, de besar a otra, de ir a ver a Elísabet sin decirle nada...? ¿Cómo fue capaz? Ahora podrían estar paseando de la mano por uno de sus rincones favoritos de Madrid... En cambio, la que la espera en el centro de la plaza es Alba.

La chica del pelo azul la recibe con un abrazo y le da un beso en la mejilla. Parece alegre, aunque con ella nunca se sabe.

—¿Cómo estás?

—Mal. No sé cómo voy a poder con esto.

—Tranquila, las cosas cambian cuando menos te lo esperas.

—No sé. Y, por favor, no me hables de nada que tenga que ver con el destino ni nada por el estilo.

—El destino está en uno mismo, ¿no crees?

Valeria se encoge de hombros. Ya no sabe dónde está el destino, si existe, si no... Tampoco le importa mucho en ese instante.

Las dos caminan hacia la calle Toledo atravesando la plaza. Alba está muy cariñosa con ella, y sonriente. Es una buena chica pese a lo que le hizo el día antes. Pero eso está perdonado y debe olvidarlo cuanto antes. Ahora necesita saber la razón por la que la ha hecho ir hasta allí. ¿Qué sabe de Elísabet?

—Bueno, ¿qué tienes que decirme de Eli? Me has dejado muy intrigada.

—Todo a su tiempo. —Y se detiene un instante—. ¿Has visto lo que dice ahí?

—¿Ahí, dónde?

—Ahí.

Alba le señala una de las columnas de la plaza Mayor. Parece que en el centro hay una inscripción.

—«Buenos» —lee Valeria en voz alta—. ¿Y? ¿Qué pasa con eso?

—¿Y en la siguiente columna? También hay algo escrito...

Dan unos pasos hacia la derecha y Val lee «días». La joven no entiende nada de aquello, pero Alba, que camina a su lado, sonríe.

—Eh... esto... ¿qué significa...? —Pero antes de que pueda terminar de formular la pregunta ve escrita la palabra «princesa» en una tercera columna.

Mira a un lado y a otro, nerviosa. «Buenos días, princesa». ¿Lo han escrito para ella? Le tiembla el cuerpo. Alba le pide que continúe caminando. En la cuarta columna pone «he» y en la siguiente «soñado». Valeria sigue leyendo, columna a columna, emocionada. Uniendo las palabras, formando frases con ellas, elabora en su mente un párrafo que le resulta muy familiar. «¡He soñado toda la noche contigo! Íbamos al cine y tú llevabas aquel vestido rosa que me gusta tanto. Solo pienso en ti, princesa. ¡Pienso siempre en ti!».

Son unas líneas de la película *La vida es bella*, la preferida de Raúl. El chico se las ha repetido tanto que ella también ha terminado enamorándose de ellas.

—¿Quién ha escrito esto, Alba? ¿Ha sido él? —pregunta temblorosa y sin dejar de mirar a un lado y a otro.

—Shhh. Sigamos. Queda mucho por leer.

Las dos dan unos pasos más hacia la derecha, y Valeria susurra la palabra que hay escrita en la siguiente columna:

«Sé». Y en la de al lado: «que». Y otra más, en la de después: «te». Alba observa los ojos de su amiga. Está llorando. Ella se emociona y aprieta los labios con fuerza para no derramar lágrimas también. Sabe que gran parte de la culpa de su sufrimiento es de ella. Estar allí es lo menos que podía hacer.

Mientras avanza leyendo el mensaje escrito en las columnas de la plaza Mayor, Val siente algo muy fuerte dentro de ella. Algo grande. Un sentimiento enorme. No sabe qué es. Solo que va invadiéndola poco a poco.

> Sé que te he fallado. No he estado a la altura de tu amor. Lo siento. No sabes cuánto. Te necesito. Esto solo son palabras. No es mucho. Pero multiplica todas ellas por infinito y sabrás cuánto te quiero. Mi vida no tendría sentido sin ti. Por eso, cuando leas la última palabra, sonreirás, pensarás que estoy loco y estarás deseando abrazarme y darme un beso. Porque nuestros labios están hechos para pasar juntos todo el tiempo del mundo. Perdóname, pequeña.

A lo largo del recorrido, de las ciento catorce columnas que tiene la plaza Mayor, en las que hay escritas ciento catorce palabras, va comprendiendo, paso a paso, que le será imposible olvidarse de lo que siente por él. Que Raúl es su vida. Y que hace tonterías, le ha mentido y tal vez no debería perdonarlo nunca. Sin embargo, también hace cosas como aquella: dedicarle las palabras más bonitas que jamás haya leído, de aquella forma tan original y en uno de los lugares más bonitos de Madrid, uno de esos lugares por los que tantas veces han paseado juntos. Sabe cómo hacer que se sienta especial. Lo quiere y es correspondida. Le costará un tiempo recuperar la confianza, pero aquello tan grande que siente en ese momento en su interior solo le deja la opción de volver a intentar que estén juntos y creer de nuevo en los «para siempre». Porque aquello tan inmenso que crece y crece dentro de ella se llama amor.

—Te quiamo —lee en las dos últimas columnas entre lágrimas desordenadas. Y, tal como le pide en el mensaje, Valeria sonríe tras la última palabra.

Veinte segundos después, sin darle tiempo ni a limpiarse las lágrimas, suena su celular. Tiene un mensaje. Es de él. Respira hondo, con el corazón acelerado, y abre el WhatsApp.

No sonrías que me enamoro.

Cuando levanta de nuevo la mirada, lo ve caminar hacia ella. Si pensaba que ya había sentido y querido al máximo de los niveles, se equivocaba. Ahora lo sabe.

Valeria no deja que se acerque más. Es ella la que corre hacia él y se cuelga de su cuello. Raúl la agarra con fuerza y la sostiene en el aire. Sin decir nada, se besan. Se besan como una pareja enamorada que ha comprendido que, a pesar de las adversidades, no son lo mismo el uno sin el otro.

EPÍLOGO

Lee una vez más el mensaje que Alba le ha mandado hace un par de horas. En él comenta que al día siguiente tiene que decirle una cosa muy importante. Quiere quedar a las cinco en el mercado de San Miguel. Bruno acepta, aunque no entiende por qué su amiga no se lo dice ya. Por lo visto y, según le explica en otro WhatsApp, es algo que debe decirle en persona, no por teléfono.

El chico no quiere pensar nada raro, pero ¿no irá a decirle que le gusta? ¡Eso es imposible! Aunque después del pico del día anterior y el beso maravilloso de hoy...

Está tenso. Lleva toda la tarde haciéndose su propia película. Hasta ese fin de semana, Alba solo era una amiga que le caía bien. Le parecía simpática, pero nada más. ¡Si hasta odia su pelo!

Pero... ¿por qué no se quita de la cabeza lo del Calderón? Si le pide salir, ¿le dará una oportunidad?

Es una lata que se encontraran con Chencho y compañía en el descanso y que no los dejaran compartir a solas la segunda parte del partido. Además, como regresaron a casa en el coche del amigo de su hermana, ni siquiera pudieron hablar del tema.

Sea como fuere, tenga lo que tenga que decirle Alba, deben aclarar si ese beso fue solo por la apuesta o si quería dárselo de verdad.

¡Qué complicado es ser adolescente!

Mira el reloj y se pregunta cuándo tiene su madre intención de preparar la cena. Que Ester no haya podido ir al final la ha puesto triste.

Se levanta para ir a la cocina, pero cuando sale de su cuarto suena el interfón de su casa. Responde:

—¿Sí? ¿Quién es?

—Hola... Bruno. Soy... Ester.

¿Ester? ¿Qué está haciendo ella allí? Además, parece fatigada, como si hubiera estado corriendo.

—Te abro.

—Mejor baja tú, por favor. Así no tendré que darle explicaciones a tu madre. Me siento fatal de no haber cumplido mi palabra y no haber cenado hoy con ustedes.

—Estás a tiempo.

—No, no. Baja, por favor.

El chico le pide que espere y avisa a su madre que baja un momento porque Raúl ha ido a verlo.

—Pregúntale si quiere cenar con nosotros.

—Estás empeñada en invitar a gente a casa, ¿no? ¡Como si fuéramos pocos!

—Qué desagradable eres conmigo a veces...

Bruno sonríe al tiempo que mueve la cabeza de un lado a otro y sale de su casa. Mientras baja, se pregunta por qué habrá ido su amiga hasta allí. Que él sepa, ya han hecho las paces definitivamente, ¿no? ¿No vendrá a hablarle sobre Sam o Rodrigo? Eso no le gustaría nada. De todas formas, no quiere adelantar acontecimientos.

—Hola, Bruno —lo saluda la chica en cuanto abre la puerta del edificio. Dos besos.

—Hola, ¿qué haces por aquí?

—Pues...

Ester parece nerviosa. Realmente exaltada. No recuerda haberla visto nunca así. Tampoco lo mira a los ojos.

—¿Estás bien?

—No mucho. Es que... hay algo que no... Llevo toda la tarde dándole vueltas a... Y es que... no debería, sé que no debería...

No termina ni una frase. Bruno la observa desconcertado.

—No me estoy enterando de nada de lo que estás diciendo.

—Normal —responde la chica con una sonrisa avergonzada—. No me entiendo ni yo.

—Pues suéltalo.

Ester alza la cabeza y, por fin, logra mirarlo a los ojos. No son bonitos ni muy llamativos. Los ojos de Bruno son normales y corrientes, marrones, como los de la mayoría de la gente. Pero son los ojos que más cariño y amor le han mostrado al mirarla en toda su vida. Sonríe arrugando la nariz y por fin se lo pregunta:

—Bruno, me gustas; ¿quieres ser mi novio?

Es noche cerrada. Se siente feliz. Después de mucho tiempo, Alba está realmente contenta. Ha colaborado para que Raúl y Valeria vuelvan a estar juntos. Se ha quitado un gran peso de encima. Las cosas no deberían haberse desarrollado así. Ella no es mala persona, y ellos son sus amigos. Después de ese mes, sabe que los incomprendidos son sus verdaderos amigos.

Enciende la computadora y espera a que se inicie el sistema. Tiene ganas de preguntarle a Bruno si quiere salir con ella. Le gusta desde el principio. Siente algo por él. El beso de por la mañana ha sido increíble. ¡Dios, qué beso!

Su PC está lista. Se conecta a Skype y busca el de ella entre sus escasos contactos. También está conectada.

La saluda y le pide iniciar una videoconferencia. Aceptada. Pasan unos segundos hasta que en su pantalla aparece aquella chica tan guapa, la más guapa que ha visto en su vida, con esos ojos tan increíbles. La conoció en un hospital de la capital hace más de cuatro meses.

—Hola, Eli, ¿cómo estás?

—Mal. ¿Por qué no te has conectado antes?

—No he podido.

No parece muy contenta. Y se enfadará más todavía cuando le cuente que Raúl y Valeria lo saben todo. Pero aquello no podía seguir así, a pesar de que le prometió que haría lo posible para que Raúl y ella terminaran siendo pareja.

—Hola, ¿cómo te llamas?

—Soy Eli. ¿Y tú?

—Alba Marina. Aunque todos me llaman Marina, a secas.

—Yo te llamaré Alba, me gusta más.

—¿Crees que es más bonito?

—Sí. De hecho, cuando tenga una hija la llamaré Alba.

—A mí también me gusta más, pero la costumbre...

—Pues a partir de ahora dile a la gente que te llamas Alba.

—Bueno... No sé...

—Hazme caso.

En aquella sala de la planta de psiquiatría del hospital ahora solo están ellas dos. Tienen libertad para salir de la habitación. Así lo han determinado los doctores en sus informes.

—¿Y por qué estás aquí?

—Me tiré de un segundo piso y mi padre adoptivo intentó violarme tres veces. Me parece que no estoy demasiado bien de ahí arriba...

—¡Dios! ¡Qué cabrón! Lo siento.

—Gracias —dice sonriendo con tristeza—. ¿Y tú?

—Dicen que estoy loca. He agarrado por el cuello a la que era mi mejor amiga. Me escapé de casa y veo a una chica que no existe.

—Vaya. ¡Menudo currículum!

—Sí, pero no creo que tarden mucho en soltarme.

Tardaron tres meses, a lo largo de los que las dos chicas se hicieron muy amigas. Algo más que eso, se volvieron uña y carne. Se lo contaron todo y decidieron que su amistad sería eterna.

—Lo que voy a decirte no te va a gustar, Eli. Vas a odiarme.

—¿Qué has hecho, Alba? No me digas que...

—Se lo he confesado todo a Valeria y a Raúl. Vuelven a ser novios.

—¿Qué? ¡No hablas en serio!

Los preciosos ojos de Elísabet dan miedo. Y su cara se transforma cuando escucha hablar a su amiga.

—No podía más. Son muy buenos conmigo, son mis amigos.

—No son tus amigos.

—Claro que lo son. ¡No digas que no, porque no es verdad!

—¡OK, lo son! ¡Son tus amigos! Pero solo porque eran los míos. ¡Son tus amigos porque yo te pedí que los conocieras! ¡Yo te dije dónde encontrarlos! ¡Yo te dije cómo engatusarlos! ¡Te conté sus gustos, sus aficiones! ¡Si hasta te ayudé a inventar la historia del novio falso que te había dejado para que la tonta de Valeria se compadeciera de ti!

—Valeria es una gran persona. Con todo el daño que le

469

he hecho... Debería haberme matado, y sin embargo me ha dado un abrazo y me ha perdonado.

—Esto es increíble.

—Ya sé que en el hospital te prometí que te ayudaría a que rompieran para que tuvieras el camino libre con Raúl. Y también que las cosas iban como tú querías... Pero yo no soy así.

—Tú eres Alba, mi gemela de hospital, la chica del pelo azul. Y, por cierto, ¿ya no recuerdas quién te lo cortó y te lo tiñó así?

—¿Cómo voy a olvidarlo? Y te estoy agradecida, siempre lo estaré.

—Si has recuperado la confianza y las ganas de vivir es por mí. ¿O es que ya no recuerdas que cuando ingresaste en el hospital querías suicidarte porque no aguantabas más y fui yo la que te convenció de que no lo hicieras?

Y hablaron de que necesitaba un cambio radical en su vida, una manera diferente de ver las cosas, y de que empezarían por una nueva imagen. El pelo azul le recordaría aquel cambio, las nuevas fuerzas para salir adelante. Azul, como el color del mar, del cielo, de la libertad, de la inmensidad. El azul era el símbolo de una nueva etapa para Alba.

Sin embargo, ya está recuperada. No necesita símbolos para saber que está bien y que quiere seguir viviendo porque tiene motivos para hacerlo: su madre, su hermano, sus amigos los incomprendidos... y Bruno.

—Sí lo recuerdo, Eli. Y nunca lo olvidaré —responde serena—. Pero no vuelvas a contar conmigo para seguir causándole daño a la gente.

—¿Y el daño que me han causado a mí?

—Ellos han nacido para estar juntos. Se quieren. Y los apoyaré siempre a partir de ahora.

—¡Eres una de ellos! Te has convertido en una...

Pero Alba no quiere seguir oyendo a su amiga. Sale de Skype y apaga la computadora. Resopla y se levanta de la silla. Mira al frente y sonríe. Sí, se ha convertido en una incomprendida e intentará que el grupo vuelva a unirse como lo estaba antes de que ella apareciera. Así se quitará de una vez por todas la espina que tiene clavada con ellos.

—Ejem. Ya saben que siempre he sido muy liberal y no me importa que se besen delante de mí, pero esto es una cafetería, no un antro.

Valeria y Raúl sonríen y se separan. Se han dado mil y un besos desde que la noche anterior hicieron las paces. Mara los ha invitado a desayunar en Constanza antes de ir a clase.

Los dos chicos han hablado mucho y han llegado a varias conclusiones: la principal de todas es que se quieren mucho y siempre van a decirse la verdad a partir de ahora. Como estreno de la nueva y sincera etapa, Valeria también le reveló a Raúl lo de Marcos. Al principio no le gustó demasiado, pero se le pasó todo cuando vio las fotos del *book*. ¿Para qué esperar a dárselo al celebrar medio año juntos cuando la vida puede dejarte *knock out* en un segundo?

—Y entonces ¿ese tipo decía que *Wiki* antes era suyo?

—Sí.

—¿Y te lo creíste?

—Consiguió que me lo creyera.

—Qué ingenua eres, cariño.

—¡Yo qué sé! ¡Todos esos pájaros parecen iguales!

—Desde luego... ¿Cómo pudiste confundir a tu pequeño con un extraño? Espero que eso no te pase con nuestros
hijos.

—¡No seas tonto!

Y, tras darle un golpe en el brazo, vuelven a besarse hasta que se dan cuenta de que Mara sigue vigilándolos.

¡Las cosas vuelven a ser como antes!

La puerta de la cafetería se abre. Los nuevos clientes
son María y su padre. Por fin han logrado quedar para desayunar y estar juntos, después de un fin de semana durante el que, entre unas cosas y otras, les había resultado imposible.

La pelirroja se acerca a la mesa en la que están sus amigos para saludarlos. Se sorprende cuando los ve juntos.

—Vaya, me alegro mucho de que hayan vuelto —comenta Meri; a continuación, le da un abrazo a Valeria.

—Gracias, linda. Nosotros sí que nos alegramos —responde la chica feliz—. Oye, ¿y tus anteojos?

—A partir de ahora, ¡pupilentes! Adiós a los anteojos
de pasta.

—Qué coqueta. Te quedan genial esos pupilentes verdes.

—¿Y ves bien con ellos? —le pregunta Raúl en broma
mientras mueve la mano delante de ella para comprobarlo.

—Pues... Ya no estoy... tan... segu... ra.

La pelirroja tartamudea y se queda petrificada, inmóvil
como si se hubiera convertido en una figura de cera. Raúl
y Valeria no comprenden qué le pasa. Hasta que miran en
la misma dirección que María y reparan en la increíble escena.

Ernesto y Mara están besándose. En la boca. ¿Y la madre de Val no decía que aquello no era un antro?

Meri comprende entonces lo del viaje, la nueva ilusión

472

de su padre... ¡No era por Gadea, sino por la madre de Valeria! Val sigue en *shock*, pero también empieza a entender lo de las llamadas de teléfono, lo de la computadora, aquella felicidad en su rostro, que no estuviera en la cafetería a ciertas horas... ¡Estaba con el padre de Meri!

La nueva pareja se acerca hasta la mesa de los chicos. Sonríen. Es Ernesto el que habla.

—Sentimos que se hayan enterado de esta forma. Mara y yo llevamos unos meses hablando por teléfono, por WhatsApp, por Skype... Y también nos hemos visto un par de veces.

Los tres chicos escuchan en silencio, pero no pueden disimular su sorpresa.

—Nos hemos enamorado —continúa la mujer—, y, como ya somos muy mayores para esperar..., aunque piensen que estamos locos, hemos decidido que... ¡nos casamos!

—Así que, María y Valeria, ya no solo van a ser buenas amigas, sino que van a tener una nueva hermanita cada una.

—Y aquí estamos, otro viernes con música en directo. Hoy me acompaña un gran amigo mío, un chico joven que cree, como yo, en el destino, y que toca la guitarra como los ángeles. ¿Cómo estás, compañero?

—Genial, Marcos. Muy contento de estar en tu programa. Gracias por invitarme.

—Gracias a ti por venir. Ha pasado mucho tiempo desde que nos vimos por última vez. Has estado unos meses fuera, ¿verdad?

—Sí, he pasado cuatro meses en Bristol con una beca de estudios. Pero ya ansiaba volver a España.

—Estupendo. ¿Y qué vas a tocarnos hoy en primer lugar?

—*Kiss me*, una canción que me encanta y me recuerda a una chica muy especial a quien hace tiempo que no veo, aunque estoy completamente seguro de que volveré a encontrarme con ella muy pronto. Hay sentimientos que no desaparecen, sino que aumentan y se fortalecen en la ausencia y en la distancia. Va por ti, Valeria.

—Fenomenal. Pues los dejamos en DreamsFM con *Kiss me*, dedicada a Valeria de parte de mi amigo César.

AGRADECIMIENTOS

Qué bonito es sentarse delante de la computadora y poder agradecer un trabajo que ha costado mucho a las personas que han contribuido a él, unas de manera más directa, otras indirectamente. Pero todas han sido importantes para que *No sonrías que me enamoro* salga adelante.

Empezando por mis padres, Mercedes y Paco. Por ellos lo daría todo, y por fin estoy teniendo la oportunidad de devolverles el cariño, la generosidad y la paciencia que han tenido conmigo. Los quiero muchísimo, y cada libro que escriba y publique va por ellos. Y también por mi hermana, María. Espero que las cosas sigan yendo a mejor. Eres muy buena en lo tuyo, una gran psicóloga y una mejor persona. Gracias por ser mi segunda crítica y por prestarme a *Wiki* para esta novela.

Yo no sería el mismo sin ti. En cada frase de mis novelas va impresa tu esencia, la razón para escribirlas. No hace falta que sonrías para que me enamore de ti, ya lo estoy desde la cabeza hasta los pies. Creo que hemos llegado a un punto en que los dos somos uno y el «para siempre» no es una quimera, es nuestra realidad. Gracias, Ester, por ser el infinito de mis sentimientos y la vida de mis palabras. Te quiamo.

Y gracias, de verdad, a Marga y Jose. Y a Diana, Inma, María, Álvaro... Prometo hacerla feliz siempre.

Gracias a toda mi familia por su apoyo y ánimo en esta bonita aventura. A mis primos y a mis tíos. A mis abuelos —que seguro me están viendo desde alguna parte—, de quienes tanto me acuerdo.

Y mil gracias a mis amigos de Carmona, a todos los de la Leonardo da Vinci, a los que he conocido durante estos años en Madrid, a los de Palestra Atenea, de quienes me he despedido con todo el dolor de mi corazón después de mucho tiempo... Gracias a Nuria Mayoral, por ser como eres; a Fernando Burgueño, por esa empatía que hay entre nosotros; a Jaime Roldán, por ser un genio y un gran consejero. Gracias a Paula Dalli, a Alba Rico, a Dani Ojeda, a Rocío Muñoz, a Patri Ordaz, a Eva Rubio, a Anabel Botella, a Alicia&Alicia, a Elena Tiramisú, a Antonio Martín Morales, a Chenoa y su madre Patricia, a Sandra Andrés, a Javier Ruescas, a Maytreya... Es un placer conocer a gente como ustedes y sentirme parte de algo.

Trabajar con Planeta es un auténtico privilegio. Millones de gracias por el trato excepcional y el cariño que he recibido durante todos estos meses. Gracias a toda la editorial, ojalá que esto sea solo el principio de muchos años de libros y proyectos. Me acuerdo mucho en estos momentos de Puri, que ha sabido darme la tranquilidad necesaria para elaborar esta novela sin más agobios que los de los plazos necesarios. Muchas gracias por cuidar literariamente de mí y por todo tu aliento en los momentos más complicados. Gracias a Ángeles por sus palabras y su gran confianza; a Marcela por apostar por esta historia y aportarme serenidad; a Sergi por sus ideas geniales y su entusiasmo; a Vero por su compañía, dedicación y sonrisas durante aquellos días tan estresantes; a Natalia por su simpatía y su ayuda a la hora de redondear la historia. Muchas gracias, Miriam. Tengo ganas de volver a verte y me cuentes cosas sobre tu pequeña. A Ana Isabel, a Anna, a Javier... Estoy aprendiendo y disfrutando muchísimo con esta increíble experiencia planetaria. Solo tengo palabras de agradecimiento hacia este gran grupo de profesionales que, en el trabajo y en lo personal, son un diez.

Los seguidores de las novelas son la parte más importante de todo este juego. Sin ustedes no habría conseguido nada, estoy seguro de ello, mis libros serían solamente algo imaginado, un sueño por cumplir. Sin embargo, este es el quinto que publico en tres años —desde los inicios, aquel 3 de junio de 2008 en un Fotolog— partiendo de la nada más absoluta. Ustedes han logrado un milagro con sus comentarios, su apoyo, su amabilidad, sus tuits, sus privados, sus correos... Porque toda esta historia es suya, y tienen tanto derecho como yo a ser parte de ella. Formamos un solo equipo, un gran equipo.

Seguiremos hablando por Tuenti, por Facebook, por Twitter (@franciscodPaula), en mi web (www.lawebdebluejeans.com), por email... Y no porque me vea obligado a hacerlo, sino porque disfruto mucho con ello. Son parte de mí y de mi día a día. Gracias, de corazón.

Muchas gracias a los que vienen a mis firmas por soportar las colas —algunos tras hacer cientos de kilómetros—, por comprar los libros, por sus nervios y por sus sonrisas. Sigo sin asimilar que vayan a verme a mí. ¡Es una locura! Gracias a las Clásicas, a las Valencianas y a las Locas madrileñas, a las Representantes Blue Jeans, a las Princesas sevillanas, a las Embajadoras CPP, a las Granizado, a las Arándano, a todas las Sugus, a los más de dieciocho mil seguidores que tengo en Twitter... Gracias a Olenka Frías, Ana Marco, María Torres, Rocío Parrado, Alba Miguel, Alba Noa Jiménez, Mar Monroig, Lara Pereira, Mónica García, Sandra Rodríguez, Mercedes Hermoso, Ruth

Cámara, Rubén González, Marina Rubio, Marta Peinado, Marta Pérez, Laura Graña, Irati Ugartetxe, Blanca Sánchez y Magalí Restovich.

Gracias a todos los seguidores de Chile, Perú y México por su acogida tan impresionante este verano. Y a los del resto de Latinoamérica y de Europa. Seguimos creciendo y ante nosotros se extiende un futuro maravilloso.

Muchas gracias a Laura García y a las otras dos Lauras, a Adriana, a Gianluca, a Isaac, a Andrea y a todos los chicos del Starbucks de Callao, con quienes tantas horas de letras y café he compartido gracias a esta novela. A la gente de la Cafetería-Restaurante Riazor y del Hotel Confortel Atrium, donde, una vez más, terminé la historia. A Luisa, Martha y el resto de camareros del Vip's de la calle Mayor, que tan bien me tratan.

A lo largo de estos meses de intensa concentración he descubierto a grandes artistas que me han ayudado, sin saberlo, a escribir con mayor motivación. Es lo que he llamado #ProyectoYouTube. Gracias a Maialen Gurbindo (@maitxutxu), me he enamorado de tu *Llámame niña*), Sonia Obviously (@soniaobviously), Alba Mirás (@alba_miras), Andrea Garcy (@AndreaGarcy), Esther Izquierdo (@IzquierdoEsther), Edu Ruiz (@EduMusic94)... Espero conocerlos personalmente algún día y escucharlos en directo.

Quiero hacer un último agradecimiento, muy especial, a las librerías: a las grandes, a las pequeñas, a las de los grandes almacenes, a las papelerías... No solo por el trato tan especial que me dan siempre que voy y por vender tan bien mis novelas. Mis gracias por existir y ofrecernos la posibilidad de adentrarnos en los millones de mundos que se crean en los libros. Y espero que, pese a los tiempos que corren, sigan existiendo.

Y aprovecho el final de estas líneas para hacer una petición. Chicos que han llegado leyendo hasta aquí, ¡compren los libros, no los pirateen! Sé que es más sencillo y más barato descargarse un PDF, pero ese es el fin de la literatura. No estoy hablando de mis novelas, estoy hablando del mundo del libro en su totalidad. Si pirateamos los libros terminaremos no solo con los autores, bestsellers y principiantes, sino con las librerías, las editoriales, los comerciales, las imprentas, los traductores... Millones de familias dependen de que compremos libros y no los bajemos gratis de Internet. También lo digo por la gente que escribe y que sueña con publicar: será imposible que haya nuevos escritores si esto sigue avanzando. No es un invento, es un enorme SOS.

Quizá no debería hacer aquí este llamamiento, pero lo hago porque, aunque muchos no lo sepan, es algo que los que estamos metidos en este mundo vemos crecer día a día. Piensen en lo que les digo, por favor. Aún estamos a tiempo de poner remedio a este problema, pero puede que llegue un día en que sea demasiado tarde y ya no tenga solución.

Me despido dando las gracias a todos los que han leído el libro. Espero que les haya gustado, nos vemos en la tercera parte de esta trilogía. Cuando menos te lo esperes...